dtv

Er ist zehn Jahre alt, das elfte von dreizehn Kindern und sieht aus wie Milchkaffee – die glückliche Mischung eines schwarzen Vaters aus Martinique und einer französischen Mutter. Seit ein Bruder, der nicht mehr in die Lehre will, ihnen das Haus über dem Kopf angezündet hat, halten sie ein winziges Häuschen in Villemomble besetzt, am Rande der Banlieue: zwei Zimmer, Küche, Bad. Jeden Morgen sprengt er auf dem Rücken des feurigen Blanco, in eine gigantische Staubwolke gehüllt, als letzter Mohikaner durch den Schulhof – jedenfalls fühlt er sich so. Für seinen dicken, nach Lakritzbonbons stinkenden Banknachbarn Bonbec klettert er über die Mauer der Mädchenschule und überbringt aussichtslose Liebesbotschaften … »Daniel Picoulys persönliches, liebevoll durchkomponiertes Zeitmosaik beschreibt jenes aufrechte, familienbewußte, auf den Résistancestolz gründende Nachkriegs-Frankreich, dem heute – nach dem Verpuffen der Konsum- und Modernisierungsgeräusche – so viele nachtrauern.« (Christoph Vormweg, ›Süddeutsche Zeitung‹)

Daniel Picouly wurde 1948 in Villemomble als elftes von dreizehn Kindern eines Flugzeugschlossers von den Antillen und einer französischen Mutter geboren. Als Schüler ein Faulenzer, träumte er davon, Box- und Fußballweltmeister zu werden; tatsächlich wurde er Lehrer an einem Pariser Gymnasium. Er veröffentlichte in Frankreich zwei Kriminalromane und ein Kinderbuch, ehe er mit ›Fängt ja gut an, das Leben‹ über Nacht berühmt wurde.

LA BATAILLE DES ANGES

Lauréat des prix Albert Londres, Joseph Kessel et Lazareff, auteur d'une dizaine de livres, dont *Le Faucon afghan*, *Chasseurs de dragons* et *Le Grand Festin de l'Orient*, essai que prolonge *La Bataille des anges*, Olivier Weber est grand reporter au *Point*.

OLIVIER WEBER

La Bataille des Anges

ROMAN

ALBIN MICHEL

Cet ouvrage a obtenu la bourse « Missions Stendhal »
du ministère des Affaires étrangères.

ISBN : 978-2-253-12395-8 – 1re publication LGF

À la Bien-Aimée,
en souvenir du Cantique des cantiques.

« J'aurais fait, manant, le voyage de terre sainte. »

Rimbaud, *Une saison en enfer*.

« L'histoire d'Élie est une des plus merveilleuses histoires de l'Antiquité sacrée : c'est le géant des bardes sacrés. »

Lamartine, *Voyage en Orient*.

1

La silhouette noire s'avançait lentement dans la nuit. De loin, on n'apercevait qu'une robe ample avec une capuche, mais de près on distinguait un moine chaussé de bottes hautes de cavalier. L'homme, qui avait laissé sa monture à quelques centaines de mètres, glissait dans les rues silencieuses de Bourges. La ville en ce printemps 1796 était jugée peu sûre, peuplée de contre-révolutionnaires, de manants cachés sous des habits de commerçant ou de charretier et de chouans œuvrant contre le Directoire. Le moine obliqua vers une ruelle puis déboucha sur une place éclairée par la lune. Il se retourna. Personne ne le suivait. Il soufflait à peine malgré sa vive allure. À un moment, la lame de son couteau refléta la lueur de lune. Le moine rangea aussitôt l'arme sous sa robe. Il lui restait une centaine de pas à franchir avant de parvenir à la porte de la prison de Bourges.

Enfin la guérite de la sentinelle apparut. Le moine s'approcha et le garde engourdi, un bougre édenté et ébouriffé, se redressa vivement.

– Qui va là ?

– Un frère de l'ordre du Carmel, citoyen, répondit l'ombre.

Le garde ajusta sa lanterne qu'il passa devant ses

yeux. Il puait le vin de la veille et son pas était mal assuré.

– Approche donc. Tiens ! Un carme ! Allons, passe ton chemin, tu sais bien que la Révolution les a tués ou défroqués. Ha, ha, ha !

Le moine ne bougea pas, les mains dans les manches, privé de regard tant son visage s'abstenait de refléter la lumière de la lanterne. Il se mit à siffloter *La Marseillaise.*

– Crénom, s'exclama la sentinelle, v'là que les curetons se mettent à chantonner la ritournelle des patriotes !

Alors s'éleva l'hymne, lentement modulé :

Livrons nos cœurs à l'allégresse
Le jour de gloire est arrivé
Loin de nous toute faiblesse
Voyant l'étendard arrivé.

– Ah ça, s'exclama la sentinelle, j'crois pas que c'est les bonnes paroles !

Le moine continua, d'une voix légère, par crainte de réveiller le voisinage :

Préparons-nous à la victoire,
Marchons tous en vrais conquérants
Sous les drapeaux d'un Dieu mourant
Courons, volons tous à la gloire.

La voix s'élevait à peine mais parvenait à emplir la place déserte. Le garde s'approcha du moine.

– Bon, qui es-tu vraiment, nom de Dieu ? Un espion ?

Il se saisit de la capuche puis la repoussa vivement. Le moine avait des cheveux drus et un œil crevé.

L'autre œil fixait le garde sans ciller. Le religieux continua l'air de *La Marseillaise* puis ajouta :

– Je suis le comte de Rochecotte.

Il sortit alors la lame de sa manche et l'enfonça dans la gorge de la sentinelle, qui s'effondra dans un râle.

– Ah, j'oubliais. Le chant a été écrit par Thérèse de Saint-Augustin, la prieure des carmélites. Celles que les tiens ont assassinées voici deux ans. Elles l'ont chanté la veille de leur mort. Je te bénis.

D'un geste lent, le comte de Rochecotte retira le couteau et l'essuya sur la chemise du garde. Puis il s'éloigna vers l'aile droite de la prison tout en sifflotant le chant mortuaire des carmélites sur l'air de Rouget de l'Isle :

Ranimons notre ardeur,
Nos corps sont au Seigneur
Montons, montons à l'échafaud
Et rendons-le vainqueur.

Dans sa geôle fort humide, Antoine de Phélippeaux rêvassait, les yeux mi-clos. Il se retourna soudainement sur sa couche. Il avait cru entendre un bruit, un morceau de musique chantonné. À cette heure-ci, le gardien Michaud ne pouvait que dormir, à moins qu'il ne cuvât son vin. Et il était trop tôt encore pour l'évasion tant attendue, prévue aux premières heures du matin.

Il moisissait dans ce trou depuis six mois, malgré un traitement de faveur dû à l'incertitude qui régnait sur son sort. Doté de larges épaules, à la fois robuste et fin, Antoine n'avait rien perdu de sa vigueur en dépit de l'enfermement qu'il combattait par des exercices matin et soir. Arrêté à Sancerre pendant l'insurrection des paysans, il avait déclaré s'appeler Passaplan, être de nationalité suisse et originaire de Fribourg. Les greffiers du tribunal révolutionnaire de Bourges, par l'intermédiaire du chargé d'affaires français en Suisse, avaient cherché à vérifier l'état civil de l'accusé. Les amis d'Antoine de Phélippeaux à Fribourg avaient confirmé qu'ils connaissaient bien un Passaplan âgé de moins de trente ans et désireux de devenir huissier. Des insurgés retournés par les révolutionnaires l'avaient dénoncé et reconnu au tribunal, mais par trois fois il s'en était sorti, avec une audace et une spontanéité qui avaient laissé pantois ses complices éparpillés dans la salle d'audience. Antoine savait que ce jeu était dangereux et que tôt ou tard on le démasquerait, lui, le général chouan de vingt-neuf ans, le chef des insurgés du Sancerrois, connu dans le bocage et toutes les caches rebelles. Il ne lui restait plus que l'espoir de cette évasion préparée par Rochecotte.

Camille, la fille du gardien Michaud, apparut derrière la grille, une miche de pain sous le bras. Elle lui apportait régulièrement friandises et bonnes provisions, grâce aux émoluments que lui versaient ses amis depuis Bourges et Sancerre.

– Ça y est, tout est prêt ! Les barreaux de la cellule de vos amis sont déjà sciés.

Plongé dans ses rêveries, Antoine n'avait rien entendu des bruits de la lime, sûrement étouffés par un drap, l'un de ceux qui devaient lui servir à descendre le mur de la tour.

Il bondit de sa couche, enfila ses bottes et s'approcha de la grille.

– Et Decensière, Rosticelly, Desjardins et Bézard, sont-ils prêts ? demanda-t-il à Camille.

– Oui, il ne manque que vous. Voilà la lime, dit-elle en tendant la miche de pain.

Il s'en empara.

– Et votre père ?

– Il a déjà reçu la moitié de la récompense. Il n'attend plus que le reste et qu'on l'assomme. Mais, promettez-moi, ne frappez pas trop fort !

Elle s'avança dans le couloir, se retourna, adressa un baiser soufflé sur sa main avec un large sourire et s'évanouit dans l'obscurité. Antoine regarda durant quelques secondes la silhouette parfaite éclairée par la lanterne, le cou gracile, le dos élancé et les chevilles qui dépassaient de la robe. Puis il s'attaqua aux barreaux de sa fenêtre.

Rochecotte pénétra dans la salle de garde avec l'assurance que lui conférait sa robe de moine. Il y trouva comme convenu Michaud, ivre et dans l'attente de sa bourse. Le jeu en valait la chandelle, après tout, et quand le gardien avait exprimé un jour la crainte que tout ne fût découvert, sa fille Camille avait achevé de le convaincre.

Rochecotte abaissa sa capuche. Devant lui, le gardien Michaud, titubant, s'aperçut que l'arrivant portait un habit de religieux.

– Alors cette bourse, le moine ? Et souviens-toi, frappe-z'y fort, fais-moi un beau bleu ! Ah, du bleu, un comble pour ceux qui ne travaillent plus pour le roi...

Rochecotte le toisa de haut.

– Pas si vite, l'ami ! Donne-moi d'abord les clés de l'entrée, à défaut d'avoir celles des geôles.

Le gardien tendit le trousseau, tout en le retenant par l'anneau de fer, et but à la bouteille une bonne rasade.

– Ah ça, donnant donnant !

Michaud eut à peine le temps de compter ses francs et de les cacher dans un pan du mur qu'il reçut un énorme coup sur la tête, puis un second sur la nuque.

Rochecotte prit un couloir à gauche en se repérant sur un plan sorti de sa poche. Sa robe l'empêchait de courir bien qu'il tînt les plis d'une main. Il trouva sans encombre la deuxième cour, puis la sortie qui donnait sur la rue adjacente, une porte renforcée de fers. Il devait y attendre Antoine de Phélippeaux et ses acolytes après avoir descendu la façade de la prison grâce à leurs draps noués.

Desjardins n'était guère enjoué d'inaugurer la voie. Les nuages masquèrent un temps la lune montante. Sous la lucarne, la corde pendait. Prenant son courage à deux mains, il se lança dans le vide et toucha le sol, puis Rosticelly le suivit, malgré son extrême faiblesse due aux blessures reçues dans le Sancerrois. Quand Antoine de Phélippeaux voulut empoigner ses draps noués, une chandelle dans sa poche, Desjardins d'un geste vif lui signifia de rester sur le rebord de la fenêtre. Une sentinelle passait sur le chemin de ronde. Antoine rentra dans sa cellule et le garde poursuivit son tour. Enfin, il se saisit de la corde d'une main tremblante qu'il tentait d'apaiser. Il jeta un dernier regard sur la geôle et s'élança le long de la paroi.

D'en bas, Desjardins suivait la descente d'Antoine sur la façade suintant d'humidité. Son compère n'avait rien perdu de son agilité, comme lorsqu'il menait son cheval Brocéliande pendant les assauts de Sancerre et de Bourges, ni de cette assurance qui avait tant enflammé les troupes de paysans, ferronniers, artisans, petits commerçants, anciens soldats de l'an II ralliés à la contre-Révolution. Antoine se rétablit sur le sol

Daniel Picouly

Fängt ja gut an, das Leben

Roman

Deutsch von
Hinrich Schmidt-Henkel

Deutscher Taschenbuch Verlag

Ungekürzte Ausgabe
März 1999
2. Auflage September 1999
Deutscher Taschenbuch Verlag GmbH & Co. KG,
München

Titel der französischen Originalausgabe:
›Le champ de personne‹

Umschlagkonzept: Balk & Brumshagen
Umschlagfoto: © Marco Paoluzzo
Gesamtherstellung: C.H.Beck'sche Buchdruckerei,
Nördlingen
Gedruckt auf säurefreiem, chlorfrei gebleichtem Papier
Printed in Germany · ISBN 3-423-12561-6

»Das Himmelreich ist gleich einem im Acker verborgenen Schatz, den ein Mensch fand und wieder verbarg. Und in seiner Freude geht er hin und verkauft alles, was er hat, und kauft jenen Acker...«

MATTHÄUS 13, 44

»Der Familienvater ist der Abenteurer der modernen Zeit.«

ANDRÉ GIDE

»Und die Mutter erst!«

ANONYMUS

Erstes Kapitel

Die Pranke des Tigers

Alles ist dunkel. Vor einer Sekunde bin ich aus dem Schlaf geschreckt, irgendwo im Haus, aber wo? Der Dachboden brennt lichterloh. Ich ersticke vor lauter Qualm. Noch knapp ein Monat, bis ich zehn werde, und jetzt soll ich schon sterben. Fängt ja gut an, das Leben!

Es ist meine Schuld. Wahrscheinlich hab ich eine Mordsriesendummheit angestellt. Bei uns geht das so: Jedesmal, wenn einer eine Mordsriesendummheit anstellt, brennt das Haus ab. Bloß keine Wiederholungen, das gilt nicht nur für Aufsätze. Genauso für Brände.

Die erste Riesendummheit hat mein Bruder Roland verbrochen. Damals wohnten wir noch in der Grand-Rue, nicht weit von hier. Er hat auf dem Dachboden mit alten Lumpen gezündelt, damit er nicht in die Berufsschule zurückmußte. Er hatte Angst vor den Maschinen in der Werkstatt.

»Halt den Mund! Wenn der Herr von der Versicherung dich hört, stecken sie deinen Bruder ins Gefängnis!«

Ich höre die Stimme von der M'am tief drinnen in meinem Ohr. Im rechten, das ist das Gutenachtgeschichten-Ohr. Meine M'am ist immer bei mir. Sie schwebt in der Luft, sie schläft nicht, sie fliegt, taucht auf, verschwindet wieder, schlüpft unter meine Augenlider, sitzt in der Tasche von meiner kurzen Hose oder in meinem Ranzen. Ich habe Glück, meine Mutter ist wie Peter Pan.

»Ein Kurzschluß war das. Denk dran, wenn der Herr von der Versicherung dich fragt: ein Kurzschluß! Das ist ein interessantes Wort. Du kannst es in dein Heft schreiben, für deine Sammlung.«

Ich habe ein Steckenpferd: Ich sammle interessante Wörter. Ganze Listen hab ich schon. Außerdem: seltsame Überschriften aus der Zeitung, Camembert-Etiketten und die historischen Spielfiguren aus den Mokarex-Kaffeepaketen. Meine Familie sammelt auch, allerdings eher Katastrophen.

Das Haus in der Grand-Rue brennt ab, mitten im Winter 1954. Draußen sind 15 Grad minus. Auf dem Bürgersteig zählt die Mutter ihre Kinder, um zu sehen, ob alle da sind... Zehn, elf, zwölf! Gut, wir können gehen. Diesmal hat aller Hausrat, den wir gerettet haben, in einer Schubkarre Platz.

»Glück gehabt, wer nichts besitzt, kann nicht groß was verlieren.«

Die M'am kichert, wenn sie davon erzählt, als wär nie etwas richtig schlimm. Dabei gab es nirgends einen Unterschlupf für uns, kein Hotel, nichts. Unser Vater hatte im Radio den Aufruf des Abbé Pierre gehört. Von Nächstenliebe, Gerechtigkeit und Liebe war da die Rede, aber hier stand jetzt die ganze Rasselbande unter der Gaslaterne auf dem Rondell und schnatterte um die Wette. Da mußte er selber für Nächstenliebe sorgen... Also bricht der P'pa mit der Schulter die Tür des nächsten leerstehenden Hauses auf. Wie im Maquis! Nur daß er seine hübsche verchromte 7,65er nicht dabeihatte. In der Nacht damals hab ich das Wort »Beschlagnahme« gelernt.

Zwölf Kinder! Aber Monsieur, so was paßt da nie rein!

Wer da spricht? Der Polizeikommissar, den sie mitten in der Nacht geweckt haben. »So was«, damit meint er uns, und »da« heißt in das Haus, das der P'pa gefunden hat. Stimmt schon, es ist klein und duckt sich unter der Kälte, aber es ist unseres. Wir werden gutes Wetter abwarten müssen, um genauer zu sehen, wie groß es wirklich ist. Die Sonne macht vieles größer.

»Eine knappe Woche, wenn überhaupt, Herr Kommissar. Nur, bis wir woanders untergebracht sind.«

»Versuchen Sie's, Monsieur, aber das paßt da nie rein!«

Der Kommissar hat sich hinten in seinen warmen 203er gesetzt, um das Protokoll aufzunehmen. Unser Vater steht auf der kleinen Außentreppe, beschreibt ihm, wie es drinnen aussieht, und der übersetzt das dann in seine Sprache: »Bürgerhaus, gelegen in Nr. 93 der Avenue Meissonnier in Villemomble, Departement Seine, mit Garten (Baumbestand), bestehend aus: Hauptgebäude (Eßraum, zwei Schlafzimmer, eine Küche, Wasserklosett mit Kanalanschluß), zwei Nebengebäuden (Wagenschuppen und offener Unterstand).«

Nicht nur die Sonne läßt Häuser größer wirken, eine schöne Sprache kann das auch. Unser Haus ist und bleibt winzig, da kann der Kommissar machen, was er will, aber dafür haben wir im Hof Fliederbüsche, einen Rosenstrauch und einen Kirschbaum.

»Bis der blüht, sind wir schon anderswo untergekommen.«

Jetzt blüht unser Baum schon im vierten Jahr und trägt seltsame Kirschen, eine unbekannte Sorte, so was von sauer, daß die M'am sie nicht einmal für ihre Kirschaufläufe nehmen kann und eine Nachbarin um Weichseln bitten muß. Vier Jahre, in denen jedesmal nach dem Winter der Typ, dem das Haus gehört, versucht, uns rauszuwerfen. Eigentümer sind wohl auch eine Sorte, die im Frühjahr blüht.

Im Augenblick ist nichts zu befürchten. Morgen ist Herbstanfang. Ich mag es nicht, wenn diese Jahreszeit kommt. Sie ist der einzige Grund, aus dem die Augen von der M'am ein bißchen trübe werden. Sie denkt an Jacqueline, meine große Schwester, die mit sieben an Typhus gestorben ist, in einer Nacht wie dieser. Es ist schon lange her, aber Jacqueline wird immer die Dreizehnte sein.

Neulich war ich mal wieder bei Madame Piponiot, einer Nachbarin, die ein Schaf großzieht und dazu hübsche Sätze, die alle mit »So ist das im Leben ...« anfangen. Sie spannte Kaninchenfelle zum Trocknen auf und zeigte mir die 13 in ihrem Kartenspiel, mit dem sie die Zukunft vorhersagen kann: ein Skelett. In der Hand hält es eine Sense mit rotem Blatt.

»So ist das im Leben, am Ende zieht man immer diese Karte, ob Mensch oder Kaninchen.«

Trotzdem, die 13 ist und bleibt die Glückszahl unserer Familie, auch wenn wir sie nicht immer erreichen. Ich schon: beim Diktat, mit den Rechtschreibfehlern.

Um mich zurechtzufinden, muß ich etwas Warmes berühren. Wem gehört wohl dieser kleine warme Po, an den ich mit den Zehen stoße? Eigentlich darf ich nicht versuchen, das herauszufinden. Wegen dem Spiel, das ich mir ausgedacht habe: der Tiefseetaucher.

Es hat nur eine einzige Regel: Wenn ich mitten in der Nacht aufwache, wie jetzt, dann darf ich die Augen nicht aufmachen und auch nicht atmen oder mich bewegen. Ich darf nichts tun, wodurch ich erkennen könnte, wo ich liege. Weder in welchem Zimmer noch bei wem, noch wie rum. Ich muß nirgends sein. Aus der Welt.

Recht bedacht, muß er Maryse oder Martine gehören, dieser kleine warme Po. Aber mit dem Zeh kann ich meine beiden kleinen Schwestern nicht so gut auseinanderhalten. Da muß ich noch üben.

Heute nacht kann ich sonstwo sein. Sonntags spielen wir immer bis spät in die Nacht Karten, und wahrscheinlich haben sie mich einfach in irgendein Bett gesteckt, wo noch Platz war. Wahrscheinlich war ich schon eingeschlafen, während ich mir selber Geschichten erzählt hab, die »Einundzwanzig wundersamen Bildergeschichten der einundzwanzig Spielkarten«. So nenne ich das.

Ich sehe so gern zu, wenn mein Vater, meine Brüder und die Freunde Karten spielen, vor allem, wenn André da ist, der Pfarrer, der in der Fabrik arbeitet.

»›Arbeiterpriester‹ sagt man dazu.«

»Ich weiß, M'am.«

Ich sag aber lieber »Pfarrer«. Bei dem Wort denk ich an

eine geraffte Soutane beim Fußballspielen auf dem Hof des Jugendheims. Einen Priester ruft man, wenn jemand stirbt. Der kommt dann mit dem Meßbuch auf einem Damenfahrrad, und wenn er wieder fährt, macht er »brrr« wie alle anderen, weil ihm eiskalt ist. André hingegen trägt einen Strickpullover und fährt ein Halbrennrad mit hochgezogenem Lenker. Er wäscht sich die Hände mit der groben Kernseife und legt die Bibel neben seinen Teller, wie der Vater von der M'am es immer mit seinem Klappmesser getan hat. Das ist das einzige, was ich über meinen Großvater weiß. Besser als ein Foto in einem Rahmen.

Andrés Charakter ist wie eine Münze. Kopf: Er ist sanft und großzügig. Zahl: Er ist ein Dickkopf und ein ausgemachter Falschspieler. Ich hab's gesehen.

»Nein, meine Lieben, ich habe sehr wohl noch ein Herz gehabt. Wenn ich lüge, soll der Herrgott mich auf der Stelle mit seinem Blitz erschlagen!«

Er hebt die Arme zur Deckenlampe. Der Herrgott erschlägt ihn nicht mit seinem Blitz. André streicht den Pott ein.

»Für die Armen!«

André schlägt immer ein Kreuz über dem Kartenstock, bevor er eine Karte abhebt, genau wie die M'am, wenn sie ein neues Brot anschneidet. Ich hab den Trick mit meinem Diktatheft ausprobiert, aber für die Rechtschreibung funktioniert er nicht. Bei ihm hingegen ...

»Zwei Jungen und zwei Könige auf dem Stock! Glücklich sind die Gerupften, denn sie werden wieder gerupft werden! Evangelium nach André, 5 Vers 12.«

Das klingt eher wie die Ergebnisse des Pferderennens als wie ein Zitat aus der Bibel. Mich haben sie beim Religionsunterricht schon für weniger vor die Tür gesetzt.

Aber daß André beim Kartenspielen schummelt, ist nicht alles. Er erzählt auch. Manchmal sitzt die ganze Familie abends um den Tisch, und statt daß wir Gelber Zwerg spielen oder »Die großen Interpreten« im Fernsehen sehen, sind wir still und hören Andrés Parabeln zu. Ich verstehe sie nicht alle, aber sie haben immer hübsche Namen... Die Parabel vom Senfkorn oder von dem Samen, der ganz von selber aufgeht. Am liebsten hab ich die, wo der Schatz vorkommt und die Perle: die Perle kommt später, erst mal ist die Rede von dem Schatz im Acker.

»Erzählst du sie mir?«

»Jetzt noch nicht, M'am.«

Ich finde, wenn André erzählt, dann sehen meine Schwestern ihn an, als wäre er kein Pfarrer, sondern Jean Marais, Sidney Poitier, Raf Vallone, Harry Belafonte oder ein anderer Schauspieler aus der *Ciné-Revue*. Vor allem Josette, die will Nonne werden. Ich weiß, daß Nonnen den lieben Gott heiraten und einen Trauring tragen. Mir wäre André als Schwager nur recht, dann bräuchte ich für den Religionsunterricht nicht aus dem Haus.

Wenn sie André anschaut, hat Josette denselben Gesichtsausdruck wie auf dem Kommunionsfoto, das ich in dem Holzkoffer auf dem Dachboden gefunden habe. Das ist ein geheimnisvolles Foto! Egal, wo ich es hinstelle, auf das Buffet, auf den Fernseher...

»Nein, nicht auf den Fernseher! Der Herr im Geschäft hat gesagt, man soll nichts draufstellen.«

Gut, in Ordnung, M'am, also auf den Kamin oder aufs Radio. Tut nichts zur Sache. Egal, wo ich das Foto hinstelle, es sieht immer so aus, als fiele ein Lichtschein auf Josettes Gesicht. Ich schaue dahin, wo sie hinschaut, aber ich finde nie heraus, was sie so glücklich und schön macht.

»Ein so hübsches Mädchen bei den Nonnen! Was für eine Verschwendung! Dabei könnte sie es bis zur Sekretärin bringen, bei all den Kursen, die sie besucht!«

Was versteht der Käsehändler schon von meiner großen Schwester? Sie ist anders als die anderen. Wenn sie ein Kreuz schlägt, dann sieht das nicht so aus, als würde sie nur kurz an sich herumwischen wie irgendeine Betschwester.

»Hast du dich mit Waschlappen und Seife gewaschen?«

»Ja, M'am!«

Stimmt gar nicht. Gebete kann ich genausowenig leiden wie Seife. Da spannt die Haut von. Die M'am sagt, wenn ich weiter so rede, kommt der Teufel und zerrt mich an den Beinen in die Hölle, und da kann ich dann brennen. Jetzt brennt aber erst mal das Haus, wegen dieser Mordsriesendummheit, an die ich mich doch überhaupt nicht erinnern kann. Man müßte sich den Finger in den Kopf stecken können, damit das Gedächnis spucken muß!

Ich könnte auch versuchen, eine Ermittlung anzustellen, wie im Radio. *Inspektor Vitos stellt eine Falle!* Das wichtigste ist immer die Lage des Körpers, wenn man einen rätselhaften Fall lösen will. Fassen wir zusammen: Nach dem Kartenspiel hat mich irgendwer in irgendein Bett getragen. Aber das kann sonstwo sein. Überall in diesem Haus stehen Betten herum, alle möglichen! Ein Doppelbett, ein Schrankbett, ein Faltbett, ein Kinderbett mit Gittern, ein Feldbett. Besser als bei Monsieur Ségalot, dem Möbelkönig. Aber wie rum liege ich? Das ist noch komplizierter. In Habtachtstellung neben Gérard? Als Löffelchen an Roland geschmiegt? Kopf an Po neben Monique oder Évelyne? Seite an Seite mit Jacky oder als Sandwich zwischen Maryse und Martine? Das ist nicht immer sehr bequem, aber man lernt Formulierungen fürs Aufsatzschreiben. Und morgen muß ich einen Aufsatz schreiben!

Ich stelle meine Ermittlungen über diese Familie lieber ein. Zu kompliziert. Dabei ist trotz dieses Durcheinanders alles still. Ich höre kein Geräusch, nicht mal die Ratten unter den Bodendielen. Langsam frage ich mich, ob das Haus vielleicht leer ist? Was, wenn die anderen mitten in der Nacht verschwunden sind und mich allein zurückgelassen haben? Das habe ich aber schon bedacht und für den Fall vorgesorgt. Sicher ist sicher – ich brauche bloß daran zu denken, wie's bei uns zugeht, wenn wir in Urlaub fahren: Immer vergessen wir irgendwas oder irgendwen.

Also habe ich mir verschiedene Möglichkeiten überlegt, wer mich adoptieren könnte. Ich könnte zum Beispiel über die Straße zu Monsieur und Madame Kétié gehen. Die haben einen nagelneuen weißen Citroën und ein Haus aus großen Mauersteinen mit einem Untergeschoß, wo es immer schön kühl ist.

»Wenn deine Eltern dich mal irgendwann nicht mehr wollen, klopf einfach bei uns an.«

Die Kétiés sind zwei kleine verliebte Alte, beide haben dasselbe Porzellanlächeln, dieselben weißen Haare und blauen Augen. Wie handgemalt sehen sie aus.

»Bei uns hättest du es weich und behaglich wie ein Küken im Nest.«

Ein Küken! Da müßte ich ja Angst haben, ob sie mich immer genug füttern oder irgendwann vergessen. So alte Leute haben doch nicht immer alles im Kopf.

Wo mir mein eigener steht, weiß ich allerdings auch nicht genau. Unter einem Knie, soviel ist sicher, aber unter wessen? Am Geruch kann ich das unmöglich erkennen. Nachts riechen wir alle gleich. Aber ich hab einen Trick, um herauszufinden, ob es das große Zimmer ist. Ich schnuppere nach dem Kohlenofen. Jetzt in der Nacht ist das Feuer erloschen, die Asche ist leicht. Wenn ich tief einatme, fliegt sie mir bis in die Lunge.

»Du mußt noch irgendwann ins Sanatorium, wenn du so weitermachst!«

Meine M'am hat immer Angst, daß ich in das Sanatorium oben in Assy in den Savoyer Alpen muß, genau wie mein Vater, als ich klein war. In Wahrheit trainiere ich heimlich, um Weltmeister im Weltergewicht zu werden. Da kommt es darauf an, daß ich nicht durch den Mund atme und daß ich eine echte Boxernase bekomme, wie die vom P'pa, die nachgibt, wenn man draufdrückt. Nachts quetsche ich meine mit dem Daumen zusammen, und morgens schaue ich vor dem Spiegelschrank nach, ob meine Nase ein bißchen mehr wie die von Battling Siki aussieht.

»Der erste Schwarze, der Georges Carpentier besiegt hat!«

»Von wegen, der Neger hat ihm ein Bein gestellt.«

Ich habe mich mit dem Großen aus der Neunten geprügelt, dabei ist der gar nicht in derselben Gewichtsklasse wie ich. Der Idiot hat mir die Nase blutig gehauen, aber er hat es nicht geschafft, sie mir zu brechen. Das muß ich wohl doch selber machen.

»Sag mal, M'am, stimmt das, daß Siki dem Carpentier ein Bein gestellt hat?«

»Das müßtest du selber wissen, wo du doch so viele Artikel ausschneidest.«

Eines Tages wird der P'pa in *L'Équipe* einen Artikel über mich lesen. Bei meinem ersten Kampf wird er mein Coach sein, denn das Wort mag ich gern. Dann steht er da, mit dem Handtuch, dem Schwamm, der Vaseline und dem Eimer zum Ausspucken. Er wird mir ins Ohr flüstern, was ich tun soll. Ins linke, sonst schlafe ich ein. »Paß auf, der Junge landet rechte Geraden wie Vorschlaghämmer! Geh auf ihn los! Hau nicht einfach so um dich! Und versuch nicht, ihn k.o. zu schlagen. Mach's bloß nicht wie Dauthuille in der fünfzehnten Runde. Los, beweg dich!«

Diese fünfzehnte Runde von Dauthuille, das war schlimmer als die Verletzung von Jonquet in der fünfunddreißigsten Minute gegen Brasilien im Halbfinale bei der Weltmeisterschaft. Mein P'pa hat mir das hundertmal erzählt, mindestens. Ja, ja, ich weiß. Noch dreizehn Sekunden, und dann hat Dauthuille La Motta nach Punkten besiegt. Noch dreizehn Sekunden, und er ist Weltmeister im Mittelgewicht. Dreizehn Sekunden, und er hat Cerdan gerächt. Ja, ich weiß. Aber der P'pa erzählt gern so, wie man die Geraden landet: immer noch eine und noch eine.

Dreizehn Sekunden! Eine Sekunde für jedes Kind von der M'am. Ich bin die elfte. Die gleich nach dem K.o. Der Augenblick, in dem alles kalt und dunkel wird. Dauthuille hat nicht auf seine Deckung geachtet. Eine Gerade in den Solarplexus. Er fällt. Schluß und aus für den »Stier von Buzenval«. Der P'pa bekommt immer ganz feuchte Augen, wenn er das erzählt. »So ist das im Leben, wie beim Boxen, manchmal muß man sich schlagen, um zu gewinnen.« Muß ich mal dran denken, in der Pause auf dem Schulhof.

Ich hab die Asche aus dem Ofen nicht erschnuppern können. Also bin ich nicht im großen Zimmer. Vielleicht haben sie mich in das Garagenzimmer gebracht. Da will ich aber nicht schlafen! In dem Zimmer ist Eis an den Fenstern, wegen der klapprigen Gasheizung, die mein Bruder Gérard irgendwo aufgelesen hat.

»Sie ist wie neu. Ich hab sie auf dem Müll gefunden.«

Wie neu, von wegen! Ich weiß noch, wie ich eines Nachts fast wirklich gestorben wäre. Ich bin groggy. K.o. im Stand, auf dem Hof. Meine elfte Sekunde ist da! Mir fliegen die Backpfeifen nur so um die Ohren! Es ist kalt. Ich bin barfuß und bibbere am ganzen Leib. Ringsum ist alles weiß. Es hat geschneit, aber ich weiß, daß Weihnachten noch nicht vorbei ist, denn ich habe meinen gelben Eisenkran noch nicht bekommen. Ganz fern höre ich die Stimme von der M'am.

»Wach auf! Wach auf, oder du stirbst uns!«

Aufwachen oder sterben. Schwere Entscheidung! Ich will die Augen aber nicht aufmachen, sonst verliere ich mein Tiefseetaucherspiel. Die andern begreifen gar nichts. Ich sterbe gar nicht, ich spiele bloß! Jemand verpaßt mir einen Hieb in den Solarplexus. Ich übergebe mich. Ende des Spiels.

»Glück gehabt. Die Feuerwehrleute haben gesagt, Kohlenoxid ist tückisch, da kann es schnell zu spät sein. Zum Glück bist du früher nach Hause gekommen, Michel. Sonst wären sie alle erstickt.«

»Hatte ich gar nicht so vor, M'am. Aber Jeanine hat es nicht im Schnee machen wollen. Hatte wohl Angst, daß sie sich den Arsch abfriert.«

»Sprich nicht so von deiner zukünftigen Verlobten!«

»Na gut, M'am, sage ich nächstes Mal eben ›was abfriert‹. Stell dir vor, jetzt wäre ich dein einziges Kind, wenn ich nicht meine algerische Decke vergessen hätte.«

Algerien! Bei dem Wort hätte ich fast die Augen aufgemacht. Algerien: französisches Departement, Hauptstadt: Tanger. Ich fange an, meine Erdkunde-Hausaufgaben runterzuleiern. Indochina: Laos, Annam, Kambodscha, Tonkin. Ich muß auch die Handelsniederlassungen in Indien auswendig können und mein Elternheft abzeichnen lassen.

Mein Gedächtnis ist wirklich komisch. Bei »Handelsniederlassungen« fällt mir »Tafel« ein, und von »Tafel« hüpfe ich zu »Schulheft«. Wie ein Flummi. Unser Lehrer hat uns erklärt, wie das Gehirn funktioniert: Alles, was passiert, wird in kleine Stückchen zerschnitten, und die werden dann eingeordnet wie in einen Schrank. Manchmal sagen meine Kameraden, ich hätte nicht alle Tassen im Schrank. Deshalb verliere ich Erinnerungsstückchen und muß hüpfen.

Auf der anderen Seite gibt es aber auch Wörter, die ich nicht vergesse. »Dilettant« zum Beispiel. Das hat der Lehrer einmal in mein Elternheft geschrieben. »Dilettant: Wer sich aus Liebhaberei künstlerisch betätigt«, so steht das im Lexikon. Das beruhigt mich nicht ganz. Mir scheint, da versteckt sich noch was anderes dahinter. Mißtrauen. Die Wörter sind wie Blätterteig. Man darf dem Zuckerguß nicht ganz trauen. Als ich es dem P'pa zum Abzeichnen geben mußte, habe ich es ihm auf den Küchentisch gelegt und bin vorsichtshalber aufs Klo gerannt, mich einschließen.

»Komm da raus!«

Ganz sicher nicht. Ich spiele auf Zeit. »Komm da raus!« Mein Vater läßt seine Stimme schallen, aber ich weiß, daß er den 6-Uhr-9-Zug an der Haltestelle Cocquetiers nicht verpassen darf. Selbst mit seinen langen Beinen ist das ein ganzes Ende. Der P'pa rüttelt an der Tür. Hauptsache, der Riegel hält.

»Diesmal unterschreibe ich nicht! Und deine Mutter

auch nicht! Ich komme zu spät. Mein Sohn ein Dilettant! Das ist wirklich die Höhe. Paulette, du unterschreibst ihm das Elternheft nicht, hast du gehört!«

Wenn der P'pa »Paulette« zur M'am sagt, dann heißt das, ein dickes Gewitter ist im Anzug. Er scheint die versteckte Bedeutung von »Dilettant« zu kennen. So ein Vater weiß offenbar immer noch mehr, als im Lexikon steht, und dann verteilt er Kopfnüsse.

Einen Vorteil hat es ja, wenn der P'pa wütend aus dem Haus geht: Dann scheppern die bunten Glasscheiben der Eingangstür, und ich merke sofort, wo ich bin, ohne zu schummeln. Und dann gibt es noch einen anderen Trick, den Glockenschlag der Standuhr im großen Zimmer mit ihrem Ticktack, das kein wirkliches Ticktack ist wie im Diktat. Eigentlich klingt ja nichts genau wie im Diktat, weder der Hahn noch der Wassertropfen noch das Auto, nicht mal die Viertelstundenschläge, denn die hätte ich hören müssen, seit ich wach bin. Diese Stille ist nicht normal.

»Serge, hast du schon wieder das Pendel von der Westminster-Uhr angehalten?«

»Du weißt doch, M'am, ich kann bei dem Ticktack nicht schlafen!«

»Ich hab dir x-mal gesagt, davon geht sie kaputt!«

In Wahrheit glaubt unsere M'am, es bringt Unglück, wenn man ein Uhrpendel anhält.

Dieser Morgen ist seltsam. Kein Geräusch, kein Geruch. Nur diese Mordsriesendummheit, die um mich herumschleicht, und die Zeit, die mein Bruder mit der Hand angehalten hat. Das Pendel anhalten, das ist, wie ein paar Sekunden lang zu sterben. Einmal hatte die M'am gedacht, Roland sei bei einem Motorradunfall umgekommen.

Seit diesem Tag darf ich ihn, wenn wir nebeneinander im Gitterbett liegen, auf keinen Fall anstoßen, wegen dem Nagel in seinem Arm. Roland leidet immer noch an den Folgen seines Sturzes mit dem Motorrad.

Von seiner 175er Peugeot war nur noch der Motor zu gebrauchen, der Scheinwerfer, der Sattel und der Soziussitz. Steht alles in der Garage. Der Rest liegt auf einem Haufen unter einer Plane im Hof, bei den Fliederbüschen. Wegwerfen werden wir das nie. Unser Vater kriegt alles wieder hin mit seinem Werkzeug, seinem Treibhammer, seinem Handamboß und seiner Schraubzwinge. Hat ein prima Händchen, der P'pa. Er wäre Weltmeister der Blechschlosser, wenn's das gäbe. Nach seinem Unfall hat Roland mir die große Plakette vom Tank geschenkt, ein Löwe, der sein Maul aufreißt.

»Du schaffst dir nie ein Motorrad an, versprochen?«

»Aber Roland, wenn ich keins hab, was mache ich dann mit den Mädchen?«

Vor seinem Unfall hatte Roland mir erklärt, wie man sich »auf der Jagd« verhält, so nannte er das.

»Wirst schon sehen, mit den Weibern geht das wie geschmiert! Motorrad, Lederjacke, Lächeln, Elvistolle mit Brisk. Und zack hast du sie am Wickel!«

Zur Veranschaulichung startete Roland mit einem Fußtritt seine 175er durch und sang im Abfahren mit tiefer Stimme... *Love me tender, love me do*... Genau das singt er auch, als er den Heuwagen oben am Hang nach Avron übersieht. Seitdem kann ich Elvis Presley nicht mehr leiden. Der riecht für mich nach dem Massage-Kampfer meines Bruders, und außerdem ist es seine Schuld, wenn ich später kein Motorrad kriege.

»Unsre Mutter würde sich zu Tode ängstigen, wenn du eins hättest.«

Die M'am hätte fast auf der Stelle der Schlag getroffen, als der Gendarm kam und ihr den Polizeibericht von Rolands Unfall brachte. Sie wollte gerade die letzte Rose schneiden. »Verstorben an den Unfallfolgen.« Das hat sie auf dem Blatt gelesen; das Kreuz war im falschen Kästchen, weil der Durchschlag verrutscht war.

An diesem Tag hat die M'am beschlossen, daß immer

eine Blüte stehenbleiben sollte an diesem Holzrosenstrauch. So nennen wir den, weil er mehr Holz bringt, als er Rosen trägt.

»Das soll Rolands Rose sein.«

Der Gendarm entschuldigte sich für sein »Versehen«. Dann hat er sich zu einem Glas Wein überreden lassen und eine Schachtel Schokobruch und einen Kirschauflauf mitgenommen. Als hätte er meinen großen Bruder gerettet. Man kann sterben wegen einem Kreuz an der falschen Stelle. So ist das im Leben, man sollte das Kohlepapier immer gut festhalten.

Ob ich die Unterschrift von meinem Vater wohl nachmachen könnte, mit Pauspapier? Serge hat mir gezeigt, wie das geht. Aber heute nacht zittert meine Hand. Meine Stirn glüht. Ganz sicher Fieber. Ich hoffe, ich habe 40. Eine magische Zahl, die die M'am loswirbeln läßt wie einen Brummkreisel. Thermometer, heiße Milch, Zitronensaft, Rum aus Martinique, ab ins Bett der Eltern, Kissen, Schlummerrolle, Mutter für mich ganz allein, und dann sehe ich mir im *Parisien* die tägliche Folge der Bildergeschichte »Ein Mann und sein Schicksal« an. Nachmittags gibt es Schulfernsehen, und wenn es wieder in die Schule geht, einen echten Entschuldigungsbrief mit Unterschrift vom P'pa höchstpersönlich. Der Direx ist mißtrauisch. Aber er soll den Brief ruhig gegen das Fenster halten, als wäre er eine gefälschte Banknote, er wird nichts finden. Die Unterschriften nach Fiebertagen tragen die väterlichen Schnörkel, diese unnachahmlich verzierten P und y. Manchmal, wenn ich schlechte Noten habe, wäre es mir lieber, unser Name wäre leichter nachzumachen.

Vielleicht habe ich wegen dieser Mordsriesendummheit und dem Brand jetzt gar keine Familie mehr. Und das, wo ich gewöhnt bin, zu fünfzehnt zu sein! Mir wird immer wärmer, mir läuft der Schweiß in die Augen. Ich habe Durst. Ich könnte egal was trinken, so einen Durst habe ich! Wie einmal, als die M'am mich am Schlafittchen meines Marinepullis schnappte und hochzog.

»Was machst du da? Bist du verrückt geworden?«

Ich trank zusammen mit Capi Wasser aus dem Rinnstein, um Polio zu kriegen. Ich hatte gelesen, daß Garrincha, der Rechtsaußen von Brasilien, früher Kinderlähmung gehabt hatte. Seitdem ist sein eines Bein kürzer als das andere, und er ist der beste Dribbler der Welt. Und Wilma Rudolph hat auch Polio gehabt, trotzdem ist sie die schnellste Frau über hundert Meter. Außerdem hat sie achtzehn Geschwister! Glaubst du, M'am, das schafft ihr, du und der P'pa?

Irgendwo im Dunkeln hat eben wer gegrunzt. Jetzt bin ich wieder beruhigt. Meine Familie lebt noch. In dieser Nacht liegen wir sicher zu dreizehnt, vierzehnt oder fünfzehnt kreuz und quer in den Betten. Vielleicht sogar noch mehr. In diesem Haus weiß man nie so genau, wer alles da ist, wer schon gegangen ist oder gleich geht. Kein Wunder, daß ich in meinen Aufsätzen die Zeiten durcheinanderwerfe. Außerdem kommt man mit dem Zählen immer so leicht durcheinander. Aber der Kommissar hat sich geirrt: Das paßt da rein!

Eben sind die Ratten unter den Bodendielen aufgewacht. Sie leben in der Sickergrube. Wenn ich ein echter Mohikaner werden will, muß ich irgendwann mal meinen Mut beweisen, indem ich mich durch das kleine Gitter runterlasse. Dann nehme ich aber Antoinette mit, unsere Katze. Ich habe sie nach einer meiner schönsten Mokarex-Figuren getauft: Marie-Antoinette (1755-1793).

Antoinette hat mal ein Kleines gehabt, aber das ist unter die Räder des Müllautos gekommen. Der Müllkutscher brauchte sich nicht mal zu bücken. Schaufel her, den Birkenreisigbesen, und hops! in den Kübelwagen. Uns wird es auch mal so gehen, nur daß wir dann einen Sarg haben. Sagt Serge mit einem kleinen Grinsen, wenn er Beerdigungen sieht.

Die ziehen bei uns vorbei, auf dem Weg zum Friedhof. Sainte-Marie-de-l'Espérance, die Kirche, von der die Särge kommen, liegt zwischen der Eisenbahnlinie und der Müllkippe. Serge und ich müssen unsere Fußball-Partie auf der Straße unterbrechen und schauen zu, was da so an uns vorüberzieht. Da gibt es lange, schicke Leichenzüge, Tränen tropfen auf Pelzmäntel, Blumen sind da im Überfluß, Pferde mit geschmückten Geschirren und mit Federbüschen auf dem Kopf wie im Zirkus. Und andere, verschwindend kleine, nur der Totengräber und der Sarg, hinter dem jemand einherschnieft. Doch auch von der größten Beerdigung bleiben nicht mehr Pferdeäpfel auf der Straße zurück als von einer kleinen. Wenn sie vorüber sind, spielen wir weiter. Nein! Es stand doch 3 zu 1!

Plötzlich überfällt mich eine neue Angst. Wie sollen sie mich begraben, wenn mich die Marsmenschen entführen? In der Zeitung steht was darüber, und Serge hat mich gewarnt, daß sie mir abends bei den Kohlenhaufen auflauern.

»Du holst einen Eimer Eierkoks und Briketts. Und ja keinen Staub!«

Also wirklich, die M'am denkt, ich habe Zeit, an den Staub zu denken, dabei kann ich jeden Moment vom grünen Strahl der Marsmenschen aus *France-Soir* vernichtet werden!

Zum Glück kenne ich einen prima Trick gegen Angst, gegen Schiß und Fracksausen jeder Art: Ich stelle eine Dummheit an. Eine kleine oder schlimme, kommt drauf an, wie groß die Angst ist. Diesmal brennt das Haus, aber mir will die Mordsriesendummheit, die ich angestellt habe, einfach nicht einfallen. Aber sie muß riesig sein, das habe ich im Gefühl. Im Kopf gehe ich die Liste der letzten dicken Dinger durch. Nicht zu laut, damit meine Mutter mich nicht hört. Aber ich finde nichts Interessantes. Also bleibt mir nur noch ein kurzes Gebet, um mich aus der Affäre zu ziehen. Aber wenn man vom Religionsunterricht ausgeschlossen worden ist wie ich, dann ist es schwerer, dem lieben Gott ein *Vater unser* zu schicken als dem Weihnachtsmann einen Wunschzettel. Zum Glück haben wir in der Familie unsere eigene Heilige Jungfrau.

Unsere eigene Heilige Jungfrau leuchtet sogar. Nicht sehr. Nur so ein leichter grünlicher Schimmer im Dunkeln. Ein kleines Wunder. Unsere Mutter hat die Statue mit einer Flasche Weihwasser aus Lourdes mitgebracht. Allerdings war das eine Pfandflasche...

»Mach dich nicht lustig. Wir hatten nichts anderes. Die Thermoskanne konnten wir ja wohl schlecht nehmen, oder?«

»Ich mach mich nicht lustig, M'am. Ich find das nett, Weihwasser in einer Flasche mit Sternchen drauf.«

Unsere leuchtende Heilige Jungfrau steht auf dem Fernseher. Die darf das! Sie erlischt nie, nicht einmal, wenn es völlig dunkel ist. Ein Mysterium. Stundenlang sehe ich sie an, bevor ich einschlafe, um das zu begreifen. Ich wüßte gern, ob sie erlischt, wenn alle schlafen. Ob sie blinkt, die Farbe wechselt oder sich in die Luft erhebt, etwa so wie eine fliegende Untertasse.

Wenn ich mich umdrehe, kann ich sie vielleicht sehen. Irgendwo da oben ist sie, im Dunkeln schwebend, gleich über einem anderen runden Lichtpünktchen: dem magischen Auge des Fernsehers! Abends kann ich nicht einschlafen, weil ich einfach keine Antwort weiß: Welches der beiden Lichter erlischt als erstes? Wenn der Fernseher siegt, werde ich die Nachrichten sehen, wenn die Jungfrau gewinnt, lohnt es sich vielleicht, wieder zum Religionsunterricht zu gehen.

Beim allerersten leichten Dämmerlicht wird unsere Heilige Jungfrau wieder zu einer schlichten weißen Steinfigur, während das magische Auge des Fernsehers auf dem Bildschirm auftaucht, müde und trübe nach der durchwachten Nacht. Was soll's: Ich gehe nicht wieder zum Reli-Unterricht.

»Schämst du dich nicht, so mit mir zu sprechen?«

»Du weißt doch, M'am, der Pfarrer hätte mich sowieso nicht wieder aufgenommen.«

Die Nacht verschwindet, das kann ich hinter meinen Lidern spüren. Bald ist mein Spiel zu Ende, wenn der erste Geruch des Morgens kommt: der Kaffee! Dann werde ich wissen, wo ich bin. Hmm! Bald duftet es nach dem Kaffee von unserem Vater. Tiefschwarz, ganz ohne Zichorie, mit nur einem einzigen Stück Zucker. »Hmm« ist zwar ein blödes lautmalerisches Wort, aber es paßt trotzdem gut zu dem Geruch. Und der ist zum Teil von mir, denn ich bin derjenige in der Familie, der immer den Mokarex-Kaffee mahlt. Die M'am kauft ihn statt des billigeren Legal, wegen meiner Sammlung. Also mahle ich ihn für sie, die Peugeot-Kaffeemühle fest zwischen die Beine geklemmt. Das ist gut für die Muskeln auf der Innenseite der Schenkel. Und die müssen kräftig sein, wenn man Fußballweltmeister werden will.

Was aber danach mit dem Kaffee passiert – die Kanne vorwärmen, das Pulver wohldosiert in den Filter füllen und mit siedendem Wasser überbrühen –, das ist eine heilige Handlung, ein Mysterium, den großen Schwestern und der Mutter vorbehalten.

Wo die Küche ist, läßt sich leicht nach dem Gehör feststellen. Wenn ich höre, wie der Vater den Kaffee schlürft, als würde er sich die Lippen verbrennen, dann ist es Viertel nach fünf, und ich bin im großen Zimmer, nur durch die Wand von ihm getrennt. Der P'pa trinkt seinen Kaffee immer kochend heiß aus der großen Pyrex-Schale. Die M'am staunt immer noch darüber: »Wie kannst du ihn nur so heiß trinken?«

»Der Mund von einem richtigen Blechschlosser verträgt eben was.«

Der P'pa zwinkert der Mutter keck zu, und sie schlägt die Augen nieder. Wenn ich versuche, so zu trinken wie er, muß ich die Zähne zusammenbeißen, um nicht loszuschreien. Aber eines Tages schaffe ich das. Obwohl sich der

P'pa die Lippen immer am Kaffee verbrennt, sind sie ganz weich. Vor allem, wenn er von der Arbeit kommt und sein Bart ein bißchen kratzt.

»Erstester!«

»Zweitester!«

»Drittester!«

Jedesmal gibt es ein Wettrennen mit meinen kleinen Schwestern, wer ihn als erster küßt. Wenn ich verliere, bin ich immer den ganzen Abend traurig.

Im Moment rieche ich den Kaffee aber noch nicht. Der Vater ist noch nicht auf. Die M'am ist wohl schon mit dem Fahrrad die Zeitung holen gefahren. Und morgen fängt der Herbst an... Warum muß ich an diese Jahreszeit denken, die sie so traurig macht? Die Mordsriesendummheit muß irgendwas mit der M'am zu tun haben. Wenn sie mir nur schon mein Horoskop vorgelesen hätte, damit ich weiß, was auf mich zukommt.

»Skorpion, wie dein Vater. Alles, was ihm passiert, passiert dir auch. Also, hör zu. *Arbeit: Alle Ihre Unternehmungen gelingen*... Siehst du! Dein Vater wird befördert, und du schaffst die Erdkunde-Arbeit.«

»Da sollten sie lieber gleich verraten, was drankommt, M'am!«

Am besten würde meine Mutter morgens mehrere Zeitungen holen. Dann könnte man sich seinen Tag zurechtlegen, wie es einem paßt. Wenn der *Parisien* Probleme ankündigt, nimmt man lieber den Erfolg aus dem *Figaro*. Gesundheitsprobleme in der *Libération*? Mit *Combat* rappelt man sich wieder auf. So muß das sein, wenn man reich ist: Du suchst dir dein Leben aus wie aus einem Katalog.

Ich weiß noch nicht, warum, aber der Tag heute wird anders als sonst. Das spüre ich. Trotzdem kein Grund, die M'am zum Zeitungskiosk zurückzuschicken. Sogar mit dem Fahrrad ist das ein ganz schönes Stück, und zu Fuß erst... zu Fuß? Warum sollte die M'am zu Fuß zum Kiosk gehen?

Ein mordsmäßiger Hitzeschwall steigt in mir auf. Alarm! Jetzt kommt's, die Mordsriesendummheit. Ich höre sie über meinem Kopf wie die Schrauben eines Zerstörers auf der Jagd nach einem abgetauchten U-Boot. Funkstille. Das kreisende Geräusch kommt näher. Ich atme auf. Das ist sicher nur der Bakelit-Propeller der Constellation auf dem Buffet. Unser Vater hat ihn in der Fabrik gedreht. Schwarz, während der Arbeitszeit!

Kann ich mir gut vorstellen, unseren Vater im Blaumann inmitten seiner Werkstatt-Kollegen, und dann schwarz was basteln. Ich würde ihn sofort erkennen, ohne Probleme. Schließlich ist er ja selber schwarz.

»Rede nicht darüber. Sonst bekommt er Ärger auf der Arbeit.«

»Weil er schwarz ist, M'am?«

»Nein, weil er schwarz was für zu Hause macht.«

Aber schön ist meine Super-Constellation aus Dural, das muß man schon sagen, wie sie da schwebt mit ihrem Dreiflächen-Leitwerk. »Beschreibt den interessantesten Gegenstand bei euch zu Hause.« Dank dem Constellation-Modell bin ich in dem Aufsatz erster geworden. Obwohl der Lehrer einen meiner Sätze rot unterstrichen hatte: *Auf dem Sockel mißt die Überquerung des Atlantiks viereinhalb Zentimeter. Dabei dauert der Flug von Paris nach New York ohne Zwischenlandung achtzehn Stunden!* Daneben hatte er eine ganze Reihe von Fragezeichen gemalt, wie ein Trupp kichernder Seepferdchen auf einem Tandem.

Plötzlich gehen meine Augen ganz von selber auf.

Schluß mit dem Tiefseetaucher. Schluß mit dem Spiel. Die Mordsriesendummheit ist nicht mehr schwarz, ich sehe sie! Ich komme an sie dran, mit drei Wörtern: Seepferdchen, Tandem und – Fahrrad!

»M'am, die haben mir dein Fahrrad geklaut!«

Schwitzend richte ich mich im Bett auf. Ich weiß, wo ich bin und wem der kleine warme Po gehört, aber das ist nicht mehr wichtig. Wahrscheinlich habe ich geschrien, aber niemand hat es gehört. Das Fahrrad von der M'am! Gestern abend hatte ich es geliehen, um zum Niemandsfeld zu fahren, Fußball spielen. Kein großartiger Anblick. Ich kam gerade mal auf den Sattel hoch. Aber zum Treten mußte ich mich hinstellen und auf der Stange Pfeffer reiben, wie Charly Gaul am Col du Tourmalet bei der Tour de France. Die Kumpels waren vielleicht was von baff! Veilchenblau das Fahrrad und mit ledernen Satteltaschen wie ein Briefträger.

Am Niemandsfeld! Ich hab's vergessen! Das Fahrrad von meiner Mutter! Ich kann es drehen und wenden, wie ich will, das ändert nichts. Ich habe das Fahrrad von der M'am am Niemandsfeld vergessen!

Mir kracht das Haus über dem Kopf zusammen. »Fünfzehn Tote in der Avenue Meissonnier. Eine kinderreiche Familie, der eine Räumungsklage droht, kommt beim Zusammensturz ihres Hauses vollzählig um.« So wird die fette Überschrift im *Parisien* lauten, zwischen dem sechsten Sieg von Anquetil beim Grand Prix des Nations und einem Foto von de Gaulle, wie er in der Menge steht und Hände schüttelt, vor der Volksabstimmung.

Ich mach's am besten wie Roland, als er in dem Haus in der Grand Rue das Feuer gelegt hat.

»Ich hab doch gesagt, du sollst das nicht sagen, falls der Herr von der Versicherung es hört!«

»Bei mir sagen wir einfach auch, es ist ein ›Kurzschluß‹ gewesen, M'am!«

Ich muß das Haus abbrennen! Es ist sowieso zu klein, und im Frühling werden wir rausgeworfen. So ist das im Leben, Ärger ist wie diese russischen Puppen, wenn du einen kleinen hast, versteck ihn in einem großen ... Madame Piponiot hat völlig recht. Ich muß das kleine Fahrrad von der M'am in einem großen Brand verschwinden lassen. Und mein Elternheft gleich mit.

Ich stehe auf. Ich hatte Kopf an Po zwischen meinen kleinen Schwestern gelegen. Wäre ich bis zum Schluß auf Tiefseetauchstation geblieben, hätte ich verloren. Ich hatte gedacht, ich läge auf der anderen Seite des großen Bettes, in umgekehrter Richtung. Komische Suppe, die Nacht.

Ich stehle mich aus dem Zimmer, ohne jemanden zu wekken. Zum Glück liegt die große Streichholzschachtel da, wo sie hingehört. Benzin? Finde ich sicher in der Garage. Aufgepaßt mit der Haustür. Die quietscht. Keine Geräusche jetzt. Es regnet, die Treppe ist naß, ich hätte mir Schuhe anziehen sollen. Jetzt werde ich mich erkälten. Ob das nicht blöd aussieht, wenn ich als einziger von der ganzen Familie überlebe? In der Garage erkennt man die Hand vor den Augen nicht. Ich zerbreche ein Streichholz. Die Kanister stehen neben dem Citroën. Noch von der Rationierung her, von der »Suezkrise«, wie es in den Schlagzeilen der Zeitungen hieß. Und die Erdkäs-Arbeit! Die verpasse ich. Ausgerechnet diesmal, wo ich diesen Streber von Vinteuil ausstechen wollte. Ich muß mir was anderes einfallen lassen, keinen Brand. Blinddarmentzündung, Mittelohrentzündung! Eine Knoblauchzehe in den Hintern, und ein Mordsfieber ist garantiert! Gérard hat erzählt, daß sie das beim Militärdienst so machen. Das heißt »sich in den Hintern schießen«. Ich fühle mich ganz nackt in dem kalten Regen und denke schon an die Tracht Prügel, die ich mir gerade einhandele.

»Was tust du da?«

Meine Mutter! Mit der Taschenlampe, sie schaut fuchsteufelswild, kommt im Morgenrock, an den Füßen Hausschuhe und ein Tuch auf dem Kopf. Ein bißchen wie eine von den russischen Puppen, nur nicht ganz so bunt.

»Ich hab dein Fahrrad auf dem Niemandsfeld vergessen!«

Einfach so rausgeplatzt. Die Wahrheit, rums, ungeschminkt. Dabei wollte ich eine Geschichte erfinden, mit Lügen, feiner als gemahlener Mokarex. Aber dann ist mir die Sache im Regen aus den Händen geglitten. So ist das im Leben, die Wahrheit ist wie ein glitschiges Stück Seife, gut riechen tut so was ja, aber es flutscht einem nur so weg. Diesmal können Madame Piponiots hübsche Wörter mich nicht retten.

»Komm sofort herein! Was hast du bei diesem Wetter barfuß draußen herumzulaufen?«

»Aber M'am, ich muß sofort los, sonst klauen sie es!«

»Haben sie sicher schon. Komm schnell! Dein Vater ist gerade aufgestanden. Los, in die Küche, ich rubbel dich ab, während er auf dem Klo ist.«

Morgens zieht unsere Mutter Kreise um den Vater. Ein wahrer Tower, wie auf dem Flugplatz. Wer gerade zuviel ist, wird am Ende der Piste geparkt. Dann gibt sie die Rollbahn frei. Der Flur ist leer, die Schlafzimmertüren sind versperrt, die Küche wartet im Leerlauf mit schnurrenden Pötten, das Geschirr steht bereit, Kaffeeschale, Zucker, Brotscheiben harren in einer Reihe, schon ist die Kaffeekanne im Landeanflug. Spülung, der Vater kommt aus dem Schuppen, schließt den Gürtel. Kaffeeschale wird betankt. Auf dem Nebengelände wird das Pausengeschirr an die Gangway geschoben. Wie in einem Breguet-Flugzeug mit zwei Beförderungsdecks. Fressalien in den Laderaum, und dann Salat mit Soße in die Touristenklasse. Türen zu, luftdicht. Zack in die Umhängetasche, zusammen mit dem frischen Stück Brot in seiner karierten Serviette, dazu das Viertelchen Rotwein der Firma Gévéor und den Kirschauflauf nach Art des Hauses. Startklar. Halstuch umgebunden, den Reißverschluß an der Jacke bis unters Kinn gezogen. Der Vater läßt es still mit sich geschehen.

Dann bringt die M'am den P'pa zur Haustür. Bis zur letzten Sekunde könnte man annehmen, er geht einfach so, eingemummt, aufrecht, die Tasche über der Schulter und den Kopf hoch erhoben, und sie würde nur noch mal kurz schüchtern mit dem Wischtuch wedeln. Doch auf einmal, perfekt abgestimmt wie zwei Ringeltauben, drehen sie sich zueinander um und küssen sich rasch auf die Lippen, in der Tür. Pfft! Sturzflug wie ein Eisvogel. Abends beim Nach-

Hause-Kommen wird es denselben Kuß geben, mit etwas mehr Hingabe vielleicht, eben soviel, wie die Müdigkeit zuläßt. So setzen sie mit flüchtiger Berührung der Lippen die Klammer vor und hinter den Tag, den sie fern voneinander verbringen.

Die M'am hat noch kein Lippenrot aufgelegt, damit er nicht die Spuren wegzuwischen braucht. Und der P'pa geht und nimmt diesen kurzen Moment mit, diese Neigung der Gesichter, diese Verhaltenheit der Körper, ein ganzes Leben könnte ich darauf verwenden, das alles zu schildern, wenn ich nicht vorher an einer Erkältung sterbe. Kindheitserinnerungen sind einen Meter achtzig groß. Unmöglich, später denselben Blickwinkel wiederzufinden. Beschlossene Sache: Niemals werde ich jemanden so küssen.

»Los, ab ins Haus!«

Die Mutter hat mich in den Eingangsflur geschoben, mich aus Unterhose und Unterhemd gepellt. Schon striegelt sie mir mit dem Ärmel ihres Morgenrocks über die Anatomie, ohne ein Sekündchen zu verlieren. Eine Ährenleserin mit Armen überall, wie eine Hindu-Göttin mitten im Weizen. »Ach Madame, ich weiß gar nicht, wie Sie das mit dreizehn schaffen. Ich hab genug mit zweien!« Das Geheimnis von der M'am: Tempo!

»Zieh dir meine Hausschuhe an!«

Eine wahrhaftige Haus-Ballerina, unsere Mutter. Sie choreographiert höchstpersönlich den Tanz der Gerätschaften. Ordentlich auf das Linoleum gesetzte Kreuzsprünge, eine Kittelschürze als Tutu, und morgens der Pas de deux mit dem Papa. Ihr Tagewerk ist vorgezeichnet wie auf einem inneren Reißbrett, eine hauchfeine Projektion im Raum, und die Hilfslinien des Entwurfs hat sie ausradiert. Sie allein kennt sich aus. Alles klappt haargenau, ohne einen Blick auf die Standuhr. Die haben die Männer erfunden, um zu wissen, wieviel Verspätung sie wieder haben! Hier in diesem Hause darf man vor allem nicht aufstehen, bevor man an der Reihe ist.

»Du weißt doch, morgens ist die Küche einfach zu klein!«

Eine komische Geometrie hat unsere Mutter da, sie ändert sich je nach Uhrzeit. Morgens sind die Quadratmeter kleiner als abends. Gibt es vielleicht unsichtbare Geisterchen, die die Häuser zusammenschnurren lassen wie die Schrumpfköpfe der Amazonas-Indianer? Dann haben sie unser Haus aber ein bißchen zu lange gekocht. Es ist das kleinste in der ganzen Straße. Wie ein lumpiger alter Skalp, der zwischen den netten Mauerstein-Fassaden baumelt.

Seltsam. Heute morgen ist mein Vater früher dran als sonst. Hat er mich vorhin schreien gehört? Männer hören ja sonst nie was... Da steht er in der Küche, mit bloßem Oberkörper über den Spülstein gebeugt, den Kopf unter dem Wasserhahn, das Handtuch um die Schultern. Er macht seine Waschungen und rubbelt sich das Gesicht ab, als wollte er die Haut herunterreißen. Das Wasser sprüht bis auf die heiße Herdplatte, die »kscht« macht wie eine aufgestörte Katze. Mit dem Rasieren ist er fertig. Der Spiegel hängt noch am Fenstergriff.

Auf einmal sieht die M'am, wie ich meinen Vater beobachte. Sie hält auf der Schwelle inne, als hätte sie schon begriffen, was gleich passiert. Der P'pa richtet sich auf, das Handtuch gleitet ihm von den Schultern. Eine dicke Narbe hat er auf dem Rücken, quer über das rechte Schulterblatt. Einen breiten, leuchtenden Streifen auf der braunen Haut. Die M'am hätte mich sicher von dieser Narbe ferngehalten, aber mein Vater hatte sich umgedreht. Eine Liane. Da entdeckte er mich, wie ich nackt und erstarrt dastand, noch ganz benommen von diesem Mal auf seiner Haut. Also hat er meinen Blick mit seinem gehalten, als würde er mich im Gleichgewicht über einen reißenden Bach leiten, über einen dicken Ast. Ich habe vor gar nichts Angst, wenn er mich so ansieht.

Er hat mich mit seinem Blick gehalten und gelächelt. Das Lächeln vom P'pa ist wie ein Sonnenaufgang. Fast blendet es, aber es soll bloß ja nicht aufhören, sonst müßte man fürchten, daß es wieder Nacht wird. Mit dem Daumen deutet der P'pa hinter sich, auf den Rücken, die Narbe.

»Hast du gesehen? Das war eine Tigerpranke!«

Eine Tigerpranke! Hatte ich's doch gewußt. Mein Vater hat mit bloßen Händen die Tiger in Java niedergerungen! Ich habe keine Zeit, ihn zu fragen, wie viele er getötet hat, ob das Gebrüll des Tigers einen lähmt, wie behauptet wird, ob er einem wirklich gleich an die Gurgel geht, ob eine Halskette aus Tigerzähnen vor Kobrabissen schützt, ob... Schon hat die M'am sich von der Verblüffung erholt und wieder ein rundes Dutzend Arme, mit denen sie mich packt, entführt, in ein zu großes Nachthemd steckt und dann in irgendein Bett.

Ich weiß nicht, wo ich bin, und es ist mir schnurz. Das ist kein Spiel mehr. Mein Vater hat den Bengalischen Tiger gejagt, zusammen mit dem großen Tigerjäger Jim Corbett und dem Maharadscha von Rajasthan. Und so einen wollen sie zwingen, ein banales Elternheft zu unterzeichnen! Dilettanten! Macht das mit unserem Botschafter in Kalkutta aus! Ich nutze die Gelegenheit, um im Kopf die französischen Handelsniederlassungen in Indien durchzugehen. Wir werden ja sehen, ob der Schuldirektor angesichts eines Mannes, der Menschenfressertiger gejagt hat, immer noch den dicken Wilhelm spielt!

Dann ist mein Vater zur Arbeit gegangen, die Tasche über der Schulter. Ich mache die Augen zu, um seinen Weg zu verfolgen. Die Rue des Limites hat er schon überquert. Er geht an der Bäckerei vorüber und schnuppert dem guten Duft des ofenfrischen Brotes nach. Es ist früh am Morgen und noch dunkel. Wohin will er? Nach Orly, für die Air France Flugzeuge bauen, in der größten Werkhalle von ganz Europa. Das erzählt die M'am aller Welt. Aber wie soll man die Sache mit der Tigerpranke erklären? Woher hat ein einfacher Blechschlosser...

»Ich hab's dir hundertmal gesagt: Ausbildungsbefugter Flugzeugschlosser, P3 maxi, alle Metalle!«

»Ich weiß, M'am.«

Das habe ich nämlich am Anfang vom Schuljahr auf ein Blatt schreiben müssen, »Schülerpersonalien«. War gar nicht genug Platz. Die Dame im Sekretariat hat es ausgestrichen und nur »alle Metalle« stehenlassen. Da hat unsere Mutter den Hut aufgesetzt, sich die Handschuhe übergestreift und sich persönlich hinbemüht. Bei der M'am bedeuten Hut und Handschuhe soviel wie ihr Helmvisier herunterklappen und eine Lanze packen, und »sich hinbemühen« heißt hinrauschen, in großer Form.

»›Alle Metalle‹? Was soll das bitte für ein Beruf sein? Ist mein Mann aus ›allen Metallen‹? Und Ihrer? Woraus ist der bitte schön? Das möchte ich mal wissen.«

Wenn es um die Ausbildung vom P'pa geht, ist die M'am empfindlich. Sie selber mag man »Hausfrau« nennen oder »ohne Beruf« oder »beschäftigungslos«, ist ihr egal. Ich schreibe: Mutter einer kinderreichen Familie mit dreizehn Kindern. Davon hat die Dame im Sekretariat nichts weggestrichen.

Mit dem Beruf von der M'am kenne ich mich aus, aber mit dem von meinem Vater? Woher hat ein ausbildungsbefugter Flugzeugschlosser, alle Metalle, bei der Air France eine vierzig Zentimeter lange Narbe von einer Tigerpranke auf dem Rücken? Und warum reist er so oft nach Toulouse und Algier? Wegen der Arbeit! Nicht nur. Und wenn sie ihn mit einer dicken schwarzen Limousine abholen, mitten in der Nacht? Mein Vater hat in seinem Leben ein Geheimnis. Soviel ist sicher. Muß man sich mal vorstellen, davon hätte ich nie was erfahren, wenn ich nicht das Fahrrad von der M'am beim Niemandsfeld vergessen hätte!

Zwecklos, jetzt von mir zu verlangen, daß ich schlafe. Ich werde nie wieder schlafen. Ab heute muß ich den Abenteuern meines Vaters nachgehen. Mindestens drei Leben werd ich dafür brauchen. Eins, um sie zu verfolgen, eins, um sie aufzuschreiben, und das letzte, um die Rechtschreibfehler zu verbessern. Ich verkrümele mich auf meinen Kirschbaum, und da bleibe ich mit der Schachtel voll Mokarex-Figuren, meinem Lexikon und dem Heft mit der Wörtersammlung. Dann schreibe ich: 1. Kapitel: Die tausendundeins unglaublichen und phantastischen Abenteuer des Flugzeugschlossers P3 maxi. Nein, der Held braucht einen kürzeren Namen. P3 – klingt wie eine Zigarettenmarke. P3 Maxi – das wäre eher was für einen Spion. PicPic – klingt wie Hühnerfutter. Picouman! Jawohl, Picouman, wie Superman! Ich sehe ihn schon, wie er über unserem Viertel durch die Luft zischt, in seinem Arbeitsblaumann, den Hammer am Gürtel, den kleinen Amboß in der Hand, den Nackenschutz im Winde, dazu die Schweißerbrille und sein Lächeln wie ein Sonnenaufgang!

Er geht.

Jetzt kann der Tag kommen.

Ich weiß, wo ich bin.

Zweites Kapitel

Das rote Auto

Heute früh steht in meinem Gesicht ein Geheimnis geschrieben, und niemand sieht es. Meine kleinen Schwestern nicht, die großen auch nicht und ebensowenig die Brüder. Ich würde gern in das große Zimmer hineinschreien: Wißt ihr was? Papa ist Picouman! Aber ich mache mich besser ganz klein, wegen dem vergessenen Fahrrad. Ich kann die Blicke rings um den Frühstückstisch geradezu spüren. Sie bilden eine Dornenkrone in meinem Haar. Um Gottes willen, sie wollen mich wieder in die Reli-Stunden schicken! Die Mutter sagt nichts. Sie war beim Niemandsfeld, um nachzusehen, sofort nachdem der Vater zur Arbeit aufgebrochen war.

»Es war nicht mehr da...«

Mehr hat sie nicht gesagt.

»Die Müllmänner sind noch nicht gekommen, da habe ich beim Zahnarzt Zeitungen für dich mitgenommen.«

»Beim Zahnarzt«, das bedeutet aus der Mülltonne vom Zahnarzt. Da fischt die M'am sauber geschnürte Bündel von *Match, Elle, Marie-Claire* oder der *Ciné-Revue* heraus, hübsch geordnet und nach Datum sortiert. Als wüßte der Zahnarzt, daß die M'am vorbeikommt. Vielleicht hofft er, daß wir zu ihm gehen. Aber bei uns in der Familie haben wir afrikanische Zähne, nie was dran.

Für Zeitschriften haben wir in unserem Viertel gleich eine ganze Auswahl von Mülltonnen: »beim Apotheker«, »beim Soldaten«, »beim Lehrer«. Am liebsten habe ich die aus der Tonne »beim Friseur«, wegen der Sportzeitschrift, dem *Miroir des sports*. Durch die Mülltonnen kann man die Leute kennenlernen, ohne daß sie einen zu sich nach Hause einladen. Nur dumm, daß man alles erst mit einer Woche Verspätung erfährt.

Ich stecke die Nase in meine leere Kaffeeschale. Noch bin ich mit dem Milchkaffee nicht an der Reihe. Wie gewöhnlich läuft im Radio Akkordeonmusik oder Tino Rossi. Sobald »Gymnastik nach Noten« kommt, heißt es sich dranhalten. Gérard will die M'am beruhigen.

»Keine Sorge, wir treiben schon einen anderen Drahtesel für dich auf.«

»Am meisten tut's mir um die Plakette von deinem Vater leid.«

Der P'pa hatte den Vornamen von der M'am in eine Plakette aus rostfreiem Stahl geritzt, wie ein Kosewort in die Rinde eines Baums.

Ich schlage vor, wir könnten ja das Fahrrad vom Briefträger nehmen, das hat einen Rücktritt und vorn noch einen zweiten Gepäckträger. Diesen Hundemörder brauchen wir nicht mehr, schließlich haben wir das Kindergeld schon gekriegt, und was soll die Post diesen Monat sonst noch Gutes bringen?

»Und die Briefe aus Algerien?«

Ich senke schnell die Nase auf die Wachstuchdecke. Ein Brief aus Algerien bedeutet einen Brief aus dem Krieg. Aber das Wort darf man nicht aussprechen. Die M'am hat immer einen Sohn dort unten und ich einen Bruder. Einen, der dort ist, der gerade von dort kommt oder dort hinmuß. Serge ist 62 dran. Die M'am muß schon daran denken. Ich bin erst Jahrgang 48. Da habe ich noch Zeit, aber man weiß ja nie, bei diesen Kriegen, die offiziell nicht »Kriege« heißen, nur »Ereignisse«. Vielleicht komme ich nach Tlemcen, zum 21. Infanterieregiment. Noch 243 Tage herunterzureißen! Die Mutter wird die Tage auf dem Feuerwehrkalender ausixen wie eine Knastlerin.

»Kannst du dich nicht anders ausdrücken?«

»Das war doch nur bildlich gemeint, M'am.«

Auf unserem Kalender geht es den Heiligen mächtig an

den Kragen. So viele Tage sind angekreuzt oder unterstrichen, wegen all den Geburtstagen und den besonderen Ereignissen, wegen Feiertagen und Urlaubswochen, es wirkt, als würden der Zeit die Zähne ausfallen. Wer von Zähnen träumt – träumt vom Tod!

»Sag nicht so was. Ich erwarte einen Brief aus Algerien.«

Gleich nachher, wenn der Briefträger kommt, steht unsere Mutter auf der obersten Stufe der kleinen Treppe vor der Haustür, aufrecht, die Finger um das karierte Wischtuch verkrampft, den Blick starr auf den rostigen Briefkasten gerichtet. Sie wird warten, bis der Briefträger verschwunden ist, bevor sie die Post holt. Und der Briefträger verschwindet schleunigst. Begreiflich. Zweimal täglich quetscht sich Capi, unser Hund, unter dem Staketenzaun durch und verfolgt ihn kläffend bis an die Ecke, er beißt ihm in die Knöchel, die Waden und sogar in die Reifen. Der Briefträger vollführt Akrobatenkunststücke, wie er sich so mit Fuß- und Pedalhieben verteidigt. Nach vollbrachter Tat kommt Capi nach Hause, den Schwanz schneidig in die Luft gereckt, holt sich ein paar Streicheleinheiten ab und wendet sich dann wieder seiner wesentlichsten Tätigkeit zu: der Siesta unter dem Fliederbusch.

»Sie könnten Ihren Hund auch mal festhalten. Ich warne Sie, irgendwann lasse ich ihn fangen!«

Capi festhalten? Als könnte die Mutter daran denken, wo doch vielleicht ein Brief aus Algerien in der Post ist! Vor allem, weil es da unten gerade ziemlich kracht. Das weiß sie von der Mutter eines Kumpels von Roland, Fausse Timbale. Seine Lucette hat ihm die Verlobung aufgekündigt, als er zum Militär gegangen ist. Noch eine, die heiß ist, du weißt schon wo! So sagen die Klatschweiber auf dem Marktplatz immer, wenn sie die Mädchen beobachten, deren Freunde fort sind. Von denen habe ich diesen Ausdruck, »eine, die heiß ist, du weißt schon wo«. Wohl irgendwo im Kopf, da, wo die Gedanken sitzen.

Wenn nichts in der Post ist, ist die M'am enttäuscht, aber

auch erleichtert. Kein Brief, aber auch kein blauer Umschlag mit Staatswappen und »République Française«-Aufdruck wie der, den die Bäckerin aus der Rue Montgolfier bekommen hat. Ihr François in der 3. Kompanie des 9. Regiments. Der Dschebel Mouadjène. Die Partisanen sitzen in den Erdbeerbäumen. Die Kugeln pfeifen, man weiß nicht mal, woher... Und das Lebenslicht verlöscht mit zwanzig. So hatte es in der Zeitung gestanden. Seltsam. Krieg haben wir angeblich keinen, aber in *Le Parisien* sieht man jeden Morgen Soldaten oder Terroristen, die bei einem Hinterhalt oder einer »Säuberungsaktion« getötet worden sind.

Und wenn in der Post irgendein Brief mit offiziellem Aufdruck ist, macht das Herz von der M'am einen erschrockenen Satz. Und wir bekommen eine Menge offizielle Briefe! Präfektur des Departements Seine. Familienunterstützungskasse. Hauptpersonaldirektion der Air France. Ich beobachte die M'am, wenn sie beim Briefkasten steht, die Post in der Hand, das Gesicht voll Sorge. Ein tiefer Atemzug, und sie sieht die Post durch, hastig, wie ein Spieler, der seine Karten ordnet. Einen zieht sie heraus und verkriecht sich in ihre Küche. Sie gießt sich Kaffee in ein Pyrex-Glas, setzt sich hin, wischt sich die Hände an ihrem karierten Tuch ab und ritscht den Umschlag mit dem Finger auf. Danach erst macht sie die Tür zu.

»Los, Jungs! Im Fernsehen fängt die Gymnastik an! Ihr verpaßt sonst wieder den Bus!«

Wie meine Brüder um den Frühstückstisch sitzen, sehen sie aus wie aufgeplusterte, folgsame Spatzen auf der Regenrinne. Wie viele sind es heute früh? Vier, fünf oder sechs. Roland fehlt, der ist früher weg. Heute ist sein großer Tag. Einstellungstest bei der Air France! Wir müssen alle daran denken. Sie geben ihm ein Stück Metall, einen Plan und Werkzeug, und er muß ein maßgenaues Werkstück abliefern. Ist es gut, wird er genommen. Wenn nicht...

»Toi toi toi, mein Großer!«

Die M'am läßt nie einen von uns ohne das Zauberwort zu einer Prüfung gehen. Auch wenn sie schon das Horoskop im *Parisien* gelesen hat. Bei mir hat gestanden: *Geglückte Unternehmung, wird recht lange Zeit hindurch Früchte tragen.* Wenn die damit auf das Fahrrad von der M'am anspielen, finde ich das aber nicht komisch.

Michel schaut besorgt drein. Ich hab gehört, wie er zu Gérard gesagt hat, heute abend kommt das Ergebnis des Tests von Jeanine, seiner Fast-Verlobten, heraus. Und ich hatte gedacht, wenn man mal groß ist, hat man keinen Ärger mehr mit Aufsatzkorrekturen und mit Prüfungsergebnissen, auf die man warten muß...

Wie üblich sind die großen Schwestern auch heute morgen unsichtbar. Sie sind wohl in der Küche hinter verschlossenen Türen mit ihrer Morgentoilette zugange, trällern wie Suzy Delair, oder sie lesen heimlich *Nous Deux*. Évelyne und Josette, vielleicht auch Monique. Wegen heute nacht bin ich noch nicht wach genug, um da klarzusehen. Auf der Schwelle verteilt die M'am Küsse an die Jungen. »Wir passieren die Stechuhr«, lacht Guy. Ein letzter prüfender Blick der M'am auf der Treppe. Noch eine hastige Handvoll Küsse für die Küken... Und los!

»Vergeßt nicht eure Pausenbrote! Und denkt an Roland!«

Jeden Tag sollen wir an jemanden denken. Denkt an Jacky, der wird mit seinem Chef reden. Denkt an Monique, heute ist ihr erster Tag auf dem Rathaus. Macht einen Knoten in euer Taschentuch! Aber mein Kopf ist zu klein. Also habe ich mir einen Trick ausgedacht, um an alles zu denken. Ein Knoten im Taschentuch: denk an einen Bruder; zwei Knoten: an eine Schwester; ein Knoten in der Mitte: den P'pa, und alle vier Ecken zusammengebunden wie zu einem Fallschirm, das ist die M'am. Jetzt muß ich nur noch an das Taschentuch denken...

All meine großen Brüder sind weg, außer Serge, der sitzt am Kopfende des Tischs, wie angewachsen hinter *L'Équipe*. Reims hat Monaco 2:0 geschlagen, ist jetzt ganz vorn mit Straßburg und dem Racing Club de Paris. Marseille ist ganz hinten. Ich bin für Reims. Am Sonntag hat Serge für die Ortsmannschaft von Villemomble zwei Tore geschossen. Er ist noch bei den Junioren, erstes Jahr. Über seine Tore wird nicht viel geschrieben, aber immerhin, sie sind erwähnt.

»M'am, hat P'pa den Artikel gesehen?«

»Er hat gesagt, er nimmt ihn mit und liest ihn im Zug.«

Serge fährt in die Lehrwerkstätte, sein amerikanisches Holzfällerhemd ist stolzgebläht. Er hat es von seinen ersten Spielprämien gekauft. Wie Eddie Cochrane sieht er darin aus. Im Vorübergehen flüstert er mir zu: »Paß bloß auf, wenn der P'pa heute abend das mit dem Fahrrad erfährt: Numerier schon mal deine Knochen durch!«

Macht einem wirklich Mut, dieser Bruder. »Knochen«, da muß ich an den Hauklotz des Metzgers denken, der mit seinem Lieferwagen durch die Straßen kommt. Zum Glück habe ich den Milchkaffee, um mich zu stärken.

»Stimmt das, daß du Mamas Fahrrad verbaselt hast?«

»Da wirst du ganz schön was abkriegen...«

Verflixt! Maryse und Martine, die beiden Zicken! Die sorgen dafür, daß ich das Braun verpatze! Jeden Morgen gieße ich Milch und Kaffee in die Schale, und zwar so dosiert, daß die Mischung genau dieselbe Farbe hat wie mein Handrücken. Die Milch ist die M'am, der Kaffee der P'pa. Jeden Morgen rühre ich Vater und Mutter mit dem Kaffeelöffel zusammen.

Jetzt hat das eher die Farbe vom P'pa. Muß noch ein bißchen Milch rein. So! Jetzt hat es genau meine Tönung: Milchkaffee. Dann weiche ich das harte Brot ein.

»Wir haben aber frisches Brot bekommen!«

»Mit echter Butter drauf!«

Ganz sicher nicht. Meine kleinen Schwestern wollen sich

bloß interessant machen. Frisches Brot gibt es nur für den P'pa und das Pausenbrot der Großen. Und ihre »echte Butter« ist Astra-Margarine wie bei allen anderen.

»Mama hat gesagt, du mußt auf uns warten, bevor du zur Schule gehst!«

»Und du mußt uns bis an die große Tür bringen!«

Unmöglich. Heute früh habe ich auf dem Schulweg jede Menge Sachen zu erledigen. Erst mal nachschauen, wie weit die Reparatur von dem roten Auto ist, in der Rue Bondy. Es müßte fast fertig sein. Danach muß ich meine Lumpen zur Druckerei vom alten Massicot bringen. Ich hab ein Bündel vorbereitet und hinter dem Garagentor versteckt. Dafür bekomme ich mindestens zwei Packungen Löschpapier und ein Blatt von dem guten Canson-Zeichenpapier. Mein Vater hat mir aus dem Kunstverein der Fabrik Zeichenkohle mitgebracht. Da malt er in Öl, nach echten Modellen! Ich will nur einfach zeichnen können, was ich oben von meinem Kirschbaum aus sehe.

Also noch mal. Nach dem roten Auto schauen, dann die Lumpen zur Druckerei. Kommt gar nicht in Frage, daß ich meine kleinen Schwestern zur Schule bringe. Die würden alles bei der M'am verpetzen. Im Radio singt Georges Brassens: *Le 22 septembre, aujourd'hui, je m'en fous... – Der 22. September, der ist mir heut doch piepegal...* Mir aber nicht.

Auf der Treppe nimmt unsere Mutter die allerletzte Inspektion vor dem Schulgang ab. »Meine letzten drei kleinen Pakete!« Sie schaut sogar in den Schuhen nach, ob nicht jemand dann und wann mal, ganz ohne Absicht natürlich, eine winzig kleine Münze aus dem Skattopf genommen hat. Heute bin ich dran, ich werde nervös. Dabei habe ich nichts versteckt... Das da ist das Geld von den Markenheftchen, davon wird der Kampf gegen die Tuberkulose unterstützt. Was das angeht, herrscht bei mir die allerschönste Ordnung, vielleicht werde ich sogar der beste Verkäufer von der ganzen Schule. Aber ich habe andere Sorgen, schwerere.

Wo ich doch das Fahrrad am Niemandsfeld vergessen habe, bekomme ich da noch – meinen Rubbelkuß? Ich würde ja verstehen, wenn nicht, und ich würde nicht weinen. Jedenfalls nicht, bevor ich unter der Eisenbahnunterführung bin.

Mit bangem, beklommenem Herzen stehe ich auf der untersten Treppenstufe. Die M'am mustert mich von den Schnallen an meinen Sandalen bis zum Scheitel. Ich mache lieber die Augen zu, damit ich nicht in ihre schauen muß. Ich fühle, wie sie mir die rauhen Stellen auf meiner Haut mit Nivea-Creme einreibt. Dann ist sie fertig, und die längste Sekunde der Welt bricht an. Die längste der Welt. Und auf einmal spüre ich auf der Wange – meinen Morgenkuß! Mit diesem schnellen Fingerrubbeln hinterher, damit nichts vom Lippenstift hängenbleibt. Ein Rubbelkuß, so daß mich den ganzen Tag lang der Duft der Finger und der Lippen von der M'am begleitet.

Nun schäme ich mich noch mehr, daß ich ihr Fahrrad vergessen hab.

Jetzt sind wir alle weg. Auch die großen Schwestern, obwohl ich nicht mitbekommen hab, wie die verschwunden sind. Immer steht da ein Junge und erwartet sie mit dem Fahrrad oder einer Vespa. Jetzt ist die M'am allein in dem leeren Haus, es ist wie eine alte Puppe, deren Füllung zu den offenen Fenstern herausquillt. Im Radio ist jetzt Zeit für den »Haushalt nach Noten«. Nach und nach lüftet die M'am alles aus. Decken, Laken, Kissen, Federbetten, das Haus bekennt Farbe. In der erwachenden Avenue Meissonnier wird zum Entern geblasen. Die Straße klatscht wie ein Schaufelradboot auf dem Mississippi...

»Du übertreibst! In der Grand-Rue war das so, aber doch nicht in der Avenue Meissonnier.«

»Laß es mich doch ein bißchen mischen, M'am. Erzählen ist wie Milchkaffee-Machen.«

An den Fenstern werden die Teppiche der Reichen und die Bettvorleger der Armen ausgeklopft. Was hier adelt, ist der

Eifer bei der Arbeit, und so gesehen ist die M'am von fürstlicher Abstammung! Sie krempelt sich die Ärmel hoch, packt zu und stopft die Innereien des Hauses wieder dahin, wo sie hingehören. Chirurgie auf dem Schlachtfeld. Dann kalfatert sie das Ganze mit einem guten Bohnergeruch, und abends, wenn man nach Hause kommt, ist es, als könne man darauf gleiten wie auf der Eisbahn.

Jedesmal, wenn ich zur Schule gehe, fühle ich mich, als verließe ich die M'am ein wenig. Heute früh hat sie ganz traurig geklungen, als sie uns den Artikel von der ersten Seite des *Parisien* vorgelesen hat: *Und morgen fängt der Herbst an. Ein melancholischer Anblick, wenn die ersten Blätter auf die Motorhauben der Autos fallen: Schon kündigen sich die dunklen, kalten Tage an…*

Vor allem aber waren da die fünfzehn Soldaten, die südlich von Oran in einen Hinterhalt geraten und gefallen waren. Heute morgen wird die M'am noch früher auf den Briefträger warten.

Damit sie auf andere Gedanken kommt, nehme ich sie einfach zur Schule mit, in der Tasche meiner kurzen Hose oder in einem der Fächer von meinem Ranzen. Da, wo sie es am bequemsten hat. Wir werden den ganzen Tag lang miteinander schwatzen. Dann ist sie wieder wie Peter Pan.

»Hör auf, Flugzeug zu spielen!«

»Kannst ja gar nicht in echt fliegen!«

Maryse und Martine holen mich auf den Boden zurück. Seit wir aus dem Haus sind, kleben mir die kleinen Biester an den Fersen. Ich werde sie einfach nicht los. Die M'am schaut uns durch das Küchenfenster nach. Heute morgen verdanke ich ihnen sogar mein Leben. Ohne die zwei wäre ich unter dem Garagentor hängengeblieben, als ich das Lumpenbündel für die Druckerei holen wollte.

»Warum hast du das weggenommen?«

»Da ist sogar ein Wischtuch von Mama dabei!«

»Das ist für die kleinen Chinesen.«

Die kleinen Chinesen sind wirklich praktisch, immer brauchen die was.

»Wir sammeln Schokoladenpapier für sie, zusammen mit unserer Lehrerin.«

»Und wir Joghurtbecher!«

Während meine kleinen Schwestern ihre Lehrerinnen miteinander vergleichen, denke ich mir eine echte Mohikaner-List aus, um sie abzuschütteln. Zur Schule kann ich zwischen zwei Wegen wählen. Links entlang, bei Madame Piponiot vorbei, beim Samen- und Futterhändler und unter der Eisenbahn durch. Oder rechts, beim Farbenhändler entlang, über den Kreisverkehr und direkt an der Druckerei von Père Massicot vorbei. Aber ich muß dringend noch nach dem roten Auto schauen.

»Warum gehen wir hier lang?«

»Das ist aber weiter!«

Ich tu so, als würde ich das Gejammer von meinen kleinen Schwestern nicht hören.

»Schau mal, das war das Auto von dem Mann, der die Wischtücher verkauft.«

»Und die Laken und Servietten.«

Sie sehen einfach alles mit ihren hübschen blauen Augen. Das war Syracuse, in seinem klapprigen grauen Volkswagen. Syracuse ist der fliegende Händler des Viertels. Der Wäschehändler. Ein Scharlatan! Er wartet, bis die Männer zur Arbeit weggegangen sind, dann läutet er an der Tür mit seinem ganzen Kram, seinen Geschenken und dem Bestellblock. Sein Wagen lauert an der Ecke von der Rue Montgolfier und unserer Straße. Er gefällt mir nicht. Ein pomadisierter langer Lulatsch mit schmalem Schnurrbart, der süßliche Frauenzigaretten raucht und Jean Sablon nachäfft, wenn der *Syracuse* singt. Deswegen haben wir ihm auch den Spitznamen gegeben. Er hat schon alle hier eingewickelt, inklusive Capi, mit Nougat. Der sieht vielleicht blöd aus, wenn er darauf herumkaut! Bislang hat unsere Mutter ihm aber widerstanden. Einmal an einem Donnerstag habe ich gehört, wie er auf sie einschwatzte.

»Aber meine liebe arme Dame, ist es Ihnen nicht peinlich, daß Sie solche Lumpen aus dem Fenster hängen müssen? Das sieht ja aus wie bei den Zigeunern. Was sollen die Nachbarn bloß denken? Sie haben etwas Besseres verdient...«

Stimmt schon, unsere Laken sind gestopft, und die Federbetten verlieren die Federn, aber es ist warm darunter, wenn wir uns aneinanderkuscheln. Und sowieso haben wir im Augenblick kein Geld für neue. Hat der P'pa gesagt. Aber Syracuse ist hartnäckiger als eine von den blauen Plumpsklofliegen. Den müßte sich Picouman mal vorknöpfen. Ich frage mich, ob der P'pa wie Robin Hood oder Ivanhoe ist. Maryse und Martine lassen nicht locker.

»Du hast versprochen, daß du uns unterwegs eine Geschichte erzählst!«

»Sogar eine Blitzgeschichte!«

Gerede, Gemaule. Wegen ihnen komme ich noch zu spät. Ich gebe nach. Meine Schuld, schließlich hab ich das blöde Spiel ja selber erfunden, von wegen »Blitz-Geschichte«. Nur, weil sie irgendwann mal zu mir gesagt haben: »Kann sich nicht mal eine ausdenken!«

»Eine, wo wir sagen dürfen, wer mitspielt!«

Sonst hatte ich ihnen immer eine Geschichte mit meinen Mokarex-Figuren erzählt. Ich brauchte nur die Schachtel einmal durchzuschütteln und nachzuschauen, wie sie herumlagen. Aber jetzt, wo die beiden aussuchen dürfen, muß ich eine Regel erfinden: »So wird das mit der Blitzgeschichte gemacht: Erstens sucht ihr euch drei Figuren aus meiner Sammlung aus; zweitens sagt ihr, wann die Geschichte spielen soll: in der Märchenzeit, in der Zeit der Könige oder heute; und drittens, in welchem Land: hier, im Indianerland oder in Afrika. Und ich muß mir sofort eine Geschichte für euch ausdenken.«

»Aber keine mit Marsmenschen, das darfst du nicht!«

»Und keine mit fremden Milchstraßen.«

Sie wählen Ludwig XVI., Marie-Antoinette und Saint-Just. Ich ersetze Saint-Just heimlich durch Axel von Fersen. Die Geschichte steht schon längst fest, aber das brauchen meine kleinen Schwestern ja nicht zu wissen. Nicht mal ein halber Häuserblock, und die Sache ist erledigt. Wir sind quitt.

»Und die Kaulquappen?«

»Du hast es geschworen!«

Einverstanden. Donnerstag nehme ich sie zu den Kaulquappen mit, bei den Eisenbahngleisen, aber nur, wenn wir uns jetzt an der nächsten Ecke trennen!

»Das ist Erpressung!«

»Ja, Erpressung!«

Einen Wortschatz kriegen die Kleinen so langsam… Ich werde mein Wörterbuch verstecken müssen. Sie lassen einfach nicht locker; sie sind mir zwei Schritte voraus und hören einander Grammatikregeln ab, die sie in ihrem Alter eigentlich noch gar nicht kennen dürften. Die Blitzgeschichte hat mich Zeit gekostet. Jetzt komme ich zu spät zum Drucker. An der nächsten Ecke verschwinde ich.

»Du hast gesagt, noch eine Ecke weiter!«

»Ja, das hast du sogar geschworen!«

Da ich nicht mehr in die Reli-Stunden gehe, kann ich schwören, soviel ich will. Sogar hoch und heilig. Keine Reli mehr, aber Wunder gibt es doch noch. Unsere leuchtende Heilige Jungfrau hat zum Beispiel eines in der Rue Montgolfier geparkt: eine Fregatte! Einen Renault Frégate, brandneues Spitzenmodell, in zwei Blautönen lackiert, mit Weißwandreifen. Mit drei Sätzen habe ich meine kleinen Schwestern hinter mir gelassen. *Transfluide* steht da in verchromten Lettern am Kotflügel, mit einem Kreis, den ein Pfeil durchbohrt. Der erste Renault Frégate, den ich in echt sehe… Ein Frégate transfluide in unserem Viertel! Der kostet mehr als eine Million! Ein Jahresgehalt vom P'pa!

»Eine Million, das stimmt ja gar nicht!«

»Unmöglich...«

»Ich hab's im *Auto Journal* gelesen: 960.500 Franc plus 94.500 Franc für die *Transfluide*-Federung, und mindestens 20.000 für die Weißwandreifen. Das macht...«

»1.074.000.«

»1.074.500!«

Die rechnen mir einfach zu schnell, die zwei Kleinen.

»Und was soll *transfluide* bedeuten?«

»Siehst du, das weißt du nicht!«

»Doch! Das bedeutet... ›Die Wogen und Meere durchpflügend‹.«

»Quatsch!«

»Das denkst du dir aus.«

Ich finde, diese kleinen Schwestern sind irgendwie nicht mehr klein genug...

»Weil ihr das Lied nicht kennt: *Am 31. August, da kam sie hart am Wind auf uns zu, eine Fregatte aus Engelland...*«

»Man singt nicht so laut auf der Straße!«

»Das gehört sich nicht.«

»*... die Wogen und Meere durchpflügt! Sie segelte gen Bordeaux!* Bitte sehr, das bedeutet *transfluide*!«

Jetzt sind sie baff und funkeln mit ihren blauen Augen.

»Bringst du uns noch mehr Wörter bei?«

»Aber hübsche!«

Ich lege mich nicht fest und äuge ins Innere des Renault: 150 Sachen steht auf dem Tacho! Sogar 160, wenn man den letzten Strich noch mitzählt. Das ist mein Rekord bei französischen Autos, den Citroën DS vom Futterhändler eingerechnet.

»Man schaut nicht in die Autos von fremden Leuten!«

»Wenn der Monsieur jetzt rauskommt...«

Elfenbeinausstattung, Lenkrad mit Schliff, eine Uhr am Armaturenbrett, außerdem Zigarettenanzünder und Handschuhfach.

»Du bist ein echter Junge, wie du von Autos redest! Ich versteh überhaupt nichts.«

»Ist ja auch gut, wenn man ein Junge ist, M'am.«

Der Frégate ist noch schöner als in der Zeitung. Ob der sogar einen Anlasser mit Zündung hat? Na ja, immer noch weniger Knöpfe als der Studebaker von der Frau von Pontet, dem Schrotthändler.

»Wenn du den in Gang bringst, schenke ich ihn dir!«

An dem Tag damals war Serges dreizehnter Geburtstag, und Pontet schien nicht zu scherzen, als er das zu meinem Bruder sagte. »Wenn du den in Gang bringst, schenke ich ihn dir!« Pontet war während der Besatzungszeit im Maquis, im Widerstand, ein Kumpel von unserem Vater gewesen, und jetzt hat er einen Schrotthandel in der Nähe vom Friedhof. Die M'am sagt, er hat Riesengeschäfte mit Zeug gemacht, das die Amis dagelassen haben: Jeeps und Transportfahrzeuge. Er hat sogar einen leichten Sheridan-Kampfpanzer, so einen Sarg auf Raupen, der nach einem Indianermörder benannt ist. Den hat er ausgerechnet babyblau angestrichen, mit einem großen weißen Stern. »Zum blauen Panzer« – das ist das Kennzeichen vom Schrottplatz geworden.

Jedes Jahr macht Pontet eine »Party«, wie er das nennt, zu der er alle Jungs aus dem Maquis einlädt, die in der Region P3 Süd mitgemacht haben, und ihre Familien dazu. Bis aus Nevers und Umgebung kommen die hoch. Mitten zwischen den sich türmenden Autowracks sind dann lange Tische aufgebaut, mit weißen Tüchern darauf, dazu ein angeliefertes kaltes Buffet und Kellner mit Fliegen unter dem Kinn.

»Wenn du den in Gang bringst, schenke ich ihn dir!«

»Den«, damit meint Pontet den Studebaker, zartgrün mit flaschengrünem Hardtop. Den Wagen von seiner Frau. Mein Bruder hat sich hinters Steuer geklemmt wie bei den Go-Karts.

»Ein Versuch, dann ist Schluß. Verstanden?«

Serge blickt auf all die Knöpfe, die sich ihm darbieten, als wären sie eine Auswahl von Weihnachtspralinen. Seine Hand zögert und wählt schließlich eine mit Likörfüllung. Er zieht an dem kleinen, versilberten Knopf. Der Scheibenwischer setzt sich in Bewegung. Die Tischgesellschaft gakkert im Rhythmus der Wischblätter los, und man dreht sich wieder um, noch ein Stück Mokkatorte essen. Serge zieht mich beiseite. Nicht besonders enttäuscht, nur daß seine schneidige Haartolle noch etwas wütender aufragt.

»Irgendwann mal bist du an der Reihe, dann fordert er dich auf, den Studebaker anzumachen. Und dann, kleiner Bruder, legen wir ihn aufs Kreuz, dann kriegen wir ihn am Arsch!«

»Du sollst doch nicht solche unanständigen Wörter schreiben!«

»Bin ich doch nicht, M'am, ist doch Serge.«

Während meine kleinen Schwestern trippelnd auf dem Bürgersteig warten, inspiziere ich weiter den Frégate transfluide.

»Selber schuld, jetzt kommst du zu spät zur Schule!«

»Der Lehrer schimpft dich sicher aus!«

Am Ende geben sie's auf und verschwinden. Ich schaue ihnen nach. Ziemlich hübsch mit ihren Lackschühchen, den Söckchen, den Haarbändern. An der Straßenecke drehen sie sich um und machen mir noch so ein Zeichen mit der Hand, wie wenn man ins Ferienlager abreist. Man freut sich riesig, wenn man sich einen Monat später wiedersieht. Aber zeigen darf man das natürlich nicht.

Das Elternheft kann ich auch nicht zeigen! Eben fällt mir ein, daß es in meinem Ranzen steckt. Wenn der Lehrer es entdeckt...

»Dein Vater hat gesagt, ich soll es nicht abzeichnen.«

Als meine Mutter das heute morgen sagte, habe ich's gar nicht erst weiter versucht. Ihr Blick war stahlhart.

»Er redet heute abend mit dir ein Wörtchen darüber.«

Ich weiß schon lange, daß das absolut kein leises kleines Wörtchen wird, eher ein ausgewachsener Klartext, mit dem der P'pa mir ordentlich heimleuchtet. Kein gemütliches Licht...

Die kleinen Schwestern sind weg. Vorsichtshalber schaue ich nach, ob Maryse und Martine nicht etwa gleich zurückkommen. Ich muß unbedingt allein sein, wenn ich nach dem roten Auto sehe. Das ist meine geheime Verabredung.

»Diese Geschichte solltest du aber nicht erzählen. Sie ist so traurig.«

Diese Geschichte ist nicht traurig. Sie ist rot.

Das Auto, mit dem ich jeden Morgen auf dem Schulweg verabredet bin, gehört dem Ingenieur. Die M'am nennt ihn so, weil er gebildet aussieht und immer so gut gekleidet ist. Er wohnt in der Avenue de Bondy. Fast wie ein Schloß wirkt sein Haus, hinten in einem Park, mit einem Gittertor und einer Hecke, hinter der man alles nur erahnt, und mit großen Bäumen. Libanonzedern sind das! Hat er mir selber gesagt.

»Die werden hundert Jahre alt. Ich schaffe das ganz sicher nicht.«

Eines Tages ist er an das Gittertor gekommen, um mir zwei Tb-Marken abzukaufen. »Zur Sicherheit.« Er klopft sich auf die Brust, als er das sagt, und lächelt sanft und blaß. Sogar wenn er einen Blaumann trägt, sieht er immer aus wie im Sonntagsanzug.

Im Park repariert er ein Auto, das einmal rot sein wird. Das kann man schon jetzt sehen. Erst war es nichts als eine rostige Karosserie, die da aufgebockt war, mitten auf der kiesbedeckten Allee. Tag für Tag sehe ich auf dem Schulweg nach, wie weit die Verwandlung gediehen ist. Gar kein Vergleich mit den Autos, die mein Vater anschleppt, verdellerte Wracks, die er aufarbeitet und weiterverkauft. Oft dauert das bis in die Nacht.

»Laß den Jungen wenigstens auf eine Suppe hereinkommen.«

Kommt überhaupt nicht in Frage. Ich habe keinen Appetit, solange mein Vater mit meinen Brüdern an einem Motor bastelt. Ich will der Stift sein, den Werkzeugwagen beaufsichtigen, die Schlüssel reichen, ihm die Stirn abwischen oder die Stablampe halten.

»Leuchte auf meine Hände!«

Sieht nicht so aus, aber das ist das schwierigste. Wenn einer schön redet, achte darauf, was seine Hände tun! So ist das im Leben... Lernen, wie die Dinge zusammengehören, dafür lohnt es sich doch, auf eine Suppe zu verzichten!

»Wo ist die vierte Zwölfermutter? Da hatte ich sie hingelegt.«

Ständig verlegt man was beim Basteln. Oder schlimmer, manchmal ist am Ende ein Teil übrig.

»Mist, wir haben die Dichtung vergessen. Jetzt müssen wir alles noch mal auseinandernehmen.«

Die Mutter bringt uns etwas zu essen in die Garage. Wir essen im Stehen, im Schein der Handlampe. Das Licht wandert über die ölschwarzen Gesichter. Wenn wir basteln, ist die Familienähnlichkeit besonders groß!

Und noch in einem anderen Augenblick sehen wir einander besonders ähnlich: wenn wir zum erstenmal den Motor anlassen. All diese gespannten Gesichter...

An jenem Abend hängt der Motor eines großen Citroën an Seilen vom dicksten Ast des Kirschbaums. Einer dieser fliederduftenden Abende ist es. Aus den Gärten hört man helle Stimmen, es klingt, als würden alle sich aus einer großen Glasschüssel mit gezuckerten Erdbeeren bedienen. Unser Vater und meine Brüder schauen auf den Motor dort im Kirschbaum.

»Jetzt kommt der Probelauf.«

»Das gibt einen Radau!«

»Stimmt, aber wenn er morgen früh nicht richtig rundläuft, dann sind wir angeschmiert.«

»O.k., aber nur kurz, daß wir hören, ob er spotzt.«

Und spotzen tut er ordentlich! Plötzlich wird mir die Bedeutung des Wortes »Radau« so richtig klar. Eine regelrechte Explosion hallt durch den Hof. Das gibt einen Aufruhr! Aus der ganzen Nachbarschaft kommen die Leute auf die Straße gerannt. Als man den Sputnik sehen konnte, waren es auch nicht mehr. Unser Vater beruhigt sie. »Es ist nichts! Es ist nichts! ... Wir haben nur ein halbes Glas drin!« Er meint Benzin. Aber ein halbes Glas hält vielleicht lang! Der Auflauf wird größer. Manche denken, die Stadtverwaltung läßt uns aus dem Haus werfen. Die M'am versteckt sich hinter ihrem Wischtuch. Der Motor im Kirschbaum droht sich aus der Vertäuung loszureißen. Wir treten zurück. Sollen wir die Feuerwehr rufen? Falls das die ganze Nacht dauert. Es hört nicht auf. Aber auf einmal, nach einem letzten Schluckser, bricht der Radau unvermittelt ab. Die allerschönste Sommerstille, die unser Viertel je gehört hat.

»Na bitte, er läuft!«

Nach dieser Feststellung gibt unser Vater allen Zeugen einen aus. Der Lebensmittelhändler zieht sein eisernes Rollgitter wieder hoch, und auf der Straße geht es munter festlich weiter. Eigentlich müßten wir öfter mal einen Motor im Kirschbaum erblühen lassen.

Ich weiß nicht, ob der Ingenieur an jenem Sommerabend auch dabei war. Ich kann ihn mir gar nicht vorstellen, wie er, ein Glas Rosé in der öligen Hand, den anderen zuprostet. Alles ist viel sauberer, wenn er sein rotes Auto repariert. Sein großer Werkzeugkasten läßt sich aufklappen wie ein Schrankkoffer. Das Werkzeug liegt säuberlich aufgereiht auf weißen Tüchern im Gras. Er nimmt seine Schraubschlüssel, wie andere nach einer Krawatte greifen. Besonders gern sehe ich zu, wie er auf seinem Rollbrett unter dem Auto verschwindet.

Unser Vater macht das auch, aber ohne Rollbrett. Die M'am sagt, was sie vom P'pa am häufigsten zu sehen bekommt, das sind seine Beine. Die schauen wenigstens heraus, wenn er an einem Auto bastelt. »Dein Vater hätte eine Fernsehansagerin heiraten sollen.« Die Frau ohne Unterleib und der Mann, der nur aus Beinen besteht: Damit könnten sie sich auf dem Jahrmarkt am Trône für Geld sehen lassen.

Manchmal gehe ich abends nach dem Essen noch mal zum Haus des Ingenieurs und halte durch das Gittertor nach ihm Ausschau. Er hat seine Arbeit beendet, den Blaumann ausgezogen und raucht eine süßliche Zigarette, an das von einer Plane bedeckte Auto gelehnt. Das Gesicht im Mondschein, die schillernden Haare ordentlich nach hinten gekämmt. Seine Frau neben ihm sieht aus wie Grace Kelly. Als stünden sie auf dem Deck eines Ozeandampfers. Später werde ich Mechaniker auf einem Überseeschiff.

Das rote Auto auf der kiesbedeckten Allee ist fast fertig. Verspachtelt, geschliffen, jetzt muß es nur noch lackiert werden. Der Ingenieur hat die Scheiben schon mit Zeitungspapier abgedeckt. Sprühpistole, Druckluftflaschen und Milchflaschen, alles steht bereit.

»Bei Lackierarbeiten mußt du Milch trinken, zum Entgiften.«

Morgen oder übermorgen ist er mit dem Lackieren fertig. Dann verschwindet das rote Auto in der Garage, und die Allee wird leer bleiben. Am Ende sind die Autos immer weg.

Diejenigen, die der P'pa samstags aufarbeitet, auch. Ein Mann im Anzug kommt, geht herum, tritt gegen die Reifen und den Unterboden. Er zieht einen Flunsch, diskutiert, schlägt mit den Türen, klappt die Motorhaube auf und nickt. Er trinkt ein Glas am Tisch im Eßzimmer und zählt große Geldscheine in einem Umschlag. Und das Auto verschwindet.

Wie viele haben wir schon kommen und gehen sehen! Kleine, große, heruntergekommene, die wir gehegt und gepflegt haben, bis sie wieder obenauf waren und in die Welt ziehen konnten. Von ihnen gehört haben wir später nie mehr. Undankbar allesamt, für ein paar Scheine und ein Glas Wein verlassen sie uns mit irgendeinem Unbekannten.

»Frauen und Autos, überall dasselbe! Kaum haben sie vier Räder oder ein Höschen an, schon kannst du dich umschauen!«

Das sagte Pontet nach dem Essen.

»So einen Unsinn brauchst du nicht auch noch nachzuplappern!«

»Nur so als Zitat, M'am!«

Aber ein Auto hätten wir fast behalten: einen Simca 5! Um Haaresbreite, das heißt um eine Platanenrinde… Er war für unsere Mutter gedacht. Eine Schnapsidee der großen Schwestern. Sie hatten eine Reklame in *Elle* oder *Marie-Claire* gesehen, wo es hieß: *Klein und chic. Ein rassiges Auto. Der Simca 5, der Wagen für die elegante Frau von heute!* Daneben das Foto einer Frau in kurzen Hosen, den Tennisschläger lässig über die Schulter gelegt. Évelyne kann das sehr gut nachmachen, mit der Pfanne.

Meine großen Schwestern haben also beschlossen, die elegante Frau von heute sei unsere Mutter. Warum auch nicht? Meine Schwestern haben lange genug zugesehen, wie Madââme Jacquet aufgeplustert und hochnäsig durch die Straße stolziert und die feine Dame markiert. Überdies spielt sie die Wohltäterin, indem sie ihre alten Plünnen verteilt und uns verspricht, uns ihren Kühlschrank zu verkaufen, wenn sie sich das größere Modell anschafft, einen 290-Liter-Kelvinator.

Bei den Jacquets herrscht die reinste Haushaltswarenmesse: elektrisches Bügeleisen, Waschmaschine mit Schleuder auf Rollen, Gasherd, Dampfkochtopf, Staubsauger,

Strickmaschine, Rotary-Musiktruhe, sogar ein blaues Abtropfgestell aus Plastik hat sie im Spülstein stehen. Eines Tages bekommen wir das alles.

Und damit nicht genug. »Die Jacquet«, wie meine großen Schwestern sie nennen, ist die einzige Frau im Viertel, die fahren kann. Das muß sich ändern! Unsere Mutter hat bloß mit den Schultern gezuckt. Los, geht mir aus den Füßen, Mädchen! Und hat weiter die Wäsche aufgehängt. Aber meine großen Schwestern haben sie tagaus, tagein bearbeitet, abwechselnd und bis zum Umfallen. Es wurde zur Grundsatzfrage für unsere Familie, es ging um Stolz und Ehre. Seltsam, wie die Frauen sich in der Küchenecke drängeln, ganz leise reden und ganz laut lachen. So ist das im Leben, die Frauen sind die Indianer von heute. Darum halten sie Kriegsrat. Madame Piponiot hat sicher recht. Ich bin ein Mohikaner und muß ganz mit mir allein Kriegsrat halten.

Eines Tages schließlich hat unsere Mutter gesagt: »Warum auch nicht...«, und der Vater hat auf den Tisch geklopft: »Top, es gilt!« Kein Problem mit dem Simca 5. Boboss, ein Kumpel aus dem Maquis, ein Fachmann in Sachen Autoversicherungen, besorgt ihm ein schnuckeliges Wrack. Scheint ihm noch vom Krieg her verpflichtet zu sein. Das »Schnuckelchen« kam eines Samstagabends. Sogar bei Licht ließ sich nicht mehr erkennen, wo vorn war und wo hinten. Und das soll ein Kumpel aus dem Widerstand sein? Unser Vater schluckte. Freundschaft ist eine heilige Sache, auch wenn diese hier gerade ein paar Beulen davongetragen hatte. Bis du den Führerschein hast, ist der wie fabrikneu. Versprochen! Und gehalten...

Die erste Fahrstunde von der M'am war letzten Sonntag nach der Kirche. Mit Gott auf in den Kampf! Unser Vater nimmt den braunen Juvaquatre-Lieferwagen, den er eigentlich noch in der Mache hat, der ist bequem wegen der Handbremse. Seit zwei Wochen trainieren die Schwestern die M'am heimlich in der Küche mit einem Besenstiel, dem

Deckel vom großen Kochtopf und dem Schminkspiegel. Am Morgen des großen Tages nimmt jeder im Haus der M'am ab, was er nur kann. Besser noch als am Muttertag. Sie gleitet durch das Haus wie eine hübsche graue Kegelkugel. Nicht mal Zeit, sich nach dem Kirchgang umzuziehen. »Den Schleier hättest du aber trotzdem abnehmen können!«

Unser Vater hat ein gestrenges Fahrlehrergesicht aufgesetzt. »Glaub ja nicht, ich lasse dir was durchgehen!« Die ganze Horde läuft hinaus, um dem hüpfenden Hinterteil des Juvaquatre nachzuschauen. Die Bäckersfrau an der Ecke der Avenue des Limites bekommt fast eine unbestellte Lieferung, und zwar frei Schaufenster. Lenken und Gegenlenken, schnell greift der Vater zu, das Getriebe kracht nur ein wenig, und schon fährt der Juva wieder geradeaus, ganz stolz und starr, um dann in Richtung Niemandsfeld zu verschwinden. Da dürfte es um die Tageszeit schön ruhig sein. Aus den Augen, aus dem Sinn. Dabei ist der Sinn nicht ruhig, absolut nicht, die ganze Bande hockt aufeinander, als gäbe es heute Zeugnisse.

Wir warten. Und auf einmal hören wir etwas. Den Motor des Juvaquatre. Er kommt durch die Rue Montgolfier zurück, scheint einmal um den Block gefahren zu sein. Wir laufen hinaus. Es ist tatsächlich der Juva, allerdings nicht mehr so ganz derselbe. Einäugig, mit zahnlosem Kühlergrill, den rechten Kotflügel eingedellt, die Tür zerschrammt: Aussicht auf etliche Stunden mit der Handlampe.

Die Mutter steigt lachend aus dem Auto. Sie lacht! Und wie sie lacht! Gar nicht mehr aufhören kann sie und klemmt sich die Handtasche vor den Bauch. Wir sind voll Sorge und wollen wissen, was passiert ist, aber unsere Mutter kann nicht aufhören zu lachen... »Ich mach mir gleich in die Hose!« Unser Vater hat ziemlich verstrubbeltes Haar, aber er kann nichts sagen. Lieber bringt er uns in einer Prozession zum Niemandsfeld. Keine Erklärungen nötig. Dort ist alles zu sehen. Die Reifenspuren, wie sie von der Straße abkommen, die riesige Platane, deren Rinde an einer Stelle abgerissen ist, die braunen Lackspuren am Stamm, das niedergewalzte Unterholz und unten auf dem Feld die Spuren, wo sich der Wagen im Schlamm festgefahren hatte, ganze eineinhalb Meter tiefer. So etwas fertigbringen, ohne sich dabei zu überschlagen…

»Ich zeig das eurer Mutter, und wißt ihr, was sie sagt? ›Schau nicht so verdutzt, es war keine Gefahr, ich hab doch gerade das Abendmahl genommen!‹«

Und seitdem lacht unsere Mutter und ist nicht mehr zu bremsen. Ihre erste und letzte Fahrstunde war das. Unser Vater brachte den Juvaquatre wieder in Ordnung und arbeitete den Simca 5 auf, bis er schöner war als je zuvor. Wirklich hübsch, *der Wagen für die elegante Frau von heute*. Wie ein Lackschühchen. Unser Vater hat sicher viel an die M'am gedacht, während er den Simca so herausgeputzt hat.

Ein paar Tage lang hat er ihn noch auf dem Hof stehen lassen. Aber verkaufen mußte er ihn doch. Ein dicker Kloß von Mann hat ihn abgeholt. Unser Vater hat das lieber nicht mit angesehen und ist ins Café des Limites einen trinken gegangen. Als er zurückkam, hatte er einen Peugeot 201 an der Hand, den nächsten Kandidaten für seine Werkstatt.

Erst spät am Abend nach dieser ersten und letzten Fahrstunde hört unsere Mutter auf zu lachen. Als die ganze Bande rings um sie herumsteht, erklärt sie es uns.

»Ihr hättet mal sehen sollen, wie euer Vater geschaut hat, als wir auf das Niemandsfeld runtergerasselt sind! Er war ganz einfach völlig weiß!«

Sie lacht wieder los, und alle fallen ein.

Sogar der P'pa.

Nachdem er Stunden und Stunden damit verbracht hat, ist das Auto des Ingenieurs jetzt so rennwagenrot, daß man die hundert PS hinter dem Kühlergrill förmlich spürt.

Pferdestärken... mein Pferd!

Ich will hier keine Abkürzungen erklären, mir fällt nur gerade ein, daß ich Blanco zu Hause gelassen habe. Zum erstenmal gehe ich ohne ihn zur Schule. Was ist bloß mit mir los, daß ich heute alles vergesse?

Syracuse steht unten am Treppchen vor unserem Haus. Unsere Mutter spricht mit ihm hinter dem Türgitter, während sie die Fensterscheibe mit Zeitungspapier putzt. Ich schlüpfe zum Kirschbaum, um Blanco loszumachen. Capi, dieser Dummkopf, kläfft los und verrät mich. Dabei wollte ich gerade jetzt überhaupt nicht auffallen!

»Ich hab was vergessen, M'am.«

»Ist das Ihr Sohn?«

Daß der mich bloß nicht anfaßt, der mit seinem verführerischen Schlangengezischel. *Isszt dassz Ihr Sszohn?* Ein Hypnotiseur und Kinderdieb! Schade, daß ich nichts dabeihabe, womit ich an seinem vergammelten Käfer die Reifen aufschlitzen oder den Lack zerkratzen könnte. Blanco, jetzt heißt es galoppieren, mein Pferdchen. Wir sind mächtig spät dran! Das Lumpenbündel auf der Schulter, gebe ich uns beiden die Sporen.

Ich komme zum Haus des Ingenieurs. Das rote Auto steht nicht mehr in der Allee. Alle Fensterläden sind geschlossen, das Gras steht hoch, sogar mitten im Kies. Meine Beine zittern. Ich habe keine Zeit, ich muß weiter.

»Warum erzählst du die Geschichte vom Ingenieur nicht zu Ende?«

»Ich hab's eilig, M'am. Du hast selber gesagt, sie ist zu traurig.«

»Jetzt hast du angefangen, da mußt du sie auch fertigerzählen.«

Ich weiß nicht, warum ich damals an jenem Abend im Kirschbaum beschlossen hatte, neue Wörter zu lernen, die mit E anfangen: »Eidam, Eidgenosse, Eierbrikett, Eierfrucht...« Gerade war ich bei »Eigentumsvorbehalt«, da hörte ich Bremsen quietschen und einen dumpfen Aufprall. Ich sprang von meinem Ast und rannte zur Kreuzung. Ich war als erster da. Das rote Auto war vor dem Haus des Apothekers gegen den Telegraphenmast gefahren. Erst konnte ich nicht hineinschauen, weil die Scheiben immer noch mit Zeitungspapier verklebt waren. Aber dann sah ich durch die Windschutzscheibe. Ja, er war es. Der Kopf des Ingenieurs lag auf dem Lenkrad, und aus dem Ohr lief ein dünnes Rinnsal Blut. Leute kamen. Der Apotheker stand am Fenster und blökte, sein Telefon sei tot. Die Nachbarn gaben ihre Meinung zum besten. Er hatte nichts sehen können... Wahrscheinlich hatte der Hund ihn erschreckt. Im Rinnstein saß ein schwarzes Hündchen und leckte sich winselnd die Pfote. Armes Tierchen!

Der Unfall, bei dem der Ingenieur ums Leben gekommen ist, war in diesem Sommer. Jeden Morgen, wenn ich an seinem Haus vorbeikomme, tue ich seitdem so, als sähe ich den verlassenen Garten hinter dem Gittertor gar nicht. Ich gebe Blanco die Peitsche und versuche, mir weiszumachen, ich hätte das alles vergessen. Vielleicht steht ja morgen das rote Auto wieder in der Allee.

Mit blutig gepeitschten Waden komme ich bei der Druckerei an. In der Werkstatt vom alten Père Massicot ist schon mächtig was los. Es riecht nach neuem Papier, Druckerschwärze und Leim. Als wäre hier jeden Tag Schulanfang. Kaum bin ich durch die Tür, ist es mir, als würde ich die Nase zwischen die Seiten eines neuen Buches stecken. Und dazu das Maschinengeklapper! Seine Wilsmayer schnappt nach den großen weißen Blättern und läßt sie zwischen ihren Kinnbacken verschwinden. Wie eine Gottesanbeterin. Eines Tages frißt die mich noch. Gekostet hat sie schon einmal... Er zeigt mir seine Hand, an der zwei Finger fehlen, und nimmt mein Lumpenbündel entgegen. Jedesmal, wenn er eins wiegt, komme ich ins Schwitzen. »Ich geb dir eine Packung Löschpapier dafür.«

»Und zwei Blatt Canson-Zeichenpapier, Monsieur. Das ist es wert.«

»Eine Packung Löschpapier, mehr nicht! Und das ist noch großzügig. Ich glaube nämlich, wenn ich dieses Bündel aufschnüre, dann finde ich darin – einen ollen nassen Lumpen.«

Er macht Anstalten, den festgezurrten Dreifachknoten aufzupolken, den ich mit so viel Mühe gemacht habe. »Wenn ich euch erwische, daß ihr mir nasse Lumpen bringt, dann ziehe ich euch eins mit dem Papierschneider über!« Alle Jungs aus dem Viertel, die ihn beliefern, kennen die Drohung. Ein Papierschneider mit einem mächtigen Hebel, der einen belaubten Ast durchtrennt wie Weißbrot. Schon gut! Schon gut! Ich mache einen Rückzieher. Schließlich will ich mir was zu naschen kaufen. Also stecke ich meine Beute in den Ranzen und besteige Blanco für einen gestreckten Galopp, bei dem nicht einmal die klappernde Wilsmayer vom Père Massicot mithalten könnte.

Ich gelange zu den Anschlagtafeln am Rondell. Die lese ich gern. Öffentlicher Aushang der Änderungsbeschlüsse zum Bebauungsplan... Zwangsversteigerung... Heute jedoch ist alles mit den Bekanntmachungen für die Volksabstimmung vom nächsten Sonntag überklebt. »*28. September: Nehmen Sie Ihre Zukunft in die Hand. Beteiligen Sie sich alle an der Volksabstimmung!*« Den Diskussionen nach, die ich zu Hause mitbekommen hab, steht es halbehalbe für die alte und für die neue Verfassung.

Ich komme in die Straße, wo die Schule liegt, parallel zu den Bahngleisen. Nur noch Mütter ringsum, die allein zurückkommen. Es riecht nach etwas, das ich allzugut kenne: Verspätung.

Los schon, Blanco! Wir können es noch gerade so schaffen, wenn wir durch das kleine Fahrradtor schlüpfen! Was ist los? Blanco hat sich aufgebäumt wie eine Caravelle beim Start.

»Ohne deinen Vater wäre die nie geflogen!«

»M'am, ist das jetzt etwa der passende Augenblick, um darüber zu reden?«

»Das ändert nichts daran, daß die Caravelle ohne ihn heute nicht fliegen würde.«

Die M'am hat mir schon oft von dem Tag erzählt, als für die Caravelle alles auf dem Spiel stand. Es hatte nachmittags angefangen. Ein dickes schwarzes Auto fuhr vor unserem Haus vor. Ein Mann mit einem weichen grauen Hut kam, um sich mit unserer Mutter zu unterhalten.

»Sagen Sie ihm einfach, es gibt Ärger mit der Schwalbe vom großen Charles. Er wird schon verstehen, was das bedeutet.«

Abends ist der Vater kaum zur Tür herein, da zieht die Mutter ihn ins Elternschlafzimmer. Als er wieder herauskommt, hat er einen Gesichtsausdruck, der bedeutet: »Jetzt ist die Kacke am Dampfen!«

»Ich habe dir doch gesagt, du sollst nicht solche Ausdrücke gebrauchen!«

»Na hör mal, der P'pa sagt das schließlich auch! Und warum hast du ihm ein Ei gegeben?«

»Wart ab, wie's weitergeht.«

Mein Vater steuert direkt zum Schuppen hinüber. Ich folge ihm wie ein Mohikaner bis zu dem gläsernen Dachziegel. Er schließt sich ein, zündet zwei Kerzen an und holt seinen Kartoffelsack hervor. Ja, einen einfachen Kartoffelsack aus Hanf, in dem er sein »Werkzeug, das nur ihm gehorcht« aufbewahrt. Eine Reihe von Stahlmeißeln, die eigens für seine Hand gemacht sind, und von Hämmern mit Köpfen von Fabeltieren und geschnitzten Stielen. Über dem Sack vollführt er seinen »Zauber des schwarzen Magiers«, geheime Bewegungen hin und her, die er auch einsetzt, wenn es darum geht, eine Plötze zu angeln oder einen Hasen zu schießen, bei der Pferdewette zu gewinnen oder beim Kartenspiel Trumpf zu bekommen.

Anschließend holt er ein rohes weißes Ei aus der Jackentasche. Er hält es vor die Kerzenflammen und besieht es, dann spannt er es zwischen die Backen des Schraubstocks. Er zieht vorsichtig an, bis das Ei hält. Dann auf einmal schnipst er mit den Fingern, und lautlos platzt das Ei auf. Mit dem Eiweiß reibt sich mein Vater gründlich die Hände ein. Dann bläst er die Kerzen aus und verläßt den Schuppen, den Kartoffelsack über der Schulter.

Ab da geht alles sehr schnell. Ein flüchtiger Kuß für die M'am, und schon zwängt sich unser Vater hinten in den großen Wagen, der sofort startet. Richtung Villacoublay. Am Ende der Landebahn steht schon ein Armagnac-Turbinenflieger bereit. Die vier Motoren brummen, am Steuer sitzt Léopold G. Um drei Uhr Mittlerer Greenwich-Zeit landet der Flieger in Toulouse. Kurze Besprechung im Konstruktionsbüro. Picouman schlägt vor, in der Kammer des Reservetanks eine Halterung für einen Verstärkerkompressor anzubringen. »Technisch unmöglich!« meinen die Ingenieure. Aber versuchen müssen sie es doch. Um 3 Uhr 57 wird Picouman an Seilen in den Tank hinabgelassen. Bis zum Morgen arbeitet er in den Kerosindämpfen, ganz ohne Sauerstoffflaschen. Wie einen Perlentaucher ziehen sie ihn in regelmäßigen Abständen zum Luftholen hoch. Um 6 Uhr 15 kann der Kompressor eingebaut werden. Zu spät für einen Probelauf! Was soll's ... Um 7 Uhr 30 fährt der Citroën des Generals unten an der Gangway vor. Gerade klettert Picouman aus seiner Luke. Léopold fängt ihn ab.

»Keine Zeit mehr zum Aussteigen. Leg dich hinten im Steward-Abteil aufs Ohr. Ich hol dich ab, wenn alles geschafft ist.«

Picouman haut sich in der Bordküche hin, den Kopf auf den Kartoffelsack gebettet. Er spürt, wie die Caravelle sich aufbäumt und startet. Dann schläft er ein.

»Sie schnarchen ja immer noch genauso, mein Freund.«

Picouman hört jemanden über sich flüstern. Er schrickt

zusammen. Die Stimme ist dieselbe wie im Fernsehen. Er schlägt die Augen auf. De Gaulle beugt sich über ihn. Vor allem die Nase.

»Herr General! Was machen Sie hier?«

»Auch große Männer müssen mal für kleine Jungs.«

Er deutet auf die Tür, an der die Initialen von Winston Churchill prangen.

»Ich hoffe, ich werde der Nachwelt nicht dadurch in Erinnerung bleiben. Nun, mein lieber Picouman? Immer im Dienste der guten Sache, ohne einen Laut, aber danach mit lautem Schnarchen, was?«

»Ich bin untröstlich, Herr General.«

»Sie brauchen sich nicht zu entschuldigen. Würden Sie nicht so laut schnarchen, dann stünde es jetzt anders um Frankreich...«

Der General läßt das Wort »Frankreich« in der Schwebe. Es fliegt gut.

»Das ist unser kleines Geheimnis. Und ich stelle Ihnen dieselbe Frage wie am 8. Mai 1945 im Rathaus: Wollen Sie denn immer noch nicht den Orden der Ehrenlegion?«

»Ich einen Orden, wo meine Frau noch nicht einmal ihr Mutterschaftsabzeichen hat!«

»Ich kann das arrangieren.«

»Sie wollen doch nicht, daß sie mir die Augen auskratzt?«

»Schade. Grüßen Sie Madame von mir. Tut mir leid, ich muß jetzt zurück. Sonst heißt es morgen in der Zeitung, ich hätte Probleme mit der Prostata.«

»Sie haben doch Zeit.«

»Sagen Sie mal, Picouman, Hérails Sekretärin hat gesagt, Sie seien es gewesen, der ihm den Namen ›Caravelle‹ eingeflüstert habe. Woher stammt der eigentlich?«

»Eine Caravelle hat Martinique entdeckt, Herr General. Sie ist am Strand von Le Carbet gelandet.«

»Ah, die Caravelle...«

»... die schnelle, reine, sanfte Caravelle!«

»Gute Idee, nicht schlecht. Ich werde das gleich sagen, wenn ich aussteige. Warten Sie, ich schreibe es auf, damit ich mich daran erinnere.«

Mein Elternheft! Gerade fällt mir ein, daß ich das noch im Ranzen hab. Und ohne Unterschrift! Deswegen, Blanco, hast du dich aufgebäumt wie eine Caravelle. Hü, mein Pferd! Hü! Auf keinen Fall kann ich so in die Schule kommen. Der Direktor wird mich durchsuchen, und dann findet er es. Ein richtiger Spürhund, der Direx. Schnüffelt uns immer hinterher, wenn wir die Schule betreten oder wenn wir in Reih und Glied stehen, ob er was von Fusel riecht, von Tabak oder Dreck.

»Junger Mann, morgens hat man sich zu waschen!«

Mich hat man gewaschen! Aber den würde ich gern mal sehen, wie er in der Küche im Waschzuber sitzt! Pudelnackt, eingeseift, geschrubbt, gerubbelt, gewrungen, so, wie die M'am zupackt! Eines Tages reißt sie mir noch einen Arm ab, ohne es überhaupt zu merken.

Aber das ist dem Direx schnurzpiepe. Der ist morgens ungestört, wenn er seinen Wanst wäscht. Der hat keine kleinen Schwestern, die schon vor der Wanne Schlange stehen. Die ihren Podex verstecken und ihm wie Geishas kichernd auf seinen Kuba-Kuckuck schielen. Ich plansche in dem erkaltenden Wasser herum, meine Füße gleiten über den Boden der Zinkwanne und holen sich an den Flickstellen Schrammen. Ich bibbere, habe die Seife nicht richtig abgespült. Es kribbelt. Davon bekomme ich sicher wieder rauhe Stellen im Gesicht. All das, nur um sauber zu sein und mich beschnüffeln zu lassen, als wäre ich ein Hundepopo.

Beim Wort »Hund« hätte ich fast an etwas anderes gedacht. Zum Glück schaffe ich es doch von Zeit zu Zeit, meine Gedanken zusammenzuhalten. Denk jetzt an nichts anderes als an das Elternheft und schau zu, daß du es irgendwo verstecken kannst. Die Schule ist schon zu nah. Keine Zeit, lange nachzudenken. Zack! unter das Garagentor von dem Haus mit der gipsernen Windmühle auf der Eingangstreppe. Dann brauche ich heute abend nur zu klingeln und zu sagen, ein Schulkamerad hätte es da hingeworfen, um mich zu ärgern. Mit meinem süßen Hundeblick schlage ich bei der Gelegenheit gleich noch ein ganzes Heftchen Tb-Marken los.

Eigentlich müßte mir jetzt ein Stein vom Herzen fallen, aber mir schwant, daß es noch etwas gibt, woran ich nicht gedacht habe.

Groooaaah!

Ich fliege rückwärts. Eine Riesenhundeschnauze, direkt vor mir! Der gelbe Hund! Dieser dreckige, räudige Bettvorleger, der jeden Morgen zwischen den Gitterstäben von Haus Nr. 23 auftaucht. Den hatte ich ganz vergessen. Sein stinkender Atem läßt mich auf der Stelle erstarren. Der ist noch schlimmer als die grünen Strahlen der Marsmenschen. Das Herz will mir aus der Brust springen, die Beine wollen unter mir wegrennen, und meine Haare wollen mir vom Kopf fliegen. Mutterseelenallein stehe ich da, versteinert, in der Luft hängend. Die Hundeschnauze wird mich verschlucken wie eine Seifenblase! Junger Mann, morgens hat man sich zu waschen! Jetzt ist nicht der Moment, um von Sauberkeit zu reden. Der Schiß hat mich rücklings in den schlammigen Rinnstein geschleudert.

»Der tut dir nichts, Junge. Er will nur spielen.«

Der kleine Alte mit der Baskenmütze, der da spricht, trägt ein schiefes komplizenhaftes Lächeln zur Schau. Das gibt es bei den Großen öfter. Der gelbe Hund reibt seinen Sabber an die Gärtnerschürze seines Herrchens, das ihn streichelt. Zum erstenmal hab ich Lust, jemanden umzubringen, der nicht aus Plastik ist, weder ein Soldat noch ein Cowboy, noch ein Babypüppchen. Ich will nichts als sie erhängen, guillotinieren, auf den elektrischen Stuhl verfrachten, erwürgen, vierteilen, erschießen und enthaupten, einen alten Mann mit Baskenmütze und seinen stinkenden gelben Köter. Na warte, wir sehen uns wieder!

Ich komme bei der Schule an. Die große Eingangstür ist geschlossen. Durch ihre Scheiben hindurch erkenne ich die bunten Glasfenster der Eingangshalle. Das mit dem Schmied hat mein Bruder Serge bemalt. Da müßte ich doch das Recht haben, etwas zu spät zu kommen. Aber niemand ist zu sehen. Ich muß wohl klingeln. Dann kommt der Hausmeister und bringt mich schnurstracks in das Büro vom Direx. Nach meiner Matschlandung im Rinnstein ist mir eine Rundreise durch die Klassen sicher, mit einer Wäscheklammer am Kragen des Schulkittels, damit alle sehen: Den hier kann man nur mit der Kneifzange anfassen. Garantiert zerrt der mich auch in die Mädchenschule rüber, in die Klasse von meinen kleinen Schwestern. »Mama, weißt du, wen wir heute morgen in der Rechenstunde gesehen haben? Und eklig sah der aus!«

Bleibt nur noch die Tür zum Fahrradunterstand, neben den Werkstätten. Da kann ich drunter durchschlüpfen. Im Vorbeigehen untersuche ich die Räder, die da hängen. Nichts Interessantes für die M'am dabei. Ich klopfe mich ein bißchen ab, dann eine Katzenwäsche in der Regenwassertonne, ich richte meine Haartolle auf, und fertig! Jetzt brauch ich nur noch in den zweiten Stock hochzugehen und mit hängendem Kopf in die Klasse zu schleichen.

»He! Du da hinten, komm mal schön her!«

Drittes Kapitel

Das Kupfer aus Vauzelles

Das ist Monsieur Robert! Ich bin wirklich ein Glückspilz! so sagt die M'am immer, wenn ich einen Winkel in meine kurzen Hosen gerissen habe. Was der Hausmeister hier bloß treibt? Der müßte doch in seinem Verschlag sitzen und nach Zuspätkommern Ausschau halten. Das riecht verflixt nach dem Büro vom Häuptling und der Wäscheklammer.

»Was treibst du da?«

Immerhin, wir haben dieselben Fragen aneinander. Ein guter Anfang. Ich zeige ihm meine dreckigen Hände.

»Ich bin hingefallen. Mich hat... ein Hund gebissen.«

Mißtrauisch hört der Hausmeister sich das an. Mit leicht bebender Stimme ziehe ich die Socken hinunter und zeige ihm meine zerkratzten Knöchel. Er zuckt nicht mit der Wimper. Ich schildere ausführlich die Bedrohung, füge Gefahr an Gefahr, ganz wie der Starke Mann beim Volksfest auf dem Rathausplatz, wenn er ein Gewicht ums andere an die Stangen setzt. Der Hausmeister bleibt ungerührt angesichts des großen Zampano. Was Ausreden, Fisimatenten und Märchen aller Art angeht, ist er ein ausgebuffter Profi. Jahraus, jahrein versuchen sie, ihn dazu zu bewegen, daß er ihnen die Tür nach Schulanfang noch mal aufmacht. Jahraus, jahrein steht er da, die Daumen in die Weste gehakt, mit jener Uhrkette, die deutlicher anzeigt, welches Stündlein es geschlagen hat, als die Uhr selber. Muß ich eben noch ein paar Gewichte auflegen. Ich mach auf Bammel. Keine Kunst. Ich brauche mir nur die Stinkeschnauze von dem Hund wieder vorzustellen, und sofort zittern mir wieder die Beine, wie in der einen Bude auf dem Weihnachtsmarkt.

»... Herrreinspaziert, herrreinspaziert! Das große Erdbeben von San Francisco! *The big one*! Eintritt nur hundert Franc!« Gérard lädt mich ein. Wir ersteigen eine hohe Holzplattform, die auf einmal in allen Richtungen loswackelt. Alle purzeln wild durcheinander. Ein Walfisch von Frau mit Veilchenduft begräbt mich unter sich. An jenem Tag habe ich entdeckt, daß Frauen genauso schwitzen wie Männer.

Ich kann an den gelben Hund denken und an allen Gliedern zittern, soviel ich will, der Mundwinkel des Hausmeisters zuckt kaum. Zäh, der alte Vater Robert. Pech, ich hab alles versucht. Bleibt nur noch der Hundeblick.

»Ich wollte mir die Hände waschen, damit ich sauber bin, wenn ich zum Herrn Direktor gehe.«

Da ist er geschmolzen, der Eisenfresser. Die Nummer mit dem Delinquenten, der sich waschen will, bevor er zur Hinrichtung schreitet, die hat sein Menschenschmugglerherz erweicht. Es heißt, im Krieg hat er einer Menge Juden geholfen, über die Grenze nach Spanien zu kommen. Zur Belohnung hat die Stadtverwaltung ihm den Hausmeisterposten gegeben. Und jetzt muß er aufpassen, daß keiner durchkommt.

»Besser, du gehst nicht zum Chef, Kleiner. Da kracht es gerade mit dem Vater von den Zwillingen.«

Die Zwillinge wohnen bei mir in der Straße. Zwei Rotschöpfe aus der Neunten. Zwei harte Brocken mit Schleudern und Stahlzwingen.

»Mein Lieber, wenn dich ein Hund gebissen hat, gehst du besser ins Krankenzimmer. Madame Crenelard weiß, was gegen Tetanus zu tun ist.«

Was Madame Crenelard gegen Tetanus tut, weiß ich genau: Sie hat eine riesengroße Spritze aus grobem, angelaufenem Glas, mit einer Nadel, die so dick ist, daß sie glatt durch ein Schulterblatt geht. Bevor sie einen aufspießt, rubbelt sie die Stelle mit einem Ätherbausch ab, als wollte sie eine Tätowierung wegwischen. Und wenn man dann in Ohnmacht fällt, macht sie Wiederbelebung mit etwas

Minztinktur auf einem Zuckerstück. Und man fällt oft in Ohnmacht. Aber ich brauche ihre Hilfe nicht, ich bin schon geimpft: gegen Streptokokken, Diphtherie, Polio, gegen Tb, alle möglichen Fieber, Malaria, Beriberi. Alles! »Bist du sicher?« Ach, ich wüßte noch jede Menge. Da, der Beweis, es fängt wieder an. Mir zittern wieder die Beine. Sicher ein Anfall von Sumpffieber.

»Wenn Kinder Malaria haben, ist das was Ernstes, Monsieur!«

Père Robert sieht sich schon mit einem Notfall auf dem Arm, und dann erst der Bericht, den er danach für den Direktor verfassen muß!

»Also los, ab in die Klasse!«

Mit einem Klaps auf den Hintern schiebt er mich auf die Treppe, was mir wieder etwas Mumm gibt. Ich galoppiere die Stufen hoch wie nach einer Wunderheilung in Lourdes. Unten im Büro vom Direx knallt jemand die Türen. Ich höre den Vater der Zwillinge brüllen: »Sie sollen mich kennenlernen!«

Der Direktor ist ganz rot im Gesicht. Der Vater von den Zwillingen genauso. *Mich kennenlernen*... Komischer Ausdruck. Er kennt ihn doch. Ich stelle mir vor, wie der Direx alle Schüler begrüßt, als hätte er sie noch nie gesehen. Das wäre praktisch. Du kommst zu spät, und der Direx grüßt höflich: »Junger Mann, was kann ich für Sie tun? Darf ich nach Ihrem Namen fragen?«

Im zweiten Stock treffe ich Vinteuil und Trinois auf dem Flur, die beiden Schleimer aus meiner Klasse; sie tragen die Indochina-Karte wie eine Sänfte. Ich beneide sie. Ein Stück der Welt auf der Schulter spazierentragen. Ich bleibe stehen, um dieses seltsame Mysterium vorüberdefilieren zu lassen, das die Geographie auf den Kopf stellt. Auf der einen Seite Indochina: Städte, Flüsse und Gebirge; und auf der anderen Lothringen: Das Steinkohlenbecken. Die Welt wie Kopf und Zahl. Glückssache. Entweder pflanzt du Reis in Battambang oder schürfst Kohle in Merlebach.

Ich nutze das Durcheinander der Orte, um in die Klasse zu schlüpfen, hinter der Karte in Deckung, geduckt auf der Höhe von Laos. Aber Monsieur Brulé, mein Lehrer, bewacht die Grenze. Er schnappt mich beim Schlafittchen und stellt mich ans äußerste Ende des Podestes, den Rücken zur Klasse. Keine Zeit, um mir eine Predigt zu halten. Die Erdkäs-Arbeit fängt gerade an. Die Klasse sitzt schon da, den Federhalter in der Luft, die Blicke an die Tafel geheftet. Bonbec, mein Nachbar, schaut neben meinem leeren Platz hilflos aus der Wäsche. Er hatte doch mit mir gerechnet. Der Lehrer bricht ein Stück Kreide mittendurch. So geht das Ritual. Es bedeutet: Auf die Plätze! Er schreibt die erste Frage an: Nennt die fünf französischen Handelsniederlassungen in Indien! Fertig... Los! Gleich wird auf den Blättern losgaloppiert, unterbrochen nur von kleinen *plupps!* in den Tintenfässern, zum Luftholen. Ich sage lautlos im Kopf die Antwort auf. Die zehn Fragen defilieren eine nach der anderen vorbei, wie auf einem Passionsweg. Die Antworten kenne ich alle auswendig. Nicht eine Frage, die ich nicht wüßte, um meinen Ärger zu mildern. Der Lehrer klatscht in die Hände, und alle Federhalter gehen gemeinsam hoch, wie die Ruder einer Schaluppe in einem Piratenfilm. Vorbei. Wir legen an. Er sammelt die Hefte ein.

»Und jetzt wollen wir einmal hören, was euer zu spät gekommener Klassenkamerad geantwortet hätte, wenn er nicht zu spät gekommen wäre.«

Unser Lehrer versteht sich auf Wiederholungen, die eben nicht wie eine Wiederholung wirken. Ich trete mit an den Rand des Podiums, stelle meinen Delinquentenkopf zur Schau. Sie warten alle darauf, ihn in den Papierkorb fallen zu sehen. Im Geschichtsunterricht hat der Lehrer uns von den Frauen erzählt, die während der Revolution bei den Hinrichtungen weiterstrickten. Denen ähnelt die Klasse heute. Abgesehen davon, daß sie nicht einmal eine Reihe rechts stricken können.

Ich sage alles nacheinander auf. Ohne Fehler, ohne Stokken. In einem einzigen Atemzug, wie ein Perlentaucher. Da sitzen sie und kriegen den Mund nicht mehr zu. Monsieur Brulé sagt nur: »Schade...«, aber sein Lächeln ist noch schöner anzusehen als ein »sehr gut« mit roter Tinte am Rand der Arbeit, mit seinen sauberen Auf- und Abstrichen. Dieser Lehrer kann sogar vermöge seiner Augen schön schreiben.

»Vermöge« ist auch eines von den komischen Wörtern, die ich aus dem Wörterbuch gelernt habe.

Ohne Übergang verlangt Monsieur Brulé mein Elternheft. Als hätte er noch nie etwas davon gehört, daß man Pausen zum Druckausgleich braucht. Dabei hat er uns selber nach Le Raincy ins Kino mitgenommen, zu dem Unterwasserfilm *Die schweigende Welt*. Ich durchwühle meine Tasche, drehe sie um, stelle sie auf den Kopf: Es ist nicht da. Das wundert mich. Ich habe es doch heute früh eingesteckt. Natürlich unterschrieben... Ja, von meinem Vater »und« meiner Mutter.

»Du willst mich wohl auf den Arm nehmen!«

Schon der zweite Ausdruck heute früh, den ich nicht kenne. Aber der hier scheint netter zu sein als der erste. Klingt nach einem kleinen Kind, das zu müde ist zum Weitergehen.

Kein abgezeichnetes Elternheft! Das Urteil steht fest.

»In die Ecke mit dir, bis zur Pause. Die Hände auf den Rücken! Und den Napoleon bekommst du nicht!«

Ich hab ganz vergessen, daß wir heute in der Geschichtsstunde anfangen, unsere Mokarex-Figuren anzumalen. Ich habe mir Napoleon Bonaparte auf der Brücke von Arcole ausgesucht. Nachtblauer Waffenrock mit Silberknöpfen, zinnoberrote Weste, weiße Hose, rotbraune Stiefel und schwarzer Dreispitz mit strohgelber Feder. Schön wäre er geworden. Alle Schüler sind schon vorn gewesen, um ihre Figur abzuholen. Ich schiele hinter mich. Mein Napoleon steht ganz allein auf dem Pult, mitten zwischen lauter kleinen Farbtöpfen, die angetreten sind wie zum Exerzieren. Ein splitternackter General vor einer Farbenarmee. Mit seinem Hut winkt er mir verzweifelt zu. Ich komme mir vor wie Blücher oder Grouchy in Waterloo; ich erinnere mich nie genau, welcher von den beiden da zu spät gekommen ist wie ich heute.

Also beschließe ich, zu desertieren. Die Stirn an die Tafel gepreßt, atme ich mit geschlossenen Augen den Geruch von Kreide, Druckerschwärze und Bohnerwachs ein. Mit diesen drei Gerüchen und einem Stückchen Landkarte kann ich die Klasse verschwinden lassen, ich setze ein knatterndes Segel und reise nach Yanaon, an die Koromandelküste oder an den Golf von Bengalen. Fern, als wäre er an Land zurückgeblieben, höre ich die Stimme meines Lehrers, der durch die Reihen geht.

»Gut gemacht, Lucas, dies Kleid von Madame Pompadour.«

»Monsieur, warum sitzt Victor Hugo auf einem Felsen?«

»Damit man an sein Exil auf der Insel Guernsey denkt.«

»Monsieur, war der Maréchal Ney auch so einer wie der Maréchal Pétain?«

Da klatscht unser Lehrer dreimal in die Hände. Das Zeichen dafür, daß einer von uns etwas besonders Interessantes oder besonders Dummes gesagt hat. Alle halten inne. Wir wissen, jetzt wird uns der Lehrer eine Geschichte erzählen.

Er ruft Mentoux aufs Podium. Mentoux darf seine Mütze in der Klasse aufbehalten, weil er kahlgeschoren ist, wegen der Flöhe. Mentoux ist kleinlaut, vor allem, weil er genau weiß, daß seine Mütze in der großen Pause von einer Ecke des Hofes in die andere fliegen wird. Die große Pause ist das Schlimmste an den Flöhen.

Monsieur Brulé beginnt, die Geschichte von einem besetzten Dorf zu erzählen, von einer schönen, einsamen jungen Frau mit zwei Kindern, deren Mann im Krieg ist. Seine Geschichten wirken immer so, als würden sie mit »Es war einmal« anfangen. Erst fragen wir uns, wo Maréchal Ney und Maréchal Pétain geblieben sind und was Mentoux auf dem Podium soll. Aber alle vertrauen ihm. Wir wissen, daß er am Ende alle Fäden zusammenführt. Sein letzter Satz wird wie eine genau ausgezirkelte Fensterrose sein, die jeder von uns ausmalen kann, wie es ihm gefällt. In den Fabeln von La Fontaine heißt das die »Moral«.

Je länger der Lehrer spricht, desto mehr klingt es, als würde unsere Mutter aus der Besatzungszeit erzählen. Mit ihr wird der Zweite Weltkrieg zu einer Art großem Buntstift-Bild. Die Landschaft topinamburgrün, der Himmel bombenblau mit Leuchtraketen und Flugabwehrgeschossen.

Plötzlich schweigt unser Lehrer und nimmt Mentoux die Mütze ab. Keiner traut sich zu lachen. Die Klasse ist beeindruckt von seinem schlecht geschorenen Schädel voller rosa Wunden. Der Lehrer macht ein ernstes Gesicht. Er erzählt von den Kindern der einsamen Dame. Sie brauchen etwas zu essen. Sie haben nichts.

Ich stehe in der Ecke, die Hände hinter dem Rücken verschränkt, atme den Duft von frischer Druckerschwärze und denke an die gefälschten Brotmarken von der M'am unter der Besatzung. Oft fängt sie an, davon zu erzählen, während sie in der Küche sitzt und irgendwas schält. Bei Kartoffeln muß sie an den Krieg denken.

»Daß es eines Tages mal an Kartoffeln mangeln könnte, das hätten wir nie gedacht!«

»Und die Geschichte mit den gefälschten Brotmarken, M'am?«

»Die habe ich vom Maquis aus Vauzelles gekriegt. Deinen Vater hatten die Deutschen verhaftet, weil er die Lokomotiven sabotiert hatte. Du kennst doch die Geschichte mit dem Kupfer?«

»Die will ich jetzt nicht hören, M'am. Erzähl mir erst die mit den gefälschten Marken.«

»Wie du willst. Damals war ich also ganz allein mit deinen Geschwistern. 1942 war Serge gerade geboren. Zusammen mit mir waren wir zehn. Viele hungrige Münder! Sogar elf waren wir, wenn man Onkel Florent mitrechnet, den Bruder deines Vaters. Den hatte ich ganz vergessen. Dabei hat er uns so geholfen. Listig wie ein Fuchs war der, hatte überall die Hände im Spiel. Und kräftig! Hättest ihn mal sehen sollen, wie er die deutschen Soldaten an der Nase herumgeführt hat. *Pas comprendre! Niks feuchtène!* Und wir hatten solange Zeit, Kohle vorbeizuschmuggeln. Ich steckte sie mir einfach unter den Rock. Ganz schwarz war ich da drunter, wie eine Negerin. Was haben wir gelacht! Das waren aber auch dicke Tolpatsche, zum Glück. Arme Bauernburschen, die nach Hause wollten und sonst gar nichts. Konnten einem wirklich leid tun.«

»Aber M'am, das waren doch Deutsche!«

»Ich sag's, wie's war. Wer nicht dabei war, soll erzählen, was er will. Die kenne ich, diese ›Widerstandskämpfer von 45‹! Reichlich spät!«

»Reg dich nicht auf, M'am, erzähl weiter, bitte.«

»Also, wie gesagt, ich war ganz allein mit deinen Geschwistern. Wenn ich morgens das Fenster aufmachte, lagen die Lebensmittelkarten auf dem Fensterbrett. Echter als die echten, sage ich dir! Manchmal rochen sie noch ein bißchen nach Druckerschwärze, dann haben wir sie über dem Herd getrocknet. Und dann nichts wie in den Laden! Die Boches haben überhaupt nichts gerochen! Und wenn wir nicht denunziert worden wären, hätten wir sie heute noch stapelweise.«

»Hast du sie schwarz weiterverkauft?«

»Du willst wohl ein paar hinter die Ohren? Der Richter hat mich das auch gefragt.«

»Welcher Richter?«

»Der vorsitzende Richter beim Prozeß! Unten in Orléans war das. Mit allem Drum und Dran und Tralala, als wäre ich Mata Hari, die Jahrhundertspionin. Ich trug meinen Hut und Handschuhe. Man hatte mir gesagt, ich solle am besten den Mund nicht aufmachen. Aber dann hat er mich ›Witwe Moricard‹ genannt. Da hab ich ihm aber Bescheid gesagt, dem Herrn Vorsitzenden. ›Ich war schon einmal Witwe, das stimmt, aber meinen jetzigen Mann haben die Deutschen bislang noch nicht erschossen. Immer schön langsam bitte!‹ Da hättest du mal sehen sollen, wie der den Kopf eingezogen hat!«

»Was? Sie wollten den P'pa erschießen?«

»Viel hätte nicht gefehlt! Er stand auf der Liste, aber dann haben sie ihm einen Handel vorgeschlagen.«

»Was für einen Handel?«

»Warte ab, du bringst mich ganz durcheinander. Nachher finde ich mich nicht mehr zurecht.«

Unsere Mutter hat die Marotte, im Zickzack zu erzählen, während sie zwischen Speisekammer und Anrichte, Spülstein und Herd hin und her geht und dabei schnippelt, schält, rührt. Am Ende gibt das eine gute, üppige Suppe, immer ein bißchen zuviel oder zuwenig, mit jenem unnachahmlichen Geschmack nach Angebranntem, den sie überall reinbringt, als wäre es ein orientalisches Gewürz. Die Suppe von der M'am bedeutet immer eine schöne Geschichte.

»Also, ich sag zu dem Richter: ›Wenn Sie mich einsperren, müssen Sie neun unschuldige Mäuler mit durchfüttern.‹ Sie waren alle da, alle deine neun Geschwister, im Sonntagsanzug haben sie im Saal gesessen. Und Serge, so winzig, der krähte, was das Zeug hielt. Ein Radau im Gericht, das hättest du mal hören sollen!«

»Stimmt es, daß du ihm die Brust gegeben hast?«

»Sollte ich ihn verhungern lassen? Was hat der Richter da geschaut! Puterrot, lila, eine Aubergine! Als hätte er noch nie eine Brust gesehen! ›Madâáme‹, sagt der zu mir, in seinem Rock, der ihm viel zu weit war, allein was an den Ärmeln Stoff war, die ganze Familie hätte man einkleiden können damit! ›Madâáme, respektieren Sie die Würde des

Gerichts!‹ ›Ja eben‹, sage ich, ›genau das tue ich. Denn hierfür‹ – und ich zeig ihm meine Brust – ›brauche ich wenigstens keine gefälschte Lebensmittelkarte!‹ Hätte dein Vater das bloß sehen können, der ganze Saal hat geklatscht!«

»Und dann?«

»Drei Monate mit Bewährung. Da bin ich billig weggekommen. Serge war damals schon ein geborener Schauspieler, kaum ist der Hammer nach dem Urteil zum erstenmal gefallen, zack! hat er aufgehört zu krähen.«

Eben hat jemand an die Tür des Klassenzimmers geklopft. Der Lehrer öffnet. Da steht er: Serge. Mächtig kleinlaut. Jetzt kräht er nicht, im Gegenteil. Er blickt finster drein, wie nach einem Spiel, in dem er kein Tor geschossen hat. Er flüstert dem Lehrer etwas ins Ohr. Ich glaub, ich weiß, worum es geht. Die ganze Klasse spitzt die Ohren. Mentoux traut sich gar nicht, seine Mütze wieder aufzusetzen. Der Lehrer kommt zu mir.

»Gib deinem Bruder seinen Federhalter zurück.«

Stimmt, heute früh hab ich meinen eigenen nicht finden können. Und der von Serge ist wie aus Elfenbein, mit einer Mulde für die Finger. Besonders wütend wirkt Serge nicht. Nie. Eher traurig, als er sieht, daß sein kleiner Bruder in der Ecke steht. Ich weiß, zu Hause wird er nichts sagen. Ist schließlich mein großer Bruder.

»Ich nehm den Kleinen in meine Mannschaft!«

Das ist der Zaubersatz. Abends, nach der Schule, am Niemandsfeld beim Fußballspielen, wenn die beiden Mannschaftskapitäne Fuß um Fuß aufeinander zugehen; wessen Fuß zuoberst kommt, der darf anfangen, seine Mitspieler auszuwählen. Ich stehe da und warte, und jedesmal hüpft mir das Herz in der Brust. Und wenn er mich eines Tages mal nicht in seine Mannschaft nimmt? Nein, ein großer Bruder versetzt einen nicht.

»M'am, wer hat euch bei den Deutschen verpfiffen?«

»Das ist jetzt lange her.«

Sie sammelt die Schalen in ein Blatt Zeitungspapier und wirft sie in den Abfall. Mit derselben Bewegung wischt sie sich die Hände ab und greift nach der emaillierten Kaffeekanne mit dem Leopardenmuster.

»Habt ihr rausgekriegt, wer's war?«

»Klar. Das wußte jeder.«

»Und danach, M'am? Habt ihr nichts unternommen?«

»Bei der Befreiung? Da hatten wir an anderes zu denken. Und weißt du, der hat sein Fett weggekriegt... seine Frau hat ihn verlassen.«

Das ist alles. Meine Mutter dreht sich zum Fenster um und schlägt verstohlen ein Kreuz. Sie schaut hinaus, als würde der Kerl, der sie denunziert hat, gleich an der Gartentür läuten. Ein magerer Mann in grauem Anzug. Weißes Hemd mit schlecht gebügeltem Kragen, die Krawatte zu eng gebunden. Ein erschöpfter Mann, der die Arme schlaff herabhängen läßt.

»Ja, ich bin es. Macht mit mir, was ihr wollt. Mir ist es egal...«

Er hat ein Glas Rotwein getrunken und sich einen Fleck auf das Hemd gemacht; die Eltern haben ihn ziehen lassen, ohne ein Wort.

»War er das auch, der den P'pa wegen dem Kupfer bei den Deutschen verpfiffen hatte?«

»Und was hätten wir mit ihm machen sollen?«

Ich weiß genau, was sie hätten tun sollen. Die Tür verriegeln, ihn in der Küche auf einem Stuhl fesseln, ihm die Augen mit dem Kartoffelmesser ausstechen, ihm das Fell über die Ohren ziehen wie einem Karnickel von Madame Piponiot, ihn in der Wäschetrommel kochen, Kernseife aus ihm sieden und sich die Füße damit waschen.

»Die meisten haben es schlimmer getrieben als er und sich noch Orden dabei verdient. Andere haben eine Kugel abgekriegt, weil es jemand auf ihre Frau oder ihr Haus abgesehen hatte. Hör lieber zu, was dein Lehrer erzählt. Von den Frauen, die sich mit den Boches eingelassen haben. Was man mit denen später gemacht hat, das war nicht schön.«

Monsieur Brulé zeigt auf Mentoux' Kahlschädel.

»Geschoren! Die Männer haben sie kahlgeschoren. Das nannte man den ›44er Schnitt‹. Und dann haben sie die Frau durch die Straßen des Dorfes gezerrt, mit einem Schild um den Hals.«

»Und was hat da draufgestanden, M'am?«

»Psst! Hör zu, was dein Lehrer erzählt!«

Monsieur Brulé verrät nicht, was auf dem Schild gestanden hat. Die M'am auch nicht. Der Lehrer schildert die Szene weiter, als würde er zusehen, wie sie sich hinten im Klassenzimmer abspielt, auf der Wand.

»Sie kommt auf den Platz, zum Brunnen. Die Leute umringen sie, beschimpfen sie, spucken ihr ins Gesicht. Die Frau bleibt stolz. Da bringt man ihr ihre beiden Kinder. Hält sie vor sie hin. Sie sind klein. Sie weinen. Die Frau schreit auf. Die Menge lacht. Es wird dunkel. Alle gehen nach Hause. Die Frau steigt auf den Dachboden und erhängt sich an einem Balken. Das Schild hat sie um den Hals behalten. Aber sie hat es umgedreht und ein einziges Wort darauf geschrieben. Welches?«

»Scheißkerl!«

Der Lehrer dreht sich um und schaut mich an. Die ganze Klasse schaut mich an. Es ist mir so rausgerutscht. Ich schwöre, es ist mir bloß so rausgerutscht! Würde es doch wieder nach Tinte riechen, nach Kreide und Bohnerwachs, dann könnte ich am Golf von Bengalen verschwinden und zusammen mit meinem Vater vom Elefantenrücken aus Tiger jagen. Der Lehrer wird mich in Stücke reißen, mich zerquetschen. Ich mache die Augen zu. Es rumst. Eine saubere, gut gezielte Ohrfeige. Die verdiene ich auch. Radong! Oder so ähnlich. Nein, es ist die Schulglocke! Große Pause! Die Klasse rennt in den Flur. Mir ist, als würde mein Herz mit hinausflattern. Schwirrende Meisen! Ich atme auf. Gerettet! Schon wieder falsch! Die Hand des Lehrers fällt auf meine Schulter. Ich mache mich auf den Heldentod gefaßt.

»Ja genau, das stand auf dem Schild. Aber trotzdem darfst du nicht in die Pause!«

Nicht in die Pause! Die um zehn, die wichtigste, in der hinter den Klos getauscht wird. Dann schnappt mir ein anderer Bugnots eisernen Locher weg. Dabei hab ich ihm die Medaille von der Ehrenlegion mitgebracht, auf die er so scharf ist, eine echte. Dazu eine Tüte Klicker, das ist dicke genug. Mein Päckchen Löschpapier werde ich behalten müssen. Wie jetzt an die Korkenpistole kommen, für den gelben Hund? Und schlimmer noch. Lali hat eine Mokarex-Figur aufgetrieben, die ich nicht habe. Einen Maler. Den Namen hat er nicht im Kopf behalten, klar! Keine Pause! Lieber vor ein Exekutionskommando treten müssen, die Augen verbunden, dann eine Salve und der Gnadenschuß. Dieser kalte Pistolenlauf an der Schläfe, der ganz von allein ins Hirn zu dringen scheint.

»Roger! Ich hab doch gesagt, du sollst deine Pistole aus dem Maquis gut verstecken. Das Kind spielt schon wieder damit.«

»Keine Gefahr, hab den Schlagbolzen rausgenommen.«

Schwer ist die Pistole vom P'pa. Eine verchromte 7,65er, geschmiert, in ein weißes Tuch gewickelt, mit einem Patronenmagazin und einer Pappschachtel voll Kugeln. Eine davon hab ich mal ins Feuer geworfen, bei der Müllkippe, in der Nähe von der Eisenbahn. Peng! Nicht besonders doll. Ich weiß, wo er den Schlagbolzen versteckt hat. Eines Tages montiere ich den wieder an die 7,65er an und geh zu dem Typen, der meine Eltern damals verpfiffen hat. Seinen Namen habe ich in dem Holzkoffer auf dem Dachboden gesucht, in dem der P'pa seine Geheimnisse versteckt. Aufgetrieben hab ich ihn noch nicht.

»Ich werf das Unglücksding noch in den Gully.«

»Du weißt, wie viele Erinnerungen daran hängen.«

Da war unsere Mutter still. Hat eine seltsame Wirkung, das Wort »Erinnerung«. Dabei wußte sie sonst schon, wie sie sich anschleichen mußte, wenn sie etwas Bestimmtes wollte. Eine echte Indianerin. Das Wischtuch in der Hand, so kam und ging sie, hin und her. Immer näher... Der Vater saß da wie ein Planwagen, den Kopf in die Hände gestützt, die Augen geschlossen. »Gut, gut, einverstanden, mach, was du willst!« Darauf lief es jedesmal hinaus. Außer mit der 7,65er.

»M'am, ist das die Pistole, mit der die Frau vom Maquis erschossen worden ist?«

»Das hab ich dir schon hundertmal erzählt!«

»Noch einmal, bitte.«

»Ja, das ist sie. Aber es war nicht dein Vater.«

»Hättest du das nicht gewollt?«

»Laß mich in Ruhe, sonst brennt mir der Kirschauflauf an.«

»Nicht wahr, M'am, du hast der Frau den Kuchen gebracht?«

»Los, geh mir aus den Füßen! Du sollst doch rausgehen, Blumen gießen!«

»Aber M'am, es regnet schon.«

»Es regnet?«

Die M'am schiebt den Vorhang beiseite und scheint dem Regen beim Fallen zuzusehen. Unvermittelt fängt sie an zu erzählen.

»Du hast recht, es regnet. In der Nacht damals hat es auch geregnet. Es war ein Dienstag. Ich weiß das noch, denn es war Besuchstag bei deinem Vater im Gefängnis. Ich hab ihm ein Päckchen mitgebracht. Ein paar Kleinigkeiten: Tabak, Schokolade, Hefte und Stifte. Was hat der einen Verbrauch von Bleistiften gehabt, als würde er sie wegknabbern! Er schrieb die ganze Zeit: Geschichten, Lieder. Außerdem hat er gezeichnet. Dein Vater war schon immer ein geschickter Zeichner.«

»Wo sind diese Hefte?«

»Die Boches haben sie behalten. Leider. Nur eins hat dein Vater rausbringen können, als er wegen der Bombe ins Krankenhaus mußte.«

»Wo ist das Heft?«

»Auf dem Dachboden, in dem Holzkoffer. Du weißt, da, wo du nichts zu suchen hast.«

Ich weiß.

»Das Päckchen hab ich ihm mitgebracht und sein Blechgeschirr. Immer dasselbe Menü. So ist dein Vater eben. Rindfleisch mit Möhren und kalte Spargelspitzen mit Vinaigrette. Und als Nachtisch Kirschauflauf.«

»Habt ihr während der Besatzungszeit denn Kuchen bakken können?«

»Na ja, es war eben ein Kriegskuchen. Es gab weder viele Hühnereier noch echte Kuhmilch. Und Kirschenzeit war auch nicht immer. Wir haben uns eben anders beholfen. Hauptsache, es war ein bißchen rot, verstehst du?«

Ich verstehe. Den Kriegskirschenauflauf von der M'am kann ich mir lebhaft vorstellen. Ohne Eier, ohne Milch, ohne Butter, ohne Kirschen, flach, verbrannt, mit jeder Menge Kerne. So geht ein echter Kirschauflauf.

Eines Tages hat mein verschwundener Patenonkel mich ins Restaurant ausgeführt. Tagesdessert: Kirschauflauf. Gleich sehe ich meine Mutter vor mir, wie sie ihren Auflauf mit dem karierten Tuch anfaßt und aus dem Ofen holt. Natürlich verbrennt sie sich. Sie schneidet ihn auf, während er noch heiß ist, sie hält das Messer wie ein Bauer, den Daumen auf dem Rücken der Klinge. Schiefe und krumme Stücke gibt das. Man muß ein bißchen den Mund verziehen beim Beißen, es ist heiß, aber wir futtern munter. Und da stellt der Kellner mir ein Stück watteweichen Kuchen vor die Nase, dick, kalt und ohne Geschmack.

»Was ist das?«

»Ihr Kirschauflauf, Monsieur.«

Wie, das da? Nicht mal angebrannt? Ich schüttle den Kopf, das muß ein Irrtum sein, das ist unmöglich. Doch,

doch, heißt es. Sogar mein Patenonkel bestätigt, daß das ein echter Kirschauflauf ist. Da bin ich weggerannt und habe mir vorgenommen, daß ich eines Tages ein Restaurant aufmache, in dem es »Mère Paulettes echten Kriegskirschenauflauf« gibt, und der wird dann genauso berühmt wie Fürst Pücklers dreifarbiges Eis.

»Und die Geheimbotschaften? Wenn du dem P'pa zu essen gebracht hast?«

»Was für Geheimbotschaften?«

»Na, die du ihm gebracht hast, als die Deutschen ihn ins Gefängnis gesteckt hatten.«

»Die steckten im Deckel von seinem Blechgeschirr. Die Boches haben nie was gemerkt.«

»Und wenn sie das entdeckt hätten?«

»Dann wärst du nicht hier und könntest mich nicht mit deinen Fragen am Erzählen hindern.«

Ich frage mich, was ich wohl angefangen hätte, wenn ich wegen der Deutschen nicht auf die Welt gekommen wäre.

»Eines Tages hat mir dein Vater ein Briefchen von einem Zellenkameraden, Henri, zugesteckt. Seine Frau war schon zwei Dienstage nicht mehr zu Besuch gewesen. Sie hieß Henriette. Henri und Henriette, nein wirklich, das klang wie zwei Tauben.«

»Findest du, Roger und Paulette klingt besser?«

»Paß auf, beinahe hätten wir dich Antoine-Daniel genannt, nach einem Heiligen, den die Irokesen massakriert haben. Dein Vater war sicher, das Kind würde ›eine Art Indianer‹, so nannte er das.«

Hat ja auch recht gehabt, mein P'pa. Ich bin ein Mohikaner. Der vorletzte, wie der Direktor sagt, so schlechte Noten habe ich.

»Also, zurück zu Henri, der wollte wissen, ob mit seiner Henriette alles in Ordnung war. Ich sollte mal nachschauen gehen. Also bin ich hin. Sie wohnte in einem alleinstehenden Bauernhaus. Ich hab sofort gemerkt, daß da was nicht stimmte. Eine schlimme Ahnung. Alles war verrammelt und verriegelt, aber man konnte Stimmen hören, und Musik. Ich bin näher ran. Mußte natürlich vorsichtig sein. In der Dunkelheit schossen die Boches auf alles, was sich regte. Als bekämen sie die Patronen umsonst. Na ja, ich hatte einen Kirschauflauf für Henriette dabei. Muß ich dumm geschaut haben… Ich weiß noch genau, gerade wollte ich anklopfen. Wir hatten ein Geheimsignal verabredet. Und da auf einmal hörte ich Männerstimmen – Deutsche! Ich hab versucht, durch den Fensterladen etwas zu sehen. Und ich habe alles gesehen! Mit eigenen Augen! Ach, und der arme Henri machte sich solche Sorgen um sie! Also meinen Kirschauflauf habe ich wieder mitgenommen, das sage ich dir. Und zwar schleunigst! Dann hab ich Henri mit dem Eßgeschirr von deinem Vater eine Nachricht geschickt. Er hat geantwortet, auf einem kleinen Stück Papier, nicht größer als so. Darauf stand: ›Liquidieren.‹ Mehr nicht. Also haben ein paar Jungs aus dem Maquis Henriette aus dem Haus geholt und in den Wald von Lacem gebracht. Da haben sie ihr den Prozeß gemacht. Todesstrafe. Die Jungs haben gelost. Ein junger mußte es machen, siebzehn war der. Er hat Henriette beim Arm genommen. Es sah aus, als würde er zum erstenmal ein Mädchen zum Tanz führen. Sie sind hinter ein Gebüsch gegangen. Sie flehte um Gnade. Ein Schuß, und der Junge ist wieder hervorgekommen. Henriettes Halstuch hatte er sich um den Hals gebunden, um anzugeben. Den ganzen Krieg lang hat er es anbehalten. Ist ein großer Anwalt in Paris heute, heißt es.«

»Und die Pistole?«

»Henri wollte, daß dein Vater sie bekommt. Nach der Befreiung hat Henri seinen Hof niedergebrannt und ist verschwunden.«

»M'am, hast du dich nie gefragt, ob du an diesem Abend auch wirklich richtig gesehen hast?«

Meine Mutter schaut mich an. Ihre Augen sind wieder blau.

»Das frage ich mich jedesmal, wenn ich einen Kirschauflauf mache, mein Großer. Vielleicht brennen sie deswegen alle an, wer weiß.«

Auf dem Herd bricht der Topf aus wie ein Vulkan.

»Siehst du! Du bringst mich dazu, daß ich vom Krieg erzähle, und schon lasse ich die Suppe überkochen! Zurück zu deinen Klassenkameraden, daß du mir nicht mehr im Weg stehst. Schau, sie kommen aus der Pause.«

Kichern und Prusten, Geflüster, Getuschel und Gerempel, komplizenhafte Blicke, von denen ich mich ausgeschlossen fühle. Die anderen kommen in die Klasse zurück. So ist das im Leben: Die Schule darf man versäumen, aber die Pause auf gar keinen Fall.

»Ruhe! Auf eure Plätze. Malt weiter an euren Figuren. Wenn ich euch aufrufe, kommt ihr nacheinander nach vorn und gebt mir das Geld von den Tb-Marken.«

Die Marken! Ich bin gerettet! Die heilen von der Tuberkulose und holen einen aus der Ecke. Ich bin der beste Verkäufer der Klasse, ja sogar von der ganzen Schule. Schließlich gehe ich ja manchmal auch bis nach Montfermeil, um sie an den Mann zu bringen. Ich hab eine Menge Erfahrung, eine ausgefeilte Technik: die sieben goldenen Regeln des kleinen Tb-Verkäufers. Nummer eins: Die Häuser, die am meisten nach Geld aussehen, bringen nicht am meisten ein. Nummer zwei: Besser, man gerät an die Frau als an den Mann. Nummer drei: Wenn sie sagen, du sollst noch mal wiederkommen, weil sie gerade kein Kleingeld haben, dann kannst du dir die Mühe sparen. Nummer vier: Ihnen in allem recht geben: »O ja, wirklich, Sie müssen schon so viel Steuern zahlen...«, »Natürlich, man darf die armen Kranken nicht vergessen...«, »Genau, nicht der liebe Gott hat sich solche Krankheiten ausgedacht, sondern die Menschen...« Nummer fünf: Immer schön höflich sein.

Nummer sechs: Behaupte, du hast selber kein Kleingeld, dann nehmen sie dir gleich ein ganzes Heftchen ab. Nummer sieben: Abends die Runde machen. Ein einsames Kind, das im Dunkeln die Marken durchs Torgitter streckt, sieht schon fast aus wie ein armer Kranker, den es zu retten gilt.

»Ich hab ein bißchen Suppe für dich aufbewahrt, aber dein Vater ist absolut nicht einverstanden, daß du erst zu dieser Tageszeit heimkommst. Er sagt, es ist nicht Sache der Kinder, Geld zu sammeln.«

Dabei war der P'pa selber im Sanatorium. In Faucigny auf der Hochebene von Assy in den Savoyer Alpen. Ein Jahr und elf Tage! Die M'am erzählt, daß er mit ansehen mußte, wie Arbeitskollegen aus der Fabrik gestorben sind, die Decke auf den Knien. Wenigstens haben die die Berge gesehen. In der Schule hat uns der Direktor erklärt, wenn wir viele Markenheftchen verkaufen, dann braucht eines Tages niemand mehr ins Sanatorium. Und wie sollen die Armen dann jemals den Schnee zu sehen bekommen? Hab ich gefragt. Ab in die Ecke! So kriegt jeder seine Reise.

Eben hat mich der Lehrer aufgerufen. Ich gehe nach vorn und lege nebeneinander die Geldscheine und Münzen auf das Pult, dazu die Abrisse der verkauften Heftchen. Monsieur Brulé rechnet und macht Striche in sein Heft. Vor meinem Namen sieht es aus wie ein Lattenzaun. Hinter mir höre ich ein anerkennendes Murmeln. Meine Klassenkameraden wissen meine Leistung zu schätzen. Da stehe ich, steif vor Stolz, wie ein Soldat Bonapartes, der darauf wartet, daß Napoleon ihm anerkennend ins Ohrläppchen kneift.

»Gut, sehr gut sogar. Zwölf Heftchen! Zweiter Platz, hinter Clément!«

Jean-René Clément! Dieser mit Kölnisch Wasser parfümierte Angeber, der drei Vornamen braucht, damit er was hermacht! Der geht um fünf zum Zahnarzt, um sechs in die Klavierstunde, ißt um sieben und geht um acht mit den Hühnern zu Bett! Der hat im Leben noch nie an irgendeiner Tür geklingelt, nicht mal, um seine Kommunionsbildchen loszuwerden. Und der soll mehr Heftchen verkaufen als ich, wie denn das, bitte? Dem kaufen seine Eltern stapelweise die Marken ab, anders geht das nicht.

»Du kannst fünf Minuten zur Toilette runtergehen, aber nicht länger!«

Der Lehrer macht mir ein schönes Geschenk: den leeren Pausenhof. Viereckig, eingezäunt, mit den vier Kastanienbäumen, in deren Laub immer ein bißchen was von unseren Spielen und unserem Geschrei hängenbleibt, so stelle ich mir das vor. Wie die Netze in den Obstbäumen von Madame Piponiot.

Wenn man begreifen will, was da Magisches auf dem Pausenhof vorgeht, dann muß man sich ganz in die Mitte stellen, die Füße ein wenig gespreizt, damit man ja nicht auf die Striche vom Himmel-und-Hölle-Spiel tritt, und dann muß man die Augen schließen und die Arme zum Himmel strecken. Jetzt spürt man, wie sich die Erde um die Kastanienbäume dreht. So werden die fünf Minuten, die mir der Lehrer schenkt, feiner als eine Mandarinenschale, und ich reise weit weg.

»Ich habe gesagt, fünf Minuten. Zurück in die Ecke.«

Später werde ich mal eine Uhr haben wie Onkel Florent, auf der man sehen kann, wie spät es auf Martinique ist. Sechs Stunden weniger. Dann hat man Zeit, pünktlich zu sein.

Die Klasse riecht gut nach Zelluloselack. Mein Napoleon auf der Brücke von Arcole steht verlassen auf dem Pult. Es sieht aus, als würde er auf das Tintenfaß des Lehrers deuten, als sollte es im Sturm erobert werden. Aber niemand interessiert sich für Tinte.

»Monsieur Lunot, ich habe Ihnen gesagt, Alexandre Dumas war ein Mulatte. Aber was haben Sie gemacht? So wie Sie ihn bemalt haben, könnte man ihn für den Neger Delorme von den Septembermorden halten. September wieviel, meine Herren?«

»Ich, Monsieur! Ich! 1792!«

»Gut, Vinteuil, ein Punkt! Malen Sie weiter. Vergessen Sie das nicht, Lunot: Der Schwarze ist nie schwarz. Und was ist Schwarz nicht, bitte sehr? Schwarz ist...«

»Keine Farbe!«

»Genau, meine Herren! Und jetzt wieder an die Arbeit!«

Lunot rubbelt auf dem Gesicht von seinem Dumas herum, um es heller zu machen. Sieht aus wie eine Napoleon-Schnitte mit Mokka-Schokoladen-Füllung, und auf der Stirn eine Furche wie beim P'pa. Eine leichte Grenzlinie, die man vor allem beim Kartenspiel sehen kann. Und am meisten, wenn er einen Stich macht. In diesem Augenblick entspannt sich sein Gesicht, und seine Stirn wird glatt, bis auf die eine Falte.

»Jetzt krieg ich euch am Arsch, ich hab 'ne Flöte!«

Das ist sein Kriegsschrei. Er haut das Blatt auf das Wachstuch, schön aufgefächert, daß man alle Stiche sieht.

»Sprich bitte nicht so vulgär.«

»Das bin nicht ich, so heißt das eben beim Kartenspielen.«

Meine Schwestern kommen gar nicht mit dem Punktezählen nach, so schnell geht das. Unser Vater haut mit der Faust auf den Tisch.

»Kleingeld raus! Karlchen Müller, der Kleine zum Schluß! Der kann mir wenigstens nicht um die Ohren fliegen...«

Wir wissen alle, worauf unser Vater anspielt. Der »Kleine«, an den er denken muß, ist ein Zünder. Der Zünder einer englischen Fünfhundert-Kilo-Bombe, die wie ein Osterei mitten in einem Krater liegt. Fünfhundert Kilo, die den Rangierbahnhof von Fourchambault in die Luft jagen sollten, und sie haben nicht hochgehen wollen. Ein launenhaftes Geschoß, das sich noch etwas Zeit lassen will. Und da steigt unser Vater mutterseelenallein in den Krater hinab, mit seiner ledernen Werkzeugtasche. Wie ein Arzt für vergrippte Bomben. Ringsherum ist ein Absperrseil gespannt, und die Leute sammeln sich, um das Schauspiel aus der Ferne zu verfolgen.

»War das der Handel mit den Deutschen, M'am?«

»Die Bombe entschärfen oder vors Erschießungskommando, oder im besten Fall als Zwangsarbeiter nach Deutschland. Ich wollte das nicht, das mit den Bomben war mir gar nicht recht. Dabei sind so viele in die Luft gegangen, daß man die Fetzen von ihren Kleidern von den Bäumen sammeln mußte. Aber dein Vater konnte sich auf sein Händchen verlassen. Er hat eine ganze Menge Bomben entschärft, aber diese ...«

Das ist eines der wenigen Erlebnisse, von denen unser Vater gern erzählt: seine Bombe.

»Ein neues englisches Zündsystem. Da hab ich ihn vor mir, den Zünder, den ›Kleinen‹, so nenne ich den. Nett und brav. Ich spüre, wie er kommt. Dich pflücke ich sanft wie ein Blümchen ... Ich dreh ihn los und ziehe ihn raus. Jetzt bloß nicht zittern, Fingerspitzengefühl ist gefragt, als wäre es eine Frau. Komische Gedanken hat man in so einem Moment. Ich hab mich nie getraut, deiner Mutter davon zu erzählen, sonst hätte sie mir eine Szene gemacht. Plötzlich spüre ich einen Widerstand. Macht die Bombe einen auf feine Dame! Die gemeinen Kerle hatten dem Zünder einen Draht um den Fuß gewickelt. Ich hatte gerade noch Zeit, ihn zischen zu hören, und schon bin ich zurück, mit meinem allerbesten Hechtsprung. Besser als beim Sport. Ich habe den Blitz gesehen, den Luftzug gespürt und den Donner gehört. Ich weiß nicht mehr, in welcher Reihenfolge. Ich dachte, jetzt ist's passiert, jetzt geht's zu Manitu. Aber als ich aufgewacht bin und die Möpse von der Krankenschwester gesehen hab ...«

»Was für Möpse?«

»Das ist Argot, M'am. Aber wenn du den P'pa immer unterbrichst, verlieren wir den Faden.«

Also, der P'pa läßt eine Fünfhundert-Kilo-Bombe hochgehen und wacht im Krankenhaus auf.

»... da hab ich gewußt, daß ich lebe. Ich hab mir gesagt: Ist doch schon mal was. Am Leben, schön, aber in welchem Zustand? Vielleicht ist ja was ab, und ich bin überall zusammengeflickt. Und wenn was fehlt? Ich bin verbunden wie die Hände eines Boxers. Ich zähle nach: Arme und Beine vollzählig vorhanden. Aber unter den Binden, im Gesicht, sieht's wahrscheinlich schlimmer aus als nach fünfzehn Runden. Als sie mir die Verbände abgenommen haben, da hab ich deine Mutter lachen gehört. Du weißt schon, so wie sie damals auf dem Niemandsfeld im Juvaquatre gelacht hat, als sie den Baum halb weggerissen hatte. Sie lacht aus demselben Grund... Ich bin ganz weiß! Offenbar ist das bei Negern so nach Verbrennungen. Jetzt ist davon nur noch diese weiße Stelle auf der Stirn übrig. Wenn die anderen die beim Kartenspielen sehen, sagen sie sich: Aufgepaßt, der Alte hat Scheiße an den Fingern! Glaub mir, mit dem Trick hab ich schon mehr als einen reingelegt!«

»Du hast wohl gedacht, mir kannst du alles erzählen?«

Eben hat mich der Lehrer aus meinen Träumen geholt, indem er mich an den »kleinen Haaren« gezogen hat, denen, die ganz locker an der Schläfe sitzen und wirken, als würden sie sofort ausgehen, wie bei der Perücke von Bella, der Puppe meiner kleinen Schwestern. Ich schreie »Aua!«, um den Lehrer milde zu stimmen und Zeit zu gewinnen. Außerdem tut es wirklich weh. Er steht vor mir. Die Beulen an seinem Schädel pochen. Schlechtes Zeichen. Und neben ihm steht ein Mann, den ich nicht kenne, in Zivilkleidung, einer, der mit der Schule nichts zu tun hat. Militärischer Bürstenschnitt, aber so schmächtige Schultern, daß man sich Tb-Marken auf die Brust kleben möchte, damit einem nichts passiert. Daß meine Probleme mit ihm zu tun haben, todsicher, das weiß ich schon im voraus.

»Du hast wohl gedacht, mir kannst du alles erzählen?«

Der Lehrer wedelt mir mit etwas vor der Nase herum, so

nah, daß ich nicht sehen kann, was es ist. Aber am Geruch erkenne ich's: mein Elternheft.

»Kannst du mir das erklären?«

Wir stehen im Flur. Offenbar hat mich wer vom Boden aufgehoben und am Hosenbund durch die Lüfte transportiert. Himmel-und-Hölle im Flug.

»Kannst du mir erklären, wie dein Elternheft in Monsieur Galinets Garten kommt?«

»In die Garage, genauer gesagt.«

Ist ja ein ganz Genauer, dieser schwindsüchtige Helfershelfer.

»Und erzähl mir bloß keine Märchen.«

Also ist es besser, ich sage nichts. Dabei bin ich bereit, zu gestehen: daß ich attackiert worden bin, erpreßt, geplündert, von drei oder vier – ja, eher vier – Großen aus einer anderen Schule, die sich für die Niederlage rächen wollten, die sie gestern auf dem Niemandsfeld davongetragen haben, 0:4. Ich habe sogar selber zwei Tore geschossen, darunter ein Ball, den ich in vollem Flug erwischt hatte. »In vollem Flug erwischt«, das paßt hervorragend für die Art von Ohrfeige, die ich eben kassiert habe. Mein Gesicht ist wie ein mißratenes Steak, durchgebraten auf der einen Seite, blutig auf der anderen. Da sind mir die Kochkünste von meiner Mutter wirklich lieber.

»Herr Lehrer, Sie verstehen, ich habe es als meine Pflicht angesehen, ein solches Verhalten anzuzeigen. Diese Kinder von heute…«

… werden anders als die Alten von gestern, zum Glück. An der Erkenntnis halte ich mich fest, während ich versuche, mit der Zunge das Blutrinnsal abzufangen, das mir über die Lippen läuft. Ein bitterer Geschmack. Ziemlich beruhigend. Sogar der Anblick von Blut kann beruhigend wirken.

Das hat meine Mutter mir erzählt, als sie nämlich das erstemal unseren Vater im Gefängnis von Vauzelles besucht hat.

»Vielleicht findest du das ja komisch, aber als ich das Blut auf seinem Gesicht gesehen habe, war ich beruhigt. Wenigstens war er am Leben. Die Deutschen haben ihn geschlagen, aber er hat nie darüber reden wollen. Er hat mich angelächelt, als wollte er mir beweisen, daß er noch alle seine schönen Zähne hatte... Das hast du von ihm, dieses Lächeln.«

»Also wirklich, Herr Lehrer, er macht sich über uns lustig! Schauen Sie sich diesen Jungen an, er lacht auch noch!«

Noch einmal eine in vollem Flug. Jetzt habe ich auf beiden Seiten mein Fett weg. Dabei wollte ich nur den P'pa nachmachen. Nächstes Mal muß ich's mit einem inneren Lächeln versuchen.

»Danke für die Zusammenarbeit, Monsieur Galinet.«

»Das versteht sich doch von selbst.«

Austausch von Höflichkeiten, Kratzfüßen, ein kleines Ballett bis zur Tür, Händedruck und das Wohlgefühl erfüllter Pflicht. Der Verräter geht mit funkelnden Augen und gestärkter Lunge. Ist der, der meinen Vater verraten hatte, auch so belohnt worden? Vielleicht hat man ihm Schokolade in die Tasche gesteckt, Zucker oder eine Wurst. Manche hätten ihre Mutter verkauft für Tabak oder ein Päckchen Kaffee...

Meine Klassenkameraden haben anscheinend ihre Mokarex-Figuren fertiggemalt. Als ich wieder in die Klasse komme, sitzt Jean-René Clément hinter dem Pult und malt ins Klassenbuch ein fettes Kreuz vor den Namen von jedem, der sich rührt.

»Weißt du, damals haben wir in der Gartensiedlung Vauzelles gewohnt, die Häuser sahen eins aus wie das andere. Also hatte der Kerl, der uns denunziert hat, mit Kreide ein lothringisches Kreuz an unsere Tür gemalt, damit die Boches wußten, wo wir wohnten.«

»Wie in der Bartholomäusnacht, M'am.«

»Vielleicht. Jedenfalls war das ein nachtschwarzer Tag für uns. Zwei Transporter mit Fridolins, so nannten wir die

Deutschen manchmal, in voller Uniform, plus ein Wagen Gestapomänner. Das waren Schweinehunde. Sie haben uns alle aus dem Haus geholt, als wollten sie uns im Garten erschießen. Onkel Florent machte sich gerade ein Omelett. Er ist mit der Pfanne in der Hand herausgekommen und hat sich dumm gestellt, wie immer. Der hat eins mit dem Gewehrkolben auf die Wange gekriegt, meine Güte! Dann haben sie Schaufeln und Spitzhacken abgeladen und sind direkt zu den Verstecken gegangen.«

»Was für Verstecken?«

»Denen, wo das Kupfer drin war! An fünf Stellen hatte dein Vater es vergraben. Sie wußten genau Bescheid. Kein Wunder, schließlich hatte unser Nachbar uns angezeigt.«

»Und was war genau in den Verstecken?«

»Kupferplatten.«

»Woher?«

»Von Alsthom. Damals hat dein Vater im Lokomotivenbau gearbeitet. Als Ausbilder. Und nachts ist er hin und hat die Dampfkesselherstellung sabotiert, indem er Kupferplatten rausgenommen hat. Ohne dieses Teil blieben die Lokomotiven einfach stehen. Also gab es weniger Züge zum Transport von Soldaten, Panzern, Lastern und auch von Gefangenen. Damals haben wir die Aufrufe von den Eisenbahn-Gewerkschaftlern geklebt:

Nicht ein einziger Waggon
Nicht eine einzige Lok
für die Boches!
Sabotiert
die Boches!

Und dein Vater hat sie sabotiert. Dabei waren die Arbeiter in der Fabrik schwer bewacht, aber er hat irgendeinen Trick gefunden, um das Kupfer rauszuschmuggeln. Wie, hat er mir nie erklären wollen. Falls sie uns verhört hätten. Und siehst du, er hatte recht. Ich weiß nur, daß er, wenn er mitten in der Nacht zurückkam, nach Kanalisation roch, milde gesagt. Ich mußte alles, was er am Leibe hatte, in den Waschkessel stecken. Widerlich! Er wusch sich dann im Zuber. Viel Seife hatten wir nicht, also dauerte das seine Zeit. Du weißt ja, was für ein Sauberkeitsfanatiker dein Vater ist. Kaum lag er im Bett, da hat schon wieder der Wecker geklingelt. Um fünf mußte er bei Alsthom anfangen.«

»Und das Kupfer?«

»Mehr als drei Tonnen haben die Fritzen ausgebuddelt! War wirklich lustig, sie schwitzen zu sehen.«

»Drei Tonnen!«

»War ja auch schon eine Zeitlang gegangen, diese Geschichte.«

»Wißt ihr, warum der Nachbar euch verraten hat?«

»Das haben wir uns lange gefragt. Eigentlich hatten wir ein gutes Verhältnis zu ihm. Wir haben ihm sogar geholfen, bei seinem stummen Schwein.«

»Ein stummes Schwein?«

»Ja, viele Leute haben damals heimlich ein Schwein gemästet. Das war natürlich verboten, man durfte sich nicht erwischen lassen. Und die Viecher machen so einen Lärm! Also haben wir ihnen die Stimmbänder durchtrennt, dann war Ruhe. Onkel Florent wußte, wie man das macht. Seltsam ist das, wenn so ein Schwein dann herumrüsselt und man keinen Laut hört. Wie ein großer, hellrosa Goldfisch. Dem Nachbarn hatten wir sogar beim Schlachten geholfen. Er war nicht vom Land. Armer Kerl.«

»Ich weiß, seine Frau hatte ihn verlassen... Aber trotzdem, M'am, das Kupfer?«

»Wie, das Kupfer?«

»Na ja, drei Tonnen. Was hättet ihr damit nach dem Krieg gemacht, wenn die Deutschen euch nicht hopsgenommen hätten?«

»Na, zurückgegeben hätten wir es!«

Meine Mutter schaut mich aus ihren klaren blauen Augen an. Aber ihr Mund ist ein wenig bitter verzogen.

»Fast hätten sie uns nach der Befreiung noch vor Gericht gebracht.«

»Wer denn?«

»Diejenigen, die gegen die Kollaborateure vorgingen. Die Saubermännerkomitees. Kerle, die vier Jahre keiner zu Gesicht bekommen hatte, und jetzt saßen sie auf einmal da hinter ihren Tischen, mit Schärpen in den Nationalfarben und die Brust voller Lametta – ›Wer garantiert uns denn, Madame, daß Ihr Gatte nicht die Absicht hatte, das Kupfer nach Kriegsende schwarz zu verkaufen? Können Sie Zeugen beibringen?‹ Also wirklich! Zeugen konntest du damals in jeder Eckkneipe kaufen. Zwei Glas Roten, und dann schworen sie bei allen Heiligen, egal, was du wolltest. Dein Vater hat das niemals gewollt. ›Das verbiete ich dir, Paulette!‹ hat er gesagt. Das einzige Mal, daß er mir etwas verboten hat. Ich hätte es schon gern gesehen, daß er einen Orden kriegt. Irgendeinen Klunker. Verdient hätte er's gehabt. Der Orden der Ehrenlegion war gerade gut für die, die schwarz mit Schweinen gehandelt hatten... Du glaubst gar nicht, was da alles in den Knopflöchern von diesen Drückebergern blühte... Richtiger Nachkriegsausschlag.«

Ich denke an die Ehrenlegions-Rosette, die ich im Ranzen habe. Gefunden, gleich mehrere, in Zeitungspapier gewikkelt, ein Päckchen in einem Mülleimer bei mir in der Straße. Der alte Herr mit der Baskenmütze von Nummer 115 war gestorben. Eine Erkältung, die er sich am 11. November bei der Feier zum Ende des Ersten Weltkriegs geholt hatte. Für seine Rosette kriege ich heute nicht mal mehr einen Locher aus Metall zum Tausch.

Mein Vater hätte seine Ehrenlegions-Auszeichnung für einen Schnarcher bekommen können, aber er hat sie nicht haben wollen, obwohl General de Gaulle persönlich ihn vorgeschlagen hatte. Das war im August 1944, mein Vater sollte ihm eigenhändig die Karte der Maquis-Gruppen der Region P3 und eine Botschaft von General Giraud überbringen, wegen eines Gipfeltreffens zwischen den kommunistischen und den gaullistischen Résistance-Truppen.

»Nur ich kam dafür in Frage, ich war der einzige, der ein fahrtüchtiges Motorrad hatte, eine 500er Maschine, die schon viel mitgemacht hatte. Einen Tag und eine Nacht lang bin ich gefahren, quer über die Fronten weg. Dann war ich in Paris. Ein Fest! Niemand hätte bei dem Anblick gedacht, daß alles noch voll Deutschen war. Ich schlage mich zum Rathaus durch, hundertmal hab ich meinen Passierschein vorzeigen müssen. Alles voll kleiner Chefs, und alle so was von bissig. Daß ihnen niemand ihren Sieg streitig macht! Endlich komme ich in das goldene Büro. Deiner Mutter hätte der Kronleuchter gefallen. Der General stand gleich hinter der Tür. Ich konnte ihn hören. Ich war völlig gerädert. Sie gaben mir ein Glas Champagner. Damals trank ich eigentlich keinen Alkohol. Zack, bin ich eingeschlafen, wie ein Baby. Stell dir das mal vor! Bis heute schäme ich mich dafür...«

»Aber Sie haben mir das Leben gerettet!«

»Nicht ich selber, Herr General, mein Schnarchen!«

»Es hat meine Aufmerksamkeit erregt, ich habe mich umgedreht, und so hat die Kugel nur mein Ohr gestreift. Ohne dieses Geräusch hätte sie mich getötet. Stellen Sie sich vor, welche Folgen das für Frankreich gehabt hätte!«

»Herr General, können Sie sich vorstellen, daß Sie jemandem für einen Schnarcher die Medaille der Ehrenlegion verleihen?«

»Wir können uns ja eine Formulierung ausdenken, etwa: ›Durch sein Ablenkungsmanöver hat Picouman einen Anschlag vereiteln können, der die körperliche Unversehrtheit des Generals de Gaulle bedrohte, des Oberhauptes des befreiten Frankreich. Paris, nach der Befreiung, August 1944.‹ «

»Sie werden auf dem Balkon erwartet, Herr General.«

»Also, Sie wollen meine Medaille nicht?«

»Wenn, dann müßte meine ganze Familie sie bekommen, und die Kumpel vom Maquis, die in der Fabrik und noch viele andere. Das verbraucht Metall. Und Metall benötigen wir jetzt für etwas anderes. Mit Ordensfabriken kriegen wir Frankreich nicht wieder auf die Beine.«

»Ein rauher Spruch, aber er gefällt mir. Trotzdem dürfte ich Schwierigkeiten haben, ihn in einer Rede unterzubringen. Nun denn. Es tut mir leid, Picouman, ich werde erwartet.«

»Geben Sie acht, wenn Sie über die Rue de Rivoli zurückfahren. In der Rue de Renard knallt's immer noch. Ein Scharfschütze, den man noch nicht gestellt hat.«

»Berufsrisiko. Aber ich habe keine Angst. Ich weiß jetzt: Jedesmal, wenn eine Kugel auf mich zuschießt, werde ich Ihr Schnarchen hören, und es wird mich beschützen. Da bin ich ganz sicher.«

Vielleicht ist das Schnarchen ja die Methode unseres Vaters, uns zu beschützen. Ein »Trick des Schwarzen Magiers«. Baobab-Schnarchen, das die Wände zum Wackeln bringt und alle bösen Geister in die Flucht schlägt.

Auch ich wäre am liebsten geflohen, während der Lehrer diesen Kollaborateur hinausbegleitet, der so freundlich war, mein Elternheft anzuschleppen.

»Komm mal schön her!«

Monsieur Brulé holt mich im Flur ein. Er sieht nicht mehr wütend aus. Eher besorgt und irgendwie traurig.

»Was sollen wir bloß mit dir machen?«

Das fragt sich die M'am auch manchmal. Aber sie muß auf den Waschzuber aufpassen, die Dielen mit Stahlwolle schrubben, die Flaschen spülen. Also wischt sie sich die Hände an ihrem karierten Tuch ab, zuckt mit den Schultern und seufzt.

»Ich sag das zwar, aber… ich weiß, daß alles gutgehen wird, keine Sorge!«

Sie zwirbelt mir die Haartolle. Eine liebevolle Geste, sie riecht nach Chlorlauge. Dann noch zwei Tröpfchen Nivea-

Creme auf meine Wangen, ein Rubbelkuß, sie zieht mir die Socken hoch, schnallt mir die Sandalen zu, verpaßt mir einen Klaps auf den Podex, drückt mir ein Stück Brot und einen Riegel Meunier-Schokolade in die Hand, und schon bin ich bereit zum Aufbruch. Mehr brauche ich nicht.

»Wirklich, was sollen wir bloß mit dir machen?«

Im Flur hockt der Lehrer mir auf gleicher Höhe gegenüber und hält mich bei den Schultern. Auch er hat blaue Augen.

»Ich muß mit dem Direktor über dich sprechen, und der wird sicher deine Eltern herbestellen. Geh zurück in die Klasse.«

»Kann ich jetzt meinen Napoleon anmalen?«

»Aber mach ihn mir ja schön.«

Ich mag das, wenn die Sätze des Lehrers klingen wie von weit her. Selten ist das. Dingdong, dingdong! Es klingelt. Ich spüre plötzlich etwas wie einen heftigen Hieb in die Magengrube. Meine Augen kippen weg. Der Lehrer fängt mich auf.

»Ist dir nicht wohl?«

Ach nein, es ist nichts. Ich hab nur Hunger. Zeit für die Schulspeisung. Mein Magen hat das eben festgestellt und ist wohl ungeduldig. Dabei weiß ich genau, was mich im Eßsaal erwartet.

Viertes Kapitel

Die Mädchenmauer

Die Zeit in der Schulkantine ist wie ein großes belegtes Brot. Hackfleischauflauf-Salat-Apfelmus zwischen zwei schönen Scheiben Pause. Die erste Scheibe über kümmern wir uns um die Mädchen aus der Mädchenschule. Die hinter der Mauer. Die Unsichtbaren. Die zweite dient mehr der Verdauung: Räuber und Gendarm, Völkerball, Gerangel, Klickern und Autos rammen.

Zur Mädchenmauer gehen, das ist eine richtige Expedition. Man darf weder zu klein noch zu groß sein. Bist du zu klein, nennen sie dich »Rotznase«. Wer sich als Rotznase für Mädchen interessiert, kann Gift darauf nehmen, daß er jede Menge spöttische Bemerkungen zu hören kriegt wegen seinem Minischniepel, seinem Tröpfelpiephahn, seinem Pipapullermännchen, oder noch hundert andere Namen, die ich alle in meinem Sammelheft aufgeschrieben habe. Wer zu groß ist, wie die Jungen aus der Neunten, gibt sich mit banalen »Pißnelken« nicht mehr ab. Der ist in einem Alter, wo man sich nicht vom Fleck rührt. Man sammelt sich in einer Ecke des Hofes und versucht, heimlich eine zu rauchen. Bleibt das Alter dazwischen. Es besteht aus denen, die es schaffen, die Mauer zu erklimmen, das sind die Kletteraffen, und den anderen, die das nicht schaffen, das sind die Bleiärsche. Aber ein Kletteraffe kann sich in den Dienst eines Bleiarsches begeben. Als »Briefträger«. Unzählige Dosen Pastillen, Lakritze, Bonbons und Mäusespeck sind dafür schon bezahlt worden. Ich bin der Briefträger von Bonbec, meinem Banknachbarn. Der ist eine Art Süßigkeiten-Vielfraß, und seine Taschen sind immer gestopft voll mit sämtlichen Bonbonsorten, die es gibt. Er ist in eine große Flache mit Sommersprossen verliebt, deren Lächeln »in der Sonne strahlt wie Silber«. Hat er selber gesagt.

Briefträger spielen ist nicht ungefährlich. Wenn eine Lehrerin einen erwischt, muß man möglicherweise in der Mädchenschule in der Ecke stehen, in einer vierten Klasse, auf dem Podium, die Hände auf dem Kopf, eine Tafel im Rücken, auf der steht: »Ich wollte die Mädchen auf und ab gehen sehen«, mit Vor- und Zuname unterschrieben. Genau das ist mir neulich passiert.

»Was hast du auf der Mauer gemacht?«

»Ich wollte die Mädchen auf und ab gehen sehen.«

»Na gut, dann schreiben wir das auf die Tafel.«

Eigentlich bin ich sogar stolz: Es ist das erste Mal, daß einer meiner Sätze aufgeschrieben wird, und auch noch so groß. Und wenn ich meinen kleinen Schwestern begegne? Egal, die tun dann so, als würden sie mich nicht kennen. Sonst bekommen sie nämlich weder Kaulquappen zu sehen noch eine Blitzgeschichte zu hören. Die Hände auf dem Kopf, so durchquere ich die Turnhalle, wo die Kleinen aus der zweiten Klasse in ihren pluderigen kurzen Höschen mit Gummizug gerade Turnen haben. Ich stehe auf einem Podium, mit dem Rücken zu der flüsternden Klasse. Ich hätte auch gern einen Gummi im Bund von meiner kurzen Hose, und zwar einen kräftigen. Ich spüre nämlich, wie mir die Hose rutscht. Die Taschen sind voll mit Murmeln, soeben in der Pause gewonnen, als ich Lali gerupft hab. Ein wahrer Glasmurmelschatz. Jetzt werde ich selber gerupft, wenn die Hose noch weiterrutscht. Die Mädchen werden meinen Hintern sehen, so blank wie ein Hühnerhintern auf dem Markt. Ich kann mich verrenken, soviel ich will, den Bauch aufblähen, mich erst auf das eine Bein stellen und dann auf das andere, ich verliere Millimeter um Millimeter. Schon spüre ich einen Streifen Kühle über meinem Gürtel. Ich frag mich, wie meine Unterhose heute wohl aussieht. Habe ich überhaupt eine an?

»Und wenn du auf der Straße einen Unfall hast?«

Ein Unfall auf der Straße, das ist eine der »fixen Ideen« von der M'am, wie sie das nennt. Ein Unfall mit Löchern in den Strümpfen, zerissenem Unterhemd und schmutziger Unterhose. Als würde man sich nur sauber anziehen, um sich dann von einem Auto über den Haufen fahren zu lassen!

»M'am, jetzt ist nicht der passende Moment zum Nachsehen.«

Ich versuche, meine Hose hochzuziehen.

»Laß die Hände auf dem Kopf!«

Der Bindfaden, der mir als Gürtel dient, ist eben über den Hüftknochen gerutscht. Hastig gehe ich im Kopf durch, was ich über das menschliche Skelett gelernt habe: Aber nein, nicht der kleinste Knochen mehr da, um die Hose aufzuhalten. Dabei haben wir 272 Stück. Gleich gibt's die magische Rutschbahn vom Fest in Neu-Neu und die Entdekkung des Schatzes der Zwei Monde. Mein Schatz, das sind meine Murmeln. So ist das im Leben, besser, man verliert seinen Schatz als das Gesicht. Also wackele ich ein bißchen wie ein Südsee-Tänzer, so daß meine Murmeln leicht in den Hosentaschen knirschen.

»Was höre ich denn da? Komm her!«

Ich nutze die Gelegenheit, um hastig meine Verpackung festzuschnüren.

»Mach die Taschen leer!«

Mit Vergnügen. Ich reihe die Murmeln auf dem Pult auf. Meine Hose, um den Ballast erleichtert, steigt wie ein Freiballon. Die Fenster zu, sonst fliege ich noch weg! »Oh!« Die Lehrerin klingt, als hätte sie ein Kästlein mit Geschmeide geöffnet. Sie nimmt eine Glasmurmel in die Hand und läßt sie im Sonnenlicht schillern.

»Das ist ein Katzenauge, Madame.«

Ich habe es gewagt, den Mund aufzumachen. Sie rollt mit den Augen, die keiner Murmel ähneln. Ich mache mich darauf gefaßt, eine 1-A-Ohrfeige zu bekommen. Aber nichts.

»Und die hier?«

»Die nenne ich Rotkehlchen, Madame.«

»Und die braune da?«

»Zimtstern, Madame.«

»Du kennst sie alle, was?«

»Ja, Madame!«

In Wahrheit erfinde ich, wenn nötig. Manche Namen kann man einer Dame nicht so leicht verraten. Ebendiejenige, die sie jetzt hochhält, eine schwarze mit braunen Sprenkeln, die nennen wir »Nonnenarsch«...

»Und diese schöne schwarzbraune Murmel?«

»Ähhh... ähhh... Der Teufelsfinger, Madame!«

»Das ist aber hübsch.«

Das Gesicht der Lehrerin entspannt sich. Jetzt hat sie Augen wie »Ruhiges Meer«, meine Lieblingsmurmel. Sie klatscht in die Hände.

»Kommt her, Mädchen. Wir wollen die hübschen Namen der Murmeln lernen.«

Auf einmal bin ich von lauter Mädchen umringt. Wenn das meine Freunde sehen könnten! Ein Märchen aus Tausendundeiner Nacht am hellichten Tage. Besser als in dem dicken Buch aus unserer Klassenbibliothek. Alle, die ich von der Mauer herab nicht erkennen konnte, sind da: die Große mit den roten Zöpfen, der Dickpopo, die Braune mit der runden Brille, die Blonde mit dem Faltenrock, die Lockige, die schon Formen kriegt, die Bohnenstange, das Mädchen mit dem goldenen Kreuz, die kleine Kugel mit dem Haarreif. Und sogar die große Flache mit den Sommersprossen, der ich von Bonbec ein paar dicke Pierrot-Gourmand-Karamelbonbons geben soll, von denen kosten vier einen Franc. Ich muß Bonbec erzählen, daß sie eine Zahnspange trägt und deswegen ihr Lächeln »in der Sonne strahlt wie Silber«, Bonbons kann sie also keine essen. Er kann ihr bloß noch Gedichte schreiben.

Und die da? Und die da? Mir dreht sich der Kopf von den Fragen der Mädchen. Meine Auslage ist bald so durcheinander wie beim alljährlichen Flohmarkt auf dem Rondell. Ich verrate alle Namen, die ich kenne, und erfinde noch eine ganze Menge dazu. Ein wahrer Wirbel von hohen Stimmen und von Düften. Mädchen riechen so gut. Ich kenne nur meine Schwestern. Von der Mauer oben merkt man gar nicht, was es alles für Düfte gibt: Flieder, Maiglöckchen, Rose, Linde, Jasmin, Farn, Kölnisch Wasser. All die Namen hätte ich gern von ihnen gelernt. Aber ich glaube, das Wort »Parfüm« ist dazu erfunden worden, daß die Düfte ein Geheimnis der Mädchen bleiben können.

Endlich schickt die Lehrerin sie alle auf ihre Plätze zurück. Sie haben gefragt, ob sie jede eine Murmel als Erinnerung mitnehmen dürfen. Mit so einer Strafe, die aussieht wie ein Geschenk, bin ich einverstanden. Meine Hose hätte sowieso nicht mehr lange gehalten. Und dann hätte ich einen Namen für das erfinden müssen, was sie dann zu sehen bekommen hätten. Ich mach ja fast alles, ich konjugiere sogar freiwillig unregelmäßige Verben, wenn ich dafür meinen Hintern nicht zu zeigen brauche.

»Wenn ich recht verstehe, hat meine Süße also ein Pferdegebiß!«

Ich erkläre Bonbec, daß die große Flache mit den Sommersprossen kein Pferdegebiß hat, sondern eine Zahnspange »für Reiche«. Für die Schönheit, damit sie ein niedliches Lächeln bekommt. Beruhigt feilt er weiter an seinem Gedicht. Er streckt die Zunge zwischen die Zähne, schwitzt, aber der Versfuß will immer noch nicht stimmen. Mal lahmt er, mal krabbelt er wie ein Tausendfüßler; außerdem will Bonbec um jeden Preis »Zähne« mit »ich sehne« reimen.

»Mach du mir doch eins.«

Ich tu's. Er liest. Runzelt die Stirn. Zieht einen Flunsch. Und gibt es mir zurück.

»Unmöglich. Da sind Wörter drin, die ich nicht verstehe. Wenn sie mich fragt...«

Bonbec verzichtet auf das Gedicht und verlegt sich auf

ein Schmuckstück. Mädchen mögen Schmuck! Ein Ring aus dem Automaten. Man muß bis nach Le Raincy hoch, zu Goulet-Turpin, dem kleinen Supermarkt. Der erste, den der Automat ausspuckt, ist aus Silber, mit einem Totenschädel und einer Schlange. Als Verlobungsring unmöglich. Noch einen! Bonbecs Bäckergroschen schwinden dahin, aber »Die Liebe muß man sich was kosten lassen«, meint er und findet, das klingt prima erwachsen. Er bittet, fleht, streichelt den Automaten, bevor er wieder an der kleinen Schublade zieht. Rrratsch! ... Da erscheint er in seinem Pappschrein: ein wahres Wunder, direkt aus dem Thronschatz von Bagdad. Aus Gold, mit einem Smaragd und einem Saphir. Also genauer: goldfarbig, grün und blau.

»Glaubst du, ihre Finger sind so klein?«

»Mädchenfinger sind unglaublich, das kannst du dir gar nicht vorstellen. Ich weiß nicht, wie die damit zurechtkommen.«

Wir gehen zurück, ohne in der Bäckerei haltzumachen. Seit wir aus dem kleinen Supermarkt gekommen sind, wirkt Bonbec wortlos und zerknirscht. Plötzlich bleibt er stehen und schaut sorgenvoll wie ein Alter. In einem Kilometer um zehn Jahre gealtert.

»Und wie überreicht man so was? So?«

Er tut so, als wäre die Pappschachtel ein Stein in dem Spiel, bei dem wir versuchen, möglichst dicht an die Mauer zu werfen.

Genau dieselbe Bewegung wie mein Bruder Roland, an dem Abend, als er Christiane seinen Verlobungsring überreichen wollte. Roland trägt seinen marineblauen Anzug, den er für den Musterungsausschuß gekauft hat. Für fünf Franc hat meine Schwester Josette ihm den Kragen von seinem weißen Hemd gestärkt und mit einem feuchten Tuch messerscharfe Falten in seine Hose gebügelt. Roland ist überall ganz steif. Sein mit der Stickschere gestutzter Schnurrbart läßt ihn noch mehr aussehen wie Prinz Rainier von Monaco. Sein Gesicht changiert zwischen weinrot und wachsbleich. Die Krawatte von unserem Vater würgt ihn. Es sieht aus, als würde er erst wieder Luft bekommen, wenn alles vorbei ist. Und vorbei ist es mit Christiane schon fast gewesen. Ein-, zweimal haben sie schon Schluß gemacht, fast miteinander gebrochen.

»Gebrochen« – da muß ich an Rolands Arm denken, der bei seinem Motorradunfall schwer was abgekriegt hat. Mit Christiane hatte er zu derselben Zeit gebrochen. Vielleicht würde mein Bruder behindert bleiben. Eine Spange hatten sie ihm in den Arm gesetzt. Eine Spange! Ich mußte immer an ein Schmuckstück denken. So etwa wie die durchscheinende Kamee von der M'am, nur größer. Es scheint aber eher was wie die Klammer am Grillspieß zu sein, mit der man die Hähnchen feststeckt.

»Eine Spange im Arm, na, da bekommt unsere Schönheitskönigin aber einen Mann, der nicht lockerlassen wird!«

Spöttisch imitiert Évelyne die Miß Villemomble 1956, groß, blond, rundum mit Miß-Formen ausgestattet, die meine Schwester übertrieben vorstreckt. Fast wie Sabrina in einer alten *Ciné-Revue*; 104 cm Brustumfang, für hundert Millionen alte Franc versichert! Ich habe das Foto ausgeschnitten, auf dem sie nachmißt.

»Der Miß hat unser Bruder ganz schön hinterherlaufen müssen!«

Évelyne hat recht. Mit Christiane hätte Roland es genauso anfangen sollen wie mit allen anderen Mädchen. Auf dem Motorrad sitzen bleiben und abwarten. So ist das im Leben, wenn ein Mann zu viele Haken schlagen muß, wird ihm am Ende der Hals umgedreht. Aber Roland will diese hier heiraten und keine andere. Er steht in der Küche und teilt das der M'am mit, unter dicken Schluchzern.

Wenn ich wüßte, wo sie wohnt, dann würde ich auf Blanco hintraben. Ein schniekes Haus aus echten Mauersteinen, mit Garten davor und dahinter. Noch größer als das von Madame Gnobel. Sagt Roland. Dann erzähle ich der Miß, daß mein Bruder früh aufsteht, nie rumschreit, daß er mir meine Hausaufgaben immer gut erklärt, daß er sein Motorrad ganz allein von seinem Geld bezahlt hat, 120 Sachen bringt es, daß ein Foto von ihr neben seinem Wekker steht und daß sie wirklich hübsch ist, aber das ist noch lange kein Grund, meinen Bruder zum Weinen zu bringen. Genau das würde ich zu ihr sagen.

Roland ißt nicht mehr. Dabei ist das Essen bei uns zu Hause heilig. Wer nicht ißt, muß krank sein. Liebeskummer ist wohl eine Krankheit wie andere auch. Wenn eine kräftige Suppe da nicht hilft, muß man sich was einfallen lassen. Also hat die Familie Rolands Kummer auf ihre Schultern genommen und sich was einfallen lassen. Unsere Mutter hat ihren Hut und die Kirchgangs-Handschuhe genommen, der Vater die Schuhe angezogen, die ihn auf die Hühneraugen drücken. Dann sind sie hingegangen, in das große Mauerstein-Haus, und haben alles erklärt. Roland bekommt eine gute Stellung bei der Air France. Die Prüfung wird er bestehen. Dann hat er ein Anrecht auf Flugscheine für Firmenangehörige, und seine Frau auch. Das bedeutet: alle Flüge für nur 10% des normalen Preises. Kostet weniger als der Zug. Nizza, Ajaccio, Algier, alles näher als Nogent. Sie erklären so gut, daß Rolands Spange gar nicht mehr so stört. Fast ein Schmuckstück wird sie: Mein Bruder bekommt eine Rente deswegen.

»Siehst du – so rum geht's, so rum nicht!«

Roland läßt den ausgestreckten Arm um die Schulter kreisen, erst nach vorn, aber wenn er es in der Gegenrichtung versucht, bleibt er hängen. Sieht eher aus wie ein Taschenspielertrick als wie eine Behinderung.

»Wenn man uns fragt, also wir würden dich sofort heiraten, kleiner Bruder!«

»Du bekommst Geld mit der Post, und außerdem riechst du heute so gut!«

Évelyne und Josette versuchen, ihn abzulenken, wie

mich, wenn ich eine Spritze bekommen soll. Abwechselnd stolzieren sie herum und spielen Braut, damit Roland den Moment, in dem er den Ring überreicht, üben kann. Offensichtlich birgt die kleine Schachtel am meisten Probleme. Oft geht sie mit einem Schlag wieder zu und klappert dabei wie ein künstliches Gebiß.

»Wie die M'am, wenn sie wütend ist!«

Roland hat erst noch ein bißchen an dem Scharnier basteln müssen. Drinnen funkelt der Ring.

»Groß wie ein Karaffenstöpsel!«

»Also wirklich, du willst deine Zukünftige wohl besoffen machen!«

Zu Hause bei uns führen die Mädchen das Wort, wenn es um Geburten, Hochzeiten oder Beerdigungen geht. Das ist ihr Gebiet. Die Jungen sind still und hören zu. Sie wissen genau, früher oder später müssen sie einen Verlobungsring überreichen. Das geht immer nach demselben Muster: erst mal sparen. Im Leben ist das so mit den Frauen, erst mal muß man den Gürtel enger schnallen, damit man später die Hosen runterlassen kann. Madame Piponiot sagt, als Mädchen hat sie manch einen flotten Hasen bei den Löffeln gekriegt. Vielleicht hängen deswegen heute so viele Felle bei ihr im Garten zum Trocknen.

Roland und Christiane haben noch einiges vor sich, bis sie es zum Moulin-Brûlé am Ufer der Marne geschafft haben, wo unser Clan seine Hochzeiten hält. Eine richtige Heiratsfabrik ist das. Zwanzig, dreißig lange Bankettische aufgereiht in einem Saal, der so geräumig ist wie ein Flugzeugschuppen. Und jede Menge Brautkleider, Schwiegerväter, Brautführer, Tischherren und Tischdamen, Kotillons, Polonäsen, Strumpfbänder und junge Bräutigame im Plastikkragen, steif wie für das Hochzeitsfoto. Im Moulin-Brûlé heiratet man und lernt sich kennen, man heiratet und lernt sich kennen. Es ist ein bißchen wie eine rechts, eine links.

Manchmal gibt's auch Laufmaschen, wie bei meinem

Bruder Gérard, der eine Frau geheiratet hatte, die Austern züchtete. Heute ist davon nur noch das Wort »*ostréiculteur*« in meinem Sammelheft übrig, und eine Speisekarte in einem Fotoalbum, mit schnäbelnden Täubchen rings um die Jakobsmuscheln, den Rindsbraten mit grünen Bohnen, die Käseplatte, die Hochzeitstorte, Likör und Kaffee.

Langsam wird mein Hunger immer größer. Mit der Schulspeisung dauert es noch. Lehrer und Lehrerinnen stehen in einer Ecke des Hofes und unterhalten sich. Bonbec steht gegen die Mädchenmauer gepreßt, sein Verlobungsgeschenk in der Hand.

»Willst *du* es ihr nicht lieber geben?«

Bonbec hält mir die Schachtel mit dem Ring aus dem Automaten hin. Er hat sie in das blaue Papier gewickelt, mit dem wir die Bibliotheksbücher einschlagen. Ob Roland damals bei Christiane auch einen vorgeschickt hat? Ich hab das mal gesehen, als ich in der Ferienkolonie auf dem Land war. Da wurde ein ziemlich unansehnlicher Hengst zur Stute gebracht, und beide haben sich überall beschnüffelt. Danach kam ein anderer, sehr viel schönerer Hengst, der sie dann bestiegen hat, und zwar nicht gerade mit einem Minischniepel, weiß Gott! Es dauert nicht lang, und schon gehen beide wieder ihres Weges. Bei den Menschen sieht mir das schon komplizierter aus. Der Hengst, der nur zum Schnüffeln kommt, wird »Anheizer« genannt, hat uns der Betreuer erklärt. Komischer Name. Also Bonbecs Briefträger will ich ja gern sein, aber nicht sein Anheizer. Ich kann es nicht leiden, daß mich wer beschnüffelt.

Nicht lange, und ich bin mit Bonbec handelseinig. Für einen 2CV von Dinky Toys klettere ich auf die Mauer. Eine Gruppe Mädchen spielt mit dem Springseil. Die Röcke fliegen, man sieht ihre Knöchel, ihre Knie, ihre Schenkel und manchmal ein Stückchen ihrer weißen Unterhosen, wenn sie besonders rasch hüpfen.

Ein bißchen wie das Strumpfband der Braut, wenn sie am Ende der Hochzeitsfeier auf den Tisch steigt. Jemand hebt den Rocksaum immer höher, je mehr Geld in die Sangria-Schüssel fällt. Spenden für die Hochzeitsreise. Ich höre gern zu, wie einer den Marktschreier für die Brautleute macht. Brauchen schon eine Menge Moos, wenn sie das Meer zu sehen bekommen sollen.

»Siehst du sie? Siehst du sie?«

Der Bonbec geht mir auf den Wecker, daß er so rumkläfft. Gleich entdecken uns die Lehrer. Ja, ich habe seine große Flache mit den Sommersprossen und der Zahnspange gesehen. Sie spielt »Himmel und Hölle«. Im Augenblick geht es Richtung »Himmel«. Ich warte, daß sie wieder kehrtmacht, damit ich ihr ein Zeichen geben kann. Sie spielt gut. Toll beweglich beim Hüpfen und geschickt mit dem Stein beim Werfen. Ah! sie hat sich gebrannt. Schade! Ich hebe den Kopf, um sie auf mich aufmerksam zu machen. Sie ist groß, sie hat mich gesehen. Schon kommt sie wie zufällig zur Mauer geschlendert. Wäre sicher eine prima Spionin. Ich zeige ihr die Schachtel und mache mit den Fingern Zeichen, daß ein Ring darin ist, für sie. Ich weiß nicht, was sie genau versteht, aber sie hebt den Rock, als wollte sie Kirschen in einer Schürze auffangen. Ich werfe ihr den Ring zu. Volltreffer! Sie läßt ihn in der Brusttasche des Schulkittels verschwinden, mit ganz leicht geröteten Wangen, hübsch. Mit den Fingerspitzen macht sie mir eine Kußhand. Schon wird sie von den anderen umringt. Bonbec ist besorgt.

»Was macht sie? Was macht sie?«

»Sie schickt dir einen Schmatz.«

Er wäre fast umgefallen vor lauter Aufregung. Seine Beine zittern, und er geht in die Knie. Zum erstenmal, daß ich leibhaftig vor mir sehe, woher der Ausdruck kommt – in die Knie gehen. Komisch, wie bei Jungs alle Gefühle in den Beinen sitzen.

Michels Beine klappern wie Kastagnetten. Nicht die von meinem Bruder Michel, sondern die vom großen Michel.

Der meine Schwester Évelyne und ihre ein-Meter-neunundvierzig-einhalb auf dem Feuerwehrball kennengelernt hat, während unser Vater fort war, in Algier. Ein echter junger Edelmann, immer im Glencheck-Anzug, wie er da mit den Rollschuhen auf dem Rondell seine Kreise zieht wie Alain Calmat auf dem Eis. Er spielt sogar unter dem Kirschbaum Ziehharmonika und Gitarre, abends, wenn es kühler wird, und kann auf jedem Finger einzeln pfeifen. Eine richtig feste Arbeit hat er nicht, aber dafür kann er jede Menge Kartentricks, er tanzt den echten Tango aus Buenos Aires und kann eine geschlagene Stunde lang den Hula-Hoop-Reifen kreisen lassen, ohne einmal anzuhalten. Sämtliche Mädchen des Hauses sind von ihm ganz hin und weg. Und ich sehe genau, daß unsere Mutter ihm frischen Käse in die Suppe reibt.

»Warte nur, wenn unser Vater zurückkommt!«

Meine Brüder machen sich einen Spaß daraus, ihm Angst einzujagen. Jacques, Michel, Gérard, Roland, Guy, Serge. Ein wahres Stichelgeschwader.

»Zäher Brocken, der Alte.«

»Die Kleine ist seine Lieblingstochter. Er hat sie selber aufgezogen.«

»Die läßt er nicht so einfach ziehen.«

»Wenn er kommt, dann nimmt er dich sofort unter die Lupe. Und wenn du ihm nicht gefällst: linker Leberhaken!«

»War früher Meister im Weltergewicht.«

»Dann machst du nicht mal mehr pieps.«

Je näher der Tag der Rückkehr kommt, desto eifriger macht sich der große Michel im Haushalt nützlich, bürstet die Pfandflaschen aus, ölt Scharniere, leert die Aschenschublade vom Ofen, spannt den Maschenzaun nach, macht den Kanaleinstieg im Hof sauber, streicht die Gartenstühle englischgrün. Eine Laune unserer Mutter... Sieht schnieker aus... Genau das tat der große Michel eben, als eines Sommerabends das Taxi vom P'pa vorm Haus anhielt. Papa! Wir Kinder rasten derart los, daß von uns nur noch Arme und Beine zu sehen waren.

»Erstester!«

»Zweitester!«

»Drittester!«

Der P'pa nimmt uns auf die Schultern. In der Küche wischt unsere Mutter sich die Hände am karierten Tuch ab und zieht die Schürze aus. Zweimal schnell mit der Bürste durchs Haar und ein bißchen Lippenstift aufgelegt, vor dem väterlichen Rasierspiegel über dem Spülstein. Den ganzen Tag schon steht der Lippenstift in dem kleinen Regal zwischen den viereckigen Reis-, Kaffee- und Mehldosen. Ein Zeichen dafür, wie sehr unsere Mutter den P'pa erwartet hat.

Der große Michel könnte ein bißchen Rot auch ganz gut vertragen. Als es heißt, der P'pa kommt, bleibt er wie angewurzelt stehen, als hätte er keine Beine. Schlafwandlerisch pinselt er weiter an einer Stuhllehne herum. Die ganze Familie lädt das Taxi aus, als wären wir Beduinen und das Auto eine Kamelkarawane. Wir wissen, was in den Koffern wartet: algerische Decken in allen Farben, gehämmerte Kupfertabletts, riesige Puppen für die Mädchen und ein Kaffeeservice aus blauem Porzellan, so fein, daß das Licht durchscheint. Das hat unser Vater für die M'am gewonnen, beim Volksfest von Fort-l'Eau. Außerdem gibt es noch Anhänger mit den Händen der Fatima, Weihrauch, Sandrosen, Safran, rote Pfefferschoten, die einem den Mund verbrennen, Anislikör, Honigkuchen und für mich einen Burnus mit Bommel. Der große Michel steht da wie festgenagelt und beäugt den Aufmarsch der Heiligen Drei Könige. Plötzlich sieht er sich einem Melchior gegenüber, der drei Klammeräffchen auf Schultern und Armen trägt.

»Bist du der, der mit meiner Évelyne geht?«

Der große Michel weiß nicht, was tun: Soll er auf seinen Rollschuhen flüchten oder alles gestehen? Er, der sonst singt wie eine andalusische Amsel, kriegt den Schnabel nicht auf. Steht baff da, wie bekloppt, den Pinsel in der Hand, und wartet auf den linken Leberhaken, das Willkommenszeichen in dieser Familie.

»Na, bist du's?«

Diese schwarzen Augen durchschneiden ihn wie mit dem Schweißbrenner.

»Ähhh... ähhh... ja, Monsieur.«

»Deine Hose gefällt mir sehr.«

Der Vater fängt an zu lachen, und alle fallen ein. Einer dieser Lachanfälle, die die ganze Nachbarschaft wecken. Hat sich doch der große Michel in seinem Bammel die Hosen angemalt, bis hoch zum Knie. Eigenartig, aber wahr: Englischgrün will zu Glencheck irgendwie nicht passen.

»Glaubst du, eine blaue paßt?«

Bonbec zeigt mir eine Krawatte mit Gummizug, mit einem weißen Schiffsanker. Er hat sein erstes Rendezvous mit der großen, sommersprossigen Flachen perfekt durchgeplant. Sie hat ein Papierkügelchen über die Mädchenmauer geworfen: Heute abend, wenn der Nachmittagsunterricht vorüber ist, unter der Treppe von der Eisenbahnbrücke.

»Hast du eine Ahnung, wie man das mit der Zunge macht?«

Die Zunge! An was anderes denkt der gar nicht mehr! Fragt mir Löcher in den Bauch, über Kinder, die man kopfüber aus dem Bauch zieht. Will alles wissen über Piephahn, Muschi und sogar über die Haare da unten. Komisch, mit Mädchen ist er so was von schüchtern, aber mit Wörtern absolut nicht. Ich kann ihm aber nichts sagen. Er ist ein Einzelkind und meint, weil ich doch jede Menge Brüder und Schwestern habe, muß ich alles wissen.

»Geht doch gar nicht anders, bei dir zu Hause ist es doch eng wie im Kaninchenstall. Da sieht man alles!«

Wenn dieser Bonbec weiter so über meine Familie spricht, dann skalpiere ich ihn mit dem Austernmesser! Bis ich genug Haut habe, um mir einen Gürtel für meine kurze

Hose daraus zu flechten. Und zum Trocknen hänge ich den Skalp zu Madame Piponiots Karnickelfellen. Soll er doch selber zusehen, wie er klarkommt mit seinen Zungen, Muschis und Haaren. Der kann seinen Dinky-Toys-2CV behalten.

»Komm schon, sei mir nicht bös! Bleib da! Du mußt doch was darüber wissen. Wenigstens ein bißchen was.«

Ich schnappe mir den 2CV plus einen Zuschlag wegen Beleidigung meiner Familie. Und dann erfinde ich munter drauflos. Bonbec schluckt alles, sperrt den Mund weit auf wie einen Blechtrichter zum Gänsenudeln. Dabei weiß ich nichts. Aber wie soll ich ihm klarmachen, daß ich in diesem Winzlingshaus, in dem es von Brüdern und Schwestern nur so wimmelt, nie etwas zu sehen bekommen habe? Nichts! Das glaubt er mir nie. Also bastele ich ein paar Erklärungen zusammen, mit dem, was ich bei Capi oder bei unserer Katze Antoinette gesehen habe, wenn die sich putzen, und mit ein paar technischen Details, die ich vom laufenden Motor unseres Citroëns kenne. Das Ergebnis macht Bonbec angst und am Ende auch mir selber. Wenn das tatsächlich so zugeht? Wenn ich es wüßte, ohne es zu wissen? Einmal hat unser Lehrer uns eine Wortschatzübung gegeben, mit »wahr«, »wahrscheinlich« und »wahrheitsgemäß«. Ich hab nichts begriffen, außer daß die Wahrheit manchmal flink ist wie die Hand eines Taschenspielers.

Gesehen hab ich nichts bei mir zu Hause, aber gehört. Nur geht das Bonbec nichts an. Satzfetzen, einzelne flüchtige Wörter. Vor allem eins: »Fehlgeburt.« Dieses Wort entwischt manchmal aus den Geheimberatungen der Frauen in der Küche. Es kündigt die alte Mutter Grémard mit ihrem Haarknoten in einem Netz an: eine Engelmacherin. Sie kommt an den Sonntagen, wenn große Wäsche ist und die Zuber mit kochendem Wasser auf dem Herd stehen. Eigentlich ist ja sonntags gar kein Waschtag...

Durch den Spalt eines Fensterladens habe ich einmal im

Schein der Glühbirne das kreideweiße Gesicht einer meiner Schwestern gesehen, wie eine erschöpfte Heilige Jungfrau, der die schweißnassen Haarsträhnen schwarz und leuchtend auf der Stirn klebten. Die Männer stehen schweigend auf dem Hof und rauchen. Große Kugeln aus zusammengeknülltem, dunkel beflecktem Zeitungspapier werden in den großen Mülleimer geworfen, und sofort geht jemand und leert ihn auf der Müllkippe bei der Eisenbahnlinie aus.

»Scheußliche Geschichten sind das!«

Bonbec kotzt, Kaubonbons, Salmiakpastillen, Mäusespeck, Lakritze, Kaugummi, Brausepulver und Karamelstangen, kaum zerkaut spritzt alles gegen die Wandplatten neben den Pißbecken.

»Stricknadeln!«

Hops, kommt im Strahl noch eine schon vergessene Schachtel Lakritzpastillen heraus, die seine Schuhspitzen und den Bund meiner Socken mit einem schönen, ausgewaschenen Ocker tönt. Er wischt sich den Mund mit seiner Ankerkrawatte ab. Bleich, mit zitternden Knien, rotziger Nase und Tropfen am Kinn: Bonbec ist bereit für seinen ersten Kuß!

»Schau dir bloß meine Krawatte an!«

Ich beschließe, ihn vollends fertigzumachen. Das wird ihn lehren, meine Familie nicht mehr mit einem Karnickelstall zu verwechseln.

»Na, Bonbec, hast du nachgedacht?«

»Worüber?«

»Was du ihr mit deiner Zunge machen willst?«

Das ist zuviel. Ein lautes, sonores Gurgeln steigt von seinem Bauchnabel auf, es klingt wie aus dem Spülstein. Seine Augen treten fast aus den Höhlen. Voll Panik beugt er sich über ein Pißbecken, aber es kommt nichts. Er ist leer!

Auf einmal pfeift es überall auf dem Hof, wie auf dem Rathausplatz, wenn die Polizei Jagd auf Flugblattankleber macht. Die Lehrer und Lehrerinnen haben Hunger.

»Fühlen Sie sich nicht wohl, Monsieur Bonbec? Begleiten Sie ihn ins Krankenzimmer.«

Monsieur Klantz, der Lehrer von den Großen, holt uns aus der Schlange im Eingang zur Schulkantine. Gerade als ich in Reichweite des Hackfleischauflaufs gekommen war! Hmm! Die schöne knusprige Kruste, die nur kriegt, wer als erster bei Tisch ist.

Ich hab noch nie was davon abgekriegt, denn wir werden wohlsortiert in den Speisesaal gelassen: erst die »Vollzahler«, dann die »Halbzahler« und ganz am Ende die »Gratisesser«. Drei säuberlich getrennte Gruppen, wie bei den Generalständen. Es hat sogar einen Elternaufstand gegeben, als die »Halbzahler« umgetauft werden sollten in »Halbgratisesser«. Generalversammlung, Schwur des Jeu de Paume. Der Direx, weich wie ein Ludwig XVI., ist in die Knie gegangen. Und die »Gratisesser« dürfen weiterhin allein im Eingang stehen und warten, daß der Hackfleischauflauf kalt wird.

»37,5°!«

Die Krankenschwester nimmt Bonbec das Thermometer aus dem Mund, als würde sie einen Lutscher beschlagnahmen.

»Ich habe Ihnen schon hundertmal gesagt, Sie sollen die Metallschachtel nicht mit den Pastillen mitessen. Außerdem ist die Farbe giftig.«

Sie übertreibt mal wieder. An der Schachtel lutschen wir nur, und dann durchbohren wir den Deckel mit dem Eckzahn, um mit dem Staub Spuckebrühe zu machen.

Bonbec liegt auf der Krankenliege und übertreibt seinen Todeskampf, um ein Stück Zucker mit Minztinktur zu ergattern. Ich schaue woandershin, damit ich den Äther nicht zu riechen brauche und damit es mir im Rücken nicht weh tut, da, wo immer die Spritzen reinkommen. Ich studiere die Alters-Gewichts-Tabelle. Für einen Zehnjährigen bin ich zu leicht. Um so besser. Ich will Weltergewicht behalten, wie mein Vater. Und über 72,275 Kilo kommt man ins

Halbschwergewicht. Und wenn man darin Weltmeister werden will, muß man Ray »Sugar« Robinson schlagen! Seit ich das weiß, mache ich Diät. Schluß mit dem Nachschlag in der Kantine, wenn's Auflauf gibt.

An der Wand des Krankenzimmers hängt auch eine Temperaturtabelle mit Fahrenheit- und Celsius-Graden. Ein kleiner Amerikaner muß 96° Fieber haben, damit er im Bett bleiben kann und nicht in die Schule zu gehen braucht. Wir nur 38°. Ein Glück, daß ich in Frankreich wohne.

»Faß die Schaubilder nicht an!«

Wegen der Krankenschwester muß ich an das Millimeterpapier denken, das mein Vater eines Abends, als die Engelmacherin weg war, vom Speicher geholt hat. Er hat die Blätter auseinandergefaltet und auf den Eßzimmertisch gelegt. Sie waren voller Striche und Kurven.

»Der hat doch keine Ahnung, dieser Ogino!«

Nacht um Nacht hat unser Vater in der Garage im Schein der Handlampe über diesen Schaubildern verbracht. Diesmal durfte ich seine Hände nicht beleuchten. Eines Morgens, bevor er zur Arbeit ging, hat er der Mutter ein Blatt gegeben.

»Da, für die Mädchen. Aber sag ihnen, das ist jetzt kein Grund zum... also... du wirst schon wissen, wie du's ihnen sagst.«

Seit diesem Tag hat die Engelmacherin ihre Engelchen woanders machen müssen. Und wenn die Männer auf dem Hof stehen und rauchen, liegt das daran, daß die Luft lau ist, wie man sagt.

»Sag es doch deutlich, daß dein Vater die Ogino-Methode erfunden hat, und der Chinese hat ihm die Idee geklaut.«

»Es war ein Japaner, M'am.«

»Ist doch dasselbe. Du weißt, dein Vater hatte ein millimetergenaues Händchen in seinem Beruf. Bei den Temperaturen war es genauso. Er hat mir zum Beispiel hier unters Ohr gefaßt und gesagt... 38,4°! Ich kontrollier's, und was ist? 38,4°. Du bist zu klein, ich kann dir noch nicht alles so genau erklären, aber so haben wir euch gemacht, dein Vater und ich. Wenn wir es wollten, haben wir ein Kind gekriegt.«

»Wer hat das beschlossen, du oder Papa, daß ich genau zehn Jahre alt sein soll, wenn in Schweden Fußballweltmeisterschaft ist?«

»Das ist gratis dazugekommen.«

»War jedenfalls eine gute Idee.«

»Dein Vater hat viele Ideen gehabt, aber nicht nur gute. Beweis: Eines Tages im Flugzeug hat er unbedingt diesem Chinesen von seiner Entdeckung erzählen müssen...«

»Japaner, M'am. Ogino Kiusaku!«

»Bei so einem Vornamen wundert's mich kein bißchen, daß er das Wichtigste an der Technik von deinem Vater nicht begriffen hat. Das Wichtigste ist nicht die Temperatur: Es kommt auf den Ort an, wo sie gemessen wird! Und dafür braucht man eben die engelflügelleichten Finger von deinem Vater. Kein Wunder, daß dieser Küß-a-kuh...«

»Kiusaku, M'am!«

»Wenn's sein muß. Kein Wunder, daß er für Millionen von Schwangerschaften verantwortlich ist. Nicht schlecht für eine Verhütungsmethode. Eigentlich müßte sie seinen Namen tragen.«

»Die Picouman-Methode!«

»Picouman 13! Man mußte dreizehn Stellen am Körper kennen. Du weißt das mit dem Ohr, aber die anderen zwölf verrate ich dir nicht. Dafür bist du noch zu klein. So was ist nichts für so Winzlinge.«

Ich mag das, wenn meine M'am mir einen kleinen Nasenstüber gibt und mir dabei zuzwinkert.

»Na ihr zwei, seid ihr auch geimpft, wie es sich gehört?«

Die Krankenschwester baut sich vor uns auf. Bonbec schnellt von seinem Sterbebett hoch, als wäre ein Wunder geschehen. Ich spüre schon, wie sich die Nadel in mein

Schulterblatt bohrt. Ich bin bereit, mich in der Umkleidekabine einzuschließen und nicht herauszukommen, bis meine Mutter mich abholt. Doch plötzlich fliegt die Tür des Krankenzimmers auf. Notfall! Ein »Vollzahler«, der sich den Gaumen am Hackfleischauflauf verbrannt hat. Gut gemacht! Wir weichen vor den Privilegien zurück und flüchten in Richtung Speisesaal.

Dort hängt noch der gute Duft von Überbackenem in der Luft, aber es ist nur noch eine Form zum Auskratzen da, und dazu eine ganze Schüssel von glänzendem Kopfsalat, bewohnt von Würmern, mit denen man sofort angeln gehen könnte. Unser Tisch steht neben dem Podium, auf dem die Lehrer essen. Die Stimmung im Speisesaal ist mordsgeladen. Die Großen aus der Neunten essen im Schneckentempo und flüstern verschwörerisch über ihren Tellern. Dann und wann steht ein Lehrer auf und schreit: »Ruhe jetzt!«

Stille tritt ein. Dann geht es leise, leise wieder los und schwillt allmählich an.

»Ruhe, habe ich gesagt!«

Man spürt, gleich passiert was. Was liegt da bloß in der Luft, daß man plötzlich, ohne erkenntlichen Grund, eine Gänsehaut bekommt? Gänsehaut ist das letzte, was uns noch aus der Zeit geblieben ist, als wir Tiere waren. Der Lehrer hat ja recht, es geht vor allem ums Überleben. Unter dem bewohnten Salat treibe ich einen unversehrten Apfel und kalte Auflauf-Reste auf. Bonbec will sich schon wieder übergeben, aber er ist leer, den müßte man umkrempeln wie einen Socken. Dem P'pa würde es nicht gefallen, wie mein Teller aussieht, sein eigener ist immer »rein wie eine Hostie«. Sagt die M'am.

Jetzt gerade macht mein Vater in der Fabrik sicher sein Eßgeschirr auf, das die M'am ihm gefüllt hat. Ich kann das Rotweingulasch bis hier riechen. Sicher denkt er an sie. Meine Mutter hat mir ein Foto von den Mahlzeiten in der großen Flugzeughalle gezeigt. Der Vater und seine Kollegen, alle im Blaumann, sitzen rings um einen Ofen. Sie wärmen jeder sein Geschirr im Wasserbad und halten es mit einem langen Stab. Wie die Strahlen einer großen Sonne. Ich will auch Flugzeugschlosser werden, dann kann ich jeden Mittag ein Stückchen Sonne aufwärmen.

Irgend jemand wird es dann für mich vorbereiten.

Am Tisch der Großen in der Kantine bricht offener Tumult aus. Monsieur Mirte, der Turnlehrer, kommt an den Rand des Podiums. In schwierigen Fällen kommt immer er. Mit einer Hand schnappt er sich irgendwen, hebt ihn hoch und hält ihn am ausgestreckten Arm vor sich hin wie die olympische Fackel. Üblicherweise genügt so ein Auftritt. Diesmal nicht. Also hat er seine Brust aufgeblasen und geschrien: »Gebt endlich Frieden!«

»In Algerien!«

Hat eine Stimme geantwortet. Ein echter Donnerschlag – und dann Totenstille.

»Wer hat das gesagt? Wer war das?«

Der Turnlehrer stürzt zum Tisch der Großen. Er hat noch seine Serviette umgebunden.

»Wer war das?«

Alle sind aufgestanden, wie ein Mann.

»Wer hat das gesagt? Schauen Sie zu Boden, Messieurs! Zu Boden! Ich will einen! Einen einzigen!«

Was danach geschah, weiß ich nicht mehr so genau. Der Lehrer hat einen vom Tisch wegzerren wollen, aber dem haben die anderen geholfen. Alle haben angefangen zu schreien, dann flogen Apfelgriebse durch die Luft, Auflaufreste, Brotstücke und jede Menge Zeug, das gar nicht auf dem Speiseplan gestanden hatte.

Jetzt stehen wir samt und sonders vor der Turnhalle auf dem Hof. Der Direktor kommt mit Schritten herbei, die für ihn viel zu lang sind. Als wollte er den Hof abmessen, um festzustellen, wo er den Galgen errichten lassen will. Denn das ist sicher, den Schuldigen wird man hinrichten. Wer in Kriegszeiten mit dem Feind gemeinsame Sache macht … So heißt das, sagt der Hausmeister, der die Gelegenheit genutzt hat, um sich eine ganze Reihe Orden an die Brust zu heften.

Mit dem Feind gemeinsame Sache machen! Diese Formulierung habe ich schon einmal gehört. Zwei Gendarmen haben sie dem P'pa ins Gesicht geschleudert. An dem Abend kommt er gerade von einer Reise nach Algier zurück. Von meinem Kirschbaum aus kann ich das Taxi als erster sehen. Ein rotschwarzer Peugeot 201. Ein Taxi gönnt sich unser Vater nur, wenn er aus Algier zurückkommt. Wie ein neunschwänziger Pascha! Diese Sache mit den neun Schwänzen hab ich nie ganz begriffen. Kaum habe ich den Wagen erspäht, da springe ich von dem Ast, um vor den kleinen Schwestern bei ihm zu sein. Erstester! Aber die Scheinwerfer des Jeeps haben den 201 schon an den Bürgersteig gedrängt. Zwei Gendarmen mit Käppi ziehen meinen Vater aus dem Taxi. Er trägt sein weißes Hemd, dazu das farblich abgestimmte Lächeln im Gesicht und an der Seite den Lauf einer Maschinenpistole. Ein weiteres Käppi holt das Gepäck vom Dach des Taxis herunter, mit Bewegungen, als würde es die Taschen und Koffer an den Haaren zerren. Dann durchwühlen sie alles.

»Vorsicht, das ist zerbrechlich!«

Peng! Jetzt müssen wir wieder auf den Jahrmarkt, um das Porzellanservice von der M'am zu ergänzen. Sie haben sogar die Beutel mit dem besonders feinen Grieß aufgeschlitzt und der großen Zigeunerpuppe Arme und Beine ausgekugelt. Ein richtiges Zigeunerlager!

»Diesmal hast du Glück gehabt. Aber wir kriegen euch noch, dich und deine Freunde. Wirst schon sehen, was wir mit welchen tun, die in Kriegszeiten mit dem Feind gemeinsame Sache machen!«

»Ich dachte, das ist kein Krieg!«

»Ereignisse«, wir müssen dazu »die Ereignisse in Algerien« sagen, das hat uns der Lehrer bei einer Wortschatzübung gründlich klargemacht. Krieg: Bewaffneter Kampf zwischen Staaten; Beispiel: der Hundertjährige Krieg. Ereignisse: Was vorfällt und für den Menschen von Wichtigkeit ist; Beispiel: mein Vater hat einen Kolbenhieb in den Magen gekriegt.

»Schlauberger! Krieg oder nicht Krieg, dich kassieren wir!«

»Sie sind ja schlimmer als die Gestapo!«

»Passen Sie auf, was Sie sagen, Madame! Wir könnten...«

»Was? Mich an die Wand stellen? Na dann immer los!«

Unsere Mutter in voller Kriegsbemalung. Mit einemmal ist sie wieder »Rote Feder« auf dem Kriegspfad. So hat Michel sie einmal getauft, als sie nachts um zwei wie eine Furie über eine etwas geräuschvolle Kartenpartie hereingebrochen war. Im Morgenrock, das Haar voller Federn von dem Kissen, das ein Loch hatte. »Schaut mal, da ist ja Rote Feder!« Alle haben gelacht. Unsere Mutter auch. Sie ging mitsamt ihrem neuen Spitznamen ins Bett, und die Männer spielten ein wenig gedämpft weiter.

Der Offizier vor dem Jeep plustert sich immer noch mächtig auf mit seinen Epauletten. Die Nachbarn kommen an die Fenster, um nachzuschauen, ob man mal wieder versucht, uns aus dem Haus zu vertreiben. Endlich weichen die Gendarmen vor der Menge zurück, mit dem Versprechen, wiederzukommen.

»Dich und deinen Kumpan Frantz, euch kriegen wir noch!«

Frantz ist ein geheimnisvoller Mensch, dessen Namen ich von Zeit zu Zeit höre, aber ich kenne ihn nicht. Ich weiß nur, daß er Arzt ist, in Blida wohnt und Bücher schreibt. Als der Jeep fort ist, sitzt der ganze Trupp im Hof mitten zwischen dem Plunder unter dem Kirschbaum. Die M'am massiert dem Vater sanft den Bauch. Alle versuchen, ihre Geschenke wiederzufinden. Es ist wie im Souk von Konstantinopel, die ganze Sippschaft von Abd El Kader nach einer Razzia. Bis in die Wipfel der Fliederbüsche duftet es nach Gewürzen.

Unser Vater zeigt seine Fotos. Eines sehe ich noch vor

mir, das war völlig mißraten, ganz weiß. Wir nannten es »Blick auf Algier«, denn es sah aus wie eine zensierte Aufnahme im *Le Parisien* im Mai. Unter dem weißen Rechteck stand zu lesen: »*Blick auf Algier*«. Das erinnert mich an den Ausdruck »Ohne Kommentar«.

Meine großen Schwestern sind die ersten in der Avenue Meissonnier, die ein Jojo besitzen. An diesem Abend faßt mein Vater einen Entschluß.

»In zwei Jahren reisen wir nach Algerien.«

Mir kommt es vor, als würde unser Vater schon jetzt alle Überstunden zählen, die er brauchen wird, um sein Versprechen halten zu können. Aber der P'pa hält seine Versprechen immer. Die Gendarmen auch.

»Der Schuldige, das kündige ich hiermit feierlich an, erhält einen Schulverweis, daran gibt's nichts zu rütteln!«

Der Direktor fährt mit seiner Ansprache fort. Die Hände im Rücken verschränkt, der Schmerbauch droht ihm jederzeit die Knöpfe von der Weste zu sprengen. Wir sollen den Kopf geradehalten, also schaue ich auf die Regenrinne über seiner Schulter.

»Er erhält einen Schulverweis und kommt ins Erziehungsheim.«

Manchmal erzählt mir meine Mutter vom Erziehungsheim, vor allem, wenn es Zeugnisse gegeben hat. Aber das ist dasselbe wie mit der Peitsche, mit der manche Leute ihre Kinder schlagen. »Wenn du so weitermachst, muß ich am Ende eine beim Farbenhändler kaufen!« Zur Sicherheit habe ich ein Auge auf den Einkaufskorb. Porreeblätter, die über den Rand baumeln, kann ich gar nicht leiden. Von weitem sieht das aus wie Peitschenschnüre. Bislang ist diese Peitsche aber nur eine Art kleiner bunter Kinderschreck, geheimnisvoll und unsichtbar.

Auf dem Pausenhof zieht sich der Erguß des Direktors endlos in die Länge. Er redet fast wie »Madame Sarah Bernhardt, die große Tragödin«, von der unser Lehrer uns eine

Platte vorgespielt hat: *L'Aiglon – Der junge Aar.* Mir fällt Madame Piponiots schwarze Ziege ein. Die Stimmen klingen ganz ähnlich.

Die Rede, die der Direx schwingt, hört und hört nicht auf. Worte sind auf die Dauer wie Kaugummi, am Ende ist kein Geschmack mehr drin. Man gewöhnt sich einfach an »die unauslöschliche Schmach«, an »die verachtenswerte Feigheit«. Niemand hört mehr »die Stimme des Gewissens« oder sieht »das anklägerische Auge des Vergehens«.

Der Direx kommt so richtig in Fahrt. Jetzt spuckt er bis in die Wipfel der Platanen und fuchtelt herum. Ein Zipfel seines weißen Hemdes schaut unter der Weste hervor. Ein schlimmer Anblick. Die Sonne sticht gewaltig, und Bonbec riecht immer stärker nach Erbrochenem.

»Du stinkst, Bonbec!«

»Ich habe Hunger!«

Ich auch. Die Würmer aus dem Salat bohren mir gewundene Gänge in die Magenwände. Schlimmer als bei dem kleinen Spartaner, der sich lieber den Bauch hat auffressen lassen, als zu gestehen, daß er einen Fuchs unter dem Hemd versteckt hatte. Das war wieder mal so ein Montagnachmittag-Katastrophendiktat gewesen. Null, nuller, am nullsten, denn ich war abgelenkt, weil ich mir den Blick des kleinen Spartaners vorstellen mußte. Die Schreibung der verschiedenen Nasale, was getrennt, was zusammen, die Kommas und vor allem die Akzente – alle haben die Gelegenheit genutzt, munter in meinem Diktatheft durcheinanderzupurzeln. Null Punkte, und zwei Stunden nachsitzen. Egal, am Ende des Diktats war ich fast soweit, daß ich das Gesicht von dem kleinen Spartaner vor mir sah. Nur sein Blick fehlte mir noch.

Als ich den Kopf hob, sah ich auf einmal genau diesen Blick auf einem Gesicht in den Reihen der Großen. Jetzt weiß ich, wer »In Algerien!« gerufen hat. Ich bin mir so gut wie sicher. Und ich bin froh, daß ich in den Gesichtern lesen kann, dank eines Diktats. Auch wenn ich null Punkte bekam.

Der Direktor wird müde, seine Schallplatte wellt sich in der Sonnenhitze. Er holt ein weißes Taschentuch heraus, um sich die Stirn abzutupfen. Es riecht nach Erlösung. Er schaut auf die Uhr.

»Die Schüler der neunten Klasse vor mein Büro, die anderen...«

Er verzieht die Mundwinkel verächtlich und entläßt uns mit einer matten Handbewegung, die bedeutet: »Geht mir bloß aus den Augen, Gesindel.« Als der Schwarm abschwirrt, gibt es kein Spatzengezwitscher wie sonst. Schweigend schauen wir den Großen nach, die, von Monsieur Klantz angeführt, im Gänsemarsch via Turnhalle verschwinden. Sicher werden sie füsiliert oder am Bahnhof von Le Raincy in Güterwaggons verfrachtet.

»Mach damit keine Scherze. Weißt du nicht, daß dein Onkel aus Buchenwald nicht mehr zurückgekommen ist?«

Die M'am hat mir nie erklärt, warum sie ihren Bruder ins Lager gebracht haben.

Direktor, Lehrerinnen und Lehrer begleiten die Großen. Auf dem Hof bleibt nur der Hausmeister, um uns zu beaufsichtigen. Wir fühlen uns verlassen. Nicht von allen. Bonbec gibt mir einen Ellbogenstoß.

»Paß auf! Die Musketiere suchen dich.«

Vinteuil, Donnier und Guibaut lassen sich die Musketiere nennen, weil sie zu dritt sind und sagen, sie seien tapfer wie vier. Vinteuil ist der Chef. Er redet, die anderen beiden gackern zustimmend.

»Wir spielen eine Partie Autorammen. Du setzt deinen Blechhaufen gegen meinen Ferrari.«

Vinteuil findet, bei diesem Spiel ist er der Juan Manuel Fangio der Schule, ein wahrer Formel-1-Held. Stimmt schon, sein Ferrari fährt weit und hält gut die Spur, aber mein Talbot-Lago trifft egal welches Auto, und wenn's am anderen Ende des Hofes ist. Mein »Blechhaufen« hat nämlich ein Geheimnis!

»Fünf Treffer zwischen den Bäumen, mit Ablösung, und ein Schritt Zugabe!«

Kommt gar nicht in Frage, heute Autorammen zu spielen. Montag bedeutet: Hackfleischauflauf in der Kantine und danach Räuber und Gendarm in der Pause. Dabei wärmen wir uns gleich für die Turnstunde auf. Nachher haben wir Seilklettern und Hochsprung. Die Rekordhöhe, die es zu schlagen gilt, liegt bei der vierzehnten Kerbe.

»Du hast ja bloß Schiß!«

Bonbec kommt gerade recht, um für Ordnung zu sorgen. Die Musketiere halten sich die Nase zu und treten den Rückzug an.

»Was, stinke ich immer noch?«

»Man müßte dich mit Harpic desinfizieren.«

Er stopft sich den Hals mit Karamelbonbons und Lakritze voll. Das macht es nur noch schlimmer. Jetzt will Bonbec alles über »Petting« wissen. Die große Flache mit den Sommersprossen täte gut daran, sich für heute abend die Nase zu verstopfen. Ich lasse ihn mit seinen Geruchsverbesserungsversuchen allein. Man erwartet mich für Räuber und Gendarm.

Zwei stellen sich auf, dann gehen sie aufeinander zu, einen Fuß vor den anderen, bis sie zusammentreffen: wer landet auf dem Fuß des anderen? Die Mannschaften werden gebildet. Ich komme zu den Räubern. Das mag ich am liebsten. Der schönste Augenblick ist, wenn man als allerletzter noch frei ist. Man sieht die lange Kette der Gefangenen, die sich quer über den Hof spannt. Sie schwankt, schreit, schaukelt – *Auf und ab unter den lastenden Zweigen* … Das ist aus *Der schwarze Panther* von Leconte de Lisle: Genau so muß man es machen. Sich anschleichen und erst im letzten Augenblick auftauchen. Ich kenne einen Geheimweg über das Dach von der Kantine des Kindergartens.

»Wie kommt es, daß du dich immer noch daran erinnerst? Du bist nur einen halben Tag im Kindergarten gewesen.

Am Mittag des ersten Tages hat die Leiterin schon gesagt: ›Madame, besser, Sie behalten ihn zu Hause. Er ist so ein bißchen zu lebhaft.‹ «

Vielleicht war es diese Leiterin, die mich eines Tages am Hosenboden geschnappt hat, als ich nach der Kette der Gefangenen spähte, vom kleinen Dach aus. Plötzlich spüre ich, wie mich wer greift. Ein Ruck mit der Hüfte, und ich plumpse auf der anderen Seite der Mauer hinunter. Ich lande auf dem Schulhof und rase los, um sie zu befreien. Keine Ahnung, warum die Gendarmen wie festgenagelt dastehen und die Augen aufreißen. Ich springe ins Loch... 1-2-3! Geschafft! Die anderen sind frei!

Aber die schauen mich nur an und lachen mich aus. Was soll das, die Undankbaren! Ich begreife erst, als ich die Dame vom Kindergarten sehe. Sie kommt über den Hof und wedelt mit meiner Hose. Ich bin in Unterhosen. Ab zum Direktor und vier Stunden Nachsitzen.

»War deine Unterhose wenigstens sauber?«

»Das ist es ja, M'am, ich bin mir nicht sicher, daß ich eine anhatte.«

1-2-3! Jetzt hat mich wer von hinten erwischt. Ich habe Lali nicht kommen sehen. Er sieht aus, als täte es ihm leid für mich. Ich stelle mich zu Bonbec in die Kette. Er läßt sich immer als erster fangen, damit er »in Ruhe kauen kann«.

»Rieche ich immer noch?«

Seine Hände duften jetzt nach einem Lakritz-Leckmuschel-Erdbeer-Gemisch. Ich schäme mich, daß ich mich so schnell habe fangen lassen. Es ist komisch, aber ich weiß, daß ich's dem, der mich befreit, übelnehmen werde.

Dieser Verräter von Vinteuil hat die Kette befreit und darf sich jetzt über Glückwünsche und Schulterklopfen freuen. Ich kann nicht zulassen, daß er mit dieser Siegermiene in die Klasse kommt.

»Einverstanden, ich setze meinen Talbot! Fünf Treffer zwischen den Bäumen, ein Schritt Zugabe, aber keine Auslösung!«

Vinteuil zögert. Wenn er jetzt sein Auto verliert, kann er es nicht mehr mit Glasmurmeln oder Geld zurückkaufen. Und vor Geld platzen dem Vinteuil schier die Taschen aus den Nähten. Er kann alles riskieren, kauft er's halt hinterher zurück. So ein Mut ist nicht teuer. Jetzt geht das nicht. Da ist er nicht sonderlich scharf drauf, aber er sitzt in der Klemme. Schließlich ist er der Befreier, der Held. Die anderen sehen ihn an.

»Gut, einverstanden!«

Es geht im Handumdrehen. Eine Riesenschlappe für Vinteuil: 5 zu 1! Darunter eine lange Diagonale von 15 Metern. Nie war mein Talbot so gefügig unter meinem Daumen wie heute. Schließlich habe ich noch heute morgen vor dem Aufbruch vier Tropfen von meinem Geheimmittel benutzt: Flugzeugöl, das mir mein Vater von der Air France mitgebracht hat. Ob Vinteuil vor Wut weiß oder grün ist, läßt sich nicht genau sagen. Seinen Ferrari ist er aber los. In seinen Augen kann ich dasselbe lesen wie in denen von Donnier und Guibaut: Diesen Wagen werde ich teuer bezahlen.

»Stinke ich immer noch?«

Wo hat Bonbec bloß dieses Parfüm von künstlicher Vanille und Lakritze her? Mit dem hartnäckigen Geruch nach Erbrochenem darunter ähnelt er jetzt einer tropischen Insel in einem Güllemeer.

Plötzlich tauchen die Lehrerinnen und Lehrer mit ihren strafenden Gesichtern wieder auf. Sie pfeifen überall herum. Mumienstill müssen wir dastehen. Ich frage mich, was den Großen aus der neunten Klasse passiert ist. Ein kurzer Augenblick des Friedens, aus den Zweigen ist wieder das Zwitschern der Vögel zu hören. Meine Klasse folgt im Gleichschritt Monsieur Mirtes finsterer Miene in Richtung Turnhalle. Ich habe eine Verabredung mit der fünfzehnten Kerbe beim Hochsprung.

Fünftes Kapitel
Die Turnhalle

In der riesigen Turnhalle ist die Falttür in der Mitte zugezogen. Der Teil auf der anderen Seite gehört zur Mädchenschule. Man kann es hören, man kann es sogar sehen, unter der Falttür durch, wenn man flach auf dem Rücken liegt, um die Bauchmuskeln zu trainieren. Die Mädchen haben dralle Arme, und ihre Knie stoßen beim Laufen aneinander. Die Falttür wird nur zu einer einzigen Gelegenheit geöffnet, wenn bei der Feier am Ende des Schuljahres die Preise verteilt werden.

Monsieur Mirte, der Turnlehrer, hat in der Halle schon alles aufgebaut. Immer dieselbe Dekoration: Die vier glatten, dicken Seile baumeln von der Decke herunter, auf die Matten, die nach Heu duften. Dick sind sie, aber nicht dick genug, wenn man von ganz oben abstürzt. Einmal ist mir das passiert, bei einem Wettklettern.

Wie immer: einen Fuß hochziehen, beim Klatschen los. In der letzten Runde sind wir zu viert, Picard, der einzige, der mich schlagen kann, Vanier, der beim Aufstieg die Beine waagerecht wegstreckt, und Vinteuil, der einfach in allem gut ist. Ich hatte einen guten Start, finde aber keinen rechten Halt mit den Füßen. Das Seil rubbelt an meinem Kuba-Kuckuck, aber ich habe immer noch eine Armlänge Vorsprung vor Picard. Gleich berühre ich als erster den Deckenbalken, doch auf einmal spüre ich, wie etwas, ein unbekanntes Gefühl, in mir aufsteigt. Etwas Seltsames, Angenehmes. Eine Hitzewallung, die mir die Beine schlapp und die Turnhose prall macht. Mein Kuba-Kuckuck ist ganz steif, wie wenn ich *Cinémonde* anschaue. Das ist mir peinlich. Wenn das jemand sieht... Ich will mich von dem Seil wegstrecken, aber meine Beine sind wie gelähmt. Ich zittere. Tief unter mir die Gesichter meiner Klassenkameraden verschwimmen. Das Muster der Fliesen wirbelt. Das heiße Gefühl explodiert in meinem Körper. Ich lasse locker. Beim Absturz verbrennt mir das Seil die Handflächen. Dann ein Schlag in den Rücken. Es ist kalt, es ist heiß, es ist dunkel. Ich bin tot oder so was Ähnliches.

Seit diesem Tag versuche ich heimlich, die Füße beim Aufstieg so zu setzen, daß das heiße Gefühl wiederkommt. Aber ich schaffe es nicht. Außerdem verliere ich dann beim Wettklettern.

Heute ist Monsieur Mirte noch strenger als sonst. Als wollte er uns für den Ruf »Frieden in Algerien« bestrafen. Schlimmer als in der Sträflingskolonie oder auf der Galeere geht es zu. Gérard hat mir von den Strafbataillons erzählt. Gewaltmärsche bei Affenhitze mit schwerem Gepäck. Er ist bei den Fallschirmspringern, er hat eine rote Baskenmütze und einen Dolch. Er bringt mir bei, ihn in den Kirschbaum zu rammen. Außerdem trainiert Gérard mit mir Nahkampf. Zum Beispiel, wie man einen zu Fall bringt, der einen verfolgt: Man bleibt plötzlich stehen und stellt ihm ein Bein. Könnte heute abend nützlich werden. Wie's aussieht, hecken Vinteuil und seine Musketiere irgendeine Sauerei aus, um den Ferrari zurückzubekommen...

Dieser Turnlehrer will offenbar dafür sorgen, daß wir nicht alt werden. »Höher die Knie! Höher!« Heute wird das wohl nichts mit Kerbe fünfzehn. »Beine breit! Breiter!« Der will wohl, daß wir in der Mitte auseinanderkrachen wie zu trockenes Holz. Ich spüre, wie die Sehnen in meinen Schenkeln sich spannen, und ich denke an das Foto von meinem Vater, wie er in der Badehose am Flußufer steht, an einen Baumstamm gelehnt, lianenfeine Muskeln unter der Haut. Eine Art schimmernder Rinde, und dazu immer dieses Lächeln wie ein Sonnenaufgang.

»Das war vor seiner Operation. Damals hat dein Vater noch geturnt. Den hättest du mal sehen sollen, in seinem weißen Trikot in der Sporthalle von Vauzelles! Beim Schauturnen ist er über sieben hockende Jungs gesprungen, im Salto! Vom Reck will ich gar nicht reden. Riesenwelle an einer Hand, und mittendrin umgreifen. Das hat er erfunden! Eigentlich müßte es nach ihm benannt sein.«

Dann würde es heute »ein Picouman« heißen, wie es »ein Medelev« heißt oder »ein Kratschoff«.

»Aber ich hab nicht gewollt, daß er weitermacht. Mit all diesen Weibern rundherum! Die Typen am Mikrophon haben ihn ›Bénounou-die-schwarze-Perle‹ genannt. Widerlich fand ich das. Warum nicht gleich ›Banania-der-Affe-von-Vauzelles‹?«

»M'am, warum hab ich eigentlich nie einen richtigen Spitznamen bekommen? Einen anderen als Nigger, Mokka oder Milchkaffe?«

»Was erzählst du da? Ich nenne dich doch immer meinen kleinen Strubbelkopf.«

»Ja, wenn du meine Haare zu lang findest und mich zum Friseur schicken willst.«

»Nicht nur dann.«

»Also psst! Das soll unser Geheimnis sein.«

»Du hast mir nie erzählt, daß sie dich in der Schule so nennen. Die können was von mir erleben!«

»Ach nein, M'am, das sind doch nur so Wörter, damit ich abends schneller renne, nach der Schule. Gut für die Kondition.«

Monsieur Mirte jagt uns immer noch im Kreis durch die Turnhalle: »Keine Lücken lassen! Keine Lücken! Los, aufschließen! Aufschließen!« Die ganze Klasse schwitzt und keucht.

»Halt! Stillgestanden! Jetzt spürt ihr, wie euch der Schweiß am Körper herunterläuft. Jetzt könnt ihr über diejenigen nachdenken, die ihr Leben für euch aufs Spiel setzen, da unten in der Wüste! Man muß seinen Körper spüren, wenn man nachdenken will. Ich schwitze, also denke ich!«

Dem Turnlehrer scheint sein Spruch ja sehr zu gefallen. Ich werde drüber nachdenken, wenn ich wieder bei Puste bin.

»Klettern am Seil. Aufstellen! Die vier ersten jeder Mannschaft. Fuß hoch! Fertig! Los!«

Monsieur Mirte macht eine Exerzierübung aus seiner Turnstunde. Wir kommen uns vor wie bei den Rekruten.

»Natürlich würde es mir bei der Armee gefallen!«

Picard mustert mich giftig. Ich sehe vor allem seine Schultern und den Zahn, den sie ihm bei einer Prügelei halb ausgeschlagen haben.

»Wer um Frieden jammert, ist ein Weichei!«

Auf einmal habe ich Lust, Picard zu schlagen. Linker Leberhaken, das macht die Kleinen fertig und haut die Großen um. Mein Vater hat recht, aber ich trau mich nicht. Dabei hab ich den Haken geübt, an dem großen Teddy von meinen Schwestern und vor dem Spiegelschrank von der M'am. Und den Aufwärtshaken auch, aus der Hüfte heraus. Wenn ich ihn k.o. schlagen will, muß ich auf den Solarplexus zielen, auf den Kieferansatz, die Kinnspitze oder die Schläfe.

»Bist du verrückt, Roger, daß du ihm so was beibringst? Er soll wohl irgendeinem Kleinen einen ernsten Schaden zufügen? Und wir zahlen dann für den Rest unseres Lebens.«

Für den Rest des Lebens zahlen – das ist die Angstvorstellung Nummer dreiundsechzig von unserer Mutter. Wir dürfen nicht mal mehr die Sachen von den anderen anfassen. Vor allem nicht die Kleidung.

»Weißt du, was das kostet, ein neuer Kittel für die Schule?«

Freilich kenne ich die Preise von jedem einzelnen Teil. Und wenn einer mit mir Zank anfangen will und mir die Galle hochkommt und die Faust juckt, dann ist der andere mir gegenüber auf einmal mit lauter Preisschildern behängt: an der Mütze, der Brille, am Pullover, an der kurzen Hose oder an den Strümpfen. Das schützt ihn besser als ein Kettenhemd.

»M'am, warum schließen wir keine Versicherung ab? Alle anderen in meiner Klasse haben eine.«

Einmal ist Vinteuil mitten im Unterricht durchgedreht, wegen eines Tafelschwamms, und hat Lucas vertrimmt, einen Kleinen, der leichter ist als sein Ranzen. Die Rechnung für das Ganze: Brille, Kassenmodell – 8.300 Franc, Wollpullover – mindestens 4.600 und ein Hemd zu 3.250. Die blutigen Lippen noch nicht mitgerechnet.

»Mir doch egal, mein Vater ist versichert!«

Dieser Vinteuil ist nicht nur gut versichert, sondern auch verflucht selbstsicher, das sieht man ihm an. Scheint nicht die Bohne Angst zu haben, weil er jetzt nach Hause gehen und seiner Mutter die Sache beichten muß. Keiner, der wie ich erst dreimal um den Block kreist, bevor er sich heimtraut, wenn's mal einen Schlamassel gegeben hat. An solchen Tagen wäre es mir am liebsten, wenn das Haus Nr. 93 in der Avenue Meissonnier verschwunden wäre, samt Garage, Hof, Kirschbaum und der ganzen Familie.

Eine Versicherung, das wäre doch die Lösung. Dann könnte ich zerrissen und zerlumpt aus der Schule kommen. Die M'am würde mir nur einfach ein Butterbrot mit Ovomaltine machen und dann in aller Seelenruhe den Vertrag aus der Buffetschublade ziehen. Mal sehen, wieviel sie diesmal zahlen müssen. »Versicherung« wird zum Zauberwort, das alle gleich werden läßt. Endlich demokratische Prügeleien.

»Das ist zu teuer, mein Großer!«

»So ist das im Leben, wenn du nicht das Geld hast, um einen anderen zu schlagen, schlage ihn trotzdem. Bei so was muß man eben über seine Verhältnisse leben.« Klare Sache: Madame Piponiot kennt Picards Bizepse nicht.

»Natürlich würde es mir bei der Armee gefallen! Natürlich gehe ich hin, wenn ich alt genug bin! Was geht dich das an?«

Picard hat schon eine militärische Frisur und einen schneidigen Unterkiefer. Das meiste ist also schon geschafft.

»Du denkst wohl, du kannst tun, was du willst, nur weil du ein Mokka bist! Wenn's dir hier nicht paßt, ab marsch zurück in deinen Kral!«

Picard nennt mich »Mokka«, weil ihm noch mehr Wörter als Zähne fehlen. Gib schon zu, M'am, jetzt bin ich im Recht, wenn ich ihm ein paar verpasse. Nur gerade einen netten kleinen Stich mit dem Federhalter ins Auge und einen dicken Stein aufs Nasenbein. Seine Sachen rühre ich aber nicht an. Versprochen.

»Du prügelst dich schon genug! Selbst dein Vater hat dich abends vor dem Schulhaus noch überrascht. Sergio« – das ist Josettes Verlobter – »hat es mir erzählt. Weil du abends ewig nicht nach Hause gekommen bist, sind dein Vater und Sergio mit dem Auto losgefahren, um dich zu suchen. Erst haben sie deinen Ranzen gefunden und dann dich, oben beim Bahnhof von Les Coquetiers. Gleich mit zwei Typen hast du dich geschlagen. Sah schlecht aus für dich. Sergio hat gesagt: ›Komm, Roger, wir holen ihn da raus, die bringen ihn noch um.‹ Dein Vater hat gesagt: ›Nicht nötig. Jetzt weiß ich, wo er ist. Wir fahren nach Hause!‹«

Das ist so seine Art, mich zu versichern.

»Und warum hast du dich mit ihnen geprügelt?«

»Die haben gesagt, mein Ranzen kommt aus China.«

Der M'am fällt beinahe ein Teller aus der Hand. In solchen Augenblicken kann ich ihr im Gesicht einen von diesen Sätzen ablesen, die sie dann gar nicht mehr auszusprechen braucht: »Das kann nicht wahr sein, den müssen sie im Krankenhaus vertauscht haben!«

Ich würde sie ja gern beruhigen. Ich bin jedenfalls todsicher, daß ich im Krankenhaus nicht vertauscht worden bin.

Sie braucht nur meine Hand zwischen ihre eigene und die vom P'pa zu legen, dann sieht sie gleich, ich bin genau die Mischung aus beiden.

Außerdem ist mein Ranzen nicht aus China. Im Leder sind einfach nur indische Muster. Nicht verwechseln! Sergio hat ihn für mich gefunden, in einer Abfalltonne. Wie neu! Nur der Griff mußte wieder angenäht werden. Der schönste in der ganzen Klasse: ein Schloß mit vergoldetem Schlüssel, drei Zacken hat der Bart, zwei Ziehharmonikafächer, dazu eine Innentasche mit echtem Éclair-Reißverschluß, und untendrunter ist er mit Nägeln beschlagen, damit er auf dem Schnee gut rutscht.

Ich bin ausgerutscht! Beim Anlauf, direkt vor dem Absprung. Ich habe die Leine mit dem Po gestreift. Gerissen! Mein zweiter Versuch auf der fünfzehnten Kerbe. Noch ein Fehlsprung, und ich scheide aus. Die anderen sitzen im Schneidersitz um die Sprunggrube herum. Die einen drükken mir die Daumen, daß es klappt, die anderen … Aber alle müssen schweigend zusehen. Hier hilft keine Versicherung, man muß seinen Arsch schon selber über die Leine bringen.

»Sprich nicht so!«

In Ordnung, ich spreche gar nicht mehr, ich höre auch nichts mehr und sehe dafür nur noch diese in Schulterhöhe gespannte rote Leine. Ich konzentriere mich.

»Wirst du rücklings springen, wie dein Vater?«

»Niemand springt rücklings, M'am. Das ist doch unmöglich!«

»Ich hab gesehen, wie dein Vater das gemacht hat, in der Sporthalle von Vauzelles, nur zum Spaß. Du warst noch nicht auf der Welt. Im Halbkreis ist er auf die Latte zugelaufen.«

Die M'am macht mir die Bewegung in der Küche vor. Bei der Tür geht's los, vor dem Fenster entlang, schräg am Herd vorbei. Links der Sprungfuß. Und …

»Hopp! drehte dein Vater sich um und flog rücklings über die Latte, seelenruhig, alle viere in der Luft, fast wie in der Hängematte. So hat er das auch genannt, ›Hängemattensprung‹. Ausgedacht hat er sich den beim Mittagsschlaf in Algier.«

»Ist er hoch gesprungen?«

Sie deutet auf den Knick des Ofenrohrs an unserem Herd. Ich messe nach. Unmöglich! Das ist ja höher als Brumels Weltrekord per Tauchroller.

»Warum gibt es gar keine Erinnerungsstücke an Papas Sportlerzeit?«

»Es war ja nur Schauturnen. Die Leute hatten was zu lachen, und er kam mit Kreuzweh nach Hause. Damals landete man noch im Sand. Deswegen hat er bei der Air France ein paar Reihen Flugzeugsitze organisiert.«

Für die ganze Familie hat der P'pa mit den Schaumstoffpolstern aus den Flugzeugsitzen Matratzen gebaut. Schlafen wie in der ersten Klasse. Im Winter denken wir am Morgen beim Aufwachen, wir sind in Honolulu. Kaum haben wir den Reif vom Bullauge gekratzt, sehen wir, daß das Flugzeug neben einem Kirschbaum notgelandet ist. Egal, man erkennt trotzdem das Meer durch das Fenster, wie ein feiner Strich mit dem blauen Farbstift.

»Ganz genau, du sollst doch nicht die Tapete verschmieren!«

Ich hab nur angezeichnet, wie groß ich mit fast zehn bin, und die Höhe eines Fußballtores, die Höhe der fünfzehnten Kerbe, Brumels Rekordhöhe und wie groß ich mit zwanzig mal sein werde.

»Es bringt kein Glück, wenn du jetzt schon Striche für die Zukunft machst. Besser, du wartest einfach ab, was kommt. Wie groß willst du werden?«

»Eins achtzig.«

»Dann mußt du hoffen, daß du Joseph nachschlägst, deinem Großvater väterlicherseits. Ein wahrer Kleiderschrank. Einen Kopf größer als alle anderen, und jähzornig, du liebes bißchen! Wenn getanzt wurde, konnte man sich fest darauf verlassen, daß er irgendwann aufräumte.«

In dem Holzkoffer habe ich ein Foto meines Großvaters gefunden, wie er neben meiner Oma steht. Das Foto erinnert mich an eines von Jack Johnson, dem schwarzen Schwergewichts-Weltmeister vom Anfang des Jahrhunderts. Eine Aufnahme von der Rennbahn in Maisons-Laffitte. Johnson trägt eine Melone, eine Fliege, er hat ein Fernglas und einen Stock à la Charlie Chaplin. Neben ihm steht Etta Duryea, »seine erste Gefährtin«, so heißt es in der Bildunterschrift. Haben sie auch meine Großmutter so genannt? Eine weiße Gefährtin...

»Für deine Großmutter war das absolut nicht leicht, weißt du. Sie war schön und stammte aus einer adligen Familie. Eine echte von und zu. Kannst du dir vorstellen, was das damals bedeutete? Sie endete im Alkohol. Aber dein Vater will nicht, daß man darüber spricht.«

Auf dem Foto sprechen die schönen traurigen Augen meiner Oma für sie. Sie heißt Marie. Ich trau mich nicht, die M'am zu fragen, ob sie auch eine »weiße Gefährtin« war.

Vor meinen Augen ist alles verschwommen wie auf einem alten Gelatine-Abzug, aber etwas sehe ich klar und blicke fest darauf: die gespannte rote Gummileine vor mir. Fünfzehn Kerben! Schade, daß mein Vater mir nicht Picoumans Geheimnis mit dem »Hängemattensprung« verraten hat. Dann könnte ich mich in der Pause über die Mauer zur Mädchenschule schwingen.

»Frau Lehrerin, da kommt einer, der kann fliegen!«

Monsieur Mirte schaut auf die Uhr. Gleich wird es klingeln. Er gibt mir das Zeichen zum Anlauf. Ich renne los. Plötzlich sehe ich verschwommen die M'am vor dem Herd stehen; sie wedelt mit dem Tuch und zeigt auf den Knick des Ofenrohrs. Unmöglich, M'am, das ist der Weltrekord! Was soll's. Ich beschreibe eine Kurve, beschleunige, setze den

Fuß schräg auf zum Absprung, schieße mit der rechten Schulter vor, stoße mich ab. Geschafft, ich fliege! Picoumans Hängemattensprung! Ich sehe meine Knie und den Deckenleuchter der Turnhalle. Ich biege den Rücken durch, stehe kurz in der Luft, und auf einmal falle ich herunter wie ein Sperrholzbrett. Schlimmer als der Sturz beim Seilklettern. Rrrumms! Die Säulen des Apollotempels stürzen mir auf den Kopf. Ein klebriges Fischernetz wird mir über das Gesicht geworfen. Ich sitze fest. Alles färbt sich ultramarinblau. Ich versinke und zähle die Kerben. Ich werde meinen Tauchrekord brechen... 9, 10! Out! Das erste K.o. meiner Laufbahn. Ich mache ein Auge auf. Die beiden Pfosten sind mir auf den Kopf gefallen, und ich habe mich in der roten Gummileine verheddert. Monsieur Mirte beugt sich über mich.

»Was fällt dir bloß ein, so herum zu springen? Du hättest dir sehr weh tun können dabei.«

»Das ist der ›Hängemattensprung‹, Monsieur. Die Technik der Zukunft.«

Er zuckt mit den Schultern und gibt mir ein paar Ohrfeigen, damit ich zu mir komme. Jetzt ist nur ärgerlich, daß ich nicht mit den anderen die Geräte wegräumen kann. Das ist der beste Moment zum Rumtoben. Der Lehrer muß nach der Stunde immer irgendwen verarzten, einen Knöchel, ein Knie, eine Nase. Dann nutzen wir die Gelegenheit und spielen an den Seilen Tarzan im Dschungel, wir bauen eine Sänfte, einen Eskimoschlitten oder ein Karussell aus den Matten. Oder wir pfeffern einander die Medizinbälle auf den Hintern oder spielen Cowboy mit den Gummileinen als Lassos. Jedesmal erfinden wir was Neues. Neulich wäre der kleine Lucas fast erstickt, als wir mit ihm zwischen zwei Matten Waffeleisen gespielt haben.

»Los, in Reih und Glied aufstellen! Du bleibst hier. Ruh dich erst mal ein bißchen aus.«

Der Lehrer hat schon recht, ich muß nach meinem ersten K.o. eine kurze Pause einlegen. Komisches Gefühl. Die

Beine knicken dir weg. Ein Kurzschluß. Dann macht dir einer das Licht aus... Die Box-Champions sollen ja immer von ihrem ersten K.o. erzählen. Da darf ich meins nicht vergessen, für später, wenn ich mal Weltmeister im Weltergewicht bin.

In Wirklichkeit weiß ich ja, daß ich nie Boxweltmeister werde. Ich weiß das seit dem Abend auf der Müllkippe bei der Eisenbahn. Da bin ich Donnerstag nachmittags immer hin, nach dem Religionsunterricht. Aus Reli haben sie mich rausgeworfen, aber auf die Müllkippe bin ich trotzdem weiter gegangen. Ein Riesengebirge aus Abfällen, mit Gipfeln, Schluchten, Höhlen, weißen Vögeln, Ratten und Leuten, die irgendwo abseits herumwühlen.

Manchmal gibt es auch Streit wegen einem Mantel oder einem Paar Schuhe. Nicht wirkliche Boxkämpfe, wo man durch die Nase schnauft und sich zwischen den Runden hinsetzt. Hier setzt es Fußtritte, Kopfhiebe und Schläge mit einem Stück Holz. Das ist ein Geschrei, ein Geknurr. Ein Hundekampf mit Klauen und Zähnen. Sogar Frauen sind manchmal dabei.

Dabei ist für alle was da auf dieser Müllkippe: Spielzeug, Autos, Figuren, Bausteine aus dem Meccano-Technikbaukasten, Puppenglieder für meine kleinen Schwestern, Marmeladengläser, Dampfkochtopfdeckel, ein Korkenzieher mit Schmetterlingsgriff für die M'am, eine Sturmlampe für die Garage.

Einmal hab ich ein schönes blaues Emailschild mit einer weißen 21 drauf gefunden. Unsere 93 ist mit grüner Farbe schief auf den Briefkasten gepinselt. Statt dessen hab ich das blaue Schild hingehängt. Sah hübsch aus. Jetzt waren wir nicht mehr die einzigen ohne richtige Hausnummer. Am nächsten Tag hat der Briefträger uns die Post nicht geben wollen.

»Es ist verboten, die Hausnummer eigenmächtig zu ändern, Madame.«

»Sie wissen doch genau, daß wir hier wohnen!«

»Natürlich wohnen Sie hier, aber das hier ist nicht Nummer 21.«

»Aber wir sind es, und darauf kommt es doch wohl an, oder?«

»Nein, es kommt auf die Hausnummer an!«

Punkt, da gab es nichts zu diskutieren. Also hab ich mein blaues Schild in Haus Nummer 21 in der Rue des Limites abgegeben, einem kleinen, ein bißchen geduckten Haus wie unserem. Die Frau, die da wohnt, hat es gern genommen, und außerdem hat sie mir ein ganzes Heftchen Tb-Marken abgekauft. So ein hübsches Schild ändert alles. Am nächsten Tag haben wir Capi erst zurückgepfiffen, als er den Briefträger bis zur Nummer 135 gejagt hatte.

Die Müllkippe birgt tausend Schätze, aber am spannendsten finde ich Briefe. Manchmal finde ich welche, die lose herumliegen, manchmal sogar ganze Bündel. Sobald ich auf so eine Goldader stoße, setze ich mich auf einen großen umgestülpten Farbeimer und lese, bis es dunkel wird. Vor allem muß ich sie erst mal nach dem Datum ordnen. Dann wird das wie eine Geschichte. Meine Geliebte... Mein Schatz... Mein Großer... Lieber Albert... Papier, Handschriften, Stimmen. Fast sehe ich die Gesichter vor mir.

Manchmal ist ein Foto dabei, ein Hauch Parfüm, ein Stück buntes Band oder Konfetti. *Es war, als hätte sich das Feuerwerk wie vielfarbiger Staub in dein Haar gesetzt...* Solche Sätze schreibe ich mir auf, für den Aufsatz. Am liebsten wäre mir, es gäbe ganze Bücher aus handgeschriebenen Briefen. Bücher, in denen man nie weiß, was der andere antwortet.

Am Ende hab ich mir selber eines gebastelt, hab die Blätter zusammengeklebt und einen Einband darumgemacht wie für ein richtiges Buch, mit Buchstaben, die ich aus der Zeitung ausgeschnitten habe. Die Geschichte ist fast komplett, die Daten passen schön hintereinander, alle auf demselben schönen rosa Papier geschrieben, oben links auf jedem Blatt ein Farnwedel. Eine Geschichte wie aus den

Fotoromanen, die meine großen Schwestern in *Nous deux* lesen: »Von Leidenschaft besessen«, »Spiel des Schicksals«, »Ruf der Liebe«. Ich lese die auch, aber heimlich, auf dem Klo. Am liebsten habe ich die Zusammenfassungen am Anfang. Man begreift gar nichts und bringt alles durcheinander. *1945 kommt Carmen im gegnerischen Feuer ums Leben. Daniel Noland, ein junger Journalist, heiratet sie* in extremis. *Fünf Jahre später will Daniel Eve heiraten, als eine junge Frau, Martine, die zur Miß Paris gewählt wurde, ihm mitteilt, sie sei seine Frau. Eves Vater ist Martines Liebhaber; eifersüchtig greift er Daniel an und verletzt ihn. In dem Arzt, der ihn betreut, erkennt Daniel einen Trauzeugen wieder. Doch der Mann bestreitet, bei Daniels Trauung mit Carmen dabeigewesen zu sein…*

Meine Geschichte aus den rosa Briefen mit dem Farnwedel ist schlichter. Ich habe sie *Der blutige Sturz* genannt, wegen eines Satzes: *Eines Tages zerre ich ihn von seinem Podest, und dann werden wir einander gehören.* Die Dame, die mit »Poupette« – »Dein Püppchen« – unterschreibt, möchte ihren Mann umbringen. Ich habe bei uns im Viertel eine Ermittlung durchgeführt. Dank gewisser Details (*Ich habe mich auf die Schaukel unter dem großen Kastanienbaum im Garten gesetzt, bei dem Gewölbe, habe die Augen zugemacht und an dich gedacht, während ich der Nachtigall lauschte, wie sie in ihrem Käfig sang*) glaube ich, daß ich ganz sicher weiß, wer Poupette ist.

»Und wer?«

»Das kann ich dir nicht sagen, M'am. Sonst kommt die ja ins Gefängnis.«

Und ich wäre ihr Komplize, und sie verpassen mir zehn Jahre Zwangsarbeit. Das ist der Tarif für »Verbrechen aus Leidenschaft«. Hab ich im *Parisien* gelesen – *Dolores bringt ihren Mann mit einer Champagnerflasche um*: zehn Jahre. *Ein betrogener Ehemann schlägt seiner Frau mit dem Hammer den Schädel ein*: zehn Jahre. *Ein eifersüchtiger Lumpensammler erdolcht seine flatterhafte Frau.* Da gab es außerdem noch eine Zeichnung dazu. Trotzdem zehn Jahre. Um unter die Guillotine zu kommen, muß man jemanden umbringen, den man nicht kennt.

Aber ich kenne den Mann von Poupette. Es ist der Ingenieur, ja, der, der in seinem Garten das rote Auto repariert. Vielleicht müßte ich zur Polizei gehen und mitteilen, daß die Fensterläden an dem Haus immer geschlossen sind. Sie hat ihn von seinem Podest heruntergeholt, soviel ist sicher. Ich sehe den Artikel in der Zeitschrift *Détective* vor mir: *In seinem Smoking liegt der Ingenieur in der Badewanne, mit eingeschlagenem Schädel, die Hand um einen Champagnerkelch geklammert.* Begleitet von ein, zwei Fotos. Unglücklicherweise würde in der Nummer darauf dann stehen: *Die Polizei verhaftet einen neunjährigen Komplizen, der die Spur der schaurigen Tat verheimlicht hatte…*

Ich muß diese Briefe loswerden. Das ist mir zu gefährlich. Nicht nur wegen des Mordes oder Totschlags an dem Ingenieur – den Unterschied weiß ich nicht mehr. Auch wegen all dieser Sätze, von denen ich Gefühle zwischen den Beinen kriege wie beim Klettern am Seil. Wenn die M'am das hier liest, dann geht sie hin und bringt mich ins Krankenhaus zum Umtauschen. Und zwar sofort. Ich könnte aber auch mein Briefbuch behalten und Poupette bei der Polizei angeben, gezeichnet »Der Rabe«. So macht man das. Zu riskant. Die erkennen sicher meine Handschrift, denn die ist »ausgesprochen eigenwillig«. Sagt mein Lehrer.

Es bleibt nur ein Ausweg: Ich muß den *Blutigen Sturz* verschwinden lassen.

Also bin ich einmal nach dem Abendessen mit meinem dicken Briefbuch und der amerikanischen Schaufel vom P'pa heimlich zur Müllkippe. Dort brennt immer ein großes Feuer am Eingang. Ein Stück abseits haben die Zigeuner ihre Wagen hingestellt, entlang der Eisenbahn. Ich grabe unter der großen Weide ein Loch und lese ein letztes Mal meinen *Blutigen Sturz*.

Unter den letzten Brief habe ich »Ende« geschrieben, damit es mehr wie eine Geschichte aussieht und damit sie mir endlich aus dem Kopf geht. Ich sperre den *Blutigen Sturz* in eine Holzschachtel, damit die Würmer das Buch nicht gleich fressen, und dann begrabe ich es. Kein Beweis mehr und kein Komplize. Ich habe meine junge Haut gerettet.

Am selben Abend bin ich zum Zigeunerlager gegangen. »Die Rumtreiber stehlen Kinder! Und schlagen sie mit großen Peitschen!« Das sagt Onkel Florent immer. Jedes Jahr fahren sie in ihren schönen, bunt bemalten, von Pferden gezogenen Wagen bei uns vorbei. Die Männer sind zum Fürchten, und die Frauen sind schön oder dick und mit Edelsteinen behängt. Diesmal waren sie unterwegs nach Italien zur Beerdigung ihrer Königin. Sie hieß Mimi. Das hat uns ein wettergegerbter Alter erklärt, der unsere Stühle neu bespannen wollte. Das lassen wir aber nie machen, wir nageln einfach ein Brett drauf. Die Zigeuner lagern immer an der Eisenbahnstrecke. Warum sollte ich mich heute abend nicht entführen lassen? Die Gendarmen suchen mich vielleicht schon wegen dem Mord. Wie ein Mohikaner, der sich an ein Pionierlager anschleicht, krieche ich zu den Wagen. Das Feuer in der Mitte des Lagers läßt genug Schatten, um sich zu verstecken. Hinter den Flammen höre ich Gesänge, Händeklatschen und eine spanische Gitarre. Einmal hat Sergio sechs solche Gitarren auf einen Schlag gefunden, in einer Pariser Abfalltonne: Alle neu, robust, lackiert, mit Elfenbeinwirbeln zum Stimmen. Ich habe versucht, mit dem Plektrum auf einer davon zu spielen, wie Django Reinhardt. Aber allein, um vom großen Michel den Anfang von *Nuage* zu lernen, hab ich einen ganzen Tag stillsitzen müssen. Mir kam es vor, als würden mir die Beine weich werden, als würde ich Kinderlähmung bekommen, nur weil ich nicht herumrennen konnte. Beintechnik ist die beste Voraussetzung für meine Weltmeisterschaft im Weltergewicht. Also hab ich meine zukünftige Karriere als Flamencospieler gleich wieder begraben. Später hat Sergio versucht, die Gitarre elektronisch umzurüsten, mit einem TSF-Lautsprecher, um Eddie Cochrane nachzumachen. Beim ersten Rock 'n' Roll ist sie durchgeschmort, mit schwarzem Qualm, und hätte ihn beinahe umgebracht.

Unter einem der Wagen hab ich ein Versteck gefunden. Es riecht nach Pferdeäpfeln. Die Zigeuner sitzen um das Feuer. Im Flammenschein haben sie so richtige Kinderfressergesichter. Die Kinder laufen splitternackt herum, ohne jede Spur von Peitschenschlägen. Ich frage mich, ob ich in der Lage wäre, Stühle neu zu bespannen. Plötzlich bricht die Musik ab, und die Frauen hören auf zu tanzen.

Und da kommen sie.

Zwei Boxer, barfuß, die Fäuste in Handschuhen, mit Gesichtern wie Miniaturausgaben der Statuen von der Osterinsel. Sie ähneln einander. Brüder vielleicht? Der eine hat schwarze Shorts an, der andere blaue. Nicht älter als neun! Jemand schlägt an einen Blechtopf, und sie fallen übereinander her. Zwei Kampfgockel, die Handschuhe größer als die Köpfe. Mit Bewegungen, als würden sie kraulen, schlagen sie aufeinander ein. Kein kurzer Haken, kein Schwinger, kein Aufwärtshaken, keine Körperdeckung, weder Finten noch sonstwelche Tricks: Schläge! Schläge! Schläge! Ohne Luft zu holen, ohne zurückzuweichen, ohne abzulassen. Schon hat einer ein blutiges Gesicht. Scheint niemanden zu kümmern. Alle feuern sie an, die Frauen am lautesten. Bei jedem Schlag auf den Blechtopf muß man sie trennen wie zwei wildgewordene Tiere. Sechs Runden lang fallen sie, rappeln sich hoch, stürzen sich wieder in den Kampf und schlagen drein, als würden sie die Treffer des Gegners überhaupt nicht spüren. Am Ende umarmen sie sich wie zwei Brüder. Blutüberströmt lächeln sie, ganz wacklig, aber noch mit allen Zähnen im Mund. Die blauen Shorts haben gewonnen. Er spuckt aus wie ein echter Champion. Mir tut alles weh, als hätte ich mich selber geschlagen.

»Geht's besser, hast du dich erholt?«

Monsieur Mirte, der Turnlehrer, scheint um mich besorgt. Ich sehe wohl ziemlich plemplem aus.

»Du hättest dir den Schädel einschlagen können bei so einem Rückwärtssprung.«

»Monsieur, es ist alles aus! Ich werde niemals Boxweltmeister. Die Zigeuner sind zu stark!«

»Zigeuner? Schon gut, schon gut... Ruh dich noch ein wenig aus.«

Als ich an jenem Abend vom Zigeunerlager zurückkam, habe ich kein Schattenboxen unter den Straßenlaternen veranstaltet wie sonst. Nützt nichts, gegen Schatten anzukämpfen. Was wirklich zählt, sind die Schläge. Das eigene Blut spüren, wie es aus Nase und Mund läuft, von den Augenbrauen. Es auf den Armen sehen, auf der Brust, hören, wie der Schädel brummt, wie die Knorpel krachen, die Haut springt. Das K.o. ist nicht das schlimmste. Am schrecklichsten ist das Gefühl, zerbröselt zu werden, Stück für Stück. Irgendwann fehlt einem dann wirklich was.

»Dein Vater hat sowieso nicht gewollt, daß du boxen lernst.«

»Glaubst du, er nimmt mich trotzdem noch mit?«

Ich mag es, wenn die kleinen Schwestern mit der M'am nach Paris reinfahren und im Châtelet *Wien tanzt* oder so was Ähnliches sehen, mit Luis Mariano oder Mario Lanza. An solchen Abenden nimmt der P'pa mich zum Boxen mit, ins Élysée-Montmartre oder den Wagram-Saal. Er löst zwei Karten für die »Tribüne«, da herrscht die beste Stimmung. Ich klemme mein Kinn auf das Geländer, und alles brandet zu mir hoch, Gerüche, Lärm, Rauch. Mein Vater kann nicht an sich halten, er muß die Boxer anfeuern. Dabei hat unsere Mutter gesagt, er soll schauen, daß er nicht auffällt. Aber das hält er gerade mal drei kleine Vorrunden durch, dann: »Seid ihr verheiratet oder was? – Geh mal ein bißchen ran, oder willst du ihn bloß kitzeln? – Du brauchst wohl ein MG, um ihn fertigzumachen?« Ich versinke in meinem Sitz. Daß wir bloß keinen Ärger kriegen. »Mit der Schnauze ist das ja kein Problem! Komm runter und mach's uns vor!« Es tönt von überall her. Sie nennen meinen Vater »Sugar« wie Ray Robinson, das ist der Spitzname der schwarzen Boxer. Irgendwann gibt das noch eine Riesenkeilerei.

»Das hab ich nicht leiden können, als dein Vater noch selber geboxt hat. Diese ganzen Schreihälse. Einen in Garchisy hab ich mal mit meinem Schlappen ruhigstellen müssen. Er schrie: ›Mach mir das Schneewittchen kalt! Mach ihn kalt!‹ Ich war mit deinem Bruder Serge dort, er war noch ganz klein. Der ist auf den Ofen geklettert und hat geschrien: ›Mach ihn kalt, Papa! Mach ihn kalt!‹ Dein Bruder war in dem Alter strohblond, dazu knallblaue Augen. Alle dachten, er ist für den anderen, einen Großen, wie ein Schwede sah der aus. ›Keine Angst, Kleiner. Wir lassen nicht zu, daß dein Vater aufgefressen wird von diesem Wilden...‹ Stell dir das mal vor, die haben gedacht, ich bin die Frau von dem Blondkopf!«

Unsere Mutter hat uns oft erzählt, wie Serge in Fourchambault zur Welt kam.

»Die alten Krähen aus der Nachbarschaft haben gehofft, er sieht aus wie der kleine Affe von der Banania-Packung. Dann ist er am 6. Juni gekommen, blau wie der Himmel und blond wie ein Fallschirmspringer. Die Gesichter hättest du mal sehen sollen!«

Heute macht es unserem Vater Freude, Serge zuzuschauen, wenn der ein Außenspiel hat. Er kauft eine Karte, setzt sich auf die Tribüne und hört, wie die 7 mit Schimpfwörtern eingedeckt wird. Stimmt schon, Serge spielt wirklich giftig. Aber ein toller Rechtsaußen ist er doch. Wenn unser Vater findet, jetzt reicht's, dann steht er auf und sagt der Tribüne die Meinung.

»Nicht schlecht, mein Söhnchen, was?«

Und er zeigt ihnen noch mal ehrenhalber einen Vogel

und stolziert von dannen, aufrecht und stolz. Wenn er gut gelaunt ist.

»Irgendwann hätte sich dein Vater sicher eine schlimme Abreibung eingefangen. Deswegen hab ich auch gesagt, er soll mit dem Boxen aufhören. Richtig provoziert hat er sie.«

»M'am, war es nicht eher wegen dem, was mit Marcel Cerdan passiert ist?«

»Erzähl lieber weiter von deinem Bruder beim Fußball. An diese Geschichte mit Marcel möchte ich besser nicht mehr denken. Weißt du, daß ein paar hohe Tiere aus Reims gekommen sind, um Serge spielen zu sehen?«

Das Stadion von Reims! Rotes Trikot, weiße Ärmel, Kopa, Wiesniewski, acht von elf Spielern der französischen Nationalmannschaft! An dem Tag schießt Serge drei Tore. »Bleib in deinem Bereich... Zieh dir die Strümpfe hoch... Los, geh als erster ran!« Ein Handtuch über der Schulter, rennt unser Vater an der Seitenlinie hin und her wie ein Scheibenwischer. Nach dem Spiel sind die Bonzen zu uns nach Hause gekommen. Wie immer, wenn es um was Wichtiges geht, hat mein Vater mit ihnen unter dem Kirschbaum verhandelt. Alles abgemacht, Serge geht nach Reims, versuchsweise. Unsere Mutter hantiert wortlos in der Küche. »Ich komme zurück, M'am, das ist doch nicht weit.«

»Wenn's nicht der Krieg ist, der dir deine Jungs wegnimmt, weder Frauen, Politik noch Motorrad, dann ist's der Fußball.«

Also ist Serge nach Reims gefahren. Die M'am hat ihn geküßt und ihm einen Apfel in die Tasche gesteckt. Er ist zurückgekommen. Keine großen Erklärungen. Geklappt hat's. Der Trainer war zufrieden mit ihm. Sie haben ihn auf Probe genommen, aber er hat beschlossen, bei uns zu bleiben. Also kann unsere Mutter weiterhin stolz das weißblaue Trikot von Villemomble auf die Wäscheleine hängen, und der P'pa sucht als Vater die Tribünen heim.

»Ich hätte deinen Vater weiter turnen, boxen oder Fußball spielen lassen sollen. Besser als Kneipen, Schnaps, Champagner und … Flittchen.«

»Warum willst du nicht über Marcel Cerdan und Édith Piaf reden?«

»Erzähl's, wenn du willst, ich gehe ins Bett.«

In jener Nacht wirkt der dicke Wagen, ein schwarzer Hochkiss, in den Straßen von Garchisy verloren. Langsam rollt er am Bürgersteig entlang. An jeder Kreuzung bleibt er stehen. Der Fahrer steigt aus und liest die Straßenschilder im Schein einer Taschenlampe. Im Fond warten eine Frau und ein Mann.

»Hier ist es, Marcel.«

Der Mann, von dem man nur die breiten Schultern sieht, macht die Deckenleuchte an. Die brünette Frau schläft, in ihren Pelzmantel gehüllt, eine Champagnerflasche fest in den Armen.

»Édith! … Édith!«

»Laß sie schlafen, Marcel. Geh vor, wir kommen nach.«

Der Breitschultrige klopft am Haus Nummer 3 an. Die M'am kann nicht einschlafen, ich traktiere sie mit Fußtritten. Der Vater schnarcht. Sie geht aufmachen.

»Marcel Cerdan!«

»Sie kennen mich, Madame?«

»Wahrscheinlich haben wir mehr Fotos von Ihnen hier im Haus als von den Kindern!«

»Und bald kommt noch eins!«

Er deutet auf mich, im Bauch von der M'am.

»Im Oktober ist es soweit.«

»Dann bin ich schon Weltmeister im Mittelgewicht und habe Zale geschlagen.«

»Wann?«

»Am 21. September.«

»Dann will ich mal versuchen, ob's am 21. Oktober klappt, aber ich kann Ihnen nichts versprechen, Marcel.«

Ich habe es gehört und nehme mir vor, alles dafür zu tun, daß ich am richtigen Tag auf die Welt komme.

»Ist Picouman zu Hause?«

Die Mutter geht den P'pa wecken. Er scheint nicht mal überrascht zu sein, daß Marcel Cerdan persönlich ihn mitten in der Nacht sehen möchte, und nimmt sofort seine Sporttasche, stopft Schuhe, Shorts, Suspensorium und den schwarzen Bademantel hinein. Er und Cerdan haben sich zur Begrüßung umarmt und sich wie die Wilden auf die Schultern geklopft.

»Na, Marcel, worum geht's diesmal?«

»Die Rechte.«

»Gegen Delannoit hat sie doch durchgehalten.«

Cerdan verzieht den Mund ein wenig.

»Es ist aber hart an die Schmerzgrenze rangegangen. Hinterher hat sie höllisch weh getan, aber Jurmand hat sie wieder fein hingekriegt.«

»Geht's dem Quacksalber gut?«

»Geht so.«

»Und Marinette?«

Cerdans Gesicht verfinstert sich. Die M'am eilt zur Hilfe.

»Haben Sie überhaupt gegessen?«

»Du kannst ihm ein Steak mit kleinen Zwiebeln machen, wie er es mag. Hinterher hat er sicher Hunger.«

Cerdan lächelt. Auch er hat ein prachtvolles Lächeln.

»Also, warum bist du gekommen?«

»Erst mal hab ich dir schließlich Karten für meinen ersten Weltmeisterschaftskampf versprochen.«

Marcel zieht zwei rotbraune Karten aus der Innentasche seines Jacketts.

»Ringplätze!«

»Das ist nett, Marcel, aber ich kann nicht, wegen dem Kleinen.«

Er meint wieder mich im Bauch von der M'am.

»Wenn es im Palais des Sports gewesen wäre oder in Colombes, aber ins Roosevelt Stadium nach Jersey City...«

»Ich verstehe. Aber behalte sie trotzdem. Man kann ja nie wissen.«

Marcel hat die beiden Karten auf den Küchentisch gelegt.

»Das braucht dich aber nicht zu hindern, Picouman, mit mir deinen ›Bolo-Punch‹ von den Inseln zu üben.«

Der »Bolo-Punch«! Das ist einer von den Tricks, die sich der P'pa für seine Schaukämpfe ausgedacht hat. Ein ganz besonderer Schlag, es sieht aus wie Charlie Chaplin als Boxer: Man hebt die rechte Faust hinter die Schulter, läßt sie kreiseln und schwingt sie als Aufwärtshaken hoch. Bevor der andere noch begriffen hat, was das soll, liegt er schon auf der Matte und wird ausgezählt.

»Hast du deine Sachen?«

»Im Wagen.«

Cerdan holt seine Tasche aus dem Kofferraum des Hochkiss. Die Brünette schläft immer noch, die Champagnerflasche im Arm wie einen Teddybär. Picouman und Cerdan gehen allein in eine kleine, verdreckte Halle hinter der Post.

Zwei Stunden darauf kommen sie zurück, die Taschen über der Schulter, und lachen wie zwei Soldaten auf Urlaub.

»Nicht schlecht für ein Weltergewicht, Picouman!«

»Nicht schlecht, Marcel, für einen Greis von über dreißig!«

Als sie in die Küche kommen, ist der Tisch schon gedeckt, und die M'am wartet, die Pfanne in der Hand. Marcel macht sich über sein Steak mit kleinen Zwiebeln her wie über Fouquet bei der Europameisterschaft. Sieg nach Punkten in zwei Minuten und sechs Sekunden!

»Und mich habt ihr wohl völlig vergessen?«

Die brünette Frau erscheint auf der Schwelle, die Champagnerflasche in der Hand, das triefnasse Haar im Gesicht.

»Hör mal, du hast mir gar nicht gesagt, daß dein Kumpel so niedlich ist. Ein richtiger kleiner Leckerbissen.«

Marcel erstarrt. Die M'am trocknet sich die Hände an ihrem karierten Tuch ab, ein bißchen heftiger als sonst.

»Ah! Sie erwarten was Kleines, Madame! Das hätte ich

auch gern gehabt, aber hier drin ist kein Platz mehr, wegen dem Champagner!«

Sie deutet auf ihren Bauch unter dem schwarzen Kleid. Der Fahrer kommt ihr nach und nimmt sie beim Arm.

»Komm schon, Édith, wir müssen nach Hause. Wir haben ein gutes Stück zu fahren, und du hast morgen abend ein Galakonzert.«

»Tja, so ist das, Madame, ich singe, und Sie kriegen was Kleines. Glauben Sie mir, Sie sind besser dran!«

Sie hat sich zum Bauch von der M'am vorgebeugt.

»Hör mal her, du da! Sei nett zu deiner Mutter und zu deinem Vater, verstanden! Keine Chansons, kein Boxen und kein Champagner!«

Was bleibt mir denn da noch?

»Komm, Édith, wir müssen los.«

Der Fahrer versucht, die Dame am Arm wegzuziehen. Marcel bleibt sitzen, ohne ein Wort, mit zusammengebissenen Kiefern.

»Ich weiß, er schämt sich, daß ich voll bin wie eine Strandhaubitze, und das vor seinem alten Kumpel Picouman. Aber so ist es nun mal!«

Endlich gelingt es dem Fahrer, sie hinauszubringen.

»Entschuldigt sie bitte. Sie arbeitet zuviel. Weißt du, wenn ich den Titel habe, dann verteidige ich ihn zwei-, dreimal, und dann geht's nach Hause nach Casablanca, da mach ich mit Marinette und den Kindern eine Sporthalle auf, mit Bar. Und du schaust dann auf eine Partie Boule und eine Bouillabaisse rein.«

Marcel steht auf.

»Danke für das Steak, Madame.«

Der Vater und Marcel gehen hinaus.

»Vielleicht hast du recht gehabt, Picouman. Was zählt schon ein Weltmeistertitel gegen so was?«

Marcel Cerdan deutet auf das kleine Haus in Garchisy, das im Dunkeln hinter ihnen liegt. An die Tür des Hochkiss gelehnt, steht die brünette Frau und singt… *De l'autre côté d'la rue / Y a une fille, une belle fille / Qu'a tout ce qu'on peut rêver et même le superflu. / De l'autre côté d'la rue… – Auf der anderen Seite der Straße / Steht ein Mädchen, ein schönes Mädchen, / Das alles hat, wovon man träumen kann, und sogar noch viel mehr. / Auf der anderen Seite der Straße…* Meine Mutter steht hinter dem Fenster und hört zu.

Marcel und Picouman umarmen sich. Dann verschwindet der dicke Wagen in der Nacht. Die Dame schleudert die leere Champagnerflasche aus dem Autofenster; die zerschellt im Rinnstein. Die M'am bekreuzigt sich, um Unglück abzuwenden.

Am 21. September 1948 besiegt Marcel Cerdan Tony Zale im Roosevelt Stadium in Jersey City und wird Weltmeister im Mittelgewicht.

Am 27. Oktober 1949 um drei Uhr Mittlerer Greenwich-Zeit zerschellt die Lockheed Constellation FBA-ZN der Air France auf der Azoreninsel São Miguel am Hang des Pico Rotondo. »Marcel Cerdans Flug zum Sieg wurde zu einem Flug in den Tod«, lautet der Titel in der Sonderausgabe von *L'Équipe.*

Zwei Tage darauf singt Édith Piaf im New Yorker Revue-Theater *Le Versailles* die *Hymne à l'amour: Si un jour, la vie m'arrache à toi… – Wenn das Leben dich mir eines Tages nimmt…*

In dem großen Holzkoffer auf dem Dachboden stöbere ich die beiden rotbraunen Karten für das Match gegen Tony Zale auf. Dabei sind auch ein Flugticket der Air France für Paris–New York zum Familientarif und eine Eintrittskarte zum Madison Square Garden mit Datum vom 31. 10. 1949. An jenem Abend zählt im leeren Ring ein Schiedsrichter im weißen Hemd vor dem stehenden Publikum Marcel Cerdan aus: »9, 10 – out!« Mein Vater hat immer Tränen in den Augen, wenn er davon erzählt.

»Was hast du? Du weinst ja! Tut es wieder weh?«

Monsieur Mirte, der Turnlehrer, macht sich langsam ernsthaft Sorgen.

»Ich muß wohl den Direktor benachrichtigen.«

Das Wort »Direktor« hat auf mich dieselbe Wirkung wie Riechsalz.

»Nein, Monsieur, es geht schon. Ich hab nur an den Madison Square Garden gedacht.«

Meine Antwort beruhigt ihn offenbar nicht. Aber da klingelt es, wir müssen hoch in die Klasse. Wir gehen durch die Eingangshalle, am Büro des Direktors vorbei. Die Großen aus der Neunten warten immer noch in Reih und Glied auf dem Flur. Wie zwei Fußballmannschaften, während die Nationalhymnen gespielt werden. Recht bedacht, ist es nicht sehr schlimm, wenn ich niemals Weltmeister im Weltergewicht werde. Hauptsache, ich gewinne 1964 die Fußballweltmeisterschaft. Dann bin ich achtzehn wie der Brasilianer Edson Arantes do Nascimento. Genannt Pelé! Ich muß mir auch einen Spitznamen suchen. Das wird mir am meisten fehlen, die Spitznamen beim Boxen. Der »Marokkanische Bomber«, »Narbenfresse«, »Stahlfaust-Bob« oder der »Stier von Buzenval«. Ich wäre der »Mohikaner von Meissonnier« geworden, und die M'am hätte mir den Namen auf den echtseidenen lila Bademantel gestickt, passend zu den Shorts. Vor jedem Kampf hätte ich mich mit Chanel N° 5 eingesprüht, wie Al Brown.

»Findest du, ich stinke immer noch?«

Bonbec beugt sich über mich. Seine Wangen sind gebläht wie die eines pausbackigen Engels, der versucht, die größte Menge Kaugummi zu kauen, die jemals in einen Mund gestopft worden ist.

»Ja, du stinkst, Bonbec. Und außerdem bist du ziemlich aus der Form geraten.«

»Du bist auch nicht gerade in Form, hast deinen Rekord verpatzt.«

»Nicht schlimm. Wenn ich über die fünfzehnte Kerbe gekommen wäre, würde ich jetzt schon an die sechzehnte denken. So ist das im Leben, Bonbec, der Kopf ist unruhig wie ein Kochkessel am Haken. Außer daß dir immer heißer wird, je höher du kommst.«

»Ich verstehe nicht, was du da faselst. Muß an den Pfosten liegen, die dir auf den Kopf geknallt sind. Nimm das hier, das macht dich munter fürs Diktat.«

Bonbec hält mir eine Salmiakpastille hin. Noch so ein Wort, bei dem ich absolut nicht wüßte, wie man es schreibt.

Sechstes Kapitel

Das Diktat

Diktate sind das Wundermittel unseres Lehrers, wenn es darum geht, nach der Turnstunde für Ruhe zu sorgen. Sobald ich ihn auf der Schwelle des Klassenzimmers sehe, gefriert mir der Schweiß auf dem Rücken. Monsieur Brulé wartet auf uns, seine Jacke straff gegürtet, die Hände im Rücken verschränkt, die Brille schon ganz mißtrauisch auf der Nasenspitze. Wir treten nacheinander ein. Das Klassenzimmer erwartet uns mit bläulichem Zwielicht. Fast wie eine Kapelle. Der Lehrer hat die großen Vorhänge zugezogen. Nicht das kleinste Fitzelchen Himmel soll uns ablenken können. »Ich rieche frische Tinte!« würde ein Menschenfresser sagen, wenn er hereinkäme. Monsieur Brulé hat die Tintenfässer bis zum Stehkragen vollgefüllt. Er benutzt dazu eine hübsche Glasflasche mit metallenem Ausgießer, wie im Café die Schnapsflaschen. Kellner, einen Kurzen! Da sagt man nicht nein. Ich werde sowieso was zur Stärkung brauchen. Auf dem Pult warten die Hefte wie ein Stapel Teller. Man muß nur noch zugreifen. Der Lehrer fängt mich im Vorübergehen ab.

»Das Diktat schreibst du mit, aber dann müssen wir uns noch über dein Elternheft unterhalten!«

Schade, das wäre doch mal eine wirklich nützliche Strafe gewesen. Jetzt kassiere ich beim Diktat garantiert wieder null Punkte. Dabei kenne ich so viele Wörter. Ganze Listen hab ich in meinem Sammelheft. Aus Büchern, Zeitschriften und Zeitungen. Aber es gibt so komplizierte Wörter, die ich einfach nicht wiedererkenne, oder ich vermassele sie beim Schreiben. Oder alte Bekannte spielen auf einmal Chamäleon und wechseln mitten in einem Satz die Farbe. Manche schleichen sich auch still und heimlich ein, so, wie ich mich selber vordrängele, wenn in der Turnhalle die Schulmilch ausgeteilt wird, oder in der Schlange vorm Kino in Le Raincy. Nur daß sie sich nicht erwischen lassen. Bei Rechtschreibfehlern schlage ich sämtliche Rekorde in unserer Schule. Ohne Anlauf!

»Es ist wirklich ein Jammer! Dabei macht dein Vater nicht einen einzigen Fehler.«

Ich weiß noch, wie mein Vater eines Abends am Tisch im großen Zimmer saß und an einem Brief feilte, einem Antrag für eine Sozialwohnung. Ein wichtiger Brief. Seit ewig war uns eine Wohnung versprochen, und es tat sich einfach nichts. Seitdem weiß ich: »H.L.M.« ist weiblich, *Habitation à loyer modéré*, sozialer Wohnungsbau. Aber ob männlich oder weiblich, ganz egal, wie bei den Engeln, denn von beiden haben wir nie auch nur die Schwanzspitze zu sehen bekommen.

Alle sitzen um den Tisch, lassen aber unserem Vater genug Platz. Es gibt weder Fernsehen noch Radio an dem Abend. Der P'pa hat das Wachstuch gründlich abgewischt, seine Schreibfedern vorbereitet, dazu Löschpapier und Tinte, Papier und Umschläge liegen bereit. Weder zu weiß noch zu beige. Dann hat er einen Entwurf ins unreine geschrieben, der ist schon tausendmal reiner als meine Reinschriften, und ihn uns vorgelesen. Wenn wir damit nicht mindestens fünf Zimmer bekommen, mit Keller und Dusche… Vielleicht sogar mit Badewanne. Wir beraten über die Grußformel. »Mit freundlichen Grüßen«? »Hochachtungsvoll«? Oder vielleicht sogar »Mit vorzüglicher Hochachtung«?

»›Mit freundlichen Grüßen‹! Freundlich soll man mit diesen Leuten sein, aber ›hochachtungsvoll‹ wäre zu dick aufgetragen. Schließlich sind wir keine Bettler.«

So ist das im Leben, das geht wie bei Ali Baba und den vierzig Räubern, wenn man den passenden Spruch nicht weiß, öffnet sich nichts. Madame Piponiot hat mir erklärt, wie das zusammenhängt, und wie zur Bekräftigung einem Huhn auf dem Hauklotz den Kopf abgehackt. Zack!

Lang ist es her, da ist eine Frau vom Sozialamt gekommen, wegen des Wohnungsantrags. So eine adrett zurechtgemachte, die den Stuhl erst gründlich gemustert hat, bevor sie sich draufsetzte, als hätten wir vielleicht Leim auf die Sitzfläche geschmiert. Was hat die nicht alles gefragt!

»Das Bad? Kann ich mal Ihr Bad sehen?«

Onkel Florent hat ihr das Klo gezeigt. War wohl nicht ganz das, was sie erwartet hatte. Die Sozialamtstante hat »Aha... ja...« gemurmelt, etwas in ihr Heft gekritzelt und ist verschwunden, nicht ohne sich zu vergewissern, daß sie sich ihr Kleid nicht schmutzig gemacht hatte. Und das war's, wir haben nie wieder etwas von ihr gehört.

Aber jetzt hat unser Vater beschlossen, einen Brief zu schreiben. Mit einer Handschrift, die noch hübscher ist als die von meinem Lehrer, schreibt er seinen Entwurf ins reine. Er drückt auf das schöne, neue, rosa Löschpapier, das ich beim alten Massicot besorgt habe. Mit angehaltenem Atem verfolgt die ganze Familie Auf- und Abstriche. Fast stecken wir vor Konzentration die Zunge zwischen die Zähne. Die Mutter will ihm eine Tasse Kaffee bringen. Er schiebt ihre Hand weg, hebt nicht mal den Blick von seinem Blatt. Die kleinen Schwestern tupfen ihm die Stirn ab wie einem Chirurgen bei der Operation. Das haben sie in einem Film im Fernsehen gesehen.

Drei- oder viermal muß er von vorn beginnen, weil die Feder abrutscht oder er einen Tintenklecks macht oder eine Zeile nicht ganz gerade wird. Aber jetzt ist er fertig. Er unterschreibt, sein großes P ist unnachahmlich. Noch einmal das Löschpapier, und er liest den Brief ein letztes Mal vor. Die Familie hängt an seinen Lippen. Wenn das noch lange so geht, wirkt es am Ende wie Lippenpflöcke bei den Negerinnen.

»Scheiße!«

Alle zucken zusammen.

»So was Blödes! Ich habe in ›baufällig‹ ein l vergessen.«

Ich hätte das Wort am Ende mit »ch« geschrieben. Mein Vater starrt den Brief an. Noch mal neu schreiben, nach all dem Hin und Her? Nein. Er dreht und wendet den Brief, am Ende nimmt er die Feder zur Hand und versucht, zwei l aus einem zu machen. Eine Knüpftechnik mit Schlaufen, wie damals, als er im Sanatorium Teppiche knüpfte. Auf dem Radio liegt ein hübscher, grün mit Eicheln. Er zeigt uns das Ergebnis. Absolut nicht zu sehen, daß da korrigiert worden ist. Aber unser Vater ist noch nicht mit sich zufrieden. Jetzt will er eine Rasierklinge. Damit kann er meisterlich umgehen. Das muß man gesehen haben, wie er für Serges Flugzeugmodelle aus Balsaholz eine Strebe fürs Leitwerk zurechtbastelt. Mir hat er beigebracht, mit der Klinge die Gußnähte an meinen Mokarex-Figuren abzuschleifen. Sie werden glatt, fast wie lebendig. Am erstaunlichsten aber ist er, wenn es um seine Hühneraugen geht. Ein wahrer Bildhauer am Fleisch. Beeindruckende Dinger kriegt er ab, die er dann in der Handfläche wiegt. »Toller Brummer!« – als hätte er gerade einen kapitalen Hecht geangelt oder einen Hasen geschossen. Einmal, als ich es ihm nachmachen wollte, hätte ich fast meinen kleinen Zeh geköpft.

»Na, sieht man's?«

Er hält uns den Brief hin. Nichts zu sehen. Es sei denn, man hielte den Brief vor die Glühbirne der Deckenleuchte. Uns fallen schon die Augen zu vor Müdigkeit, aber wir können das große Bett jetzt nicht ausziehen und uns hinlegen. Erst muß unser Vater noch eine kleine Unsauberkeit wegschaben.

»Mist verfluchter! Jetzt hab ich ein Loch gemacht!«

Wir erschrecken zu Tode. Alles futsch, wegen einem l zuwenig, die neue Wohnung, alle fünf Zimmer, der Keller und das Bad mit Dusche.

Aber da nimmt die M'am die Sache in die Hand. Wie damals im Maquis mit den Brotkarten. Weißer Leim, Pulver für Papiermaché und grobes Salz. Mit ihren Händen, so geschickt wie die einer Stickerin, ist sie die einzige, die das P aus Vaters Unterschrift nachmachen kann. Muß ich sie mal drum bitten, wenn wieder das Elternheft abzuzeichnen ist...

»So! Jetzt braucht das nur noch zu trocknen.«

Wir beugen uns über ihr Kunstwerk. Hut ab! Drei Wochen später bekamen wir eine Antwort vom Wohnungsamt. Drei schiefe Zeilen, maschinenschriftlich. *Sehr geehrter Herr, wir teilen Ihnen mit, daß wir Ihrem Antrag nicht entsprechen können. Mit freundlichen Grüßen.* Und darunter ein unleserlicher Kritzel. Nichts von Bedauern, nichts von Gründen, und kein Gedanke, daß die Grüße »verbindlich« oder gar »hochachtungsvoll« sein könnten. So ist das im Leben, ganz wie bei den Türen in den U-Bahnhöfen: Nie weißt du, ob du ziehen oder drücken sollst. Ergebnis: Du kriegst eins auf die Nase.

Unser Vater hat gesagt, gleich am nächsten Morgen geht er persönlich auf das Amt, und dann »setzt es was«. Die M'am fragt sich, ob es nicht besser wäre, wir würden bei den Pfadfindern eintreten, da helfen sich alle gegenseitig beim Hausbau. Nicht mehr nötig, an Schreibfehlern rumzukratzen. Jedenfalls, wenn ich mal ein Loch in einen Brief mache wie der P'pa, dann schicke ich das Loch mit, und fertig.

»Schlagt eure Hefte auf. Überschrift: ›Diktat‹.«

Ich schaue mir meine Mitschüler an. Sie sehen aus wie beim Start zum Wettrennen von der *Humanité*. Man massiert sich Handgelenke und Nacken, atmet tief ein, drückt das Kreuz durch, manche schließen die Augen und lösen den Gürtel des Schulkittels. Andere sind zappelig, knabbern an den Fingernägeln, rutschen hin und her, als hätten sie Ameisen unter dem Hintern. Und wie jedesmal springt der kleine Lucas plötzlich auf, die Hand zwischen den Beinen: »Monsieur, Monsieur!« »Schon gut, geh, aber beeile dich!«

Ich hingegen bin von der Gelassenheit dessen erfüllt, der's sowieso verbockt. Ich schwebe in der Luft wie ein Albatros, noch vertrauensvoller als Delac, der nie den kleinsten Fehler macht, bei keinem einzigen Wort. Heiter wartet er, den Federhalter gezückt wie die Lanze eines der Ritter von der Tafelrunde vor dem Angriff. Der Ivanhoe von Orthographie und Konjunktiv. Den beherrscht er sogar beim Sprechen fließend, selbst in der Pause. »Ich wäre dir dankbar, wenn du mir mein Butterbrot wiedergäbest.« Soll er mal.

»Der Text unseres Diktats stammt aus dem Buch *Das Paradies der anderen* von Marcel Grimaud; es steht in unserer Bibliothek.«

Der Lehrer deutet auf den Glasschrank hinten in der Klasse. Alles dreht sich um, als könnte er womöglich verschwunden sein. Für die Klassenbibliothek bin ich verantwortlich. Ich führe ein Heft, auf der einen Seite stehen die »Ausleihbewegungen«, die Bezeichnung habe ich selber irgendwo gefunden, auf der anderen der »Bestand«, das stammt vom Lehrer. Unter »Ausleihbewegungen« sind Spalten für Ausleihdatum, Name des Schülers, Nummer des Buchs, Titel, Autor, Rückgabedatum und außerdem meine Lieblingsspalte: »Verspätung mit Angabe des Grundes«. Allein schon für diese Spalte verzichte ich mit Freuden auf die große Pause am Mittwochnachmittag. Dann sitze ich am Lehrerpult wie der heilige Ludwig unter seiner Eiche. Die Schüler stehen Schlange. Ich regle jeden Fall, schlichte Streitigkeiten. »Ich hab's noch nicht ausgelesen!« »Ich bin aber vorgemerkt!« Bonbec kriegt eine Woche Verlängerung mit *Croc-blanc*, Vinteuil kann warten. Der nächste bitte!

Es läuft wunderbar. Ich genieße meine Autorität: das Podium, der Lehrerstuhl und dazu ein dicker Erdkunde-Atlas unter dem Po. Monsieur Brulé behält uns im Auge, während er das Aquarium saubermacht. Meine Aufgabe ist leicht, ein bißchen wie hinter der Theke eines Gemischtwarenladens, aber man muß sorgfältig sein und die Linien sauber ziehen. Darin bin ich zur Abwechslung mal gut. Und dann schlägt irgendwann immer das Stündchen des Sünders, der sein Buch zu Hause vergessen hat. Den erspähe ich sofort in der Schlange, meistens ganz hinten, mit hängendem Kopf, wie er schon an seiner Ausrede feilt. »Meine kleine Schwester hat es aus Versehen mitgenommen. Die Bücher in ihrer Schule haben denselben Schutzumschlag.« Gelogen! Ich habe oft genug bei den Mädchen in der Ecke gestanden, um zu wissen, daß die Umschläge dort rosa sind und bei uns blau. Wie in der Klinik. Drei fette Punkte kostet ihn das! Beim nächstenmal ist zur Strafe ein Bildchen fällig. Mein Tarif ist an der Tür des Bücherschranks angeschlagen. Ich sammle die abgelieferten Bildchen in einer hübschen blauen Blechdose, die mir der Lehrer einmal geschenkt hat. »Da, das ist eine Schachtel für deine Dummheiten!« hat er gesagt und dabei gelächelt. Ich weiß, warum er sie gerade mir geschenkt hat. Nicht, weil sie früher »Bêtises« enthalten hat, jene Pfefferminzbonbons aus Cambrai, die »Dummheiten« heißen, auch nicht wegen der schönen Kathedrale, die darauf abgebildet ist, oder wegen der Auszeichnung, die der Hersteller erhalten hat. Nein, es ist wegen der Adresse, »P. Leclercq Nachfolger, 22, Rue des Chaudronniers, Cambrai«: die Straße der Blechschlosser! Eines Tages wird es eine Avenue Picouman geben, und ich lade den Lehrer zur Einweihungsfeier ein.

Dank meines Amtes kann ich die Bücher, die ich ausleihe, so oft vergessen, wie ich will: *Der letzte Mohikaner*, *Die Quellen des Orinoko* oder den *Reineke Fuchs*. Ich kann nach Herzenslust in meinem Kirschbaum sitzen und die Bücher immer und immer wieder lesen. Ganz durch Zufall sind sie aus dem »Bestand« verschwunden, als Masson während des Schuljahrs umgezogen ist und »vergessen« hat, sie zurückzugeben. Was die begehrten Punkte aus der Schachtel angeht, versorge ich mich selber, aber ich muß aufpassen, daß der Lehrer nicht am Ende Verdacht schöpft. Alles läuft wie am Schnürchen, und ich fühle mich manchmal wie ein Maharadscha auf dem Rücken seines Elefanten. Einmal habe ich aber mächtig einen mit dem Rüssel um die Ohren gekriegt.

»Monsieur, wir finden, einer aus der ersten Reihe sollte sich um die Bibliothek kümmern!«

»Ja, da hat er recht, Monsieur!«

Ein Aufstand der Streber, von denen man nur den Nakken sieht. Jetzt ist's aus, der Lehrer wird mich von meinem Elefanten runterholen. Monsieur Brulé nimmt die Brille ab und geht wortlos nach hinten an den Bücherschrank. Er öffnet ihn und greift wie zufällig nach Nummer 175: *Die Elenden* von Victor Hugo, Band I.

»Erinnert ihr euch an das Diktat im letzten Monat, wo es um die Kerzenleuchter gegangen ist?«

Klar erinnere ich mich. Null Punkte! 16 3/4 Fehler! Eine komplette Katastrophe.

»Die Stelle, wo Monseigneur Magloire dem Dieb die silbernen Leuchter gibt, damit er eine Chance zur Reue hat…«

Der Lehrer spricht wie im Religionsunterricht, nur ohne Psalmen, Kapitel und Verse. Ich frage mich, ob er vielleicht weiß, was aus dem *Letzten Mohikaner*, den *Quellen des Orinoko* und *Reineke Fuchs* geworden ist.

»Ist nicht der beste Hüter der Bücher derjenige, der sie am besten kennt?«

In Reli würde der Pfarrer jetzt das Gleichnis vom verlorenen Schaf erzählen: Soll man die Türen des Bücherschranks offenlassen, während man ein vergessenes Buch in der Kantine holen geht?

»Na, was meint ihr?«

Keiner antwortet. Die erste Reihe ist von ihm aus gesehen jetzt ganz hinten und muß feststellen, daß einem das die Sprache verschlagen kann. Der Lehrer fährt in seiner Erklärung fort. Ich verstehe, er hat mir die Bibliothek übertragen, um mich von einer netten, der Medizin unbekannten Krankheit zu kurieren: Jedesmal, wenn er die Hefte zurückgibt, sehe ich ihm an, daß er gar nicht begreift, wie ich bei so einer Rechtschreibung die besten Aufsätze der Klasse zustande bringe. Nicht jedesmal, aber oft.

»Du machst so viele Fehler, daß deine Geschichten dahinter manchmal richtig verschwinden. Man wittert sie, aber man kann sie nicht mehr sehen.«

Geschichten mit einem Eigengeruch, das ist doch gar nicht übel. Für die Fehler kann ich einfach nichts. Ich versuche ja mein Bestes, um diese nette, der Medizin unbekannte Krankheit loszuwerden, aber kaum kommt ein Diktat, schon erleide ich einen Rückfall. Einmal haben sie mich deswegen sogar zu einem Schularzt geschickt. Nach Übungen mit Tintenflecken, bunten Vierecken und Labyrinthen stehe ich nackt vor einem alten bärtigen Doktor. Er prüft die Reflexe meiner Knie und schaut mir tief in den Rachen. Ganz sicher, um nachzusehen, ob ich »Mandeln« nicht etwa mit zwei n schreibe. Er betastet mich überall, am Hals, unter den Achseln, an den Leisten, am Hodensack, er macht »Ha! Ha!« und kratzt sich den Bart. Er sieht aus, als hätte er die Lösung gefunden. Vielleicht fasse ich meinen Kuba-Kuckuck zuviel an? Ich kann mir zwar nicht vorstellen, wie der mit meinen Diktatnoten zusammenhängen soll. Aber zur Vorsicht höre ich mal eine Zeitlang auf, um zu schauen, ob das einen Unterschied macht. Nein, Kuckuck oder nicht, weniger als fünf Fehler schaffe ich nie. So toll sind die Ärzte wohl doch nicht.

Aber dem Lehrer ist es gelungen, die Aufständischen aus der ersten Reihe davon zu überzeugen, daß die Aufgabe als »Bücherwart« eher ein Strafdienst ist oder besser eine Medizin, um mich von einem wenig beneidenswerten Übel zu heilen: der Legasthenie! Eben ist das Wort aus einem Lexikon auf die Köpfe gefallen. Endlich hat meine Krankheit einen Namen. Jetzt sehen meine Klassenkameraden in der Bibliothek so eine Art Lebertran und schauen mich an, als wäre ich innerlich irgendwie rachitisch. Ich pfeif drauf und behalte meinen Maharadscha-Elefanten einfach. Die sollen aufpassen, daß sie nächsten Mittwoch alle ihre Bücher zurückbringen, sonst sorge ich dafür, daß meine Dummheitendose aus den Nähten platzt.

»Legt jetzt die Federhalter hin. Vor dem Diktat lese ich euch den ganzen Text vor und schreibe die Wörter, die ihr nicht kennt, an die Tafel. Aber zuvor sage ich euch, warum ich diesen Text von Michel Grimaud ausgesucht habe. Er handelt von Algerien. Ihr habt ja alle den Vorfall im Speisesaal miterlebt, heute mittag. Ich glaube, der Text muß nicht weiter erklärt werden. Erst mal also der Titel: *Begegnung.*«

Das ist das erste Mal, daß der Lehrer begründet, warum er einen bestimmten Text ausgesucht hat. Normalerweise kommt so ein Diktat aus dem Nirgendwo in die Klasse gesaust. Man macht die Tür zu, und auf einmal purzeln mitten im Winter die Ernte auf den Feldern und der junge, zur Erfrischung getrunkene Wein aus dem Mund des Lehrers. Oder seine Stimme gibt das bedrohliche Prasseln perlmuttener Hagelkörner zum besten, während wir dasitzen und vor Hitze unter unseren Kitteln schwitzen.

Manchmal macht einen so ein Diktat auf die Staubkörnchen aufmerksam, die »Millionen mikroskopischer Walzer« im Licht tanzen. Ohne das Diktat hätte man sich die ewig angeschaut, ohne es je so ausdrücken zu können. In einem Diktat kann man innerhalb von zwanzig Zeilen geboren werden, leben und sterben oder einfach den Weg einer Weinbergschnecke über ein Salatblatt verfolgen. Oft verspricht der Titel etwas, was man erst am Ende versteht. Heute also eine Begegnung. Unser Lehrer liest vor:

»Djamil schließt die Augen und träumt sich zurück in den Douar, aus dem er kommt. Einige Wörter, die Ali und seine Freunde rasch auf arabisch wechseln, verstärken die Illusion.«

Der Lehrer schreibt »Douar« an die Tafel. Schade, das Wort hab ich gekannt. Eine Art Zeltdorf ist das.

Zelte, aber nicht solche, wie mein Vater sie von den Amerikanern besorgt hat, um damit in die Ferien zu fahren. Khakibeige Zelte ohne Boden oder Reißverschluß, ohne Spannseile und Heringe. Als Pfeiler dient uns eine Angelrute. Mindestens drei große Khakizelte, die wir auf den Dachgepäckträger von dem Talbot laden mußten. Ein richtiges Lastschiff, unser Auto! Es kann...

»Hör auf, rumzuträumen! Du kriegst gar nicht mehr mit, was der Lehrer sagt!«

»Du hast recht, M'am.«

Aber was soll ich tun? Bei jedem Diktat muß ich an den Zauberkünstler denken, den ich einmal in der Zirkussendung *La Piste aux étoiles* im Fernsehen gesehen habe. Er öffnet ein winzigkleines Schmuckkästchen, ich glaub, es ist ein rotes, und holt ein größeres heraus, aus dem er ein noch größeres zieht. Und so weiter. Irgendwann sperrt er sich selber in eine Schachtel. Es gibt einen Blitz, und dann ist da nur noch das winzige Kästchen vom Anfang übrig. Ich weiß nicht, warum, aber genau das ist für mich ein Diktat. Eine Reise in geheimnisvolle Schachteln, die immer größer werden und von denen am Ende nichts bleibt als eine Handvoll rot unterstrichener Fehler.

»Genau das passiert, wenn du weiter nicht zuhörst! Eines Tages erzählst du noch etwas dermaßen Verworrenes, daß du selber nicht mehr rausfindest.«

»Aber M'am, ich hab dir schon so oft gesagt, daß du selber deine Geschichten so erzählst!«

»Das ist kein Grund! Hör zu, was dein Lehrer sagt!«

Die M'am hat ja recht, und in der Klasse herrscht eine schöne Stille. Es klingt komisch, Stille »schön« zu nennen, aber genau so ist es. Der Lehrer liest immer noch vor.

»... *Warum machst du die Augen zu?... Um wieder bei mir zu Hause zu sein!...*«

Ich will auch nach Hause. Jetzt hat die M'am gerade in der Küche ihren Kaffee ausgetrunken, in den sie immer kleine

Butterkekse einstippt. Ihre Nachmittage sind für alle ein Mysterium. Ist vielleicht Syracuse, der Wäschehändler, bei ihr, und die M'am hat am Ende doch eine Bestellung unterschrieben?

»Ich verbiete dir, diese Geschichte zu erzählen! Wenn dein Vater das hört. Außerdem hast du gerade ein ganzes Stück von dem Diktat verpaßt, mit einem Wort, über das du immer stolperst.«

»Welches?«

»Hättest du zugehört...«

Ich stolpere über derart viele Wörter, daß ich schon spüre, wie die fiesen kleinen Kieselsteine sich mir an Knien und Handballen unter die Haut bohren. Am Ende werden das noch richtige Tätowierungen.

»*Ist dein Zuhause weit weg? – Ja, in Algerien... und schön ist es dort!*«

Bei seiner Rückkehr sagt unser Vater nur einen kurzen Satz, wenn wir ihn bitten, uns von Algerien zu erzählen: »Schön ist es!« Mehr brauchen wir nicht. Auf dem Tisch des großen Zimmers faltet er die Karte seines Algerien-Führers auf. 34. Auflage, zum Preis von 300 Franc. Dann kann die Reise im Maßstab 1:200.000 losgehen. Die kleinen Schwestern wollen immer zuerst mit dem Finger die Bucht von Algier abfahren: Cap Matifou, Le Pérouse, Alger-Plage, Fort-de-l'Eau, Hussein-Dey. Oft können sie dann nicht mehr anhalten und geraten bis über Saint-Eugène hinaus, ins Mittelmeer. Dann quieken sie und ziehen Zuckerschnütchen: »Ah, ist das warm!«

Ich nehm lieber einen Weg für Männer: die staubige Piste der »7 B«. Das ist die Nationalstraße. Ich verlasse Algier durch den Bois de Boulogne. Dann kommen nacheinander Birmandreïs, Birkadem, Birtuta, Bufarik, Beni-Mered, und in Blida halte ich an. Da ist das Krankenhaus von Frantz, dem Freund vom P'pa. Dem Irrenarzt.

»Psychiater heißt das! Das Wort könntest du dir aufschreiben. Aber sprich nicht zuviel über den Frantz, sonst kriegt dein Vater Ärger mit den Gendarmen.«

Die M'am tut gern geheimnisvoll mit den Freunden vom P'pa. In zwei Jahren, wenn wir nach Algerien reisen, fahre ich in einem Juvaquatre-Lieferwagen mit meinem Vater den Frantz besuchen. Hat er mir versprochen. »Du wirst sehen, er schreibt ein Buch.« Ich frage mich, wie so einer wohl ist, einer, der ein Buch schreibt. Ganz verschrumpelt wahrscheinlich, wie Voltaire (1694-1778), den hab ich als Mokarex-Figur. Vierundachtzig Jahre lang erzählen, daß man todkrank ist: Das ist doch kein Leben! Unser Lehrer hat uns auch das Leben von Victor Hugo geschildert, der überall seine Initialen hinterläßt, und das von Honoré de Balzac, der im Morgenrock literweise Kaffee trinkt, und Flaubert, der plötzlich losschreit. Ich hab mich krank gestellt, meinen Vornamen in die Rinde des Kirschbaums geritzt, schwarzen Kaffee getrunken und oben auf meinem Baum geschrien. Meine Rechtschreibung ist von alldem nicht besser geworden, aber ich glaube, Leute, die Bücher schreiben, sind alle ein bißchen Irrenärzte.

»Später kannst du das Buch von Frantz lesen. Im Augenblick ist es für dich noch etwas zu kompliziert.«

Egal, M'am, ich gehe solange ein bißchen in meinem Wörterbuch spazieren. Zum Beispiel mache ich Reiserouten nach dem Alphabet. So wechsele ich von der staubigen Piste der »7 B« zur großen Weltreise der »7 Z«: Zeebrugge, Zürich, Zagreb, Zamboanga, Zamora, Zypern, Ziguinchor, vorbei an den »7 Inseln« im See von Montfermeil. Karten brauche ich dafür keine, nur mein Wörterbuch und darin die rosa Seiten, wo die Wendungen drinstehen, um mit den Leuten zu reden.

Schon beim ersten Vorlesen des Diktats spricht der Lehrer jedes Wort sorgfältig vom anderen getrennt. Im Rhythmus des Satzes, den er gerade liest, geht er durch die Reihen, einen richtigen Legionärsschritt bekommt er dabei.

»Gewiß! stimmt Luce mit ernster Miene zu.«

Ogottogott, sicher kommen jeden Augenblick diese furchtbaren Wörter, die alle gleich klingen, sich aber verschieden schreiben! Diese wilden Stämme mit Tamtam und Federschmuck, sie schleichen sich an, um ihr Unwesen zu treiben, verstecken sich getarnt in den Sätzen, und ich kann ihr wahres Gesicht nie entdecken. Im harmlosesten Diktat lauern sie auf dem Kriegspfad und springen unvermittelt auf mein Pult. Da sind sie wieder alle versammelt: Die *On-ont-n'ont*, ein degeneriertes Volk grausamer Taubstummer, die *C'est-s'est-ces*, stolz und herrisch, die *T'en-tant-tends-temps*, wilde Krieger aus dem Dunkeln, die *Qu'en-quand-quant*, listige, entenschnäbelige Cancan-Tänzer, und die *La-là-las*, friedliebende, heitere Wesen, die die Friedenspfeife schmauchen und Musikinstrumente aus den Panzern der Meeresschildkröten bauen. *Ché sera sera!* wie es in dem Lied heißt. Ich bin ein Mohikaner, ich darf mich von diesen giftigen Stämmen nicht ins Bockshorn jagen lassen. Die *Sur-sûr-sures* sind für mich die schlimmsten. Kleine, grüne Männlein, verkniffen und unterwürfig, die ihren Accent circonflexe wie einen Hut ohne jede Warnung ab- und aufsetzen. Manchmal ist man von dieser Art Höflichkeit ganz verwirrt.

Am ersten Tag nach den Ferien hat der Lehrer zu uns gesagt: »Ich bin Monsieur Brulé, ohne Hut auf dem u.« Jetzt weiß ich wenigstens, daß es einen Accent circonflexe braucht, wenn's gebrannt hat – *ça a brûlé* –, und daß das nichts mit dem Lehrer zu tun hat.

Ich versuche, mich wieder zu konzentrieren, und verjage mit meinem durchsichtigen Lineal alle feindlichen Stämme von meinem Schreibtisch. Aber für immer vertrieben habe ich sie nicht. Ich bin sogar sicher, daß sie sich bloß in einen Hinterhalt in der Öffnung des Tintenfasses zurückgezogen haben. Der Lehrer hat meine Bewegung gesehen und zieht ein bedauerndes Gesicht. Wahrscheinlich fragt er sich, an welcher anderen netten Krankheit ich noch leiden mag.

O ja, dann schicken sie mich wieder zu dem alten Doktor mit seinem Bart, der meine Hoden betastet!

»*Wie heißt du? – Djamil. – Ein hübscher Name, und wirklich selten!*«

Warum haben sie mich nicht Marcel getauft? Das wäre weniger banal, und immerhin hat Cerdan mich als erster im Bauch von meiner Mutter gesehen!

»Dein Vater hat es nicht gewollt. Das war der Vorname seines großen Bruders, der mit zwanzig gestorben ist.«

»Dessen Bauch so hart war wie Stein?«

Die M'am hat mir oft von Marcel erzählt, wie der auf dem Weg in die Fabrik bei ihr vorbeikam.

»Aufrecht wie ein I! Die ganze Familie, Mutter, Vater und die drei Jungs, gingen so. Die Leute im Dorf dachten, sie wären ein bißchen eingebildet. Dabei waren sie nur aufrecht.«

»Und Onkel Florent?«

»Der mit seinen krummen Beinen war sozusagen das häßliche Entlein der Familie.«

»*In unserer Familie heißen alle Mädchen Lucie...*«

Damals hat meine Mutter meinen Vater noch nicht gekannt, aber Jacques, Guy, Michel, Christiane, Josette, Roland und Jacqueline hat sie schon bekommen. Ich hab mal ein schlechtes Foto von ihrem ersten Mann gesehen. Er sitzt auf einem dicken Motorrad vor dem Lokomotivenwerk. Mit neununddreißig starb er an Tuberkulose.

»In der Familie werden die Männer nicht alt.«

Ich weiß nicht mal, ob ich dieses verwackelte Foto wirklich gesehen habe. Ich glaube, ich habe nie darüber nachgedacht, daß ich »Halbbrüder« und »Halbschwestern« habe, wie die Krankenschwester mit dem Bart auf der Oberlippe sagt. Ist doch idiotisch. Soll man sich etwa Halblächeln schenken, Halbblicke, Halbtränen? Sich halb bei der Hand nehmen, halb schlafen, ein halbes Herz haben? Wie geht das?

»Du hast acht Halbbrüder und Halbschwestern. Das ist, als hättest du vier richtige Geschwister. Verstehst du?«

Eines Tages reiße ich ihr die halben Augen raus, die halben Zähne, den halben Schnurrbart und ziehe ihr die halbe Haut ab, und das stecke ich dann in ein Glas mit Formalin und schreibe drauf: »Ganzes Monstrum«.

Ich hab mir nie Gedanken darüber gemacht, ob die M'ma den Mann mit dem verschwommenen Gesicht auf dem dikken Motorrad morgens auch so geküßt hat wie den P'pa. Wenn sie über ihn redet, sagt sie bloß: »Er war ein guter Mann.«

Marcel kam mit seinen zwanzig Jahren jeden Tag am Fenster von der M'am vorbei. Eines Tages hat sie ihn gesehen, in der Mitte eingeknickt, wie ein Zirkel... Dieser Junge wird sterben. So jung, das ist ungerecht!

»Ich hatte eine böse Vorahnung. Was hab ich es bereut, daß ich das gedacht habe! Aber man konnte es ihm an den Augen ablesen!«

Noch eine Nacht, dann war Marcel tot. Darmverschluß. Er konnte nicht mehr aufs Klo gehen. Sein Bauch war so hart wie Stein. Bis zum letzten Tag ist er zur Arbeit gegangen.

»Damals wurde man nach Tagen bezahlt. Keine Arbeit, kein Geld.«

Das Heft des Großvaters in dem Holzkoffer auf dem Speicher erklärt das alles genau. Ich lese gern in seinem Kalender von 1928. *21. Januar, St.-Agnes-Fest. Gesamtzeit: 98 1/4 Stunden zu 4 Franc die Stunde, Summe 393,00. 1 Frühstück: 3,50 Franc.* Etwas weiter unten heißt es: *9. Februar, Donnerstag, St.-Apollonia-Fest.* In einer Ecke steht: *Die Reise Martinique–Frankreich: elf Tage, Entfernung Fort-de-France–Saint-Nazaire 6.982 km, das Schiff schafft am Tag 589,818 km.* Die Seite des 8. Februar zeigt eine geheimnisvolle, mit dem Bleistift gezeichnete Karte mit den Umrissen von Nord- und Südamerika und der Lage von Saint Thomas, Gouadeloupe und Martinique.

Aber seltsam, mein Großvater hat auf seiner Karte auch die Städte Boston, New York und Philadelphia markiert. Warum bloß? Was hatte ein Blechschlosser aus Martinique, der in Tarbes in Südfrankreich lebt, 1928 da drüben vor? War Großvater auch schon ein Picouman mit einem zweiten Leben? Sicher ist das, was ich da in der Hand habe, sein geheimes Tagebuch. Listen, deren wirkliche Bedeutung ich eigentlich mal herausfinden müßte. *Orangen 250, Bohnen 200, Wein 175, Milchkaffee 0,80,* dazu verschlüsselte Botschaften: *Maria hat erst mal biß* (ja, so!) *zum Samstag, den 14., Kredit gegeben...* Wenn ich das von meinem Großvater lese, bin ich ganz stolz, endlich zu erfahren, daß die Rechtschreibfehler ein altes Familienerbteil sind, das ich von ihm habe.

Wenn ich eine bestimmte Seite lese, muß ich immer weinen. Die vom 4. März. *Reminiscere.* Mit schwarzer Tinte geschrieben: *die Frau so betrunken, daß sie die Kinder schlägt, bis der Große unwillkürlich zurückhaut...*

»Mach darum nicht zu viele Worte. Weißt du, für deine Großmutter war das wirklich sehr, sehr hart. Ein Kind gehen lassen müssen, das ist das Schlimmste, was es gibt. Marcel war gerade mal zwanzig!«

Die M'am hat Jacqueline »gehen lassen müssen«, als die sieben war, wegen Typhus. Sie spricht nie darüber. Jacqueline ist wie ein Kapitel aus einem Buch, ein Kapitel, das nur aus einem einzigen Satz besteht. Marcel haben sie auf seinem Totenbett fotografiert. Ein verwackeltes Bild. Der Eindruck, daß er immer da so schweben wird, aufrecht wie ein I.

Seit ich Marcels Geschichte kenne, passe ich wie ein Luchs auf meinen Bauch auf. Wenn er weh tut, daß ich schreien könnte, und ich ihn an die eiskalte Wand des Klos pressen muß, um den Schmerz zu lindern, dann frage ich mich, ob ich das nicht auch geerbt habe, über die Rechtschreibfehler hinaus. Im Turnunterricht passe ich auf, daß ich die Bauchmuskeln nicht allzusehr trainiere, damit mein Bauch nicht auch so hart wie Stein wird wie der von Marcel.

»Ich dachte, du wolltest lernen, dich beim Diktat zu konzentrieren? Glückwunsch! Beim geringsten Anlaß schweifst du ab. Dabei brauchst du nur deinen Kopf in die Hände zu nehmen und nicht mehr nach links oder rechts zu schauen, wie dein Vater beim Schach.«

Das hat der P'pa mir mal beibringen wollen, um meine Konzentrationsfähigkeit zu verbessern. Erst mal bloß das Brett und die Figuren kennenlernen. Kein Gedanke daran, zu entwischen. Ich versuch's. Aber warum hat man Türme dahin gesetzt, wo eigentlich Elefanten hinmüßten? Türme bewegen sich doch nicht vom Fleck. Konzentrier dich! Und all das, um einen behäbigen König zu verteidigen, der immer nur ein Häuschen weiterrücken kann, während die Königin in alle Himmelsrichtungen um sich schlagen muß. Mir fallen meine Mokarex-Figuren ein. Dieser fette Plumpsack von Ludwig XVI., und die schöne Marie-Antoinette: 106 cm Brustumfang. Hab ich in *Historia* gelesen. Besser als Sabrina in der *Ciné-Revue*. Kein Wunder, daß sie ihren Axel von Fersen hat, irgendwo heimlich in einem Häuschen. Der Springer sieht auch aus wie ein unterleibsamputiertes Seepferdchen, und der Läufer hat keine Beine, wie soll der da laufen? Au ja, mit dem ziehe ich jetzt. Ich mag Diagonalen. Schach und matt! Der Schäferzug! Mein Vater jubelt. Er hat mich in zwei Zügen matt gesetzt. Der Schäferzug ist der Leberhaken des Schachspielers. Ich habe noch fünf Jahre, wenn ich im selben Alter Schachgroßmeister werden will wie Bobby Fischer. Ganz schön knapp. Es wird immer schwieriger, rechtzeitig Weltmeister in irgendwas zu werden. Bin ich vielleicht zu spät geboren?

Da! Der Lehrer hat mir ans Ohrläppchen geschnipst, um mich zu wecken. Seine Besorgnis steigt. Er fragt sich, ob ich meinen Fehlerrekord übertreffen werde, nach dem Beispiel des Zerstreuten in den *Caractères* von La Bruyère. Da gibt es mittendrin diesen verteufelten Ménalque, ein Name, als wäre er ein sprechender Vogel, der die Würfel des Tricktrackspiels aufpickt. Ich habe mir darunter immer einen Strauß vorgestellt, der einen Wecker schluckt und von Hof zu Hof rennt, um die Bauern zu wecken. Also werden die Hähne überflüssig, und sie wandern in den Kochtopf.

Sonntag! Der Duft des Coq au vin läßt einem das Wasser im Mund zusammenlaufen, wenn André, der Arbeiterpriester, zu uns zum Essen kommt. Die M'am macht dieses Gericht speziell für ihn. Er bringt den Wein mit. Richtig guten, wie's aussieht. Und zwar keinen Meßwein! Seltsam, seit damals riechen für mich alle Pfarrer nach Coq au vin.

»So soll man nicht reden, das ist nicht recht.«

Nur die anderen Pfarrer, M'am. Die im Meßgewand, die ihr Küchenlatein murmeln und nach billigem Gévéor-Rotwein riechen. Bei André ist das nicht so, der duftet gut nach Tabak und Leder, wie Papa. Er bringt mir richtiges Latein bei, das, nach dem die Musiknoten benannt sind: *Ut queant laxis – Resonare fibris – Mira gestorum – Famuli tuorum – Solve polluti – Labii reatum – Sancto Johannes.* Daher kommen die französischen Namen der Noten, von diesem Hymnus an den heiligen Johannes: *Ut – re – mi – fa – sol – la – si.* Es geht um besudelte Lippen. Der Musiklehrer, der mal bei uns Vertretung gemacht hat, wußte das nicht. Er hat es mir nicht glauben wollen. Ich hab drauf bestanden: zack, zwei Stunden in die Ecke. *Argumentum baculinum.* Dabei steht alles in meinem Wörterbuch, da stehen auf den rosa Seiten jede Menge kurze, wahre Geschichten drin, und manchmal erklärt André mir welche. Mit ihm hat man Lust, das »Benedicite« vor dem Essen zu sprechen und das Brot auf der Unterseite zu bekreuzigen. Vor allem, weil man mit Brot so gut die Sauce vom Coq au vin aufstippen kann!

»Die Finger aus der Sauce. Verschwinde aus dieser Küche, marsch zurück zu deinem Diktat!«

Der Lehrer bleibt neben meinem Pult stehen. Da bin ich wohl oder übel gezwungen, aufzupassen.

»In unserer Familie heißen alle Mädchen Lucie. Ich genauso wie die anderen, aber ich mag ›Luce‹ lieber…«

Also mir gefällt »Lucie« besser. Wenn man die Augen zumacht, sieht man ihren roten Rock, den Gürtel und die schwarzen Lackschuhe. »Luce« dagegen ist ein Vorname, der seine Trägerin so komisch durchsichtig wirken läßt.

»… denn weißt du, wenn ich mit meiner Großmutter, meiner Tante und meiner Mutter die Straße entlanggehe und jemand ruft ›Lucie‹, dann drehen wir uns alle vier um.«

Bei der M'am ist es umgekehrt. Wenn sie mit der Geduld am Ende ist, dann kratzt sie erst mal drei Vornamen zusammen, bis sie den richtigen herausbringt. Sie ruft: »Marymarev… Josette! Komm her!« Maryse, Martine, Évelyne wenden gleichzeitig den Kopf, bis sie merken, daß die M'am eigentlich nach Josette verlangt. Oder es heißt: »Jackroguy… Serge! Schluß jetzt!« Jacky, Roland und Guy wissen, daß Serge gleich eins auf die Finger bekommt. Wenn die M'am so nach einem Namen sucht, sitzen alle im selben Boot. Einer für alle! Vier für einen! Ausgeschimpftwerden als Mannschaftssport.

»Gut. Jetzt habt ihr den ganzen Text einmal gehört. Ihr habt einen Moment Zeit, um euch an die besonderen Schwierigkeiten zu erinnern.«

Eine wahre Lawine. Ich sehe sie von allen Seiten über mich hereinbrechen, wie tausend Fledermäuse. Sie wollen mir die Haare ausreißen.

»Noch ein Rat: Träumt den Wörtern während des Diktats nicht hinterher. Schreibt sie auf! Nehmt jetzt die Federhalter auf. Überschrift: ›Die Begegnung‹.«

Ich konzentriere mich auf das Blatt vor mir, den Kopf fest in den Händen, wie es die M'am gesagt hat. Bonbec versetzt mir unter dem Tisch Fußtritte. Er denkt, ich will ihn daran hindern, bei mir abzuschreiben. Was denn abschreiben? Aber Bonbec hat Vertrauen zu mir.

»Na, heute herrscht vielleicht noch ein Durcheinander wie beim Mikado in deinem Kopf, aber das rüttelt sich schon irgendwann zurecht. Und dann...«

Bonbec kann die Zukunft lesen, wenn auch in Lakritzkugeln und nicht in welchen aus Glas. Immerhin bekommt die Zukunft davon einen guten Duft.

»Laß mich in Ruhe, ich konzentriere mich.«

Bonbec respektiert alle Formen von Disziplin bei den anderen. Er weiß, daß er später dick wird, weil seine Eltern beide dick sind. Warum sollte er sich also zurückhalten?

»Selbst wenn du wolltest, du könntest deine Hautfarbe nicht ändern. Also...«

Bonbec sagt oft »Also...« und läßt den Satz danach in der Schwebe. So wirkt er wie ein weiser Mann. Bonbec lenkt mich ab. Ich muß mich konzentrieren. »... wiedererkennend« – der Lehrer spricht deutlich die beiden n.

»*Und prustend teilte das Pferd sein Schicksal...*«

Kinderleicht bis hierhin. Aber mit der Rechtschreibung geht's zu, wie wenn du Torwart bist. Du hältst alles – alles. Dann kassierst du ein Tor, und danach hältst du nichts mehr. Konzentriere dich! Du mußt das erste Tor verhindern. Bonbec stößt mich mit dem Ellbogen an und deutet auf mein Blatt. Ich verstehe nicht. Was soll an meinem letzten Satz falsch sein? »*Und Proust enteilte, das Pferd sein Schicksal...*« Ist doch in Ordnung! Der Lehrer diktiert weiter. Ich kümmere mich einfach nicht mehr um Bonbec. Ich bekomme nicht einmal mit, wie Donnier heimlich ein Stück Papier aus dem Ärmel zieht. Ich bin konzentriert, bis zum Wort »*Algerien*«. Da bekomme ich auf einmal einen Mordsdurst, wie Robic am Col du Tourmalet bei der Tour de France. Bonbec muß mir unbedingt seine Feldflasche geben.

Ich habe einen Riesenkohldampf nach Hackfleischauflauf, und mir weht der glühende Schirokko bis in die Lunge. Ich ersticke. Wie wenn man nach der Landung in Casablanca die Tür der Caravelle öffnet. Dieses Gefühl hat mein Vater mir schon oft geschildert. »Als würdest du eine Ofentür aufmachen!«

Auf einmal werden die Buchstaben unter meiner Feder ganz weich, wie die Buchstabennudeln auf dem Tellerrand in der Schulkantine. Fehlt mir nicht noch ein g, um »aggressiv« zu schreiben? Die Wörter entwischen mir, sie strampeln und plumpsen spöttisch in die Suppe zurück. Ich habe Hunger! Mir dreht sich's vor den Augen. Ich phantasiere... P'pa, du mußt mich nach Blida zu deinem Freund, dem Irrenarzt, mitnehmen.

»Laß deinen Vater mit Frantz in Ruhe. Sonst kriegt er Ärger. Frantz ist zu den Unabhängigkeitskämpfern übergelaufen. Erzähl das bloß nicht überall herum, vor allem, weil er doch ein Neger ist!«

Wenn die M'am »Neger« sagt, klingt es wie ein hübsches, liebevolles Wort. Wenn Picard das Wort benutzt, könnte ich ihn umbringen.

»Weißt du, Frantz stammt aus Fort-de-France auf Martinique, genau wie die Familie deines Vaters. Er ist vier oder fünf Jahre jünger. Mein Gott, kann der reden! Und kratzbürstig kann er sein! Sollte mich nicht wundern, wenn der mal was wird da unten... Deswegen wollen die Gendarmen deinen Vater ausquetschen, wenn er aus Algier zurückkommt.«

An dem Abend, als die Gendarmen das Gepäck vom P'pa durchsucht haben, dachte ich, sie seien eine Art Piraten in Uniform, die ihren Anteil von den Waren abzweigen wollten, die der Vater von da unten mitgebracht hatte. »Für die Frau Gendarmin ein hübscher Daphné-Teppich aus Algier, Rue Michelet 73, Telefon 66 53 55...« So wie in der Reklame im Palace, dem Kino von Le Raincy, vor dem Hauptfilm.

»Man muß schon sagen, Frantz macht ihnen schwer zu schaffen mit seinen Büchern. Dein Vater hat gesagt, das nächste wird einschlagen wie Blitz und Donner. Übrigens hat Frantz den Titel zu seinem ersten Buch von ihm. Er hat ihm die Geschichte von der Bombe erzählt, die vor seiner Nase hochgegangen ist. Du weißt doch, als er ganz weiß im Gesicht war!«

Die M'am muß einfach lachen, wenn sie daran denkt.

»Und wie hat das Buch geheißen?«

»*Schwarze Haut, weiße Masken.*«

Mein Vater sagt immer, er ist ein schwarzer Magier, aber unter seiner Maske ist er vielleicht weiß.

»Und wie soll das nächste heißen?«

»*Die Verfluchten dieser Erde.*«

In so einem Buch muß es doch Hunderttausende mögliche Rechtschreibfehler geben. Wenn nicht sogar Millionen! So etwa wie die Spermatozoen, die ich in einem naturwissenschaftlichen Film gesehen habe. Nur daß bei mir mehr als einer zum Ziel kommt.

»Und wer ist das, M'am, die Verfluchten dieser Erde?«

»Das ist aus dem Text der *Internationalen.*«

Gérard peift sie Sonntag morgens beim Aufstehen, wenn er in Unterhose und Unterhemd herumläuft, um die großen Schwestern zum Kreischen zu bringen.

»Was, findet ihr euren lieben kleinen Bruder nicht hübsch? Da müßt ihr lange warten, bis ihr so einen beim Tanzen Samstag abends abkriegt!«

Er mimt einen Kraftprotz aus Haut und Knochen, der die Unterhose verliert, während er seine Muskeln vorführt. Wie Tarzan springt er von Bett zu Bett. Unsere Schwestern tun so, als würden sie ohnmächtig. Wenn sie so lachen, könnten von mir aus alle meine Schwestern Lucie heißen.

»Wer hat meine Flugblätter und Plakate weggeräumt?«

»Gérard, ich hab dir gesagt, du sollst sie in der Garage lassen, neben dem Leimeimer und der Bürste.«

»Die Revolution in der Garage! Frau Mutter, Sie sind

eine reaktionäre Vertreterin der Bourgeoisie! Findest du wenigstens auch, daß wir in Algerien nichts zu suchen haben?«

Er nimmt die M'am in die Arme, preßt sie an sich, daß sie fast erstickt, und küßt sie wie ein Verrückter auf die Wangen und die Stirn, während er sie herumwirbelt.

»Hörst du wohl auf! Ich habe keine Zeit für Vergnügungen!«

Niemand nimmt die M'am so in die Arme wie Gérard. Ich beneide ihn, vor allem, weil die M'am es zu mögen scheint, auch wenn sie sich errötend mit ihrem karierten Wischtuch verteidigt. Vielleicht trau ich mich das später auch mal.

»Ausrufezeichen, Abführungszeichen. Lest jetzt alles noch einmal still durch.«

Schon! Das Diktat ist zu Ende! Ich lese, den Kopf in die Hände gestützt. Bonbec stößt mich immer noch mit dem Ellbogen an. Was soll's, ein Fehler mehr oder weniger. Ich nehme etwas Abstand zum Blatt wie ein Maler von seiner Staffelei. Nach Gutdünken füge ich mit spitzer Feder hier einen Konsonanten, da einen Vokal hinzu, wie ein japanischer Künstler. Sieht richtig hübsch aus. Dann bearbeite ich die Endungen im »Ringelschwänzchen-Stil«, wenn ich mir nicht ganz sicher bin, wie sie geschrieben werden. Ich prüfe mein Werk. Nicht schlecht. Jetzt noch mein schönster Bogen Löschpapier darauf. Fast könnte ich rechts unten signieren. Bonbec hört und hört nicht auf, mich zu stoßen. Er scheint meinen Stil nicht zu mögen.

»Erzähl mir bloß nicht, das sollst du sein!«

Die Mutter deutet auf ein Ölgemälde, das der Vater vom Speicher geholt hat. Es zeigt einen großen, stämmigen Schwarzen mit nacktem Oberkörper und einer Tolle wie Floyd Paterson, der Schwergewichts-Champion. Auf den Schultern trägt er einen riesigen Gleisbauerhammer. Das

Bild ist mit »Palmer Hayden« signiert, das ist ein schwarzer Freund unseres Vaters. Nein, es sieht ihm wirklich nicht sehr ähnlich. Aber sehen wir in der Familie einander denn ähnlich? Der Einwand kann die M'am nicht überzeugen, und unser Vater muß das Gemälde schleunigst wieder auf den Speicher zurückbringen. Ob da oben ein ganzes Museum voll solcher Schinken ist?

·

Der Lehrer sammelt die Hefte ein. Bonbec platzt heraus:

»Idiot! Du hast geschrieben ›Proust – enteilte‹ statt ›prustend – teilte‹!«

Er ist ganz beleidigt. Stimmt, er hat recht. Ich erinnere mich, wie's auf dem Blatt steht, »Proust enteilte, das Pferd sein Schicksal«. Doppelnull und vier Stunden Nachsitzen, soviel ist mir sicher. Wie als ich mal »Orthographie« mit zwei »f« statt des »ph« geschrieben habe.

Jetzt steckt mein Heft irgendwo anonym in dem Stapel... Anonym, Anorak, anormal, Anpfiff, Anrainer, Anreiz... anrüchig. Ich gerate auf die Straße der »7 A«. So lande ich wirklich noch mal in Blida, in Frantz' Irrenhaus. Auch wenn ich alles andere richtig haben sollte, mit diesem »Proust« sind mir Spott, Gelächter und Verbannung sicher, da hilft nichts. Mit einem Boot, einem Krug Wasser und einem Brot werden sie mich auf den sieben Inseln im See von Montfermeil aussetzen. Ich muß unbedingt das Diktatheft aus dem Stapel holen. Heute abend lasse ich mich im Schrank einsperren, in dem der Lehrer die Hefte aufbewahrt, und dann heißt es verbessern. Zu dumm, daß ich keine Rasierklinge dabeihabe wie damals der P'pa für den Brief...

Plötzlich klopft es trocken an die Klassentür. Viermal. Das Schicksal. Der Musiklehrer hat uns erklärt, daß das Schicksal so anklopft, in Beethovens 5. Symphonie. Ich bin gerettet! Die Klassentür öffnet sich. Doch nein, das ist nicht Beethoven, der da kommt.

Siebtes Kapitel

Der Tb-Test

Die Tür des Klassenzimmers schwingt auf wie die zu einem Saloon. Alle erstarren in ihren Bänken. Der Tb-Test!

Eine Prozession tritt herein, die Heiligen Drei Könige, hocherhobenen Hauptes. Der bärtige Arzt, die schnurrbärtige Krankenschwester und die rotwangige Helferin. Die Glocke des Schulhofs schlägt die Stunde; es ist wie der Tusch der Posaunen in einem Römerfilm im Rex in Le Raincy. Maciste gegen Zorro... Ich sehe nur noch das silberne Funkeln des Deckels auf dem riesigen Metallzylinder, den der erste der Heiligen Drei Könige in seiner weißen Toga vor sich herträgt wie die Heiligen Sakramente. Sofort fährt mir ein Stich durch das rechte Schulterblatt, der Schmerz durchzuckt mich von hinten nach vorn.

Der zweite Heilige König trägt einen riesigen Wattebausch. Sieht aus wie eine große Portion Zuckerwatte, mit einem Stecken aufgespießt. Ich komme mir vor, als würde man mich gegen meinen Willen auf ein Karussell setzen. Mein Magen fühlt sich an wie ein Luftballon. Irgendwer will ihn aufblasen und ihn auf dem Kopf von einem meiner Klassenkameraden zerplatzen lassen.

Der letzte König schreitet mit drei rechteckigen vernikkelten Schachteln auf einem Tablett aus rostfreiem Stahl einher, das lange nicht so hübsch ist wie dasjenige, das mein Vater für die M'am gemacht hat.

»Aber Roger, das ist doch noch gar nicht fertig!«

Die M'am deutet auf ein Tablett aus mattem rostfreiem Stahl, das sie aus Vaters Tasche gezogen hat. Ich schaue gern zu, wie sie die Tasche meines Vaters ausleert, abends auf dem

Küchentisch. Ihre Hände scheinen tastend den Tag zu rekapitulieren, den er fern von ihr verbracht hat. Als erstes inspiziert sie stets die karierte Serviette. »Du hast schon wieder geblutet! Wir müssen zu Doktor Alain!« Dann das Eßgeschirr, das sie sofort zum Einweichen in den Spülstein stellt. »Hast du den Spargel nicht irgendwann über? Soll ich dir lieber mal Artischockenböden machen?« An gewissen Abenden verwandelt sich die Tasche vom P'pa in die Zauberhöhle des Ali Baba oder in den Sack des Weihnachtsmanns. »Ah! Ein Besuchergutschein! Die Kinder werden sich freuen.«

Ein »Besuchergutschein«, das bedeutet, daß wir uns am Sonntag in Sonntagskluft werfen, den Wagen nehmen und nach Orly fahren. Dort besichtigen wir den größten Flugzeughangar von ganz Europa, das Armagnac-Turbinenflugzeug oder die Super-Constellation. Ein braungebrannter Steward oder eine Stewardeß erklärt uns alles. Wir dürfen uns auf einen Fensterplatz setzen, das Tablett mit dem Becherhalter herunterklappen oder ins Cockpit gehen. Ich werde es nie schaffen, Pilot bei der Air France zu werden. Unmöglich, all diese Instrumente auswendig zu kennen. Das sind noch mehr als in dem grünen Studebaker von der Frau des Schrotthändlers!

»Irgendwann legen wir ihn aufs Kreuz, den Schrotthändler!«

Das sagt Serge von Zeit zu Zeit. Natürlich frage ich mich, wann es endlich soweit ist, daß wir den Pontet »aufs Kreuz legen«. Dann weiß ich endlich, was das wirklich bedeutet.

»Wenn du weiter solche Ausdrücke benutzt, wirst du bei der Air France nicht genommen.«

»M'am, ich rede doch nur in meinem Kopf so. Das erfahren die nie.«

Aber es wäre schade, wenn ich nicht zur Air France käme. Mein Vater könnte mich in Vilgénis anmelden, in der Schule seiner Fluggesellschaft, damit ich Bordmechaniker lerne und später mitfliegen kann. Aber wie soll man während des Flugs einen Motor reparieren? Da wird einem doch so was von schwindlig, daß man in den Atlantik fällt, draußen vor dem Cap Vert, und dann wie Alain Bombard zum »*Schiffbrüchigen aus freien Stücken*« wird. Wir haben mal ein Diktat aus dem Buch schreiben müssen. Seitdem weiß ich, daß man Salzwasser in kleinen Schlucken trinken kann und manche Fische eßbar sind, andere nicht. Ich kann wirklich kein Pilot für Langstreckenflüge werden, dafür kann ich nicht gut genug angeln.

Meine kleinen Schwestern wollen Stewardessen werden, wegen der Uniform. Ich kann ja als Steward gehen. Braun genug bin ich schon von selbst, und ich kann Englisch, wegen den Platters, Elvis Presley und Wimbledon: *Only You, Good Rocking Tonight, Fifteen All*... Bei dem Lärm, den die Motoren machen, sollte das doch genügen. Den richtigen Akzent habe ich mit einer heißen Kartoffel im Mund üben wollen. Den Trick hat mir Michel verraten. Den Gaumen hab ich mir verbrannt und drei Tage lang nichts essen können. »Nicht essen kann! Nicht essen kann!« – Außerdem habe ich ein Negerkauderwelsch geredet. Also habe ich beschlossen, daß Englisch mit dickem französischen Akzent à la Maurice Chevalier genügt, mehr braucht der P'pa schließlich auch nicht. Der sagt »bi-bi« für »bye-bye«, und hält ihn das vom Reisen ab? Na bitte.

Am Ende des Besuchs bei der Air France serviert der braungebrannte Steward meinen Schwestern und mir jedem ein Glas echten Orangensaft, und die Stewardeß schenkt uns eine ganze Tüte voller Schätze. Darin sind Maryse und Martine unschlagbar. Mit ihren süßen blauen Augen, den weißen Söckchen und der Spange im Haar kriegen sie alles: Etiketten, die man auf die Koffer kleben kann, Pfefferminzbonbons, echtes Plastikbesteck, ein Pilotenabzeichen, Fotos von Flugzeugen und vor allem eine Weltkarte, die man an die Wand hängen kann, mit allen Fernflugstrecken der Air France. Paris – Port-Étienne – Martinique; Paris – Khartum – Nairobi – Tananarivo... Die hänge ich mir in das Zimmer in der Garage. Dadurch wirkt es größer.

Wenn wir von so einem Besuch zurückkommen, tun meine Schwestern und ich unsere ganzen Schätze zu unserer Air-France-Sammlung. Aber aufgepaßt, damit etwas dazugehören darf, muß das kleine Seepferdchen der Gesellschaft drauf sein. Sonst gilt es nicht.

Ein Freund von unserem Vater, der Schichtleiter ist, hat mir ein echtes lackiertes Seepferdchen geschenkt. Das hab ich sogar mit ins Bett genommen. Ich habe dem Seepferdchen meinen Kirschbaum gezeigt, alle meine Mokarex-Figuren, das Niemandsfeld, die Müllkippe. Aber es hat sich gelangweilt. Zur Unterhaltung hab ich es überall schwimmen lassen, in großen Schüsseln, im Rinnstein und sogar morgens in meiner Kaffeeschale. Aber es hat sich immer noch gelangweilt. Also hab ich es eines Morgens freigelassen, als ich an der Marne stand, beim Wehr von Chelles. Von da aus konnte es zur Seine hinabgelangen, dann zum Meer und schließlich auf hohe See mit der Strömung am Cap Vert vorbei. Ich denke gern, daß es jetzt da unten im Pazifik herumplätschert, unten links auf meiner Wandkarte, und eines Nachts wird es mir von seiner Reise erzählen.

»Ist das da für den Kleinen?«

Die M'am fördert aus der Tasche meines Vaters ein viereckiges, durchsichtiges Lineal zutage. Durchsichtig und schimmernd in fast allen Farben des Regenbogens. Nur die Rottöne fehlen. Der Vater hat es aus einem Bullauge von einer Caravelle geschnitten! Erst war ich enttäuscht: Es ist keine Gradeinteilung drauf. Aber als ich am nächsten Tag gesehen habe, wie meine Klassenkameraden es in der Hand wogen, es vor die Sonne hielten, es sich ausliehen, um alles mögliche mal schnell zu unterstreichen, und mir die seltsamsten Dinge zum Tausch anboten, da hab ich verstanden, was der P'pa gemeint hat, als er es mir schenkte. »Ich habe keine Einteilung draufgemacht, damit sich das Licht besser darin zurechtfindet.« Stimmt. Das Licht findet sich wunderbar in meinem Lineal zurecht.

Und die M'am zieht weiter Stück um Stück den Tag unseres Vaters aus der Tasche. Alles mögliche kann da drin sein: Karten von der staatlichen Annahmestelle für Pferdewetten, die Liste mit den Namen der Ferienkolonien, die Einbestellung zu einem Arztbesuch, ein Zehntellos der Staatlichen Lotterie, der Lohnstreifen oder ... ein seltsames Tablett.

»Aber Roger, das ist doch noch gar nicht fertig!«

Die Mutter dreht und wendet das matte Tablett, als suchte sie nach einer Inschrift, die es zu entziffern gilt. Das Tablett ist weder rechteckig noch oval, weder tief noch flach, es ähnelt nichts, das wir kennen. Unsere Mutter weiß nicht, wo sie es anfassen soll, wie sie die majestätische Geste hinkriegen soll, mit der sie sonntags die Platte aus rostfreiem Stahl auf den Tisch stellt, darauf das leicht angekokelte Hühnchen, das sich in seinem Saft spiegelt. Die M'am scheint sich in diesem seltsamen, matten Ding zu betrachten. »Spieglein, Spieglein an der Wand, was soll das häßliche Ding in meiner Hand? Liebt mein Mann mich nicht mehr?«

Plötzlich plumpst die M'am auf einen Stuhl. Und das abends um sieben! Mitten beim Kochen! Die Mutter sitzt! Der ganzen Familie ist gleich klar, daß hier etwas Schwerwiegendes vorliegt.

Doch kaum bis acht gezählt, schon ist die Mutter wieder auf den Beinen. Sie holt ihre Austernplatte aus dem Buffet, das Meisterwerk unseres Vaters: 55 Zentimeter Durchmesser, 3 Mikron Verchromung, Versailles-Bordüre, dreifacher Zierstreifen, Griffe in Form von Jakobsmuscheln. Sie stellt sie neben die Mißgeburt. Hat man so was schon mal gesehen! Das sind doch zwei völlig verschiedene Welten! Die Mädchen sind alle einer Meinung: unmöglich kann man »das da« den Gästen hinstellen. Die Inox-Platten sind der ganze Stolz von der M'am. Sie kann alles darin auftischen, Verkochtes, zuwenig, Angesetztes oder Angebranntes, vollkommen egal, Hauptsache, es kommt auf einer der schönen Inox-Platten vom P'pa auf den Tisch. Jedesmal, wenn's eine neue gibt, läßt die M'am sämtliche Nachbarinnen zum Kaffee aufmarschieren.

Die Jungs ihrerseits halten dagegen, man erkenne das Händchen des Meisters daran, wie gekonnt das Tablett getrieben sei, sie rühmen seine aeronautisch schlichte Linie. Die Meinungen in der Familie bleiben geteilt. Wir wissen nicht, was tun mit dieser Marsmenschen-Untertasse, und derweil brennt das Essen an.

Ein letztes Mal nimmt die M'am die Platte in den Arm und wiegt sie zärtlich, ein wenig, wie man ein von der Natur etwas stiefmütterlich behandeltes kleines Kind anschaut.

»Vielleicht werden wir sie ja... in zwanzig Jahren schön finden?«

Die versammelte Hungermeute pflichtet der Meinung der M'am bei. Eilig wird das stiefmütterlich Behandelte in Zeitungspapier gewickelt. *»Pius XII. gestorben«*, titelt *France-Soir. »Johannes XXIII. neuer Papst«*, antwortet *Le Parisien.* Dann sperren wir das Päckchen in einen Koffer auf dem Speicher. Auf Wiedersehen bis 1978. Vielleicht noch unter demselben Papst. Irgendwer sagt *Amen*! Und jetzt nichts wie runter an den Tisch!

In der Klasse haben sich die drei weißbekittelten Heiligen Könige nebeneinander hinter dem Lehrerpult aufgestellt. Die Werkzeuge liegen bereit. Fehlt nur noch das Tuch. Monsieur Brulé ist an den hinteren Rand des Podiums zurückgetreten. Mir kommt es vor, als würde er uns verlassen. So ein Arzt ist wohl stärker als ein Lehrer.

»Folgende Schüler kommen bitte nach vorn und stellen sich hintereinander auf, damit sie ihre Tuberkulinprobe erhalten können.«

»Die Tuberkulinprobe erhalten« – der bärtige Arzt redet wie der Direktor, wenn er am Ende des Schuljahres die Preise verteilt. »Erhalten« kann man den Preis »Mit Auszeichnung«, den »Ehrenpreis«, den »Ersten Preis«. Auf einmal bin ich völlig beruhigt. Kein Schmerz mehr im Schulterblatt. Wenn das hier ein Preis ist, dann krieg ich's nie. Was Preise angeht, bin ich schon längst beruhigt. Aussichtslos, auf den Preis in Geschichte zu hoffen, obwohl meine Mokarex-Figuren am schönsten bemalt sind. Oder gar auf den Preis in Rechnen... Sogar der Preis für das Aufsagen von Gedichten geht mir durch die Lappen! Dabei rezitiere ich mit viel Gefühl. Und der Preis fürs Aufsatzschreiben... Zu viele Rechtschreibfehler! Steht rot darunter. Bleibt nur noch der Preis im Turnen. Aber wie's scheint, tobe ich beim Aufräumen zuviel herum. Da nutzt es mir nichts, daß ich laufe wie ein Gepard, springe wie eine Gazelle oder klettere wie ein Äffchen. Na ja, fast. Besser, man weiß, wie man die Turnmatten säuberlich aufrollt.

Für den Preis als bester Klassenkamerad ist es noch viel schlimmer. Da muß man einen regelrechten Wahlkampf führen, wie für die Volksabstimmung am nächsten Sonntag. Wenn ich recht verstanden habe, was da im Radio und Fernsehen erklärt wird, dann ist diese Abstimmung eine Art Hochzeit auf dem Bürgermeisteramt, um zu wissen, ob man geliebt wird, ja oder nein.

»Am leichtesten kriegt man die Leute immer noch über das Maul!«

Bonbec hat recht. Er hat letztes Jahr schon wieder den Preis als bester Klassenkamerad bekommen. Damit das auch klappt, hat er hinter dem Fertigbau-Pavillon auf dem Hof einen regelrechten Bäckerstand betreiben müssen.

Zum Glück aber gibt es einen Preis, den mir niemand in der ganzen Schule streitig machen kann: den Prix Martini! Den schreibt die Sozialkasse der Gemeindeschulen für den Schüler aus, der ihn am meisten verdient. Und am meisten hab ich ihn verdient! Schließlich wird der Gewinner des

Preises durch eine magische Formel ermittelt: Notendurchschnitt des Schülers multipliziert mit der Anzahl seiner Geschwister. Ganz klar, rechnerisch gesehen bin ich der Schüler, der diesen Preis am meisten verdient! Bitte melden! Sogar wenn man meine beiden kleinen Schwestern wegfallen läßt, gewinne ich ihn immer noch.

»Sprich nicht so! Das bringt ihnen Unglück!«

»Keine Sorge, M'am, blaue Augen bringen Glück.«

Ich und meine braunen Augen, wir haben dieses Jahr kein Glück. Zum erstenmal hab ich mir meinen Prix Martini nicht aussuchen können. Normalerweise gibt es zwei Wochen vor der Verleihung der Preise eine große Ausstellung. Auf einem riesigen Tisch in der Turnhalle sind die Bücher aufgereiht, ganz nackt, ohne die Bauchbinden der Verlage. Ein bißchen wie unter dem Weihnachtsbaum der Air France im Winterzirkus. Wenn ich mit meiner Karte ankomme, sie dem Herrn im blauen Kittel hinhalte und sage: »Den gelben Kran, da hinten!«, gibt er ihn mir in einer großen Schachtel, und dazu noch eine Tüte Vanille-Fondant. Jedes Jahr zu Weihnachten, wenn ich ihm meine Karte gebe, zittert mir die Hand, und mein Herz will sich tief in meinem Bauch verkriechen. Ich habe immer Angst, daß der Herr im blauen Kittel mal sagt: »Ach nein, du nicht. Du hast dieses Jahr zuviel Unfug angestellt!«

»Du hast schon wieder vergessen, bitte und danke zu sagen. Schämen muß ich mich wegen dir!«

»Versprochen, M'am, nächstes Weihnachten denke ich dran.«

Sobald ich mein Päckchen habe, klemme ich es fest unter den Arm und renne los, bevor man es mir wieder abnimmt. Wenn ich mich unter den Rängen des Zirkus in der Nähe der Tierkäfige in Sicherheit gebracht habe, mach ich das Päckchen auf. Seither hat für mich der wahre Weihnachtsmann einen blauen Kittel an, und die Geschenke riechen nach Tiger.

Der Lehrer hat mir nicht erklärt, warum ich mir dieses

Jahr kein Buch aussuchen kann. Sonst darf man nacheinander an den Büchertischen vorbeigehen und sich etwas ausgucken, die Besten zuerst, die weniger Guten danach. Aber beim Prix Martini ist das anders. Da kommt sogar eine parfümierte Dame vom Bürgermeisteramt, küßt mich und schmiert mir ein bißchen Lippenstift an die Wange. Gleich nach dem Preis »Mit Auszeichnung« und dem »Ehrenpreis« bin ich an der Reihe. In dem Moment sind noch all die dicken Bücher mit goldenen Buchstaben und bunten Bildern da. Nicht gerade Bücher, die man in einem Kirschbaum lesen sollte, die sind nur dazu da, daß man am Tag der Preisverleihung hocherhobenen Kopfes mit ihnen einmal quer durch die Turnhalle geht. Bücher, wegen denen die Eltern »Oh! Ah! Oh!« machen und ich »Aua-aua-aua!«, weil ich neue Schuhe anhabe, in denen ich mir Blasen laufe.

Der Prix Martini bedeutet vor allem ein Buch, das man gut gegen was anderes eintauschen kann, wenn man die erste Seite sorgfältig rausschneidet, auf der dick und fett steht: Stadt Villemomble, 1958, Preis der Schülersozialkasse.

»Ich hab einen Preis für dich ausgesucht. Du wirst sehen, er gefällt dir.«

Der Lehrer sagt das mit so einem netten Lächeln, das ich gar nicht von ihm kenne. Er zeigt mir das fragliche Buch auf dem langen Tisch. Pfui Spinne! Sieht ja aus wie einer von den Kirschaufläufen von der M'am! Völlig platt. Und angebrannt. Nicht mal ein richtiges Buch mit festem Einband. Es ist völlig schlabberig, und innen drin sind lauter Fotos. Außerdem ist es in Riesenbuchstaben gedruckt. Vierunddreißig Seiten! Wie für die Kleinen. Ich werde mich auf dem Bürgermeisteramt beschweren. Bei der Sozialkasse ist ein Dieb am Werk. Ich verweigere die Annahme meines Preises. Ich gebe eine Pressekonferenz im *L'Écho* von Villemomble. Aber dem Lehrer zuliebe schaue ich mir wenigstens den Titel an. *Der Junge und der Fennek*. Schon wieder die Sache mit dem kleinen Spartaner, der sich von dem Fuchs den

Bauch auffressen läßt? Kenne ich schon. Um so besser. Dann kann ich es gegen *Märchen und Legenden aus Birma* eintauschen. Davon ist noch ein Exemplar da. Das dickste, das ich je besessen habe, wie eine ausgewachsene Mokkatorte, mit Goldschnitt wie am Gesangbuch. Der Lehrer sagt, ich soll das Buch mal durchblättern. In Ordnung, aber nur so mit dem Daumen. Schau mal! Da war doch eben das Seepferdchen von der Air France, auf dem Schwanz von einer Super-Constellation. Außerdem ist da ein kleiner schwarzer Junge mit einem Dufflecoat, wie ich auch einen habe. Nur daß an seinem der oberste Knopf ganz sicher als Trillerpfeife funktioniert, anders als an meinem. Vielleicht behalte ich das Buch doch. Dick ist es zwar nicht, aber dafür groß. Von weitem, mit dem breiten blauen Band und der Schleife, wird niemandem auffallen, daß es ein bißchen mager geraten ist.

Als ich nach der Preisverleihung wieder zu Hause bin, ziehe ich die neuen Schuhe aus und lasse das Buch bis zum Abend auf dem Kamin. Nicht mal das Band mache ich ab. Aber als ich dann im Bett liege, kann ich nicht einschlafen. Ich denke an diesen schwarzen Jungen mit dem Dufflecoat und den traurigen Augen. Also stehe ich im Dunkeln auf und setze mich mit meinem Preis an den Küchentisch. Ein bißchen zögere ich noch, aber dann schlage ich es auf: *Der Junge und der Fennek.*

Und dann habe ich es gelesen. Und so geweint, daß meine Tränen riesige Sandrosen in der Wüste hätten bilden können, aber sie sind nur einfach aufs Wachstuch getropft. So viel habe ich geweint, daß mein Lehrer es mir am Montag morgen in der Schule an den Augen angesehen hat. Wortlos hat er mir über das Haar gestrichen. Woher wußte er, daß er mir da das schönste Buch der Welt geschenkt hat? Das schönste Buch der Welt, für allezeit. So ein Lehrer ist doch stärker als ein Arzt. Stärker als alle anderen.

»Krempelt euren linken Ärmel hoch, bis zur Schulter!«

Ich hasse es, nackte Arme zu haben. Das sieht so aus, als

wollte man mit seinen Muskelarmen protzen, aber meine Bizepse sind leider eher mickrig, und ich habe überhaupt keine Haare auf den Armen. Später mal laß ich mir auf dem Rummel auf dem Rathausplatz eine Palme tätowieren, dahin, wo das Herz ist. Ich hab mich ganz hinten in die Schlange gestellt und so getan, als hörte ich meinen Namen nicht, als man mich aufrief. Dabei war mir sofort klar, daß sie mich wieder metzeln würden, gleich als der Arzt, die Schwester und die Helferin hereingekommen sind. »Risikopatient« steht auf meinem Blatt, das hab ich eines Tages bei der Visite gesehen, als ich mich über den Tisch beugte, um der rotwangigen Helferin in den Kittel zu schauen.

»Das war vor allem 51, 52, als euer Vater in Assy im Sanatorium war. Da haben sie euch besonders genau beobachtet. Als hätte er euch per Post anstecken können. Du warst damals noch zu klein, du kannst dich nicht daran erinnern.«

Für Erinnerungen ist man aber nie zu klein.

Aus dem Sanatorium schreibt unser Vater der M'am Briefe mit seiner schönen Handschrift, die über die Seite tanzt. Ein Blatt liegt extra dabei für uns. Die anderen liest die M'am allein in der Küche. Die Briefe sammelt sie in einem genieteten Louis-XV-Kästchen mit Füßchen, aus Aluminium, das ihr der Vater gemacht hat. An dieses Kästchen erinnere ich mich nämlich. Manchmal tut der P'pa auch ein Foto von sich in den Umschlag. Er steht auf einem Balkon, hinter ihm sieht man die Berge. Das »Sana« sieht aus wie ein Berghotel für Wintersportler. Évelyne macht sich über den P'pa lustig, indem sie ihn nachahmt, wie er da auf Skiern steht, mit Fäustlingen und einer Pudelmütze. »Und wenn's eine Lawine gibt, braucht man gar keine Bernhardiner, den finden sie im Schnee sofort wieder, bei seiner Farbe!«

Mit Hilfe der Fotos verfolgt die Familie den Heilungsprozeß: »Er legt wieder ein bißchen zu«, »Langsam schaut er etwas besser aus der Wäsche«, »Na, ob er mit den Schwestern flirtet?« Jeder hat so seine Art, auszudrücken, daß es langsam bergauf geht. Nur die M'am allein in der Küche weiß, wie es wirklich steht. Abends, wenn nichts mehr im Spülstein weicht, rückt sie den Tisch vor den Herd und schreibt dem Vater. Das ist das einzige, was die M'am nicht mit Volldampf tut. »Mit Wörtern ist nicht so leicht umgehen wie mit Gemüse.« Sie denkt nach und gibt sich Mühe. Eine Schrift wie meine in der Schule, die Zeilen ein bißchen schief, die Wörter ein bißchen dick geraten. Ihre Unterschrift, »Paulette«, setzt sie wie mit dem Buntstift unter ein Gedicht.

Ein Jahr und elf Tage lang legte die M'am ihr Wischtuch nicht aus den Händen, führte die Bude ganz allein, so, wie der Riese Atlas das Himmelsgewölbe auf seinen Schultern trägt. Jeder im Haus versuchte, ein paar Dummheiten weniger anzustellen als sonst. Das machte schon viel aus. Um die Zeit ordentlich unterzubringen, ordnete die M'am die Briefe vom Vater in ihrem Aluminiumkästchen immer wieder aufs neue. Mittlerweile mußte man schon ziemlich feste auf den Deckel drücken, damit es zuging.

Irgendwann ging es nicht mehr zu, und unser Vater kam nach Hause.

Wir hatten auf ihn gewartet, ohne so genau zu wissen, was das für eine Krankheit war, wegen der seine linke Schulter jetzt etwas herabhing. In dem Holzkoffer auf dem Speicher habe ich die Krankengeschichte vom P'pa gefunden: »*3. Dezember 1951: Pneumothorax extrapleural links und Thoraxplombe: Befeilung der 5., 4., 3., 2. und 1. Rippe. Einsetzung von 35 Kautschukkugeln.*« Die Krankheit vom P'pa hat mir eine Menge neuer Wörter für mein Heft gebracht.

»Wenn euer Vater zurückkommt, kein Wort von seiner Krankheit. Und später auch nicht.«

Die M'am hat die Losung nicht zu wiederholen brauchen. Unser Vater traf ein, als käme er von der Arbeit, nur ohne Tasche. Ein rascher Kuß auf der obersten Stufe der Eingangstreppe, mehr nicht.

Ein Fest zu seiner Rückkehr gab es erst recht nicht. Klar, er war ja nicht weg gewesen. Ist schon praktisch, die Konjugation, man kann an der Zeit herumfeilen wie an einem Knochen. *Befeilung* – ich mußte an einen riesigen, menschenfressenden Tiger denken, der an den Rippen meines Vaters nagte, um sich zu rächen.

Aber eins ist für alle selbstverständlich: Wenn der Vater heute eine hängende Schulter hat, liegt das einzig und allein an der schweren Tasche, die er immer zur Arbeit schleppt.

Der Vater setzt sich vor seinen Teller an den Tisch, und wir essen die Käsesuppe auf, die wir seinetwegen stehengelassen haben. Die M'am serviert dem P'pa seinen grünen Spargel mit Vinaigrette, sein Schüsselchen mit gezuckerten Erdbeeren in Rotwein und den schön verbrannten Kirschauflauf. Ein jedes Ding ist wieder an seinem Platz.

Vor mir in der Schlange steht Bonbec und mampft eine Tonne Kaugummi. Beruhigt ihn offenbar. Schon reckt er seinen Arm, der aussieht wie eine propere Haxe. Bei ihm hat man den Eindruck, als wollten die nicht einen Tb-Test machen, sondern eine Scheibe abschneiden. Ich sehe mir meinen schmächtigen Arm an. Den trennen die doch mit einem Hieb ihres Impfmesserchens ab. – *Von unserem Sonderkorrespondenten in Stockholm: Beim Finale der Weltmeisterschaft schießt der einarmige Fußballer drei Tore. Hat-Trick!* – Ich träume davon, den bärtigen Arzt, die haarige Schwester und die rotwangige Helferin sich vor dem Pult als Mauer aufstellen zu lassen, als wäre es ein Fußballtor. Dann ein ordentlicher Bolzschuß, und sie sind weg, als hätten sie sich in Luft aufgelöst. »Sich verdünnisieren«, »verduften«, »das Hasenpanier ergreifen« – um zu verschwinden, genügt es nicht, daß man viele Ausdrücke kennt.

Unmöglich, aus der Reihe zu flüchten. Gleich bin ich dran. Der Schnurrbart von der Krankenschwester wächst bedrohlich. Ich muß mir irgendeine Mohikanerlist einfallen lassen, vor allem, da die rotwangige Helferin mit den feindlichen Handlungen beginnt. Auf dem Tablett mit dem Löschzylinder begießt sie die Impfmesserchen mit Alkohol und zündet ihn an, um sie zu sterilisieren. Eine Stichflamme schießt auf, ums Haar hätte sie die drei Weißkittel in Geburtstagskerzen verwandelt. Es riecht nach Schweinerostbraten wie beim Picknick am Marneufer.

Die Reihe rückt vor, ich kann schon ganz deutlich hören, was der Doktor sagt. »Es tut nicht weh!« Ein weißer Arm, zwei Ritzer mit dem Messerchen, zwei dünne Blutrinnsale, ein Wattetupfer. »Es tut nicht weh!« Ein weißer Arm, zwei Ritzer mit dem Messerchen. Schritt um Schritt geht es voran. »Es tut nicht weh!« Die Leier des Arztes erinnert an die des Pfarrers beim großen Marienfest auf dem Niemandsfeld.

»Der Leib des Herrn.« Auf dem riesigen Podium sitzt ein kleiner, hutzeliger Mann in Violett auf einem goldenen Thron. »Der Leib des Herrn.« Rings um ihn die Pfarrer im Sonntagshabit auf hohen, mit rotem Samt verkleideten Stühlen. »Der Leib des Herrn.« Mächtige Kerzen in schmiedeeisernen Kandelabern brennen in der Dunkelheit. Das ganze Niemandsfeld wimmelt von einer Menge, die singt und grummelt.

Ich stehe im weißen Chorhemd vor dem Podium, die Kapuze auf dem Kopf, ein blaßrosa Kruzifix um den Hals. Die lange Kerze in meinen Händen tropft mir auf die Finger, und ich rücke vor. »Der Leib des Herrn.« Was tue ich hier? Ich bin doch aus Reli ausgeschlossen. »Beim Marienfest brauchen wir alle Lämmchen Gottes!« Hat der Pfarrer gesagt. Einverstanden, ein Lämmchen Gottes will ich gern sein, vor allem, weil es bei den Proben was zu futtern gegeben hat, und Gutscheine für die sonntägliche Kirmeß haben wir auch gekriegt. »Der Leib des Herrn.« Das Chorhemd müssen wir hinterher zurückgeben, aber das Kruzifix und den Kerzenstummel dürfen wir behalten. »Der Leib des Herrn.« In Viererreihen strecken die Leute die Zunge heraus. Das Abendmahl ist so eine Art Arztvisite, nach der man garantiert geheilt ist.

Die Woche darauf wurde auf dem Niemandsfeld ein Stock-Car-Rennen veranstaltet. Aber ich hab keine Gratiskarte bekommen, nicht mal im Tausch gegen das Kruzifix.

Nur noch zwei, drei weiße Arme, und ich bin dran. Unser Grüppchen von Überlebenden wirkt wie eine angeschossene Schwadron, die noch versucht, über die Flügel abzudrehen und sich aus dem Staub zu machen. Aber der schreckliche Bartmann schießt uns ab, einen nach dem anderen, wie in dem Buch *Der große Zirkus* von Pierre Clostermann. Noch ein Buch, das ich aus der Inventarliste habe verschwinden lassen, aber nur so lange, wie ich gebraucht habe, um die Fotos auszuschneiden.

Jedes Jahr kriegen meine Eltern einen Brief aus Manchester, von einem RAF-Piloten, den sie im Krieg versteckt haben. Stewart. Elf Tage in einer Sickergrube, die der Vater heimlich ausgebaut hatte. Als Erinnerung sendet Stewart immer parfümierte Briefe. Jedes Jahr ein neuer Duft: 1956 Flieder, 1957 Geißblatt. Die M'am erkennt sie an der Briefmarke und schnuppert gleich am Umschlag, um zu sehen, wonach er dieses Jahr riecht.

»Jasmin! Fabelhaft, unser Stewart!«

Wie kann man Steward an Bord eines Spitfire sein, frage ich mich. Ich stelle ihn mir vor, wie er der Mannschaft mitten in der Englandschlacht Erfrischungen reicht, während die deutschen Flugzeuge aus allen Rohren auf sie feuern. In *Der große Zirkus* hab ich ein Foto vom Spitfire-Cockpit gesehen. Nicht mal genug Platz, um eine Flasche Selterswasser zu verstauen.

Dieses Jahr ist zwar ein Brief von Stewart gekommen, aber er riecht nach nichts. Das Gesicht von der M'am versteinert. Das ist der Geruch des Unglücks. Stewart schreibt, sein jüngerer Bruder ist in dem Flugzeug umgekommen, das die Fußballmannschaft von Manchester aus Bukarest zurückflog. In der Schweiz abgestürzt. Er sieht darin eine »Rache des Schicksals« dafür, daß er selbst so viele Flieger abgeschossen hat.

»M'am, warum kommen so viele Sportler in Flugzeugen um? Mag Gott keinen Sport?«

»Red nicht so. Ein Zeichen des Schicksal. Das ist alles.«

»Und das hier, M'am, ist das auch ein Zeichen des Schicksals?«

Ich reibe die Narbe auf meinem rechten Schenkel.

»Das ist eine Ritzimpfung gegen Tb, Madame. Eine völlig neue Technik, fast noch ein Experiment.«

Der junge Arzt macht meiner Mutter begreiflich, was für ein Glück sie hat, daß ich zu diesem Experiment auserkoren bin. Acht Ritzer mit dem Impfmesserchen auf der Vorderseite des Schenkels. Wie ein Gefängnisfenster mit drei Gitterstäben, und noch ein Strich daneben, als wäre der eben ausgebüxt.

»Das hätten Sie mir aber doch vorher sagen müssen! Würden Sie das mit Ihrem eigenen Kind tun?«

Der junge Arzt hat keine Kinder. Sonst... »Natürlich, Madame!«

»Wie das aussieht? Ach, Madame, das kommt ja sehr auf die persönliche Meinung an. Er ist doch noch ein Baby, da ist ihm das völlig egal.«

»Aber er wird wachsen!«

Das habe ich jedenfalls vor, mindestens bis eins achtzig. Ich hab's schon an der Schlafzimmerwand markiert. Aber dieses Detail scheint dem jungen Arzt entgangen zu sein. Er wird nachdenklich. Man schneidet einem Baby ins Fleisch, und eines Tages wird eine häßliche Narbe daraus. »Was ist denn das?« Ich kann nicht mal wie mein Vater antworten, es sei eine Tigerpranke! Dazu ist die Spur zu eckig, da hätte es einen Tiger mit Geometrie-Kenntnissen gebraucht. Also antworte ich wahrheitsgemäß: »Ritzimpfung gegen Tb!« Das Wort geht gleich unter die Haut. »Hat sicher weh getan!« Ich setze eine Märtyrermiene auf, seufze sanft ergeben und werde sogleich zu denen gezählt, die Schweres durchgemacht haben und denen man sein rotes Fahrrad leihen kann.

Ich mag meine Narbe. Niemand sonst hat so eine. Das ist was anderes als diese beiden runden Pockenflecken unter der linken Schulter, die so aussehen, als ob alle zur selben Herde gehören würden. Meine Narbe und ich leisten uns während dem Unterricht Gesellschaft, wir unterhalten uns sogar. Mit meiner Schreibfeder, der Spitze vom Taschenmesser oder einem Nagel ergänze ich sie zu einem Haus mit Kirschbaum, oder ich mache ein Waffeleisen daraus, ein Kirchenfenster oder ein Kreuzworträtsel. Ich kann auch die Haut verschieben und den Sperber wecken, der im Käfig schläft. Das ist was Schönes, ein Vogel, der einem aus dem Schenkel fliegt.

»Das heißt, mein Sohn muß sein ganzes Leben lang damit herumlaufen!«

»Ach wissen Sie, bei seiner Farbe stört das nicht weiter, das erinnert an Stammeszeichen.«

Stammeszeichen! Die M'am hat »nicht lang gefackelt«, sondern ihm mit »ihrem Schlappen eins übergezogen«, wie sie sagt, mitten auf die Stirn, wie mit der Fliegenklatsche. So war der junge Arzt nicht nur halb ohnmächtig, sondern auch mit dem Absatzeisen gebrandmarkt. Ein hübsches Zeichen, Halbmond mit Nägeln. In feiner Gesellschaft kann er ja immer erzählen, daß er sich als kleines verträumtes Kind den Kopf an einem Stamm Sterne eingerannt hat.

Die M'am hat schon früher mal jemanden auf diese Weise gezeichnet. Das war in der Fabrik, wo sie gearbeitet hat, am Anfang des Krieges. Den Vorarbeiter.

»Eine Witwe mit acht Kindern. Na, da hat er sich gesagt: leichte Beute. Der Herr dachte wohl, er lebt noch zur Zeit der Leibeigenschaft.«

Ich hab immer gedacht, mit Leibeigenschaft ist gemeint, daß jeder Leib so seine Eigenschaften hat, also der eine ist hübscher, der andere häßlicher…

»Offenbar hat er mich hübsch genug gefunden, mich im Klo in die Enge zu treiben. Auf den Knien war ich am Putzen, mit einer Wurzelbürste. Als ich hörte, wie er den Riegel vorlegte, hab ich nicht lang gefackelt, sondern ihm die Bürste voll in die Visage geschleudert, und dann hab ich ihm mit meinem Schlappen eins übergezogen, um ihm den Rest zu geben. Vor die Tür setzen hat er mich wollen danach. Aber alle anderen Mädchen waren auf meiner Seite. Da hat er weggemußt, mit eingekniffenem Schwanz.«

Ich versteh's nicht. Und mein Vater, was hat der in der Zeit gemacht? Warum ist der nicht in der Fabrik aufgetaucht und hat zack! bumm! Aufwärtshaken! den Vorarbeiter ins Klo befördert?

»Ach weißt du, dein Vater und ich, das war damals noch ein bißchen… geheim.«

Wie meine Eltern sich kennengelernt haben, das ist immer ein Geheimnis geblieben. Auch darüber, wann genau das war, hat meine Mutter einen Schleier gebreitet. Ich weiß nur, daß sie am einundzwanzigsten Geburtstag meines Vaters geheiratet haben.

»Seine Familie war nicht so für diese Ehe.«

»War nicht so dafür« ist sicher blanke Schmeichelei. So, wie wenn der Lehrer mir sagt, ich hätte »so meine Problemchen« mit der Rechtschreibung, bei 26 3/4 Fehlern. Ist ja nett gemeint von ihm, aber null Punkte und vier Stunden Nachsitzen bringt es mir trotzdem ein.

»Man muß die Eltern von deinem Vater verstehen. Ich war eine Witwe, und dann die acht Kinder, Évelyne war gerade zur Welt gekommen, sie hat ihren Vater nie kennengelernt. Roger war einundzwanzig und hatte eine gute Stelle. Da gab es genug Mädchen, die sich wünschten, daß er sie nach dem Tanzen mal nach Hause bringt.«

So ist das im Leben, es ist nicht wichtig, mit wem du zum

Tanzen gehst, sondern mit wem du hinterher nach Hause kommst. Das sagt Madame Piponiot zu meinen beiden kleinen Schwestern, wenn sie ihr Schaf streicheln.

»Vielleicht meinte deine Großmutter auch, es wäre besser für mich. Sie selber hatte es ja nicht leicht gehabt. Weißt du, damals, eine weiße Frau mit einem Schwarzen ...«

Ich seh's vor mir, »*das Foto, wegen dem schon viel Drukkerschwärze geflossen ist*«, in einer *Ciné-Revue* vom letzten Jahr. »*Es zeigt den Schwarzen Harry Belafonte bei einem verliebten Tête-à-tête mit der Weißen Joan Fontaine. Es zeigt auch, wie sie einander bei der Hand halten, und die ›Glückseligkeit‹, die Joan im Gesicht steht, läßt keinerlei Zweifel offen.*«

Komisch, wenn man in einer Zeitschrift ein Wort liest, das in Anführungszeichen von der eigenen Mutter spricht.

»M'am, wie war das, als du den P'pa zum erstenmal gesehen hast?«

»Er spielte mit Murmeln.«

Ich frag mich, ob mein Vater vor meiner Mutter auch fast die Hosen verloren hätte, wie ich in der Mädchenschule.

»Er war ein Kind. Sieben Jahre jünger als ich. Als ich geheiratet habe, war er neun! Da spielte er noch auf dem Kirchplatz Murmeln. Und ich habe schon deinen Bruder Jacky im Kinderwagen vor mir hergeschoben. Eine Murmel ist zwischen die Räder gekommen, ich habe sie aufgehoben und ihm gegeben. Er hat mich angesehen. Er sagt, seit dem Moment war er ganz sicher, daß er mich mal heiraten würde.«

Neun Jahre! Mein Vater hat sich mit neun verliebt! Gibt es am Ende einen Weltrekord in der Liebe auf den ersten Blick? In dem Fall habe ich nur noch eine Woche, um mit ihm gleichzuziehen.

»Ich glaube, dein Vater übertreibt da ein bißchen. Es ist so, als würdest du heute sagen, daß du später mal Madame Chaval heiratest.«

Madame Chaval! Die schöne blonde Dame, lockig wie

Madame Tallien (1773–1835), ist vor kurzem in dem Haus neben dem Gemischtwarenladen eingezogen. Neulich habe ich meinen Ball »zufällig« in ihren Garten fliegen lassen, um mir sie mal anzusehen. Sie hat ihn mir freundlich zurückgegeben. Aber ich hab mich nicht getraut, ihr in die Augen zu sehen, aus Angst, ich könnte einen elektrischen Schlag davon kriegen. Liebe auf den ersten Blick, das ist wie der elektrische Stuhl, nur daß du erst danach verurteilt wirst. Sagt mein Bruder Gérard. Aber den Trick mit den Murmeln muß ich wohl mal versuchen, wenn ich Madame Chaval eines Tages heiraten will.

»Weißt du, wir haben es sogar geheimgehalten, als wir geheiratet haben.«

Die M'am erzählt, wie sie das Aufgebot irgendwo in einem Dorf der Umgebung bestellt haben.

»Eines Morgens in der Fabrik hab ich gemerkt, daß die Mädchen immer so um mich herumschlichen. Und dann hat sich Claudette ein Herz gefaßt. So eine große Rothaarige, die sich für Sylvana Mangano hielt und selber ein Auge auf deinen Vater geworfen hatte. Die kommt so auf mich zu und wackelt mit ihrem Hinterteil.«

Die M'am kann alles mögliche mit ihrem Wischtuch nachmachen.

»›Weißt du, Paulette, was wir im Bürgermeisteramt gesehen haben?‹

Ich wußte es natürlich genau, aber ich hab mich ahnungslos gestellt.

›Anscheinend willst du heimlich den Roger heiraten?‹

›Genau‹, sag ich zu ihr, ›und wir denken, es wird uns nicht weh tun!‹«

Meine Mutter kichert. Ich hab aber nichts zu lachen. Vor mir ist nur noch Bonbec. »Es tut nicht weh!« Der bärtige Arzt scheint sich das selber immer weniger zu glauben. Er wird müde. Die Krankenschwester mit ihren Schnurrbartstoppeln schläft auch schon ein, und die Helferin rückt etwas unter ihrem Kittel zurecht. Ich habe Gänsehaut auf meinem nackten Arm. Ich hoffe, das fällt nicht so auf, wenn ich mal zum Militär muß.

»Wirst schon sehen, was viele für 'nen Schiß haben, sogar schon bei der Musterung!«

Meine großen Brüder erzählen häufig von der Musterung. Splitternackt steht man vor ein paar Leuten in Uniform. Man wird gemessen, durchleuchtet, man muß husten, pinkeln, atmen, man wird über Morsezeichen ausgefragt, und zack! ist man »diensttauglich«. Man bekommt eine Schleife in den Farben der Trikolore, besäuft sich zum erstenmal, und plopp! ist man ein Mann. So einfach ist das. Aber warum muß man sich bloß immer ausziehen?

»Ich habe gesagt: Krempelt den Ärmel bis ganz nach oben hoch!«

Gleich ist Bonbec dran. Wer schon durch ist, zeigt den anderen stolz die beiden Tressen am Arm. Obergefreiter! Jawoll, ein militärischer Grad! Schade, diesmal ist keiner umgekippt. Die drei da sind gut organisiert. Einer läßt zur Ader, die zweite belebt die Opfer wieder, und die dritte hätschelt sie. Unmöglich, ihnen zu entgehen. Es ist der Augenblick zu zeigen, daß man ein Mann sein kann, ohne etwas auszuziehen.

So ist das im Leben, wie wenn man tanzen geht, man muß sehr viel anziehen, um ein bißchen was auszuziehen. Sagt Madame Piponiot immer, während sie ihre Kaninchenfelle aufspannt. Bei uns beginnt das Tanzvergnügen vom Samstagabend am Bügeltisch. Gleich nach dem Essen klemme ich mich neben das Buffet im großen Zimmer, um auch ja nichts zu verpassen. Das Haus quillt von Menschen über, bis auf die Treppe und sogar hinaus auf den Hof. Unser Vater zieht sich unter den Kirschbaum zurück, um in Ruhe eine rauchen zu können. Mehrere Werkstätten nehmen gleichzeitig ihre Arbeit auf. Fingernägel/Mädchen: auf dem Fensterbrett in der Garage. Zehennägel/Jungen: auf der oberen Stufe des Eingangstreppchens. Friseur Mädchen und Jungen: im Eingangsflur. »Gib mir die Bürste zurück!« Anprobe im Zimmer von der M'am, Schuhe wichsen und polieren auf dem Küchentisch. »Leg eine Zeitung unter!« Die Mutter steht als Mädchen für alles in der Ecke neben dem Spülstein bereit.

Der Bügeltisch ist wie eine Wasserstelle, an der alle vorbeikommen. Die großen Brüder und die großen Schwestern vollführen um ihn herum halb angezogen ein millimetergenau abgezirkeltes Ballett, sie hören Paris-Inter oder Radio-Luxembourg und trällern dazu… *Je l'ai rencontré simplement… Der Zufall hat uns zusammengeführt…* Ein gut ausgewrungenes Bügeltuch in der Hand, warten sie einer nach dem anderen, bis das Eisen auf dem Herd schön heiß ist. »Jetzt bin ich dran!« Dann gilt es, das Eisen mit einem Tuch anzufassen und sich über den Tisch herzumachen, für eine Bügelfalte, ein Revers, einen Saum… »O nein, deinen Faltenrock ziehst du nicht an! Sonst stehen wir ja morgen abend noch hier!«

In der schmalen Ecke neben dem Buffet sitze ich im Schneidersitz auf einem Stuhl und atme die Düfte des Tanzabends ein. Das Leder der Handtaschen, Mottenkugeln, Schuhcreme, Brillantine, das Parfüm am Hals meiner Schwestern. »Wetten, damit bleibe ich ganz sicher kein Mauerblümchen!« Ich beobachte die rasche kleine Bewegung des befeuchteten Fingers über die glutheiße Fläche des Bügeleisens, hypnotisiert von den Dämpfen des Bügeltuchs. Dieser weiße Lappen scheint allem möglichen neues Leben einzuhauchen. Dabei erinnert er mich eigentlich immer an ein Leichentuch. »Na, wie gefällt dir deine Schwester in ihrem neuen Kleid? Das nennt man ›flou-look‹!«

Ich erinnere mich an das Schnittmuster, wie es auf dem Wachstuch ausgebreitet lag. Nach allen Richtungen Linien, Kreuze, Pfeile, Zahlen. *Mitte, vorne, Plissé, Fadenlauf…*

Wie finden sich die Mädchen nur damit zurecht? »*Zum Übertragen das Schnittmuster entlang dieser Linie falten.*« Sie schneiden zu, sie heften, sie nähen. Und wenn alles fertig ist, sieht man nur noch ihr Lächeln. Diese Mädchen können sich mit einem einfachen Stück Papier anziehen.

Die Vorbereitungen zum Tanzengehen sind auch die einzige Gelegenheit, bei der man bei uns im Haus halbnackt herumlaufen darf, die Mädchen in Nylonstrümpfen und Unterrock, die Jungen in Socken, Slip und Unterhemd. Meine Brüder sehen aus, als hätten sie ihre Hosen verloren, und meine Schwestern, als hätten sie Spitzen gewonnen. Die ganze Kunst besteht darin, sich erst im allerletzten Moment anzuziehen, damit nichts zerknittert.

»Kommt mal schauen, was euer Vater mitgebracht hat. Das ist unglaublich!«

Ich erinnere mich, wie der P'pa an jenem Abend eine anthrazitgraue Hose zerknüllte. Dann zog er sie wieder glatt, und die Falten verschwanden wie von Zauberhand. Die ganze Familie wollte nachprüfen, was für ein Trick dahintersteckte.

»Das ist Tergal! Hat ein Kumpel, der zur See fährt, aus New York mitgebracht.«

»Stell dir das mal vor, bald brauchen wir gar nicht mehr zu bügeln.«

Bislang müssen sie aber doch noch bügeln, und zwar alle zugleich! Man gerät aneinander. Man singt. Man gerät aneinander.

»Das ist keine Bügelfalte da in der Hose, das ist ein Rangierbahnhof!«

»Bitte, mein Lieber, dann mach's doch selber!«

Verehrer warten draußen. So lautet die Regel. Erst auf dem Bürgersteig, dann auf dem Hof, danach auf dem Treppchen, im Eingang, im großen Zimmer und schließlich in der Küche. Bei uns wird geheiratet, wenn man sich der Küche nähert. Das Ballett der Vorbereitungen legt an Tempo zu.

Die Hemden und die Unterröcke flattern, Bürste, Kamm und Spiegel kreisen von Hand zu Hand. Immer mehr Körperteile verschwinden vor meinen Augen hinter Stoff. Alle Formen, alle Hautfarben. »Mist! Der Knopf ist ab!« Die letzten Mängel werden beseitigt.

»Schau dir bloß mal dieses neugierige Frätzchen an! Der will aber auch alles mitbekommen!«

»Laß ihn in Ruhe. Er lernt.«

»So lernt er's wenigstens in der Familie.«

Meine großen Schwestern begreifen schnell. Josette läßt ihren Rock um die Hüfte schwingen, Évelyne schlängelt sich in ihren Unterrock, Monique zieht ihren hinteren Reißverschluß zu. Plötzlich gerät alles außer Rand und Band. Michel zerrt seinen Krawattenknoten zurecht, Gérard fältelt ein Einstecktuch, Jacky ist schon parat, Roland klopft sich die Schuppen von den Schultern, Josette hat ihren zweiten Handschuh gefunden. Noch ein letzter Hauch Rouge. Schnell! Schnell!

Ganz plötzlich sind meine Geschwister aus dem Haus verschwunden wie ein Schwarm Stare in einem Diktat. Auf dem Bürgersteig draußen gibt's Gelächter, Rufe, Pfiffe. Motorräder und Vespas knattern und knallen, Autotüren schlagen, Fahrräder klingeln. Der Tanzabend kann losgehen. Beinahe. Roland steht kleinlaut auf der Schwelle, als müßte er unserer Mutter einen Heiratsantrag machen.

»M'am, zeigst du mir noch mal den Paso doble? Ich hab vergessen, wie der geht...«

Ohne das Nähzeug wegzulegen, wiederholt die Mutter mit ihm oben auf dem Treppchen schnell noch mal die Schritte.

»Eins-zwei! Eins-zwei-drei! Kopf aufrecht, rechts loslassen, Ellbogen gebeugt...«

»Los, gib mir deinen Arm! Gib schon!«

Bonbec ist im Stehen eingeschlafen! Wie kann man kurz vor dem Tb-Test einschlafen?

»Dein Vater hat auch schlafen können, wann und wo immer er wollte. Angeblich wie Napoleon.«

Manchmal schläft er aber auch an komischen Orten ein. Hat Guy mir erzählt. Einmal sonntags kommen die Brüder und unser Vater von einer Partie Billard zurück. Sie haben gewonnen und das Ereignis gehörig begossen. »Damit zukünftige Siege besser wachsen.« Der Vater hält an der roten Ampel. Und die Ampelphase will schier nicht aufhören. Wortlos, etwas steif, mit starrem Blick sitzt er hinter dem Steuer, die Trophäe auf dem Schoß. Er wischt die Windschutzscheibe von innen ab und betätigt die Scheibenwischer. Es regnet nicht.

»Na und? Dein Vater fährt eben vorsichtig. Ich bitte ihn schließlich jedesmal darum.«

Die rote Ampel springt immer noch nicht auf Grün. Unser Vater bleibt aufrecht und würdevoll. Die Brüder mucksen sich nicht.

»Natürlich, eine rote Ampel ist eine rote Ampel.«

»Aber M'am, es war gar keine rote Ampel. Das war das Schild vom Tabakladen!«

Wenn man der Mutter so etwas erzählt, blickt sie auf die Brosche an ihrer Brust und fingert an irgendwas herum, das gerade in Reichweite ist.

»Schon gut. Ich behaupte ja nicht, daß dein Vater nicht von Zeit zu Zeit mal ein Gläschen getrunken hat. Aber er ist nie betrunken gewesen! Man muß ein bißchen Verständnis haben.«

Und die M'am erzählt mir, was alles im Leben dazu führen kann, daß man eines Tages eine Ampel mit der roten Zigarre vorm Tabakladen verwechselt.

»Also wirklich, dieses Kind hat was getrunken! Los schon, bißchen dalli!«

Der bärtige Doktor packt Bonbecs Handgelenk und zieht daran wie ein Chiropraktiker. Peng! Bonbec taucht unsanft aus seinen Träumen auf, den Mund mit rosa Kaugummi verklebt. Der Bärtige schnuppert an seinem Erdbeeratem.

»Spucken Sie das aus. Sie wissen doch, daß Kaugummi auf dem Schulgelände untersagt ist! Der verursacht Karies, Luftschlucken und Magengeschwüre!«

Noch ganz benommen, tut Bonbec wie geheißen. Er spuckt seinen Kaugummi aus, und zwar kräftig. Auf diese Weise kommt der Bart vorzeitig zu einer Rosette der Ehrenlegion. Zack! hängt sie ihm am Revers. Mit einem Wattebausch bewaffnet, stürzt die Helferin herbei. Bleich schiebt der Bart sie beiseite und ritzt schwungvoll Bonbecs Pummelarm mit zwei wütenden Federstrichen. Aber auch die können sein Opfer kaum wecken.

»Dieser Junge scheint mir eine ordentliche Spritze zur Kräftigung zu brauchen.«

Der Arzt sabbert in seinen Bart. Spritze! Das Wort schießt mir quer durch das Schulterblatt wie ein Pflock. So geht es mir seit der großen Impfaktion. Gérard hatte mich gewarnt. »Wenn du willst, daß es nicht weh tut, dann läßt du den Arm kreisen wie einen Windmühlenflügel. Bei der Armee kippen sogar die Kleiderschränke um wie kleine Mädchen, wenn's an die TABDT geht. Denk daran: kreisen, kreisen!« Aber der bärtige Arzt hat damals wohl die Riesenspritze einfach in meinem Schulterblatt steckenlassen. Anstelle der Schulter habe ich nur noch einen gefrorenen Ziegelstein. Da will einfach nichts kreisen. An dem Tag haben die drei mich splitterfasernackt und allein auf der Liege des Krankenzimmers zurückgelassen. Ich bibbere. »Schwester, der ist ja ganz bleich.« Endlich gibt die rotwangige Helferin mir ein Stück Zucker mit Pfefferminztinktur. Ich habe nicht mal mehr die Kraft, ihr in den Kittel zu schauen. Ich schreie. Der Zuckerwürfel klebt mir unter der Schädeldecke wie ein Kaugummi unter den Tischen in der Schulkantine. Man denkt gar nicht mehr daran und findet ihn auf einmal wieder, wenn man ihn schon ganz vergessen hat. Jedesmal, wenn ich jetzt ein

Stück Zucker knabbere, spüre ich den eiskalten Pfahl, wie er sich in mein Schulterblatt bohrt.

Kreisen! Kreisen! Leicht gesagt. Außerdem war an dem Tag mit der Spritze auch noch die Kommunion der Tochter von Boboss, dem Kumpel vom P'pa, dem Autospezialisten; sie tut immer so geziert und spielt in der Musikschule von Le Raincy Akkordeon. Ausgerechnet jetzt, wo mein Vater mich mal mit dem Auto von der Schule abholt, bin ich am Flennen. Peinlich! Ich sitze zusammengekauert hinten im Citroën, ein richtiger Trauerkloß. Das Mädchen denkt, ich schmolle, weil ich auf ihr neues Akkordeon neidisch bin. Die blöde Kuh spielt munter einen Walzer, nur damit ich mich übergeben muß. Kreisen! Kreisen! Das macht's nur noch schlimmer. Ich werde meinem Bruder nicht mehr glauben.

»Jetzt übertreibst du aber, mit der Tochter vom Boboss. Sie war nett und wirklich sehr hübsch. Wie hieß sie gleich noch?«

»Wenn sie so hübsch wäre, würde man sich dran erinnern.«

Mein Name, Vorname und mein Geburtsdatum werden verlesen. Von jetzt ab will ich nichts mehr hören. Ich mache die Augen zu und atme wie die Babypuppen von meinen kleinen Schwestern, wenn die Krankenhaus spielen. Woher die das alles bloß haben? Die M'am hat uns immer zu Hause gekriegt. Und immer nachmittags.

»Wenn wir uns nachmittags hinlegen, dann nur, um zu sterben oder was Kleines zu kriegen.«

Da muß ich an die Mordsohrfeige denken, die sich mein Bruder Jacky mal eingefangen hat.

»Monsieur Vatz! Monsieur Vatz! Kommen Sie schnell, meine Mutter kriegt meine kleine Schwester!«

»Du denkst wohl, alle kennen Monsieur Vatz?«

Monsieur Vatz war der Nachbar von der M'am, als sie noch eine Witwe war, allein mit ihren sieben Kindern. Oder waren es sechs? Ich weiß nicht mehr, ob Jacqueline da schon tot war. Die M'am erwartet Évelyne. Daß es ein Mädchen wird, weiß sie wegen des Pendels. Sie hat ihren goldenen Trauring an eins ihrer Haare gehängt, und dann hat er über ihrem Bauch gehalten, wo er zu kreisen angefangen hatte. So ist das im Leben: Die Frauen kreisen geschäftig, die Männer sitzen im Schaukelstuhl und ruhen sich aus.

Monsieur Vatz ist sehr nett zur M'am. Er hat zwischen beiden Häusern eine Glocke aufgehängt.

»Wenn Sie hören, daß es soweit ist, dann ziehen Sie, und ich komme rüber.«

Und jetzt war es soweit, und zwar schneller als gedacht. Mein großer Bruder Jacky ist zwölf. Er ist allein mit der M'am und weiß nicht, wo die Glocke hängt. Also rennt er zu Monsieur Vatz hinüber.

»Monsieur Vatz! Monsieur Vatz! Kommen Sie schnell, meine Mutter kriegt meine kleine Schwester!«

Klatsch! So klingt eine Ohrfeige. Eine richtige Bauernwatsche. Eine ordentlich gepfefferte, die einen in vollem Lauf erwischt. Jackys Kopf fliegt nach hinten, die Wange leuchtet rot wie eine Wassermelone. Da sitzt er auf dem Hosenboden. Ganz genau erinnert er sich an die Episode und erzählt sie immer wieder.

»Damit macht man keine Witze, Jacky. Von dir hätte ich das nicht gedacht.«

»Aber ich schwöre Ihnen, Monsieur Vatz...«

»Schwöre nicht! Das ist unmöglich! Ich habe deine Mutter noch vor einer Viertelstunde im Garten gesehen, beim Erdbeerpflücken.«

Jacky ging zurück nach Haus und hielt sich die Wange. Es mag ja unmöglich sein, die M'am liegt jedenfalls auf dem Bett und kriegt sie, diese kleine Schwester. Die Schüssel mit den Erdbeeren steht auf dem Nachttisch.

»Das macht nichts, mein Großer. Wir schaffen das schon zusammen, wir zwei.«

Und Jacky hat Évelyne auf die Welt geholfen. Ich bin

jetzt fast zehn, das heißt, in zwei Jahren bin ich dran, der M'am zu helfen. Ich muß gut aufpassen, wann sie in die Erdbeeren geht.

»Ich hatte immer so Gelüste, wenn ich schwanger war. Bei dir war es Honigkuchen. Ganze Packungen! Vielleicht hast du davon deine schöne Farbe.«

Zum Glück hat sie keine Gelüste auf getrocknete Feigen gehabt. Sonst wäre ich heute ganz verschrumpelt, wie die Bulldogge vom Samenhändler.

»Mach die Augen auf!«

Der bärtige Arzt schüttelt mich. Ausgerechnet in dem Moment, wo mein Atem den Klinikrhythmus gefunden hat. Ein bißchen wie ein kleiner Hund, der Durst hat.

»Hören Sie sich das an, Schwester. Als hätte er Angst, daß wir ihm den Arm ausreißen!«

Den Ausdruck kenne ich schon.

»Meine lieben Mädchen, ein Kind bekommen tut weh, macht euch da mal nichts vor. So weh, wie wenn einem der Arm ausgerissen wird!«

Mère Dombel, die Engelmacherin, sagt das zu meinen großen Schwestern. Die M'am hingegen kriegt ihre Kinder »so leicht, wie man einen Brief zur Post bringt« und ißt dabei Erdbeeren. Ich hab mir den großen Briefkasten bei der Hauptpost genau angesehen. Daß die Kinder mal nur nicht platt werden dabei ...

»Alles Märchen, meine Lieben! Ich weiß, wovon ich spreche. Ein Kind kriegen tut so weh, wie wenn einem der Arm ausgerissen wird!«

Unsere Mutter hat die Hexe mit Besenhieben aus dem Haus gejagt. Ums Haar hätte sie ihr »mit dem Schlappen eins übergezogen«. So saß Mère Dombel plötzlich mit ihren vier Buchstaben auf dem Bürgersteig. Seit dem Tag glauben meine Schwestern mehr an Erdbeeren als an Hexen.

Es ist soweit! Der Arzt hat meinen Arm gepackt. Ich muß die Augen aufmachen, aber sie können mich nicht zwingen hinzuschauen. Alkohol, Watte, nackte Haut. Zack! Ein nadelfeiner roter Schmerz. Vorbei? Schon vorbei! Ich habe nur einen kleinen Messerstich gespürt. Sicher kommt gleich der zweite. Nein, die Schnurrbärtige drückt mir einen Wattebausch darauf. »Gut festhalten!« Die Helferin lächelt mir zu. Mist, ich hab vergessen, ihr in den Kittel zu schauen. Ich will noch mal hin. Ich habe ein Anrecht auf meinen zweiten Stich mit dem Messerchen!

»Wir kommen nächste Woche wieder, um die Ergebnisse abzulesen. Daß mir keiner kratzt! Auch wenn es juckt! Sonst müssen wir alles noch mal von vorn machen!«

Die Drohung bleibt über den Köpfen hängen wie ein Gewitter im Diktat, »dräuend« mit »äu«, nicht mit »eu«. Von draußen fällt graues Licht durch die »ungewiß blickenden Fenster«. Das soll alles gewesen sein, der ganze Tb-Test? Fast bin ich ein bißchen enttäuscht. Für einen ganzen Aufsatz reicht das nicht. Ganz gebeugt gehen die weißbekittelten Heiligen Drei Könige ab. Ich komme mir vor, als hätte ich sie besiegt, fünf zu eins. Die Tür schließt sich. Die ganze Klasse stößt einen ungeheuren Erleichterungsseufzer aus.

Der Lehrer tritt an den vorderen Rand des Podiums.

»Nach soviel Aufregung genehmigt ihr euch sicher gern eine kleine Erholungspause.«

Achtes Kapitel

Der Kanaldeckel

Der Lehrer hat uns die Pause vorgeschlagen, wie man ein Gläschen Schnaps anbietet, damit das Essen nicht so schwer im Magen liegt. Das paßt wirklich gut, nach den Schrecken des Tb-Tests brauchen wir alle eine kleine Stärkung. Bonbec mehr als alle anderen, er hat sich schon einen Lutscher in den Mund geschoben und singt matt sein Lieblingslied. »*Oh! Mama. Oh! Mama. Que c'est bon une chupetta... – Oh! Mama! Oh! Mama! Wie gut ist so ein Lutscher, ja!*« Allerdings hat er mehr was von Oliver Hardy als von Maurice Chevalier. Mit einem Hieb des Ellbogens erinnert er mich daran, daß wir zur Mädchenmauer gehen müssen, um sein »Zuckerhäschen« zu sehen, wie er sagt, wenn er von seiner Mieze redet.

Bevor ich in den Hof hinuntergehe, stecke ich mir den Ferrari, den Talbot, die Rosette von der Ehrenlegion und alle Murmeln in die Taschen. So gut es eben geht. Wäre schön, wenn meine Schwestern in *Femmes d'aujourd'hui* ein Schnittmuster für kurze Hosen mit tausend Taschen fänden. In dieser Pause muß ich mich nicht nur um Bonbec kümmern, sondern auch noch einen Treffer landen wie beim Billard, nämlich doppelt über die Bande gespielt. Erst die Rosette gegen Bugnots Metallocher, und den dann gegen den Sheriffstern von Ganos, einen echten aus Texas, wo »Belby County Marshall« draufsteht. Ich will der erste Mohikaner sein, der einen Sheriffstern am Gürtel trägt. Besser als ein Skalp. Und am Ende dann den Sheriffstern gegen Picards Knallpistole.

Wenn ich so doppelt über die Bande spielen will, muß ich »ordentlich mit Kreide einreiben und ein gutes Händchen«

haben, wie Gérard immer sagt, wenn er mir in der Kneipe neben dem Bürgermeisteramt das Billardspielen beibringen will. Aber meine Finger sind noch zu kurz, und ich reiche noch nicht hoch genug über den Billardtisch. Ständig treffe ich daneben und laufe jedesmal Gefahr, das grüne Tuch aufzuspießen.

»Daß du nicht zielen kannst, liegt an deiner Krankheit!«

»An was für einer Krankheit, M'am?«

»Na, die Sache mit deinen Augen.«

Meint sie die »Dämmerungsblindheit«? Das ist meine schönste Krankheit! Ganz was anderes als ordinärer »Mumps«, »Bronchitis«, »Mittelohrentzündung« oder »Magen-Darm-Grippe«. Diese Krankheit hat zur Abwechslung einen wirklich schönen Namen. Mein Vater hat nicht nur Hühneraugen, sondern auch einen »Hammerzeh«. Das ist auch nicht schlecht, vor allem für jemanden, der soviel und so geschickt mit Werkzeug umgeht. Als könnte er seinen eigenen Zeh nehmen und ping! ping! die feinsten Stücke damit bearbeiten.

»Deine Augensache hast du wegen dem Keuchhusten gekriegt, als du drei warst. Erst haben wir gedacht, du bleibst blind wie Lulu Bodin.«

Lulu hat den ganzen Feldzug von General Leclerc mitgemacht, Kufra–Straßburg, ohne einen Kratzer. Eines Tages poliert er eine Granate, die er als Erinnerungsstück behalten hat. Sie geht hoch. Seither ist er furchtbar entstellt, blind und hat ein paar Finger verloren.

»Er hatte die schönsten blauen Augen, die ich je gesehen habe.«

»Weißt du, Paulette, ich darf eigentlich nicht klagen. Jetzt kann ich an den Frauen rumfingern, um sie auseinanderzuhalten, und sie beschweren sich nicht einmal darüber.«

Aus der Zeit meiner Blindheit erinnere ich mich an eine purpurviolette Welt, durch einen schmalen waagerechten Spalt gesehen. Als würde ich nach etwas Ausschau halten, das einfach nicht kommt. Hinter Schießscharten, oder ich hätte auch sagen können, hinter »Pechnasen«, aber das Wort klingt so unernst. Und meine »Dämmerungsblindheit« ist eine durchaus ernste Sache. Formen kann ich erst wieder erkennen, wenn es wirklich dunkel ist.

»Die Ärzte wissen nicht, was sie tun sollen.«

Meine Mutter schleift mich in sämtliche Kirchen, stiftet Kerzen, spricht Gebete, und wir klappern die warmen Bäder ab, La Bourboule, Lisieux, Mont-Saint-Michel und Lourdes.

»Drei Paar Sonnenbrillen pro Tag hast du verbraucht, ständig sind sie dir runtergefallen.«

Eines Morgens erkenne ich meine weiße Plastikbrille am Boden und hebe sie auf. Hallelujah! Ich kann wieder sehen! Die M'am schleppt mich spornstreichs zu einer neuen Runde Kerzen und Gebete. So bleibt von meiner »Dämmerungsblindheit« nur ein Wort, so schön zum Träumen wie Paramaribo oder Bora Bora. Außerdem ein kleiner trüber Fleck im rechten Auge, der mich stört, wenn ich mit meinem Bogen ziele.

»Wenn du dafür wenigstens so zwinkern könntest wie deine Mutter.«

Die M'am kann mit beiden Augen abwechselnd zwinkern. Links, rechts, rechts, links, und dazu schnalzt sie mit der Zunge, daß es klingt wie ein trabendes Pferd. Wenn die M'am das macht, sieht sie aus wie ein hübsch lackiertes Miniatur-Schweizerhäuschen.

Der P'pa hat so eins aus dem Sanatorium mitgebracht, mit zwei Hochzeitsfigürchen in Tracht, die abwechselnd herauskommen. Antoinette, unsere Katze, hat sich das eine Zeitlang angesehen und die Liebesleute dann mit einem Pfotenhieb enthauptet. Da war Sense mit der Hochzeit!

Ich finde das Zwinkern von der M'am sehr praktisch. So kann man zwei Mädchen auf einmal lieben. Aber ich schaffe es einfach nicht. Dabei versuche ich's mit einer Binde über dem einen Auge, und ich lasse die anderen in dem Glauben, ich wollte später Pirat werden. Ich renne mit dem Kopf gegen den Türrahmen. Die M'am kichert und nennt mich Kapitän Fracasse.

Wegen diesem Fleck auf dem Auge hätte ich fast darauf verzichtet, ein Mohikaner zu sein, und wäre lieber Cowboy geworden. Das Problem ist nur, dafür muß man weiß sein. Schwarze Cowboys kommen in den Wildwestfilmen einfach nicht vor. Dabei war jeder dritte Pionier in Dakota schwarz, hat mein Vater gesagt. Wahrscheinlich sind die schon abgeknallt worden, bevor der Vorspann anfing.

Bleichgesicht spielen ist leichter, als Mohikaner zu sein. Du brauchst nur mit deiner Winchester wild in der Gegend rumzuschießen, und bei jedem Schuß purzelt eine Rothaut um. Ich frag mich schon, ob die Schlaguhr von der M'am und der Karabiner von Buffalo Bill vom selben Produzenten stammen.

»Meine Schlaguhr ist keine Winchester, sondern eine Westminster.«

Egal, wenn es Mitternacht schlägt, glaube ich lieber, daß man gerade Kit Carson erschießt, weil er die Navajo-Indianer ins Reservat gesperrt hat. Wenn ich nachts aufwache, denke ich an Hopalong Cassidy. Der lebt noch, aber schon heute sind Porträtzeichnungen von ihm in den Zeitungen. Mit Picouman wird es dasselbe sein.

Ich übe schon mit Tusche und Feder. Aber meine Figuren machen nicht den Eindruck, daß sie sich bewegen wie in *Buck Jones, Les Pieds nickelés* oder anderen Comics. Also schließe ich die Augen. Dann ist alles prima gezeichnet und bewegt sich.

»Wohin des Wegs, ihr zwei?«

War wohl nichts von wegen der Mädchenmauer, Bonbec und ich haben Pech. Madame Charvy, die Lehrerin von der 4. Klasse, hat uns geschnappt, als wir gerade anfangen wollten, darüberzuklettern. Aber sie hat keine Zeit, uns mitzunehmen und in die Ecke zu stellen. Ein kleiner Junge aus der Vorschule wuselt ihr um die Füße, kreischend und mit blutendem Mund. Der Kleine rettet uns die Pause, aber mit der Mädchenmauer wird es diesmal nichts.

»Schade, ich wollte meinem Zuckerhäschen so gern die Ritzer vom Tb-Test zeigen.«

»Kannst du doch heute abend, Bonbec. Unter der Brücke, da seid ihr allein, das ist noch viel besser.«

Bonbec nickt herablassend. Er riecht wie ein Arzneimittelschrank, seit die rotwangige Helferin ihn von oben bis unten desinfiziert hat.

»Mensch, Alter, die Krankenschwester hat vielleicht mal ein paar Möpse! Also mein Fall ist das ja nicht, sieht aus wie bei der schwarzen Kuh vom Père Gustin.«

»Unpassender Vergleich!« Das muß der Lehrer neben solche Sätze schreiben, wenn er die Aufsätze korrigiert.

»Kühe haben immer scheußliche Zitzen. Glaubst du, das ist bei Frauen auch so, wenn sie große Brüste haben?«

Auch so was muß man ihm in seinen Hausaufgaben dick durchstreichen, mit jeder Menge Ausrufezeichen daneben.

»Ich kenn keine Kühe, Bonbec.«

Ich kenne nur Pferde, ein Schaf, Kaninchen, Hühner, Enten, Ratten, Mäuse, Katzen, Hunde, Kaulquappen, aber keine Kühe. Höchstens als wir in Ferien gefahren sind, zum Großvater, der beim Rasieren gestorben ist. Ich kann mich nicht mehr an ihn erinnern. Nur an den Platz vor seinem Bauernhof, wo der Misthaufen war, und an den blauen Himmel. Er hat sich mit einem Dachshaarpinsel und einem Kohlschneidemesser rasiert, vor dem Fenster. Sicher stirbt es sich mit Rasierschaum auf den Wangen leichter.

»M'am, warum haben wir keine Oma und keinen Opa?«

Lange habe ich geglaubt, Großeltern gäbe es nur in reichen Familien und wir könnten uns bloß keine leisten.

»Ihr habt schon welche gehabt, aber sie sind früh gestorben.«

Die M'am stopft einen Strumpf von unserem Vater mit einem hölzernen Stopfei. Einen Augenblick hält sie inne, die Nadel in der Luft.

»Wirklich, bei uns stirbt man früh. In der Familie gibt es keine alten Knochen.«

Wie sehen alte Knochen aus? Grau und faltig. Meine Mutter hat mir nie erklärt, was mit unseren Knochen ist, daß sie nicht alt werden. Brechen sie einfach plötzlich? Vielleicht eines Tages, wenn ich gerade zum Niemandsfeld renne, und da...

»Knack! Sie ist hingefallen wie ein Brett. Der Oberschenkelhals. Das war vielleicht ein Geräusch!«

Der Briefträger erzählt es mir.

»Ich hab ihr gerade ihre Rente ausgezahlt. Sie gießt mir einen Roten ein, und... knack!«

Ich ging gerade durch die Straße, um meine Marken zu verkaufen, da rief der Briefträger mich aus einem Fenster zu Hilfe.

»Komm mal her, Junge!«

Die kleine Alte mit den violetten Haaren, die neben dem Friseurladen wohnt, liegt lang ausgestreckt auf dem rotweiß karierten Fliesenboden in ihrer Küche. Ihr rechtes Bein steht in einem seltsamen Winkel ab, wie bei einer Puppe, in der der Gummi gerissen ist.

Was ist das bloß für ein Oberschenkel, der eine so nette alte Dame einfach umwirft? Wahrscheinlich muß man die Schenkel besonders gut trainieren, damit das nicht passiert. Darum führt die Tour de France also über so hohe Berge. Ich höre die Reporter von der Tour de France. Die Stimme im Radio: *Der Franzose Robic hat an der Spitze der Vorhut den Gipfel von Peyresourde überwunden, mit vier Minuten Vorsprung vor Koblet aus der Schweiz, und jetzt rast er wie der Henker nach Luchon hinab, dem Ziel dieser dreiundzwanzigsten Etappe...*

Wenn ich an die Gerichte denke, von denen die M'am mir erzählt hat, dann wäre »Zum Henker« der passende Name für die Kneipe, in der sie arbeitete.

»Als der Krieg anfing, hatten wir Hase mit Runkelrüben

auf der Speisekarte, war aber eher Dachhase. Konnte man nur an den Koteletts erkennen, wenn überhaupt.«

»Was, M'am, ihr habt Katzen gegessen?«

»Gegen Kriegsende brauchte dich das gar nicht mehr zu kümmern, ob Hase oder Dachhase, da hat es sowieso nur noch Runkelrüben gegeben.«

»Sind die noch schlimmer als Steckrüben?«

»Runkelrüben oder Steckrüben, das macht keinen Unterschied. Du nimmst einfach den anderen Namen, wenn sie dir zum Hals raushängen, dann hast du ein bißchen Abwechslung auf dem Teller. Mit den Deutschen haben wir's auch so gemacht. Wenn du genug hattest von den ewigen ›Boches‹, hast du einfach gesagt ›die Fridolins‹ oder ›die Fritzen‹ oder ›die Preußen‹, dann hast du dich nicht so leicht an die Besetzung gewöhnt.«

Hätte ich nie gedacht, daß ein großer Wortschatz im Krieg geholfen hat, Widerstand zu leisten.

Auf dem Pausenhof kommen meine Freunde zu mir, ich soll mit ihnen Räuber und Gendarm spielen. Unmöglich, ich muß mich um meinen dreifachen Tauschhandel kümmern. Bugnot ist immer noch einverstanden wegen dem Locher. Ich hab seine Augen gesehen, als er sich die Rosette der Ehrenlegion an den Kittel heftete. Da hätte ich noch zwei Rennfahrer mehr kriegen können! Aber was soll's. Futsch ist futsch. Der Locher ist schön schwer. Macht was her. Ich lasse Bonbec mal versuchen. Er stanzt Konfetti aus dem Speisezettel der Kantine, den wir von der Turnhallentür haben mitgehen lassen.

»Glaubst du, ich darf ihr welches ins Haar streuen? Wäre doch hübsch, nicht?«

Bonbec hält mir die Handvoll Konfetti hin.

»Und was sollen ihre Eltern denken, wenn sie nach Hause kommt?«

Wenn meine Geschwister vom Tanzen kommen, bringen sie nicht nur Papierschnipsel mit.

»Damit hab ich wirklich nicht gerechnet.«

Gérard preßt sich ein feuchtes Taschentuch aufs rechte Auge.

»Geschieht dir ganz recht! Was mußt du dem seine Trulla auch so knuddeln!«

»Zum Knuddeln gehören immer zwei, Schwesterlein.«

Josette zieht Gérard einen scherzhaften Schmollmund und untersucht sein Veilchen so liebevoll, daß man richtig Lust bekommt, sich zu prügeln.

»Zum Glück hatten sie Eiswürfel an der Bar. Sonst müßte ich Montag mit einer Sonnenbrille zur Schicht.«

»Würde doch gut passen für einen Schornsteinfeger!«

Évelyne macht sich über Gérard lustig, denn er betätigt sich »erst mal« als Kaminkehrer. »Erst mal«, und was dann? Das weiß niemand. Also warten wir »erst mal«. Er findet, wir sollen »Ofensetzer« sagen, nicht »Schornsteinfeger«. Ich weiß nicht, warum ihm das soviel lieber ist. Wenn mir der Lehrer vorwirft, daß ich mal wieder hinter dem Ofen sitze, dann ist das auch kein Kompliment. Einmal brachte Gérard zwei Hüte mit, einen Anzug und gepunktete Krawatten, an dem Tag hatte er bei Gilbert Bécaud nach den Öfen gesehen.

»Hat er mir geschenkt, und außerdem hat er einen Scotch mit mir getrunken.«

Stimmt schon, Gérard sieht ein bißchen aus wie eine Bécaud-Imitation. Er singt *Mes mains – Meine Hände,* damit er mit den Freundinnen unserer Schwestern herumknutschen kann. *Mes mains dessinent dans le soir la forme d'un espoir qui ressemble à ton corps. – Meine Hände zeichnen in den Abend eine Hoffnung, die aussieht wie dein Körper*... Sie rennen weg, vor allem, wenn er den schwarzen Anzug anhat, den weichen Hut und die zweifarbigen Schuhe. Wie ein Zuhälter! Wir sind schon darauf gefaßt, daß der Jeep von den Gendarmen aus Gagny anschwirrt, mit Gilbert Bécaud hinten drin, der Autogramme gibt wie bei der Starparade.

Da gehen meine großen Schwestern mit ihren Freundinnen fast jedes Jahr hin und kommen mit ganzen Heften voller Autogramme wieder. Oh! Jean Marais! Oh! Gérard Philipe! Oh! Serge Reggiani! Oh! Yves Montand. Ich versuche dann was über die Autos der Stars zu erfahren, den Rolls von Aznavour, den Jaguar von Raf Vallone oder den Cadillac von Eddie Constantine. Aber von den Marken haben sie keinen Schimmer. Sie sagen bloß immer: »Wenn du diese Kisten sehen könntest, ah!«

Der Dinky-Toys-Ferrari, den ich Vinteuil abgenommen hab, ist wirklich klasse, vor allem von nahem. Alles fein ausgearbeitet, der Auspuff genauso wie die Lüftungsschlitze auf der Motorhaube. Die Räder laufen allerdings nicht besonders gut. Aber wenn ich mit dem Flugzeugöl rangehe, das mein Vater mir mitgebracht hat, wird die Kiste beim Spielen genauso davonsausen wie mein Talbot-Sportwagen. Ich hab Lust, es mal an der Turnhalle entlang zu versuchen, aber Vinteuil und seine beiden Freunde schleichen hier irgendwo herum. Auf Bonbec als Deckung kann ich mich nicht verlassen, der ist vollauf damit beschäftigt, aus einem Zipfel von seinem Hemd Stoffkonfetti zu fabrizieren, als Geschenk für seine Süße. »Ist weicher als aus Papier.« Vinteuil läßt nicht locker.

»Du läßt mich meinen Ferrari nicht zurückkaufen, aber bis ins Paradies wirst du den auch nicht behalten!«

Das Paradies droht mir nun genausowenig wie der erste Preis »Mit Auszeichnung«. Vinteuil scheint gleich explodieren zu wollen. Er ist so rot wie sein ehemaliges Auto. Aber er ist keiner von der Sorte, die sich auf dem Hof prügelt. Zuviel Angst vor Strafe. So einer wartet mit seinen Freunden am Ausgang. Mein kleiner Blanco, ich fürchte, heute abend wirst du besonders schnell galoppieren müssen...

Vinteuils Tomatengesicht macht mir ja Lust, den Ferrari zu behalten, aber ich muß ihn gegen die Knallpistole eintauschen, da hilft nichts. Ich habe heute abend noch eine Rechnung zu begleichen.

»Glaube deiner Mutter, Rache hat noch keinem genutzt. Im Gegenteil, so hat das nie ein Ende.«

Die M'am ist immer ziemlich schweigsam an den Abenden, wenn die Männer »den Wagen beladen«, wie sie es nennen, um »was Geschäftliches zu erledigen«.

»Wir fahren eine Partie Billard spielen. Wartet nicht auf uns!«

Wenn sie nachts nach Hause kommen, hört man keinen Laut von ihnen, nur das Schlagen der Autotüren und dann den Motor des Citroën, wenn der millimetergenau in die Garage gefahren wird. Vater und Brüder treten schweigend ins Haus, die Hände in den Hosentaschen. Im Dunkeln steht die Mutter hinter dem Vorhang des Küchenfensters und zählt die Häupter ihrer Lieben. Sie ist zufrieden mit dem Ergebnis. Die Jungs kommen und geben ihr einen Kuß, dann geht die M'am ins Bett, nie ohne ihre Flasche Vichy-Wasser. Das Kinderkriegen schlägt auf die Leber.

Ich hoffe, die Männer haben schon alle besucht, die unsere Familie piesacken. In meinem Heft hab ich eine Liste angelegt. Von oben nach unten: Der Hausbesitzer, der uns zur Räumung zwingen will; der Chef von der Air France, der verhindert, daß mein Vater Schichtleiter wird; der Betriebsarzt in der Fabrik, der ihn nicht langfristig krank schreiben will; der Briefträger, weil der Capi das Pedal ins Auge gestoßen hat; der gelbe Hund, der mich jeden Tag anbellt; der Kerl, der Gérard ein Veilchen verpaßt hat...

»Schluß damit! Man soll uns wohl für ein Gangsternest halten? Männergeschichten sind Männergeschichten! Da mischt man sich nicht ein. Stimmt schon, manchmal machen sie ein Mordsgeheimnis aus allem. Sie erzählen was von wegen ›Billard spielen‹, und dann gehen sie tatsächlich nur in die Kneipe auf eine Partie.«

Wenn mich die Lust ankommt, alle umzubringen, die auf meiner Liste stehen, stimmt mich die M'am mit ihrem netten verstohlenen Funkelzwinkern wieder friedlich.

»Das muß am Vichy-Wasser liegen!«

Sie mag es nicht, wenn man soviel von ihr redet.

»Genau. Kümmer dich lieber um deinen Freund. Der macht dir Zeichen.«

Picard schaut verschwörerisch aus der Wäsche. Fast wirkt er, als wäre er in einen schwarzen Umhang gehüllt. Bonbec verbirgt uns hinter großen rosa Kaugummiblasen. Den Tausch mit dem Sheriffstern hab ich vermasselt. Zu teuer. Picard zeigt mir die Knallpistole. »Eine Gep!« Ich wiege sie in der Hand: leicht. Dann untersuche ich alles, den Abzug, die Feder – sie quietscht –, den Schlagbolzen, den vom Kolben abblätternden Lack. Wird schon gehen. Ich zeige ihm den Locher aus Metall. Er zieht eine Lumpenhändler-Grimasse.

»Wenn du den Stern nicht mehr hast, will ich lieber ein Auto. Konfetti ist doch nur was für Weiber.«

Bonbec platzt eine Kaugummiblase voll ins Gesicht. Picard kann sein Haifischlächeln nicht unterdrücken und entblößt die Zähne noch mehr als sonst. Ich brauche ihn bloß anzusehen, da weiß ich schon Bescheid. Die Arien kannst du dir sparen, wie mein Vater sagen würde. Picard ist über den Ferrari informiert.

»Wenn der Angeber von Vinteuil seinen Wagen zurückhaben will, dann soll er selber zu mir kommen.«

Picard wirft sich unter seinem Schulkittel in die Brust. Er schaut mich aus seinen engstehenden Augen an, und sein abgebrochener Schlägerzahn scheint sagen zu wollen: »Du bist zwar ein Nigger, aber ich tu dir den Gefallen.« Von dem will ich mir aber keinen Gefallen tun lassen, von diesem Rassistenschwein, Idioten, Arschloch, Dieb, Abschreiber! Und außerdem kommt er noch schneller als ich am Seil hoch! Aber egal, es ist ein Riesengefallen. Künstlerpech! Er steckt den Ferrari ein und würdigt mich keines Blickes mehr.

»Ist wirklich nur ein einziges Zündplättchen bei der Pistole?«

»Morgen bring ich dir noch welche mit.«

Nein, ich begleiche meine Rechnung heute abend, das kann ich nicht auf morgen verschieben. Was soll's, dann muß ich eben mit dem ersten Schuß treffen.

»Wie als sie Jaurès umgebracht haben!«

Die M'am redet über das Attentat an dem Arbeiterführer, als wäre es der Ursprung allen gegenwärtigen Unheils. Jedesmal, wenn in *Le Parisien, France-Soir* oder im Fernsehen von Unruhen die Rede ist, fängt sie damit an.

»Die kriegen ihren Krieg noch! Die kriegen ihn!«

So prophezeit sie und putzt grüne Bohnen dazu.

»M'am, du warst 1914 doch noch ganz klein. Wie kannst du dich an Jaurès erinnern?«

»Zwei Jahre am Anfang des Krieges, sechs am Ende. Das macht einen großen Unterschied. Ich erinnere mich gut an die amerikanischen Soldaten. Bei uns in der Nähe war ein Feldlager. Einmal hat mir so ein großer Schwarzer ein Stück Schokolade durch das Gitter hingehalten, und ich hab's genommen. Wenn das meine Mutter gesehen hätte!«

»War das der erste schwarze Mann, den du gesehen hast?«

Die M'am hat innegehalten. Sie läßt das Gemüsemesser sinken und schaut mich an, als würde sie ihre Brille abnehmen. Sie trägt aber keine. Eine feine Falte hat sich in ihre Nasenwurzel gegraben.

»Darüber habe ich noch nie nachgedacht.«

Wie war die M'am als kleines Mädchen? Ich kann mir nicht vorstellen, wie sie Himmel-und-Hölle oder mit Puppen spielt oder seilhüpft. Obwohl, die M'am putzt das Haus so, wie man die Himmel-und-Hölle-Felder aufzeichnet, von einem Häuschen zum anderen geht sie, immer fein säuberlich, bis sie überall durch ist. Dann dreht sie sich um und wirft ihren Stein erneut. Mit Puppen spielt sie die ganze Zeit, und wir helfen ihr, indem wir so tun, als wären wir echte Kinder. Und Seilhüpfen? Nein, von einem Bein aufs andere springt sie wirklich nicht.

»Du findest, ich übertreibe wegen Jaurès? Aber das ist noch gar nichts gegen deinen Großvater, der beim Rasieren gestorben ist. Bei dem durften wir wegen Jaurès nicht mal Erdbeeren essen. Sonst setzte es eine Kopfnuß! Nur am 31. Juli. An dem Tag machte meine Mutter jedem von uns ein kleines Erdbeertörtchen. Und die mußten wir schweigend essen, wenn auch nicht ganz bis zu Ende.«

»Ich verstehe nicht, was die Erdbeertörtchen mit Jaurès zu tun haben sollen.«

»Jaurès war gerade dabei, eins zu essen, als sie ihn umgebracht haben. Er ist nicht mehr dazu gekommen, es aufzuessen. Also sollten wir das auch nicht!«

Wenn Jaurès an jenem Tage ein Stück Kirschauflauf von meiner M'am bestellt hätte, wäre der 1914er Krieg vermieden worden. Bei dem Anblick hätte er einen Satz nach hinten gemacht, und die Kugel hätte ihn verfehlt. Sieben Millionen Tote wären Frankreich erspart geblieben...

Ein einziger Schuß. Peng! Ich betätige den Abzug der Knallpistole. Wird schon klappen heute abend. Ich gebe an, aber meine Hand zittert ein bißchen. Komisch, wie der Körper immer in entscheidenden Momenten in Einzelteile zerfällt, von denen jedes tut, was es will. Vor allem das Herz. Ich denke an das Buch *Visible Man*, das ich in Le Raincy im Spielzeugladen gesehen hab. In der blauen Drogerie, wo es alles gibt. Da kauft Serge immer die Pläne und das Holz für seine Modelle von alten Flugzeugen, Modelle, die dann wirklich fliegen können. Der »Visible Man« ist wie ein lebendig Gehäuteter, den man aber noch weiter abtragen kann, man kann ihn auseinander- und wieder zusammenbauen, als wäre er aus Meccano-Bausteinen gemacht. »Bitte nicht anfassen, junger Mann!« Leber, Nieren, Därme... Ich versuche mir vorzustellen, wie die Ärzte meinem Vater eine Lunge haben rausnehmen und sie durch Kautschukbälle ersetzen können.

»So was heißt Pneumothorax mit Kugeln!«

»Ich weiß doch, M'am.«

Wahrscheinlich purzeln die Kugeln jetzt munter durch den ganzen Körper vom P'pa wie in einem Flipper-Automaten. So einen hab ich in der Kneipe neben dem Bürgermeisteramt gesehen. Das rumpelt und rempelt, klackert und klickert, und plötzlich knallt's wie aus einer Pistole mit Zündplättchen: Extraspiel! So muß es klingen, wenn das Herz aussetzt. Nein, ich glaube, es klingt eher, wie wenn der Flipper ausgeht, wenn man zu sehr dran rumrüttelt. Ganz allein, ungerührt rollt die Kugel ins Dunkle hinab. Man kann nichts mehr für sie tun. Ich darf meinen Vater nicht mehr so schütteln. Der soll doch nicht eines Tages einfach »tilt« machen!

Der P'pa sollte nicht mehr eine so schwere Tasche zur Arbeit mitschleppen, er müßte aufhören, kaputte Autos aufzuarbeiten, er dürfte uns nicht mal mehr abends auf dem Arm herumtragen. Ich renne bis zum Spielzeugladen, um den »Visible Man« anzuschauen. Mal nachsehen, bis wohin die Kugeln runterkullern können.

»Das sind keine richtigen Kugeln, die sehen eher aus wie durchsichtige Pingpongbälle. Dein Vater hatte einen in der Schublade von seinem Nachttisch, aber der ist verschwunden.«

Ich mache keinen Mucks. Ich hab ihn genommen, um ihn auf meinem Federball-Schläger hüpfen zu lassen. Jetzt dreht sich mir der Magen um. Ich hab mit einem Stück von der Lunge meines Vaters gespielt! Deswegen hat das auch nicht so geklungen wie mit einem richtigen Pingpongball.

Pingpong ist vor allem ein Geräusch. Ein Reiche-Leute-Geräusch, das man aus den Gärten der schönen Häuser hört, hinter den Hecken, aber zu sehen kriegt man nie was. Eines Tages haben wir auch ein schönes, großes, modernes Haus. So eines gewinnen wir nämlich ganz sicher im

»Traumhaus-Preisausschreiben« im *Parisien libéré*. Jeden Tag schneidet die M'am den Coupon und das abgebildete Stückchen vom Modell aus und tut beides in einen Umschlag, den sie noch besser versteckt als den mit dem Kindergeld. Sobald wir das Haus haben, kaufen wir als allererstes einen Pingpongtisch, einen klappbaren, und Kies, der in der Garageneinfahrt knirscht.

Aber eines Abends ereignete sich ein Drama, das durchaus auf die Titelseite von *Paris Match* gepaßt hätte. Man stelle sich vor: Die M'am hat die Seite mit dem Coupon Nr. 54 weggeworfen, zusammen mit den Kartoffelschalen!

»Schnell, lauf zum Zeitungshändler am Bahnhof von Le Raincy. Der hat jetzt vielleicht noch auf, sonst ist mit Sicherheit alles schon zu!«

Vorher haben wir schon alles mögliche versucht, um den Coupon zu retten: Bügeleisen, Kohlepapier, Tusche. Hoffnungslos. Vorbei mit dem »Modell Chambord«, der freistehenden Garage, der Waschküche und der ultramodernen *Bendix*-Küche aus *Elle*. Mit Telefon, Fernsehen, Tonband, um die Hausaufgaben zu diktieren, und Rückspiegel, um die Kinder im Nebenzimmer zu beaufsichtigen! Vorbei mit dem Eßzimmer aus echtem Resopal mit Edelholzoptik, dem Bad mit Bidet und fließendem warmem Wasser, der Gas-Zentralheizung. Alles vorbei.

»Fragen wir doch erst mal bei den Nachbarn.«

Ich versuche, Blanco einen Dauerlauf bis nach Le Raincy zu ersparen.

»Glaubst du, unsere Nachbarn schenken dir ihr Haus?«

»Warum denn nicht? Die können dann ja unseres haben.«

»Erzähl keinen Unsinn. Nimm das hier, vielleicht ist es das letzte Exemplar, und er verlangt mehr. Laß dich nicht übers Ohr hauen. Und verlier bloß das Geld nicht!«

Ein Riesengeldschein, zehntausend alte Franc! So einen hab ich noch nie zum Einkaufen bekommen. Ich halte ihn gut fest, und mit Blanco renne ich los wie ein Bekloppter, bis mir die Milz weh tut. Ich muß mal beim »Visible Man« nachschauen, wo genau die sitzt. Angeblich läuft man schneller, wenn man keine Milz mehr hat, die muß also ganz schön groß sein, daß das Gewicht so stört.

Zu spät. Der Bahnhofskiosk hat schon zu. Wenn ich ohne das Haus nach Haus komme, setzt die M'am mich vor die Tür, und ich muß mich von einem Polizeikommissar adoptieren lassen, wie in *Unter falschem Verdacht*. Es ist inzwischen auch schon dunkel. Auf den Bahnsteigen und im Stationsgebäude hab ich sämtliche Mülleimer durchwühlt wie ein Lumpensammler. *France-Soir, Miroir-Sprint, L'Intransigeant, L'Aurore, Le Hérisson* hab ich gefunden, und endlich – einen *Parisien* von heute, kaum zerknittert, mit dem Coupon Nr. 54 noch drin, unversehrt! Mein Herz sitzt, wo es hingehört, oben links. Ich spüre, wie es klopft. Jetzt will es in tausend Stücken durch mein ganzes Gestell purzeln, bis in die Zehen. Kommen so vielleicht die Hühneraugen zustande?

Auf dem Rückweg begegne ich in der Rue des Limites der langen gelben und roten Wagenkarawane des Zirkus Bouglione, der gerade in die Stadt kommt. Im Vorbeifahren atme ich den Geruch der Tiere ein und schaue den Kruppen der Apfelschimmel nach. Wie Eischnee, mit einem Riesenschneebesen geschlagen. Das kitzelt mich ein bißchen vorn an dem Zipfel vom »Visible Man«... Ich laufe hinter den Lichtern des letzten Wagens her, dem, der die Musikinstrumente transportiert. Vielleicht können sie mich ja mitnehmen. Beim Zirkus müssen die Kleinen nicht boxen wie bei den Zigeunern. Ich könnte ja »das schnellste Kind der Welt« werden! Mit Hasen und Känguruhs um die Wette rennen. Oder ich werde das »Mohikanerkind«, das im Wald ausgesetzt und von einer Füchsin großgezogen wurde und das mit Pfeil und Bogen über die Schulter schießt, während es mit nur einem Auge in den Spiegel blickt!

Mit einem Satz hänge ich mich hinten an die Ladefläche. Da liegen die Instrumente, eine Riesentuba, eine Mordspauke. »Runter da!« Ein Mann in einer Art Admiralsuniform schlägt mir mit einem Tambourstab auf die Finger. Ich lasse los und purzele kopfüber auf den Asphalt. Zimbelschlag! Keine Zeit mehr, die Schafe von Madame Piponiot zu zählen. Mir schwinden die Sinne.

Als ich irgendwann plötzlich wieder zu mir komme, liegt die Straße verlassen, der Zirkus ist verschwunden, und mir sprießt mitten auf der Stirn ein enormes Rhinozeroshorn. »Hereinspaziert! Hereinspaziert! Mesdames, Messieurs! Sehen Sie das Einhorn-Kind! Mißgeburt der Liebe eines Büffels vom Mekong und einer untreuen Gazelle aus Tansania. Eintritt hundert Franc!« Ich suche überall. Der Zehntausend-Franc-Schein ist weg!

»Ich schwör dir, M'am, der Kerl hat zehntausend Franc gewollt für den *Parisien*. Ein Admiral auf einer weißen Stute. Er hat sogar gesagt, für so ein schönes Haus ist das nicht teuer.«

Nie im Leben glaubt die M'am mir das. Sie wird sagen, ich hab eine Million Karamelbonbons zu einem Centime gekauft, zweihunderttausend Karamelbarren zu fünf Centimes oder zwei Milliarden Schachteln Lakritzpastillen zu... Ich kann nicht mehr bruchrechnen. Ich habe Kopfweh! Und Schweißausbrüche! Ich schäme mich. Jetzt kann ich nur noch in den Bus steigen und in Nogent in die Marne gehen. Das Lästige beim Ertrinken ist allerdings die Tracht auf den Hosenboden hinterher. Daran erinnere ich mich.

Die Pobacken haben scheint's ein gutes Gedächtnis.

Ein schöner Sonntag im Mai. Beim Waschhaus verabreicht mir der P'pa in aller Öffentlichkeit eine gepfefferte Tracht Prügel. Ja, ich wäre fast ertrunken. Ja, wenn Maryse nicht gewesen wäre, läge ich jetzt tief unten im Wasser. Aber jetzt wird er wohl so lange schlagen, bis mir die Haut vom Po fällt. Was da wohl drunter ist? Hätte ich doch beim »Visible Man« besser hingesehen. Stimmt, ich hab meinen kleinen Schwestern imponieren wollen und so getan, als könnte ich schwimmen. In Wahrheit tu ich nur so und stütze mich mit den Händen auf den Grund. Aber auf einmal ist da kein Grund mehr, nur eine grünliche Untiefe. Immer weiter geht es hinab. »Jetzt kann ich nicht mehr Fußballweltmeister werden.« Mehr denke ich nicht. Es ist dunkel. Ich werde sterben. Ich sehe noch mal die Bilder aus dem Film *Die schweigende Welt* vor mir. Dann bin ich ganz unten. Es ist vorbei, ich bin tot. Aber auf einmal stoße ich mich göttergleich ab, ein Absprung, wie ich ihn im Fernsehen gesehen habe. Da spüre ich, wie ich wieder zum Licht hochsteige.

Ganz oben wartet ein kleines Boot, das Maryse vom Ufer abgestoßen hat. Danke, daß du mir das Leben gerettet hast, kleine Schwester! Ein hübsches, buntes Boot, auf dem steht: République française. NJ 37600 B. Zu verkaufen… Zehntausend Franc…

Mein Geldschein! Da schwimmt er im Rinnstein, zehntausend Franc! Ein Ozeandampfer, die *Normandie*, verziert mit dem Kopf eines berühmten Mannes. Ich trockne den Schein, streiche die Zeitung glatt und freue mich, daß ich so ein Glückspilz bin. Endlich kann ich als Held zu Hause einziehen. Der Vater ist schon da. Ich bin der letzte für den Kuß. Meine kleinen Schwestern kichern über die Beule auf meiner Stirn. Und gerade heute abend hat der P'pa ausnahmsweise einmal den *Parisien* mitgebracht, wegen eines Artikels über ein Fußballspiel, bei dem Serge mitgemacht hat. Den Coupon Nr. 54 hat die M'am bereits ausgeschnitten und verstaut.

»Jetzt bist du umsonst gelaufen, du Armer.«

Umsonst! Ich wäre fast mit dem Zirkus davongefahren, ums Haar hätte mich ein Admiral erschlagen, hätte mich eine Dampfwalze plattgefahren, hätte mich ein Ozeandampfer zerquetscht und wäre ich auf dem Meeresgrunde ertrunken. Jetzt habe ich wirklich eine kleine Erholungspause verdient, wie unser Lehrer sagen würde.

Die Nachmittagspause kommt doch noch zu einem guten Ende. Sogar ohne den Sheriffstern habe ich den dreifachen Tausch hingekriegt und die Knallpistole ergattert. Die ist das wichtigste, wegen der Rechnung, die ich heute abend begleichen will. Bonbec ist zufrieden, weil ich den Locher behalten habe. Nach dem Hemd macht er sich jetzt über sein Unterhemd her, für Konfetti, das man in den Kragen streuen kann. Der wird heute abend seine liebe Mühe haben, das als Mottenfraß durchgehen zu lassen. Ich merke schon, er macht sich Sorgen. Schweigend steht er neben den Toiletten. Er kaut nicht mal.

»Wenn sie dich jetzt nicht auf der Mauer sieht, denkt sie, ich kneife heute abend.«

Es ist wegen seines Rendezvous mit der großen Flachen und ihren Sommersprossen. Das macht ihn zappelig. Auf einmal rammt mir Bonbec den Ellbogen in die Seite und zeigt auf Madame Charvy, die in die Turnhalle geht, einen Kleinen am Arm zerrend, der sich den Hosenboden hält. Das ist der Moment! Eins, zwei, hops! Bonbec und ich sind eingespielt wie eine Nummer aus »Menschen, Tiere, Sensationen«. Er ist so froh, daß er mich bei der Räuberleiter fast auf die andere Seite zu den Mädchen hinüberschleudert.

Da ist sie! Allein steht sie an einen Kastanienbaum gelehnt, mit hängendem Kopf schaut sie auf ihre kastanienbraunen Sandalen. Sofort beneide ich Bonbec. Sie hat die ganze Pause lang gewartet. »Zuckerhäschen«? Wie kommt er nur auf so einen lächerlichen Namen? Ich würde sie »Juliette« nennen, wie in *Die letzten Ferien*, meinem heimlichen Lieblingsfilm. Ich werfe ein paar Steinchen, und endlich bemerkt sie mich. Sie sieht so froh aus und lächelt so schön, daß man fast denken könnte, sie hätte Rattenschwänze. Wir geben uns Zeichen, die halb fünf Uhr bedeuten sollen. Ich zeige noch zwei Hände, die aufeinander zugehen und eine Brücke mit einem Zug, der darunter durchfährt. Ich gebe mir richtig Mühe, um den Qualm von der Lokomotive zu mimen, denn ich finde, der ist das

Schönste vom Ganzen. Findet sie auch. Sie lächelt und spielt mir als Antwort etwas vor, das ich nicht ganz verstehe, aber es bedeutet »ja«, soviel ist sicher. Dann läuft sie zu ihren Freundinnen, die seilhüpfen.

»Na? Na?«

»Alles in Ordnung für heute abend.«

Bonbec wirkt enttäuscht, daß ich nicht mehr sage. Aber ich kann ihm doch nicht das Lächeln beschreiben, die Rattenschwänze und die vogelgleich flatternden Hände. Das ist privat. Auch wenn sie sein Zuckerhäschen ist. Die Schulglocke erspart mir weitere Erklärungen. Wir stellen uns der Reihe nach auf.

»Paß auf, Vinteuil will dich am Ausgang abpassen!«

Bugnot warnt mich verstohlen. Vinteuil droht mir mit der Faust und zeigt auf die Tür. Ein richtiger Pantomimentag heute.

»Was haben wir jetzt, Bonbec?«

»Bist du blind? Zeichnen und Musik!«

Stimmt, das Tischharmonium, das uns beim Singen begleiten soll, steht schon auf dem Lehrerpult, aber wir fangen mit Zeichnen an. Monsieur Vinel, der »Kunstlehrer«, wie er sich nennt, erwartet uns schon, er steht auf dem Podium wie eine Staffelei, den Spitzbart wie immer haarscharf geschnitten, wie mit dem Lineal gezogen.

»Glaubst du, sein Schniepel schleift am Boden?«

Bonbec schiebt mir heimlich seine Tafel rüber, mit einer Zeichnung zur Illustration seiner Frage. Eines Tages hat uns Monsieur Vinel nämlich ein Plakat von Toulouse-Lautrec gezeigt und erklärt, daß der Maler den Spitznamen »die Kaffeekanne« oder »der Dreifuß« hatte, wegen einer anatomischen Besonderheit... Und Monsieur Vinel kicherte vor sich hin und strich sich den Geißbart. Keiner begriff, was er nun meinte. Aber ich glaube, Bonbec hat mit seiner Zeichnung von der »Besonderheit« die Erklärung gefunden.

Ich mag Toulouse-Lautrec gern, weil er so kurze Beine hat wie mein Onkel Florent, der Bruder vom P'pa, der nie wieder ins Krankenhaus will. Einmal hat man ihn »wie auf dem Jahrmarkt« vor lauter Studenten vorgeführt. Wenn die das noch mal versuchen, wird er fuchsteufelswild. Dabei bleibt man ein Kind, wenn man kurze Beine hat, auch als Erwachsener. Onkel Florent ist »schlimmer als eine Göre«, sagt die M'am. Seinen Lohn gibt er gleich am Zahltag aus. In der Pariser Metro kauft er Tänzerinnen, die über einen Spiegel wirbeln, mechanische Hündchen, die in einer Schüssel mit Wasser schwimmen können, oder einen Clown, der ganz von allein eine Leiter hochklettert. Außerdem schleppt er wundertätige Medaillen an, die unbekannten Heiligen geweiht sind, dazu die revolutionäre Schlankheitscreme von Professor Roque, Tigerbalsam für die Stärkung der Muskelkraft und die Haarwuchs-Lotion von Docteur Treguer. Er geht zu Kartenlegerinnen und spielt bei sämtlichen Lotterien mit. Die meiste Zeit verbringt Onkel Florent aber damit, »eine Frau per Korrespondenz« zu suchen, wie Évelyne lachend sagt.

Jeden Abend schreibt Onkel Florent Briefe ins reine, die unser Vater, meine großen Brüder oder meine großen Schwestern für ihn entworfen haben. Klar fällt niemandem mehr was Neues ein. Also soll ich ihm was aus *Nous deux, Madrigal* oder *Intimité* abschreiben. Florent sagt, diese Texte sind sehr schön, und mit ihnen findet er ganz sicher eine Frau.

Als ich zum erstenmal mit der Metro gefahren bin, habe ich ein Schild gesehen, »Correspondance«, und habe gedacht, da würde Florent doch am leichtesten eine Frau finden. Wie dumm, daß es nur die Möglichkeit zum Umsteigen bedeutet!

Leider will aber nie eine was von meinem Onkel wissen.

Dabei schickt er in seinen Briefen immer auch ein Foto von sich mit, wo er noch all seine Vorderzähne hat, und zwei Fünfhundert-Franc-Scheine, wenn die Dame schon ein paar mal geantwortet hat. Abends sitzen wir um den Tisch im großen Zimmer, und Évelyne liest die Antworten vor. »Lieber Monsieur Florentin...« Mein Onkel findet, »Florentin« macht sich besser als »Florent«. Schau mal, das ist ja die aus Ostfrankreich! Den Brief habe ich entworfen. Am Anfang war die Rede davon, daß sie zwei Kinder hat, inzwischen sind wir bei sieben. Die schlägt bald die M'am, wenn das so weitergeht. Florentin ist das völlig egal. Der P'pa hat schließlich auch eine Witwe mit acht Kindern geheiratet. Die M'am bleibt aber lieber in der Küche. Sie ist wütend, das sieht man daran, wie sie die Erbsen enthülst. Als würde sie jemandem mit dem Daumen die Augen rausdrücken. Sie murmelt vor sich hin: »Noch so eine, die es nur auf seinen Lohn abgesehen hat!« Évelyne liest weiter. »Hört euch das an, die schämt sich nicht: Jetzt will sie einen silbernen Ständer mit Essig- und Ölfläschchen, ›als sichtbaren Beweis Ihrer unverbrüchlichen Zuneigung‹. Das ist ja reizend! ... Von wegen! Das hat sie aus *Nous deux* von letzter Woche: ›Rache im Schloß‹ hat das geheißen.« Meinen großen Schwestern kann in Sachen Fotoromane keiner was vormachen. Die könnten glatt im Radio beim Gewinnspiel auftreten.

»Wenn's diesmal wieder nichts wird, geb ich's auf!«

Onkel Florent hat es endlich geschafft: sein erstes Rendezvous steht bevor! Die Dame schreibt ihm seit vier Monaten. In den Briefen sind genug Fehler, daß man sicher sein kann, sie sind auch wirklich von ihr. Da sind die Rechtschreibfehler für unsere Familie zur Abwechslung mal eine Beruhigung. Sie hat nie was verlangt, weder Geld noch Geschenke. »Landfrau« ist sie. Aber unsere Mutter bleibt skeptisch, und die Erbsen müssen schwere Qualen leiden.

»Landfrau! Landfrau! Paß bloß auf: Das kann heißen, sie besitzt einen großen Hof, aber vielleicht ist sie auch nur Magd. Ich habe Freundinnen, die haben nach dem Zweiten Weltkrieg amerikanische Soldaten geheiratet, weil die ›*engineer*‹ in ihrem Ausweis stehen hatten. Die sahen sich schon als Ingenieursgattinnen mit schwarzer Nanny in Chicago. Denkste! *Engineer* kann sich da drüben jeder Taugenichts nennen.«

»Und das hier, taugt das etwa auch nichts?«

Onkel Florent zeigt die Fotos herum, die die Dame ihm geschickt hat. Man sieht darauf einen Brunnen, ein Pferd, Heugarben, einen Traktor, eine Kelter. Aber auf keinem Foto ist sie selbst zu sehen.

»Sie schreibt, eine Stute sucht man nicht nach den Zähnen aus.«

»Da hast du ja Glück gehabt.«

Évelyne lacht. Onkel Florent hat vor drei Monaten seine künstlichen Zähne an einen Nagel gehängt und nicht wieder heruntergeholt. Er will sie schonen.

»Und das hier, Paulette, ist das etwa kein Beweis?«

Das Foto zeigt ein langgestrecktes, mit hübschen flachen Ziegeln gedecktes Gebäude.

»Wofür denn ein Beweis? Wir stellen uns zum Fotografieren schließlich auch bei den Gnobels vor das Haus.«

Deswegen gibt es kein einziges Foto von unserem Haus. Eines Tages werden die Leute nicht glauben wollen, daß es das wirklich gegeben hat.

»Kümmere dich lieber um Onkel Florent. Den gibt es wirklich. Schau dir bloß an, wie er sich für das Rendezvous mit seiner ›Landfrau‹ herausgeputzt hat, unmöglich!«

»Da ist noch was schief« – Florent erinnert an den Sketch von Fernand Raynaud. In seinem grünbraunen Anzug – oder ist er braungrün? wer weiß – sieht er aus wie ein Hundedompteur, fast wie Monsieur Lemuet, der mitten auf der Kreuzung bei der Bäckerei seinen Schäferhund dressiert. »Faß, Rex! Faß!« Ein Schmierenschauspieler ist dieser Köter. Fletscht knurrend die Zähne und baut sich jedesmal kriegerisch auf, bevor er gehorcht. Der spielt sich auf, als wäre er Rintintin! Nur weil wir ihn mit Jean Nohain im Fernsehen gesehen haben, in »36 Kerzen«, der Sendung mit den vielen Attraktionen.

Capi platzt bald vor Wut. Wenn Rex dressiert wird, müssen wir Capi in der Garage festbinden. So streitlustig, wie der ist, haben wir Angst, daß er abhaut und Rex ihn mit einem Haps frißt. Einmal hat Capi es geschafft, sich unter der Garagenwand durchzubuddeln. Pfeilgerade ist er auf Rex zugeschossen. Gleich geht es unserem Kleinen schrecklich an den Kragen! Unter die Dampfwalze zu kommen kann nicht schlimmer sein. Aber egal, er rennt drauflos. Monsieur Lemuet steht stocksteif mitten auf der Kreuzung in seinem braungrünen Anzug, gepolstert wie ein Eishockeyspieler.

Schon setzt Rex zum Sprung an, aber auf einmal klemmt er den Schwanz zwischen die Beine und zischt ab durch die Rue des Limites. »Faß, Rex! Faß!« Nichts von wegen faß, Rex verkriecht sich schleunigst hinter einem Lattenzaun.

Einen Monat später haben wir ihn in einem andern Film wiedergesehen, wie er gerade drei Einbrecher verjagte. Capi hätte fast den Fernseher gefressen.

»Mit all diesen Abschweifungen hast du deinen Onkel schon wieder vergessen. Der erstickt uns noch in seinem Anzug.«

Der Riesenknoten seiner Strickkrawatte über dem gelben Hemd läßt Florent so bedrängt wirken wie einen der Bürger von Calais. Er aber findet das hübsch. Unser Onkel auf dem Weg zu seinem ersten Rendezvous. Die Landfrau ist zur Landwirtschaftsmesse in Paris. Ja, und dann haben Florent und sie sich sofort gemocht. »Als erstes hat sie meine Hände angeschaut.« Und danach ist sie mit einer holsteinischen Buntkuh und Onkel Florent im Schlepptau wieder nach Ostfrankreich gefahren. Dann und wann schicken sie uns ein Foto von einem Kalb, einem Huhn oder einer Ziege. Eines Tages hat Onkel Florent uns Geld geschickt, damit wir seine künstlichen Zähne vom Nagel nehmen und sie ihm schicken. »Dann sehen wir zwei auf dem nächsten Foto ein bißchen hübscher aus.«

»Hier, meine Engelchen, diese Scheußlichkeiten habt ihr mir letzte Woche gemalt!«

Monsieur Vinel, der Kunstlehrer, den hatte ich ja ganz vergessen. Er hält den Stoß mit unseren Bildern an zwei Fingern wie einen tropfenden Putzlappen. Dann öffnet er die Hand und läßt sie auf das Podium flattern. Klatsch! Die Klasse zuckt zusammen.

»Meine Herren, Newton hat sich in den Schwerkraftgesetzen nicht getäuscht. Und die Kunst unterliegt denselben Gesetzen: Was fallen soll, wird fallen!«

Dieser Arschkriecher von Frenel hat es auf den Preis im Zeichnen abgesehen und springt los, um alles aufzusammeln.

»Lassen Sie das verfaulen, junger Mann! Hähne wachsen auf dem Misthaufen!«

Keiner versucht mehr zu begreifen, was Monsieur Vinel sagt. Ihm verdanke ich, daß ich schon nach der ersten Stunde wußte: Aus mir wird kein Maler. Er kam herein, nahm wortlos in jede Hand ein Stück Kreide, ging auf die Tafel zu, als wollte er einem Stier Banderillas aufpflanzen, und malte plötzlich, ohne abzusetzen, zwei perfekte runde, absolut gleich große Kreise. Die Klasse machte »Oh!« wie auf der Achterbahn.

»Wer das kann, kann zeichnen!«

Noch am selben Abend bin ich rausgegangen und hab es versucht, tausendmal, an allen Wänden und Garagentüren des Viertels. Ergebnis: Kartoffeln, Rübchen, Ovale, Lassoschlingen, manchmal ein Kreis, aber nie zwei. Also werde ich nie zeichnen können. Dabei wollte ich später eigentlich Bernard Buffet werden und Jeanne d'Arc in Lebensgröße malen wie er. Das ist einfach: lauter schwarze Linien, die alles voneinander trennen. Ich mache es ihm nach, wenn ich zeichne, was ich von meinem Kirschbaum aus sehe.

Einmal hab ich Capi in der Art von Buffet skizziert. So nennt man das. Auf meinem Bild hat unser Hund ganz knochig und krank augesehen. Ich hab Angst gekriegt, daß er davon sterben muß. Also hab ich das Bild verbrannt. Ich werde nie ein Maler, nicht mal sonntags.

Unser Vater geht immer donnerstags in die »Kunstwerkstatt des Freizeit- und Kulturclubs des Betriebsrats der Air France Orly (Bereich Nord)«. So steht das auf seiner Mitgliedskarte. Dann kommt er noch später nach Haus als sonst und ißt in der Küche. Die M'am setzt sich hin und hört ihm zu. »Im Moment arbeite ich an meinem Stilleben. Die Mandoline sieht schon ganz gut aus. Aber das Brot!« Sergio hat in einer Mülltonne eine echte Mandoline aufgetrieben. Die Mädchen fanden, wir sollten lernen, abends unter den Fenstern Serenaden zu spielen. »Warum nicht gleich noch eine Gondel!« Da hat unser Vater sie als Modell in den Club mitgenommen.

Manchmal bringt er eine Leinwand mit nach Hause, um das Bild sonntags fertigzumalen. Das ganze Haus duftet nach Terpentin und Leinöl. Dann kommt es einem vor, als würde alles Holz ganz von selbst zu schimmern anfangen. Allein schon der Duft genügt, und das alte Buffet, die bunt gemischten Stühle und der große Ausziehtisch verwandeln sich in Großmuttermöbel.

»Du hast deine Oma nie kennengelernt.«

»Ja, aber ich bin sicher, so hat es bei ihr gerochen.«

Meine Mutter scheint sich zu erinnern. Sie nickt, wie wenn sie in der Küche sitzt und dem Vater zuhört, der ihr seine Arbeit am Stilleben schildert. Der P'pa malt auch Landschaftsbilder, zum Beispiel die kleine Festung auf der Klippe von Fort-de-l'Eau in Algerien.

Einmal, als es Krach gab, ist die Leinwand abgestürzt und auf der Seitenflosse von der Super-Constellation gerissen. Unser Vater hat das Bild aber wunderbar ausgebessert, mit Felsen, die so echt wirken, daß man sie schier anfassen möchte. Wir sind ganz sicher, daß wir sie sehen werden, wenn wir in zwei Jahren dort unten Urlaub machen. So geht das mit den Geschichten. Erst erfindet man sie, und später trifft man sie in der Wirklichkeit wieder, als wäre es eine ganz zufällige Begegnung.

»Was fallen soll, wird fallen!«

Monsieur Vinel wiederholt seine effektvollen Auftritte gern. Diesmal ist die Klasse schon nicht mehr so heftig zusammengezuckt. Aber unsere Zeichnungen machen immer noch dasselbe Geräusch.

»Heute, meine Engelchen, werdet ihr mir folgendes Thema darstellen: Die Schwerkraft!«

Ich weiß sofort, was ich malen werde, und ich weiß auch, daß ich mir damit schlimmen Ärger einhandele. Meine »Veranschaulichung des Themas«, wie der Lehrer es ausdrückt, ist mir eingefallen, als ich an »die Heimkehr der Bildermappen« dachte, so nennen wir den Tag, an dem unser Vater alle Bilder mitbringt, die er im Lauf des Jahres gemalt hat.

An diesem Abend läßt der P'pa uns seine Bildermappen durchsehen, außer der grünen, die bleibt im Eingangsflur stehen. Aber Évelyne sieht alles und hat die Finger überall drin. Und da unser Vater ihr nichts abschlagen kann, wo sie doch sein Liebling ist...

»Das darfst du nicht sagen, euer Vater hat euch alle gleich lieb.«

Das stimmt, aber »Liebling« ist doch ein gutes Wort, wenn man jemanden ködern will, so wie Évelyne den P'pa, damit er sie in die grüne Mappe schauen läßt. Apropos »Köder«, da muß ich ans Angeln denken. Eben hat Évelyne in der grünen Mappe einen dicken Fang gemacht: Große Bögen Canson-Zeichenpapier, auf die mit Kohle oder Tusche Frauen gemalt sind. Teile von Frauen oder ganze Frauen, von hinten, von vorn, im Dreiviertelprofil, im Stehen, im Liegen, dünne, runde, gelungene oder weniger geglückte Skizzen, aber alle sind sie... nackt! Splitterfasernackt. Das ist so in der Kunst, sagt der P'pa. Da gibt es Stilleben, Landschaften und Akte. Komisch, es heißt »der« Akt, aber die Modelle sind alles Frauen.

Donnerstag abends in der Küche hat die M'am immer nur von den ersten beiden Arten gehört. Na, vielleicht hat sie nicht so richtig aufgepaßt. Aber an jenem Abend hat sie es gesehen. Sie runzelt die Augenbrauen und gibt meinen beiden großen Schwestern ein Häuptlingssignal. Alle drei schließen sich im Elternschlafzimmer ein. Wir anderen sitzen gebannt um den großen Tisch, auf dem die Akte ausgebreitet sind. Man hört nichts, nur das Ticken der Westminster-Uhr. Eine Anordnung wie in Rembrandts *Anatomischer Vorlesung des Dr. Nicolaes Tulp*, die unser Vater einmal kopiert hat. Plötzlich geht die Schlafzimmertür auf, und unsere Mutter erscheint, flankiert von Josette und Évelyne.

»Die drei Grazien!«

Als Quittung für seine Bemerkung wird Gérard mit Blikken erdolcht. Meine Mutter stürmt herein, als wollte sie eine Ansprache vor einer Menschenmenge halten, sie sieht aus wie La Fayette (1757-1834). Vor dem Vater baut sie sich auf, als wäre er die Neue Welt. Sogar die Westminster-Uhr hält den Atem an. Sie zeigt mit dem Finger auf einen der Akte, die dort auf dem Wachstuch liegen. Jetzt ist sie eher Mirabeau im Jeu de Paume.

»Eins ist mal sicher, sogar nach dreizehn Kindern hängt mein Busen nicht so durch wie der da!«

»Meine Engelchen, die Zeit ist um!«

Monsieur Vinel deutet auf die Standuhr in der Klasse. Er geht durch die Reihen und sammelt unsere Arbeiten ein. Der Fall! Gleich fällt wahrscheinlich eine mächtige Kopfnuß auf mich herab, von wegen Schwerkraft! Bonbec hat einen Arzneikasten mit einem roten Kreuz drauf gezeichnet. So einen werde ich wohl brauchen.

»Schöne figürliche Abstraktion, junger Mann.«

Dann nimmt er mein Blatt und schaut. Wahrscheinlich überlegt er gerade, mit welcher Hand er zuschlagen will. Er streicht sich den Ziegenbart.

»Monsieur, so etwas an der Wand einer Bedürfnisanstalt

trüge Ihnen eine saftige Ohrfeige ein. Da wir uns hier aber in einer pädagogischen Anstalt befinden und es um Kunst geht, erteile ich Ihnen keine Ohrfeige, sondern einen Ritterschlag! Meine Herren«, wendet er sich an die Klasse, »ich bitte um Beifall für meine Bemerkung. Sie wäre eines Cyrano de Bergerac würdig!«

Die Klasse applaudiert folgsam, so laut, daß es Madame Charvy anlockt, die Lehrerin der Nachbarklasse. »Oh, Monsieur Vinel! Ich hatte Sie nicht gesehen.« Er grüßt sie, als schwenkte er einen Hut mit Federzier. Ich habe überhaupt nicht begriffen, was das sollte von wegen Cyrano. Außer, daß ich um die Ohrfeige herumgekommen bin. Praktisch, so ein Wort, das die Sache ersetzt. Monsieur Vinel hat uns mal ein Gedicht vorgelesen, in dem es einem Pfarrer genauso gegangen ist; er wollte das Thema »Begehren« damit illustrieren. An dem Tag habe ich ein weißes Blatt abgegen. Und die volle Punktzahl erhalten. Versteh mir einer die Kunst...

Im Hinausgehen läuft Monsieur Vinel Mademoiselle Triner über den Weg, der Lehrerin, bei der wir Singen haben. Er grüßt sie immer mit derselben Floskel: »Kalliope entschwindet angesichts Euterpens!«

Irgendwas mit den Musen. Wohl sehr höflich. Aber wenn sie nicht da ist, nennt er sie einen »als Nonne in Zivil verkleideten Tintenfischbeutel«.

»Wir fangen an, Kinder, wir fangen an! Holt eure Liederhefte heraus! Wir machen weiter mit dem *Pariser Jungen*, an der Stelle *C'est une cocarde, bouton qui fleurit dans un pot de moutarde – Es ist eine Kokarde, eine Blüte im Senfglas...*«

Eine Hand auf der Tastatur, die andere am Griff des Blasebalgs, begleitet sie uns auf dem kleinen Harmonium aus hellem Holz. In Reli wird dasselbe Instrument benutzt. Keine Ahnung, wie das Ding funktioniert. Einmal habe ich Wasser reingeschüttet, um auszuprobieren, ob es auch im Meer geht, wie die Orgel von Kapitän Nemo.

Es war wirklich enttäuschend. Ein Tischharmonium voll Wasser klingt wie eine 78er Platte, die man bei 33 Umdrehungen abspielt. Damals hat Mademoiselle das Harmonium tropfen lassen und hat selber gesungen, ohne Begleitung. »A cappella« nennt man das. Es war das erste Mal, daß wir sie so gehört haben. Kaum fing sie an, hörten alle auf zu lärmen. Das war viel klarer als alle Stimmen im Radio oder Fernsehen. Sie könnte wahrhaftig im Radio bei »Sechsunddreißig Lieder« auftreten. Es war sogar noch schöner als in der Kirche, wo man die Stimmen immer nur hört und nie sieht. Das hier war eine wirkliche Stimme. *Wenn ich eines Tags verschwinde, ich sag's der Mutter und dem Kinde, dann habe ich, bevor zum Abschied ich gewunken, die ganze Seine ausgetrunken!* Die Klasse hat nicht geklatscht, damit sie nicht denkt, wir sind unruhig.

Ich frage mich allerdings, wie einer die ganze Seine austrinken will. Selbst wenn er's versucht, es kommt doch immer was nach! Mademoiselle Triner wird ganz rot, und ein Schatten huscht durch ihren Blick. Wie diese Transparente, die im Sommer immer über dem Campingplatz hinter den Flugzeugen herflattern. »Trinkt Byrrh«. Wenn wir Mademoiselle Triners Stimme hören wollen, gießen wir einfach Wasser ins Harmonium.

Der Schultag ist so gut wie herum. Für die letzte halbe Stunde übernimmt unser Klassenlehrer, Monsieur Brulé, wieder den Unterricht. Ein Augenblick der Ruhe.

»Ich habe eure Diktate korrigiert und werde sie morgen mit euch besprechen. Es gibt erfreuliche Überraschungen.« Hat er mich angeschaut? Ich weiß nicht so genau, seine Brille spiegelt. Er könnte sie wirklich abnehmen, wenn er gute Nachrichten hat. »Macht eure Hausaufgabenhefte auf und notiert, was ihr für morgen zu tun habt.«

Bei all dem, was ich heute abend noch machen muß, wird es nicht leicht sein, auch noch Grammatik, Rechnen, das Ende von *Der Fuchs und der Rabe* und eine Zeichnung als

Illustration unterzubringen. Ich nehme einfach das Etikett von einer Camembert-Schachtel, das ich doppelt habe. Während der Lehrer die Aufgaben an die Tafel schreibt, lasse ich mir schnell noch einmal die »wirklichen« Aufgaben für heute abend durch den Kopf gehen. Erst mal muß ich als erster bei dem Kanaldeckel ankommen. Dann die Rache mit der Knallpistole. Danach muß ich Lali bis nach Hause zum Bauernhof bringen, damit er mir eine Mokarex-Figur geben kann. Bis zum Friedhof von Villemomble, das ist ein ganz stattlicher Fußweg! Ich muß mal versuchen, ob ich unterwegs noch irgendwo ein Heftchen Marken los werde. Ach Gott, fast hätte ich Bonbec vergessen! Kann der nicht allein zu seinem Rendezvous gehen? Er gibt mir Zeichen: »Auf gar keinen Fall!« Dann muß eben Lali warten. Wieviel Murmeln wird mich das kosten? Bald brauche ich statt meinem Hausaufgabenheft einen Terminkalender, wie der Wäschehändler. Hoffentlich hat die M'am noch nichts bei Syracuse gekauft.

Der Lehrer hat die Hausaufgaben jetzt fertigdiktiert. Ich schreibe sie dann aus Bonbecs Heft ab, wenn er mit seinem Zuckerhäschen zusammen ist. Hauptsache, das dauert nicht zu lange. »Du hältst mich wohl für ein Karnickel!« Jetzt ist es Zeit, meine Sachen in den Ranzen zu packen. Ich lasse möglichst viel unter dem Pult, um nicht so schwer zu tragen. Wird nicht leicht, heute abend als erster am Kanaldekkel zu sein.

Der Lehrer sagt die Schweigeminute an. Das ist so ähnlich wie der »Muskelwecker« im Radio. Mit geradem Rükken und über der Brust verschränkten Armen sitzen wir still da. Nur das Knirschen des Dielenbodens ist zu hören, dabei geht gar niemand darüber. Einen Augenblick lang herrschen derselbe Geruch, dasselbe Zwielicht wie morgens in der Klasse. Seltsam, daß so ein Geruch aus ganz viel Stille zu bestehen scheint.

»In Zweierreihen vor die Tür!«

Ich rase los. Es ist mächtig wichtig, jetzt einen guten

Platz zu ergattern. Mein Herz beginnt zu wummern. Vinteuil, seine beiden Kumpane und ich messen einander schon mit Blicken.

Der Lehrer bedeutet mir, ich solle zum Pult kommen. Mist, so rutsche ich in der Reihe ganz nach hinten. Mein Herz zerspringt gleich.

»Ich habe eine Nachricht in dein Elternheft geschrieben, daß deine Eltern mich am Samstag bitte aufsuchen möchten. Und zwar alle beide!«

Er gibt mir das Heft zurück. Wo soll ich das heute abend bloß verstecken, damit niemand es findet?

»Und noch etwas: Was ist das für ein Wettrennen, das du jeden Abend mit deinen Freunden bis zur Kreuzung machst?«

»Das ist, damit wir wissen, wer der Schnellste von der Klasse ist, Monsieur.«

»Du hältst mich wohl für sehr dumm. Ich habe den Turnlehrer gefragt. Alle wissen, wer von euch am schnellsten rennt. Also, worum geht es?«

Ich kann dem Lehrer doch unmöglich erklären, warum ich jeden Abend unbedingt als erster beim Kanaldeckel ankommen muß. Sogar wenn sie mich am Kittel festhalten oder mir den Weg verstellen, wenn sie mir ein Bein stellen oder mir einen Ranzen zwischen die Füße werfen, ich muß als erster da sein!

»Es stimmt aber, Monsieur, es ist, damit wir wissen, wer der Schnellste von der Klasse ist.«

Wenn man lügt, erkennt der Lehrer es sogar noch besser als bei einem »Visible Man«. Offenbar blinken Lügen wie so kleine Warnlichter in den Augen.

»Und wenn du einmal nicht rennen würdest?«

»Dann würde ich mich schämen.«

Es gibt Sätze, die sind so schwer wie der Klappmechanismus an den Augen der Babypuppen. Der Lehrer lächelt. Er nimmt mich bei den Schultern und schüttelt mich sanft, nur einmal. Wie man's mit seiner Spardose macht, wenn man weiß, daß sie voll ist, es aber vor dem Einschlafen schnell noch mal kontrollieren will.

»Geht in Zweierreihen in den Flur.«

Ich bin ganz hinten, aber mein Ranzen ist leicht, und jetzt weiß ich, daß der Lehrer unser Rennen bis zum Kanaldeckel verfolgen wird. Aber heute wird es wirklich nicht leicht, als erster anzukommen. Mir fällt dieser Boxfilm ein, zu dem mein Vater mich mal mitgenommen hat: *Heute abend haben wir gewonnen.* Da weigert sich der Mann am Ende zu verlieren. Er haut den jungen Gegner k.o. Die Bösen zerquetschen ihm die Hand mit einem Ziegelstein. Aber seine Frau, sie ist blond, ist stolz auf ihn und weint.

Die Klasse steht aufgereiht im Flur, Vinteuil und seine Freunde ganz vorn. Am Ausgang werden sie sich streiten, das gibt mir die Chance, abzuhauen.

»Meine Herren, heute gehen wir über die rückwärtige Treppe hinunter. Bitte kehrtmachen, bleiben Sie an Ihren Plätzen!«

Kurzes Murren, Seufzer und Scharren mit den Absätzen. Ich vollführe das Manöver, wie Gérard es mir gezeigt hat, und da stehe ich neben Bonbec ganz vorn vor den anderen. Ich traue mich nicht, den Lehrer anzuschauen. Mir ist, als hätte ich zum erstenmal in meinem Leben einen Komplizen.

Neuntes Kapitel

Der Weg

Vom Lehrer geführt, geht die ganze Klasse in Zweierreihen bis auf den Hof. Bonbec und ich immer ganz vorn. Hinter uns wird halblaut gemeutert. Da sind welche eifersüchtig! Aber der Lehrer bringt sie mit einem Fingerschnipsen zum Schweigen. Stolz, die Daumen in die Achselhöhlen geklemmt, schreiten Bonbec und ich einher, die Klasse hinter uns wie einen großen folgsamen Rucksack. Wer das nicht kennt, denkt, es ist leicht, ganz vorn zu gehen. Du denkst, du brauchst dich nur in die Brust zu werfen und das Kinn zu heben, während die Hochrufe dir wie hübsche Schleifen im Haar sitzen. Irrtum!

Vor der ganzen Klasse zu gehen, das bedeutet, daß du zu einer Schnecke ohne Haus wirst, die ihr weiches Hinterteil vor sich herträgt. Es ist, wie wenn meine kleinen Schwestern mir von beiden Seiten gleichzeitig zuschauen, während die M'am mich in der Zinkwanne wäscht. Zur Rache nehme ich Maryse und Martine dann immer auf das Garagendach mit, um »Angsthaben« zu spielen.

Da oben bekommen sie noch rundere Augen als sonst schon, und die Angst läßt das hübsche Blau noch tiefer werden. Schwindlig ist dann aber mir geworden. Ich wollte den furchtlosen Mohikaner spielen, aber Maryse ist als erste gesprungen. Also hab ich mir was anderes ausdenken müssen. Denn was ich am schönsten finde, ist nicht, wenn sie Angst haben, sondern wenn sie *um mich* Angst haben.

»Komm da raus, der Mann kommt gleich wieder!«

»Wenn du nicht rauskommst, dann wirst du noch zerquetscht.«

Maryse und Martine fangen schon an, mit den Füßen zu

trappeln, ich muß noch ein bißchen durchhalten. Ich liege unter dem Lieferwagen der Weinfirma Postillon und sehe ihre kurzen weißen Söckchen. Der Fahrer hat den Gemischtwarenladen eben erst betreten.

»Uns ist das ja egal, uns wird das nicht weh tun!«

»Wir gehen jetzt und erzählen das der M'am.«

Sie sind verschwunden. Vielleicht ist es ihnen wirklich egal, wenn ihr großer Bruder zermatscht wird? Ah, nein, ich sehe ein kleines Stück von einer Sandale, das auf dem Bürgersteig hinter den Weinkästen vorlugt.

»Ich komme nicht raus, und ich halte mich sogar fest, wenn der Wagen losfährt.«

Das habe ich im Fernsehen in »Schwarzer Adler« gesehen, meiner Lieblingsserie. Außerdem sieht dieser Lieferwagen aus wie eine Postkutsche. Ganz oben hat er sogar einen Kutschersitz, auf den ich schon mal hochgeklettert bin. Aber damit konnte ich meinen kleinen Schwestern keine Angst einjagen. Also habe ich diesen Einfall gehabt, und jetzt lege ich mich bei jeder Lieferung unter den Wagen und zähle mit geschlossenen Augen bis hundert.

66, 67, 68 – der Fahrer kommt aus dem Laden. Ich höre, wie der Motor anspringt. Alles wackelt über mir. Am liebsten würde ich »Hilfe!« schreien, und warum ziehen meine Schwestern mich nicht an den Füßen heraus? Maryse, du hast mich schon einmal gerettet, da wirst du mich doch heute nicht im Stich lassen! Aber ich bekomme keinen Ton heraus. Sie sollen doch Angst bekommen, nicht ich. Sie hocken neben dem Hinterrad. Ihre großen, entsetzten Augen flößen mir wieder etwas Mut ein. Sie schreien, aber bei dem Geknatter ist nichts zu hören. 98, 99... Der Wagen fährt an. Ich spüre, wie das Gummi des Reifens an meiner Wange entlangschabt. Der Qualm aus dem Auspuff bläst mir voll in die Lunge. Ich huste, aber jetzt ist über mir der blaue Himmel, und meine Schwestern, mit derselben Augenfarbe. Sie weinen und verpassen mir vor Wut Fußtritte.

Ich weigere mich, aufzustehen, solange sie da sind. Sie sehen ein, daß sie allein nach Hause gehen müssen, aber nicht ohne sich noch einmal umzudrehen, ob ich jetzt etwa unter den Ford Vedette vom Gemischtwarenhändler krieche. Ich warte, bis sie verschwunden sind, dann erst stehe ich auf. Schließlich brauchen sie nicht zu sehen, daß ich mir in die Hose gemacht habe.

Wie kommt das bloß, daß die Angst immer in den Kuba-Kuckuck schlüpft? Ich hab mal eine Karte vom Gehirn gesehen, wo für alles eigene Gegenden eingetragen waren: Humor, Geduld, Leidenschaft, Gewalt. Die Angst sitzt neben dem linken Ohr. Also hab ich es mir zugehalten, als ich da unter dem Lieferwagen lag, damit der Bammel nicht hineinschlüpft, aber dann war die Hose doch naß. Ich muß es mal mit dem Wachs für Marmeladengläser versuchen, wie Odysseus bei den Sirenen. Die Gegend für die Rechtschreibung liegt hinter den Wangenknochen. Also betätschele ich die regelmäßig. Null Punkte im Diktat habe ich immer noch, aber wenigstens mit roten Wangen.

Wie ein Elefantenführer leitet der Lehrer uns über den Pausenhof. Plötzlich gibt es einen Stau. Ein Unfall hat sich ereignet. Die zweite Klasse hat der Vorschule die Vorfahrt genommen. Ein Mordsdurcheinander von Beinen, Armen, Ranzen und Mützen, die die Gelegenheit nutzen, um herunterzupurzeln. Die beiden Lehrerinnen bewerfen sich mit Wörtern, die nicht gerade zu dem Wortschatz gehören, den sie uns beibringen. Man müßte auf einer Schiefertafel ein Unfallprotokoll aufnehmen.

»Man muß sich den Unfall vorstellen, wenn man die Karosserie eines Autos gut wieder hinkriegen will.«

Das sagt der P'pa, wenn er ein Autowrack umkreist wie ein mißtrauisches wildes Tier. Ein schwarzer Panther im Sonntagsanzug. Das Auge immer auf seine Beute gerichtet, versetzt er ihr kleine Pfotenhiebe auf die Chromteile. Ich bewundere seinen langen Nagel am linken kleinen Finger. Wie kommt es bloß, daß der nicht abbricht? Ich hab mal versucht, meinen so lang wachsen zu lassen, aber die Krankenschwester hat mich zum Schularzt geschickt, der mir mal wieder die Hoden betastet und was von »Abweichung« gemurmelt hat. Da habe ich Angst bekommen, er würde jetzt erst mal prüfen, ob sich mein Fahrgestell verzogen hat, und es dann richten, wie nach einem schweren Unfall.

»Die Schüler, die zu den Übungsstunden hierbleiben, aus der Reihe treten.«

Sofort machen sie sich über ihr Nachmittagsbrot und die Feldflasche mit Grenadinesirup her. Ich bin neidisch. Sie haben den leeren Hof für sich ganz allein, außerdem ist mir aufgefallen, daß fast alle guten Schüler zu den Übungsstunden dableiben. Klar, jetzt haben sie den Lehrer für sich allein. Aber es ist teuer. Also hab ich einmal zu Hause einen Fünfhundert-Franc-Schein eingesteckt, der mutterseelenallein herumflatterte.

»Wem hat der gehört?«

»Ich weiß nicht mehr, M'am.«

Erst hab ich ihn vor der mütterlichen Morgen-Durchsuchung auf dem Eingangstreppchen versteckt, und dann hab ich für einen Monat gezahlt. Jeden Abend hab ich mir heimlich ein Nachmittagsbrot gemacht, mit einem Camembert, der nicht zu doll riecht, und hab am Waschbecken eine kleine Flasche mit Wasser gefüllt, dazu ein bißchen Wein, damit es rot aussieht. Ich zwinge mich zu essen, aber ich habe keinen Hunger. Mir genügt es, den anderen beim Weggehen zuzusehen. Der Lehrer setzt sich in der ersten Reihe neben mich in dieselbe Bank. Sein Ehering schneidet in den Finger ein. Den kriegt er niemals wieder ab. Der Anblick macht mir angst, es kommt mir vor, als müßte ich ersticken. Mein Vater trägt seinen nicht. Einem Kumpel hat es bei der Arbeit an einem Blech den Finger abgerissen. Ich trag später auch keinen.

Als wir nach den Übungsstunden rauskommen, ist es dunkel. Ich fühle mich, als wäre ich gewachsen. Der Lehrer hat gesagt, ich mache jede Menge Fortschritte. Aber woher soll ich jeden Monat einen Fünfhundert-Franc Schein herkriegen?

»Ich habe mich beim Direktor erkundigt. Leider gilt die Befreiung vom Schulgeld nicht für die Übungsstunden.«

Alle Knubbel auf der Stirn von meinem Lehrer wirken betrübt. Wir können gratis essen, aber nicht gratis üben. Egal, dann esse ich eben doppelt soviel.

Die Reihe verläßt den Hof und durchquert die Turnhalle. Wir gehen durch die Eisentür hinter der Kantine hinaus. Dort übergibt Monsieur Brulé uns den beiden Küchenhilfen, die den Eingang bewachen. Jeden Tag kommt es mir vor, als würde der Lehrer uns im Stich lassen. Bonbec stößt mich mit dem Ellbogen in die Seite.

»Schau!«

Vinteuil und seine beiden Kumpane, Guibaut und Donnier, drängeln sich klammheimlich durch die Reihen nach vorn. Die Küchenhilfen merken nichts.

»Wir treffen uns dann unter der Brücke!«

Bonbec spricht, als stünden wir auf der Brücke der *Titanic*. Die Reihen der zweiten Klasse sind schon halb von der großen Tür verschluckt worden. Hinter mir höre ich Gerempel. »Madame, der drängelt sich vor!« »He, du Vordrängler!« Bei den Kleinen gibt es einen Stau wegen einer Mutter mit Hut. »Er hatte doch einen blauen Schal!« Jetzt ist Vinteuil zwei Reihen hinter mir. Ich klemme mir die Schultasche unter den Arm und lockere den Gürtel des Schulkittels.

»Nicht drängeln da, die dritte Klasse!«

Jetzt steht nur noch die Küchenhilfe vor mir, gleich bin ich draußen. Vinteuil klebt mir im Rücken, er hält mich am Kittel und schaut mit seinem Engelsfrätzchen woandershin. Guibaut macht sich an Bonbec ran.

»Jetzt! Und ohne zu rennen!«

Was für ein Gerangel! Guibaut wirft sich auf Bonbec und schubst ihn mit einem Schulterhieb in den Rücken zur Seite. Donnier taucht von hinten auf und stürzt sich wie ein Rennfahrer durch die Öffnung. Einmal hat mich der P'pa nach Cipale mitgenommen, in das Pariser Radrennstadion, zur Ankunft der Tour de France. Beim Sprint sind alle aufgesprungen. Ich hab nichts mehr gesehen, aber das hat nichts gemacht, obwohl Darrigade nicht gewann. Dieser Blutegel von Vinteuil klammert sich an meinen Kittel wie für ein Steherrennen hinter einem Motorrad. Der hält mich wohl für sein Töfftöff!

»Los, Jacquot!«

Vinteuil feuert seinen Mannschaftskameraden an. Mit dem Ranzen auf dem Rücken läuft Donnier auf die Straße. Wie ein Wasserträger, der sich samt den Vorräten aus dem Staub macht. Bonbec versucht, ihm in den Weg zu treten, aber er wird gegen das Geländer geschleudert. »Gebt wenigstens auf die Kleinen acht!« Vinteuil sitzt mir immer noch auf dem Gepäckträger und bremst mich. Mit einem Ellbogenhieb zwischen die Rippen mache ich mich frei. Er versucht, mich beim Gürtel zu schnappen, aber den lasse ich ihm als Andenken. Geschenkt! Endlich kann ich loslegen. Weiter unten auf der Straße sehe ich Donniers Ranzen. Blanco, jetzt den Kopf über den Lenker beugen, sprinten wie Rousseau und jagen wie Rivière!

Ich zische in Donniers Kielwasser los. Den lasse ich Gummi riechen, bis er Kopfweh kriegt, dieser Verräter. Der Bürgersteig ist voller Leute. Ich springe auf die Fahrbahn. »Immer stracks voran! Als wärst du an der Côte d'Azur und wolltest nach Nizza!« Jetzt fängt auch noch der P'pa an, mit mir zu reden! »Für den Rhythmus denkst du am besten an ein Lied.« Ich nehme *Rock the Bop* von Brenda Lee. Ich werde auch mit zwölf meine erste Schallplatte machen, wie sie. Der erste Radrenn-Rocker.

Die Bahn ist frei. Ich lasse Donniers Ranzen nicht aus den Augen, damit er mich ansaugt wie Brausepulver durch einen Strohhalm. Der Abstand schrumpft. Aber er ist noch weit. Das wird nicht leicht.

»Kurze Sätze, das ist gut für den Rhythmus!«

»Danke, Monsieur.«

Ich atme wie in der Klinik. Meine Beine laufen gut unter mir. Ein dicker Gummi wie in den Babypuppen ist zwischen meinen Beinen gespannt. Ich sammle Kraft, bin eine Flugzeugschraube, die jemand spannt. Eine Hand versucht, mich im Vorbeifliegen zu packen. Diesen Idioten von Guibaut hatte ich ganz vergessen. »Los, Donnier!« Ein Kinderwagen quer auf dem Bürgersteig bremst seinen Lauf. Er muß auf die Fahrbahn springen. Jetzt ist er nur noch einen Meter vor mir. Ich höre ihn keuchen. Gleich ist er fertig! Aber da ist auch schon der Kanaldeckel.

Donnier schaut nach der falschen Seite. Wegen seinem fetten Ranzen sieht er mich nicht kommen. Er sucht mich. »Dreh dich nie um, oder du bist verratzt!«

Fast bin ich gleichauf. Meine Sohlen klatschen laut. Er wendet den Kopf. Sieht mich. Er schaut wie ein ängstliches Pferd. Ich sprinte los. »Nicht zu früh vornüberwerfen!« Jetzt sind wir Schulter an Schulter. Donnier lehnt sich gegen mich. »Den Ellbogen, verflixt! Gib ihm eins mit dem Ellbogen!« Er drängt mich mit seinem Ranzen ab. Mist! Da ist der Kanaldeckel! Unvermittelt flutsche ich mit gestreckten Beinen unter Donnier. Es haut ihn um, er fällt mir auf das Gesicht. Doch da unten, ganz am Ende meines Körpers, spüre ich, wie mein Fuß über den gußeisernen Deckel schrammt. Fast kann ich es blind mit den Zehen lesen:

Ville de Villemomble, EN 23 G!

Ich hab ihn als erster berührt!

Hoffentlich hat unser Lehrer mich gesehen. Donnier schreit mitten auf der Kreuzung. Sein Kittel ist an den Ellbogen zerrissen.

»Unfair! Das ist unfair! Du hast geschummelt!«

Vinteuil und Guibaut kommen herangerannt, die anderen folgen dicht dahinter. Wer gewonnen hat, sehen sie Donnier am Gesicht an.

»Du hast geschummelt! Ein dreckiger Schummler ist das! Er hat mir ein Bein gestellt!«

»Wer hat als erster berührt?«

»Ein Schummler ist das!«

»Ich hab gefragt, wer als erster berührt hat!«

Vinteuil schüttelt seinen Champion, der schon daran denkt, wie er zu Hause anzittern muß mit seinem Viertausendfünfhundert-Franc-Kittel.

»Na was, er oder du?«

Vinteuil kann gut fragen. Um uns hat sich ein Auflauf gebildet, als hätte jemand um Hilfe gerufen. Auf dem Schulhof ist das das Erkennungszeichen für Kloppereien.

Donnier tobt darüber, daß er verloren hat. Er reißt mir meinen Ranzen aus den Händen, Guibaut baut sich hinter mir auf, und Vinteuil steht mir genau gegenüber. Keine Chance wegzurennen, mit dem ganzen Publikum drum herum. Ich sehe, wie Bonbec Richtung Eisenbahnbrücke schleicht. Er gibt mir ein kleines bedauerndes Zeichen, als wollte er sagen: »Ich bin zu dick, ich bin schwach, und ich hab ein Rendezvous.«

»Und jetzt gibst du mir meinen Ferrari wieder.«

»Ich hab ihn gewonnen!«

Ich hätte gar nicht erst antworten sollen. Ein Mohikaner schweigt. Sogar, wenn er kopfüber am Marterpfahl der grausamen Kiowas hängt.

»Her damit.«

Er streckt die Hand aus. Ich könnte leicht sagen: »Na gut!«, könnte lächelnd auf ihn zutreten und ihm mit der Faust eine in die Zähne hauen wie beim Tanzvergnügen.

»Ich hab dir schon gesagt: Brille, Kleidung und Zähne rührst du mir nicht an!«

»Dann bleibt aber nicht mehr viel übrig, M'am.«

Vinteuil fängt an, mich zu durchsuchen, um seinen Ferrari wiederzufinden. Er fummelt sogar in der Nähe von meinem Kuba-Kuckuck herum, während er die Taschen meiner kurzen Hose durchstöbert. Ein Wüstling, dieser Vinteuil. Einer von denen, die an den Pißbecken zu den anderen rüberschielen oder sich anbieten, an der Klotür aufzupassen, wenn die nicht zuzuschließen geht, um sie dann um so besser aufreißen und seine Kumpel zum Lachen bringen zu können. Seine Zähne stehen nicht so auseinander wie bei Picard. Er sieht aus, als würde er gleich lossabbern.

»Wo hast du meinen Ferrari versteckt? Wir sollen wohl in deiner Unterhose nachschauen? Falls du überhaupt eine anhast.«

Da muß das Publikum aber lachen. Nur: Genau die Frage stelle ich mir auch, seit Vinteuil an mir rumfummelt.

»Und wenn du auf der Straße einen Unfall hast?«

»Das hast du mir ja tausendmal gesagt, M'am. Jetzt ist es soweit, ich bin auf der Straße, und gleich könnte der Unfall passieren.«

Die Vorstellung, mir öffentlich die Hosen auszuziehen, läßt Vinteuil strahlen. Mich nicht. Wenn er meine kurze Hose anfaßt, zünde ich seinen Hosenlatz an wie ein bengalisches Feuer und lasse seine algerischen Bömbchen hochgehen. Mit gegrätschten Beinen baut Vinteuil sich vor mir auf.

»Mal schauen, was er drunter hat!«

Donnier und Gibaut nutzen den Moment, packen meine Arme und drehen sie mir auf den Rücken. Als hätte ich das nicht gewußt. Ich hab sie eben machen lassen. Ich hab ja immer noch meine Weltmeisterfüße zum Zuschlagen.

»Achtung, gleich kommt der Vogel geflogen!«

Vinteuil streckt die Hand nach dem Gürtel meiner kurzen Hose aus. Wir schauen uns genau in die Augen. Einen Zentimeter weiter, und ich sorge dafür, daß er Sternchen sieht.

»Suchst du das hier, Vinteuil?«

Picard durchbricht den Kreis der Zuschauer. Der rote Ferrari sieht ganz winzig aus in seiner Pranke. Vinteuil wird auf einen Schlag drei Farbtöne blasser. Guibaut und Donnier wären auch gern woanders.

»Was hast du mit meiner Kiste vor?«

Vinteuil ist entrüstet; wie kann man nur von »Kiste« sprechen, wenn es sich um einen Ferrari-Rennwagen handelt. Liegt es an der Empörung, daß er nicht sprechen kann? Er stottert.

»Nichts... nichts. Er da!«

»Was er?«

»Nichts... nichts...«

Woher hat Vinteuil nur seine guten Aufsatznoten bei so einem kleinen Wortschatz?

»Na, Vinteuil, dann ist ja alles in Ordnung, oder nicht?«

»Ja... ja.«

»Also dann, salut!«

Picard bleibt mitten auf der Kreuzung stehen, die Arme über der Brust gekreuzt, die Bizepse schön zur Schau gestellt. Wer will noch mal? scheint das zu heißen. Auf einmal sehen alle woandershin und entsinnen sich der Hausaufgaben, die noch zu machen sind.

Guibaut, Donnier und Vinteuil knirschen mit den Zähnen und schauen unbeteiligt drein, um das Gesicht zu wahren. Dann schlagen die drei Musketiere den Rückweg zur Schule ein, den Schwanz zwischen die Beine geklemmt. Picard blickt mich noch böser an als sonst schon.

»Paß auf, wenn du dich jetzt bedankst, kriegst du meine Faust in die Fresse!«

Picard geht an den Rinnstein, den roten Ferrari in der Hand. Da läßt er ihn fallen, wie wenn man eine Murmel von oben her wegprallen lassen will. Mit einem kleinen Fußtritt schubst er ihn ein Stückchen weiter, bis er im Gully verschwindet. »Pling-plang-plong«. Picard geht Richtung Rondell von dannen, die Tasche über die Schulter geworfen, breitbeinig wie ein Matrose.

Heute abend komme ich her und hole den Ferrari mit

Draht, Magnet, Schnur, Taschenlampe und Spiegel wieder heraus. Nach Rosenwasser wird er nicht riechen, aber es ist trotzdem der Mühe wert.

Eins ist also schon mal geschafft: der Kanaldeckel. Bevor ich jetzt die Rechnung zu Hause in meinem Viertel begleiche, muß ich noch zu Lali. Der spielt dahinten eine Partie Murmeln und räumt schwer ab. Ja, in Ordnung, er wartet auf mich. Nein, der Mokarex-Maler, den er zu Hause für mich hat, ist nicht Velazquez.

Ich weiß nicht recht, gehe ich jetzt zu Bonbec unter die Brücke, oder begleiche ich lieber erst meine Rechnung? Es ist nicht weit, aber besser, ich warte, bis niemand mehr auf der Straße ist. Also zu Bonbec. Hoffentlich ist er nicht gerade »mitten bei der Sache« mit seinem Zuckerhäschen.

Einmal sind wir mit dem großen Michel zu einem von seinen Kumpels gegangen und haben ihn ganz nackt auf einer ganz nackten Dame überrascht.

»Ah, du bist gerade mitten bei der Sache, Jojo. Na, dann kommen wir nachher noch mal vorbei.«

Nachher waren sie wieder angezogen. Die Dame hat mir Mandelsirup gemacht. Sie trug einen hübschen chinesischen Morgenmantel.

Ich komme zu Bonbec. Er ist nicht mitten bei der Sache, und warum nicht? Sein Zuckerhäschen ist nicht da.

»Bist du sicher, daß sie gesagt hat, heute nachmittag um halb fünf?«

»Ganz sicher, Bonbec!«

Wenn man auf Pantomime angewiesen ist, kann man nie ganz sicher sein. Die Taubstummen verpassen wahrscheinlich jede Menge Rendezvous. Einmal hab ich eine Gruppe von ihnen gesehen, am Bahnhof von Le Raincy, von zwei Nonnen begleitet. Sie machten Geräusche und Bewegungen, als wollten sie wegfliegen. Aber man konnte spüren, daß sie in ihrem Mund gefangen waren.

Bonbec hat sich auf den Stufen eingerichtet wie für eine Belagerung. Er sitzt auf seinem Ranzen und stochert in einer großen Tüte Karamelbonbons, die neben ihm steht.

»Während ich gewartet habe, ist oben eine Nonne vorbeigekommen.«

»Und, hatte sie eine an?«

Bonbec sagt, Nonnen tragen keine Unterhosen. Und weil die Salesianerinnen die Eisenbahnbrücke nehmen müssen, wenn sie zurück ins Krankenhaus wollen... Idiotischer Ausdruck, eine Brücke »nehmen«. Dafür müßte man ja der phantastische Riesenmann sein, den ich in Le Raincy im Kino gesehen hab! Also, sobald Bonbec und ich von fern eine Nonnenhaube sehen, verstecken wir uns unter der Treppe. Ich sehe nie was. Bonbec sagt, er sieht was, und er schildert es mir in allen Einzelheiten.

Aber solche Beschreibungen haben nichts zu bedeuten. Ich kann welche geben, ohne das geringste gesehen zu haben. »Beschreibt euer Zimmer.« Ich hab kein eigenes, aber trotzdem hab ich acht Punkte bekommen. »Schildert eure Ferien.« Ich hab die Schlucht von Padirac beschrieben: vier Punkte, »zuwenig anschaulich«. Beim Aufsatz sind die echten Erinnerungen nur halb soviel wert wie die erfundenen.

»Und wenn sie nicht kommt?«

Bonbec spielt Angsthaben. Er windet sich immer mehr. Schon ist die Bonbontüte leer, und er nimmt ein langes, klebriges Stück Mäusespeck in Angriff. Ein Zug kommt vorbei, die Erde bebt. Bonbecs Bauch wackelt. Wie ein kleiner Buddha. Zum erstenmal sage ich mir, daß Bonbec später richtig fett sein und daran sterben wird.

»Bleib da, Bonbec, ich geh mal nach oben, nachschauen, ob sie kommt.«

Sie ist schon da und lehnt mit den Ellbogen am Brückengeländer. Eine Dampflok fährt vorbei. Zuckerhäschen hat keine Angst. Sie rückt nicht beiseite und verschwindet in einer schön geformten Dampfwolke. Ich trete in die Wolke hinein. Sie weiß nicht, daß ich neben ihr bin. Ich kann nur einen Zipfel von ihrem Schottenrock erkennen. Ich könnte ihn anfassen, sie würde nie erfahren, wer das war. Die Brücke schwankt unter meinen Füßen, Lärm und Rußgestank erfüllen meine Lunge, zum Ersticken. Die M'am hat recht, ich werde noch im Sanatorium enden. Dann wird Zuckerhäschen mir Briefe schreiben und etwas Dampf in den Umschlag stecken. Ihr Rock bauscht sich, die Lok pfeift, ich spüre, wie mein Kuckuck auffliegt. Da verziehe ich mich lieber schnell, bevor die Wolke sich verzieht und das Zukkerhäschen die Beule in meiner Hose sehen kann. »Beschreibt eure erste Begegnung.« Ich werde was erfinden. Gibt eine bessere Note.

»Bonbec, sie wartet da oben auf dich!«

Er wischt sich den Mund mit dem Ärmel ab, richtet sich mit den Fingern die Frisur und streift die Krawatte mit Gummizug über.

»Stinke ich noch?«

»Nein, du riechst nach der Wolke.«

Er begreift nicht, zuckt mit den Schultern und steigt die Treppe zur Brücke hinauf. Und ich hab jetzt eine Rechnung zu begleichen, in der Rue de l'École 23. Und zwar sofort.

Erst gehe ich ein paarmal gegenüber auf und ab, um zu schauen, ob der gelbe Hund schon im Garten ist. Eine Mohikanertechnik ist das, ich hab sie schon mal in der Nähe vom Niemandsfeld ausprobiert. An einem Sonntagabend hab ich auf einem Hof hinter einem Mäuerchen eine Spielzeugkiste entdeckt, mutterseelenallein, kein Mensch zu sehen. Ich kreise, schaue, beobachte: niemand da! Also schleiche ich an dem Mäuerchen entlang, als wenn nichts wäre, und greife nach einer schlanken blonden Puppe mit Kleidern. Schnell wie eine Kobra, wendig wie ein Aal.

»Hab ich dich, du Lauser!«

Die Stimme, die mich bei den Haaren gegriffen hat,

klingt äußerst zufrieden. Zack, hat sie mich über das Mäuerchen gekippt. Jetzt bin ich auf der anderen Seite, auf dem Hof.

»Ich habe genau gesehen, was du gemacht hast, Schlingel.«

Die Stimme gehört einem kleinen vertrockneten Alten mit zwei tief eingemeißelten Falten neben den Mundwinkeln. Sicher hat der hinterm Fenster gestanden und mich ausgespäht. So einer legt in der Stadt Schlingen. Ein Wilderer, aber hinter Kindern her: seltsamer Beruf.

»Diebsgesindel, so was lasse ich nicht mit mir machen.«

Als der klein war, hat ihm sein Lehrer wohl ins Aufsatzheft geschrieben: »Vermeide Wiederholungen, achte auf Abwechslung.«

»Du bringst mich jetzt zu deinen Eltern, Herumtreiber, wenn du welche hast.«

Ich hab Eltern, soviel er will. Aber sie wohnen ganz, ganz weit weg. Ist ihm egal, also schleppe ich ihn in die entgegengesetzte Richtung. Als wir nach Bondy kommen, in Feindesland, fragt er mich: »Ist es noch weit, Rotzlümmel?« Beim Bahnhof Les Coquetiers macht er langsam schlapp. »Nicht möglich, Aasbengel, du wohnst wohl am Arsch der Welt!« Wir sind an der Eisenbahnlinie, es wird dunkel. »Du willst mich wohl verarschen, du Drecksau!« Der kleine Alte schaut allmählich nach der Uhr. »He, du Arschloch, wegen dir verpasse ich ›Die letzten fünf Minuten‹ im Fernsehen!« Ich auch. »Schluß jetzt, das reicht. Wo wohnst du, Scheißkerl?« Ich deute unbestimmt ins Dunkle, mehr oder weniger auf die Sterne, die schon zu sehen sind. Mit einer saftigen Backpfeife sorgt der Alte dafür, daß ich zu den Sternen am Himmel noch welche im Kopf sehe, als wäre da drin ein Kino. Und das in Farbe! Ein ganzer Blumenstrauß von Schimpfnamen!

»Das wird dich klauen lehren, du Lump!«

Er wedelt mit der blonden Puppe. Pech für meine kleinen Schwestern. Und ich wollte ihnen was mitbringen! Er schaut auf die Uhr. »Mist, zu spät, wegen dir komme ich nicht mehr in den Film rein, Gesocks.« Der zweiten Saftigen weiche ich gerade noch aus. Für die Puppe will ich ja gern zahlen, aber nicht fürs Fernsehen. Er zieht ab, das Spielzeug in der Hand, bleibt stehen, zögert und dreht sich um, etwas verloren dreinblickend.

»Geht es hier zurück?«

»Da lang, Monsieur!«

Das »Monsieur« betone ich und lege alles hinein, was es braucht, damit es »Arschloch-Lüstling-Sackgesicht-Widerling-Sadist« bedeutet. Ich deute in die richtige Richtung, denn ich bin mir völlig sicher, daß er mir nicht glaubt. »Du denkst wohl, du kannst mich verscheißern!« Und so geht der kleine vertrocknete Alte nach links. Der kommt jetzt wirklich pünktlich. Zum Testbild.

In der Rue de l'École 23 scheint der gelbe Hund hinter der Ligusterhecke zu liegen und zu schlafen. Mein Herz fängt einen schlappen Steptanz an. Ich seh noch seine stinkende Schnauze, die heute früh so plötzlich vor mir aufgetaucht ist. Sein Herrchen sitzt vor der Eingangstreppe auf einem Klappstuhl. Mit seinem Hütchen sieht er aus wie ein Fischer, der seinem Sonotone-Transistorradio lauscht und die Angel im Auge hat. Verstohlen stecke ich mir die Knallpistole in den Gürtel und gehe dann in aller Ruhe bis zum Haus Nummer 19, den Kopf erhoben, mit Indianerblick, einem Gesichtskreis von 180 Grad, ohne den Kopf zu bewegen, und den Puls auch auf mindestens 180.

So komme ich vor dem Tor von Nummer 23 an. »Sultan!« Der Herr mit dem Transistorradio sorgt dafür, daß sein Hund aufpaßt. Wahrscheinlich spitzt die Bestie schon die Ohren und ist bereit, auf mich loszugehen. Er hüpft. Auf einmal kommt er rechter Hand in mein Gesichtsfeld. Der feiste gelbe Kopf zwischen den Gitterstäben, die Augen, blutunterlaufen, die Sabberschnauze. Erstarre ich an Ort und Stelle und lasse mich von dem Viech fressen?

Ich sehe, wie mein Arm sich in die Horizontale hebt und dem Köter die Kanone ins Ohr steckt. Buuummm! So klingt das. Dem gelben Hund kommt der Qualm zu Mund und Nase raus. Ein wahrer Feuerstier! Wie ein Dackel kläffend, schüttelt die Bestie den Kopf, als wollte sie den Rasen zerpflücken. Ihr Herrchen springt herbei. Die Detonation hat wohl seinen Transistor gesprengt. »Sultan! Mein Sultan!« Ich bleibe nicht stehen. »Gehe ruhig weiter! Dreh dich nicht um und tauche in der Menge unter.« In der Rue de l'École ist kein Mensch zu sehen. Egal, ich tauche trotzdem unter.

An der Straßenecke hat Lali die Murmeln beiseite gelegt und spielt jetzt Harmonika. Der könnte wirklich beim Raisner-Trio mitmachen! Ich frage ihn nach der Mokarex-Maler-Figur. Nein, es ist weder Courbet noch David, aber an den Namen erinnert er sich immer noch nicht. Ich gehe wieder zur Brücke, meinen Ranzen abholen, den ich bei Bonbec zurückgelassen habe. Er steht auf das Geländer gestützt, allein, ohne das Zuckerhäschen. Sie hat wohl gefunden, daß er stinkt. Er sieht aus wie ein Selbstmordkandidat. Ich hör ihn schon mit seinen Geschichten von Zungen, Haaren, Fummelei und Piephahn. Sein Gesicht ist rund wie ein großes O.

»Sie mußte weg, wegen ihrer Mutter. War toll, wir haben sieben Züge gesehen!«

Bonbec hat noch Flugasche in den Wimpern hängen und in seinem Bürstenschnitt ein paar Flocken von den Wolken. Schön wird man von den Zügen!

»Donnerstag sehen wir uns wieder. Dann gehen wir zur Brücke an der Kirche. Da fahren elektrische Züge vorbei. Vielleicht sehen wir die neue B-B. Stell dir vor, sie weiß, was eine Kettenfahrleitung ist!«

Im Mund eines Mädchens klingt »Kettenfahrleitung« sicher genauso hübsch wie »Lapislazuli« oder »Amethyst«. Der Stein, der vor Trunkenheit schützt. Dabei schwankt

Bonbec ein bißchen auf der Brücke, den Atem schwer von Anisbonbons. Der große Michel hat oft zu mir gesagt: »Nimm immer eine Handvoll Kaffeebohnen in der Tasche mit, und wenn du mal was trinkst, kaust du ein paar davon, bevor du zu deiner Alten heimgehst. Und haste nicht gesehen, sie riecht nichts davon.«

»Dein Vater hat das auch so gemacht! Und geglaubt, ich rieche nichts!«

Gar nicht leicht, ein Mädchen für später auszusuchen. Sie muß gut seilhüpfen können, Züge mögen und nichts sagen, wenn man nach zerkauten Kaffeebohnen riecht.

Bonbec geht nach Hause. Ich begleite ihn über die Brücke. Er sieht ganz nachdenklich aus.

»Ich bin sicher, das ist die Frau fürs Leben. Ich muß mit den Bonbons aufhören, ich bin zu dick. Sonst kommt wer und schnappt sie mir weg.«

Er hält seine letzte Tüte Pfefferminzbonbons ins Leere und läßt sie auf einen flachen Waggon fallen; unter uns fährt gerade ein Güterzug vorbei. Man könnte meinen, es wären Liebesbriefe. Wir verabschieden uns voneinander. Ich sehe ihm nach. Das eine oder andere Kilo muß er wirklich noch abnehmen, bevor er es allein auf die Mädchenmauer schafft. Ich hab vergessen, mir die Hausaufgaben abzuschreiben. Egal, ich frag Lali.

Der sitzt an der Mauer und zählt gerade die Murmeln in seinem Kittel, zwischen den Knien, wie wenn man ein Huhn rupft.

»Was, hast du gesagt, waren die Daten von der Mokarex-Figur?«

»1796-1875.«

»Das ist Courbet!«

Lali scheint nachzudenken, aber das liegt nur daran, daß ich ihn beim Zählen durcheinandergebracht habe. Er fängt wieder von vorn an. Seine Geduld macht mich ganz nervös. Er müßte eine Stirn haben, die ihm rings um den Schädel geht, dabei ist zwischen Augenbrauen und Haaren nicht mal Platz, um den Kamm anzusetzen.

»148!«

Er wiegt den Murmelsack in seiner kantigen Hand. Als würde er den Wert eines Stiers »an den Klöten« messen, wie er das nennt. Schweigend gehen wir nebeneinanderher. Ich denke an diese Mokarex-Figur. »Ein Maler an der Staffelei (1796-1875).« Mehr weiß er einfach nicht mehr.

Ich versuche, mich an die große Zeittafel zu erinnern, die zwischen zwei Fenstern an der Wand hängt, dreifarbig wie die Trikolore. Drei horizontale Streifen. Blau für die Musik, weiß für die Bildhauerei und rot für die Malerei. Einmal hab ich eine Woche lang neben dem 19. Jahrhundert gesessen, auf der Höhe von Bildhauerei und Architektur. Ich erinnere mich an Rude, Barye, Carpeaux, Rodin und Chalgrin. Der Streifen für Malerei war gleich darunter. Wäre ich noch kleiner gewesen, dann wüßte ich jetzt, welcher Maler von 1796 bis 1875 gelebt hat.

Wegen dieser Zeittafel sieht mein Gedächtnis seitdem aus wie eine Napoleon-Schnitte, und nur zu oft tropft Vanille auf Erdbeer.

Das Gedächtnis in Scheibchenform, das liegt auch am Klo! Da lese ich nämlich die Zeitung. Aber weil die aus hygienischen Gründen in Streifen geschnitten ist, kenne ich alles nur scheibchenweise: *Die Callas weigert sich zu singen, weil… Fidel Castro befiehlt Angriff auf… Der ANC will… Billie Holiday verurteilt zu… Henri Alleg darf nicht… Pierre Mendès-France und François Mitterrand nehmen eine Parade… Doktor Schiwago kommt demnächst…* und *Joliot-Curie verstorben.*

Bei so einem Gedächtnis ist es ja kein Wunder, daß alles ein bißchen durcheinandergerät. Wenn ich mal eins achtzig groß bin, lese ich ganze Zeitungen auf dem Klo, dann kann niemand verlangen, daß ich herauskomme, und dann kriege ich endlich die vollständigen Artikel. Das müßte doch genügen, um alles zu begreifen. Zum Glück gibt es noch das Fernsehen. Da kann mir niemand einzelne Seiten klauen, auch wenn meine kleine Schwestern mir extra vor dem Bildschirm herumlaufen.

»Du machst dir die Augen kaputt, wenn du so nah davor sitzt!«

»Ja, da kannst du sogar blind von werden.«

Fernsehen ist wie Dämmerungsblindheit, man fängt erst abends an zu sehen. Irgendwann werd ich wegen den kleinen Schwestern den Fernseher hochstellen, wie in der Kneipe in der Rue des Limites.

Da legt der Vater immer eine kleine Pause ein, wenn er vom Bahnhof von Les Coquetiers kommt. Da hab ich auch zum erstenmal *King Kong* gesehen. Ich probiere aus, ob meine Affengeschichte Lali interessiert. Aber er marschiert immer noch schweigend drauflos und schnitzt dabei mit seinem Klappmesser an einem Holzstecken herum. Obwohl, es ist gar kein richtiges Klappmesser, eher eine gebogene Klinge mit Horngriff.

Das hat er eines Tages beim Rondell mal rausgeholt, als einer aus der Neunten ihm seinen Murmelsack abnehmen wollte. Als der Große die Klinge gesehen hat, ist er auf der Stelle erstarrt, wie meine kleinen Schwestern, wenn der schwarze Hund vom Gemischtwarenhändler auftaucht. »Der Kleine ist ja wahnsinnig!« Dann ist er abgehauen und hat Lali von fern mit der Faust gedroht.

Gleich am Abend bin ich in den Schuppen hinterm Haus gegangen und hab da ein auseinandergefallenes Klappmesser gefunden, das ich mit zwei Nieten am Griff repariert hab, wie es mir mein Vater mal gezeigt hat. Hält so mehr oder weniger. In einen Lappen gewickelt, steckt es in einer der beiden Außentaschen von meinem Ranzen.

Als ich am nächsten Morgen auf Blanco zur Schule galoppiere, fühle ich mich wie Don Quichotte mit seiner funkelnden Lanze. Den ganzen Weg über halte ich nach Witwen oder Waisen Ausschau, denen ich helfen kann. »Kümmer dich um deinen eigenen Kram!« In der Pause gehe ich sofort hin, wenn's irgendwo ein Gerangel gibt. »Tut er dir was? Tut er dir was?« Achselzuckend drehen sie mir den Rücken zu. Auch im Speisesaal blamiere ich mich, als ich versuche, mein Fleisch mit dem Messer zu schneiden. Nach der Schule aber bin ich wieder der Ritter ohne Fehl und Tadel, mit Bonbec als Sancho Pansa.

Fast hätte ich meine Laufbahn als Rächer allen Unrechts schon aufgegeben, als am selben Abend die Sabberfresse von dem gelben Hund wieder vor mir auftauchte. Ich spürte, wie ein mächtiger Schwall in mir hochbrodelte. Den würde ich umbringen, diese Bestie, in Stücke hauen würde ich ihn, ihm die Augen ausquetschen, die Zähne ausreißen, die Eier abschneiden, ihn auf einen Zaunpfahl spießen, ausnehmen, trocknen lassen und einen Läufer für den Eingangsflur aus ihm machen. Die M'am würde ihn violett einfärben. Sie färbt alles violett.

Ich stürzte mich auf meinen Ranzen und rollte den Lappen auf, in den mein Messer eingewickelt war. Liebe Güte, genug Stoff, um neun Ramses II. einzupacken. Dann warf ich es nach dem Hund. Das Messer landete unsanft auf dem Boden. Pling! Die Klinge fällt zur einen Seite. Plong! Der Griff zur andern. Wie peinlich. Selbst der gelbe Hund lacht noch heute darüber. Wenn ich besser genietet hätte, hätte ich ihn vielleicht abgemurkst und sein Herrchen mit dem Transistorradio gleich mit… Am nächsten Morgen hätte die M'am im *Parisien* lesen können: *Doppelmord mit neun. Exklusivreportage über das Monster mit dem rostfreien Klappmesser…*

Lali hat seinen Stock fertiggeschnitzt. Meine Geschichte von *King Kong* im Café des Limites interessiert ihn wohl nicht. Sein Lieblingsfilm ist *Lassie*. Als ich den gesehen hab, hab ich auch geweint, mehr noch als bei *Furie* oder *Der rote Ballon*. Am meisten aber immer noch bei *Der letzte Mohi-*

kaner. Allerdings wissen die Tränen nicht immer, was wirklich wichtig ist.

Über *King Kong* hätte ich eigentlich noch mehr weinen wollen, aber ich hab mich zu sehr gefürchtet, damals, an dem Abend, als ich mir die Nase am Fenster vom Café des Limites platt gedrückt hab. Ich suche meinen Vater, weil seine Freunde überraschend zu Besuch gekommen sind. Alle kommen überraschend in dieses Haus.

Es ist ein Nachmittag im Winter. Jedesmal, wenn jemand durch die Kneipentür geht, höre ich das »Klingeling!« des Glöckchens und spüre einen Schwall warmer Luft von drinnen. Durch die Scheibe sehe ich den Fernseher, der da oben hängt. Plötzlich erscheint auf dem Bildschirm in großen Lettern »*King Kong*«. »Klingeling!« Die Tür geht auf. Die Trommeln dröhnen durch den Urwald. Wie versteinert stehe ich da, die Nase an der Fensterscheibe, ohne zu atmen, damit sie nicht beschlägt. Meine Augen hängen am Bildschirm. Da oben ist King Kong mit der so gut wie nackten blonden Frau. Sie wäscht sich unter dem Wasserfall. Wenn wir zu Hause so einen Wasserfall hätten, dann würde ich mich ganz sicher öfter waschen.

Aber niemand gönnt King Kong sein Glück. Sie fangen ihn ein, fesseln ihn mit Seilen, er kann fliehen und sucht die blonde Frau. Also greifen sie ihn mit alten Hubschraubern an und bringen ihn um. Mir laufen bei King Kongs Tod die Tränen übers Gesicht, aber das kann man wegen der Glasscheibe nicht sehen. Deswegen setze ich mich zu Hause so nah vor den Fernseher. So merkt keiner was.

Als King Kong zwischen den New Yorker Wolkenkratzern abstürzt, spüre ich, wie der Boden unter meinen Füßen bebt. Gleich schluckt mich das gewaltigste Erdbeben der Weltgeschichte. Villemomble schlägt San Francisco mit einer Million Toten zu null!

Ich muß mich retten, schaue mich um. Die mächtige Masse einer Boa Constrictor senkt sich auf meine Schultern. Die Nacht ist hereingebrochen. Auf einen Schlag, hinter mir, ohne daß ich es gemerkt hab. Eine schwarze Nacht. Eine Dschungelnacht voller feindlicher Schemen, Kannibalen, Schlangen in den Bäumen und wilden Tieren, die durchs Unterholz schleichen. Der Boden unter meinen Füßen bebt. King Kong holt mich, um sich zu rächen. Meine Beine schwanken vor der Kneipentür. Ich taumele. »So eine Schande! Sich in dem Alter zu betrinken!« Sollen sie mich doch für betrunken halten, wenn sie mich dafür nach Hause bringen. Aber die Straße ist leer! Kaum sehe ich jemanden, dem ich folgen könnte, biegt er in die falsche Richtung ab und läßt mich im Stich. Kommt mich denn niemand überraschend besuchen? Meine Mutter macht ihm sicher einen Kirschauflauf, weil er ihren Sohn vor King Kong gerettet hat. Denn der taucht todsicher gleich auf. Da ist er ja, King Kong, vor dem Geschäft des Samenhändlers. Gleich packt er mich beim Pulloverkragen, hebt mich wie eine Feder sechzig Meter über den Boden und verschlingt mich. Er hat Zähne wie Picard und eine Nase wie ein Schwerlaster! Den ganzen Film über hat er mich angeschaut. Dabei hab ich doch keine Schuld wegen der blonden Frau. Soll er statt dessen doch einfach eine von meinen kleinen Schwestern nehmen. Oder gleich alle beide.

Ich überquere die Rue Montgolfier. Rex bellt gar nicht. Wahrscheinlich hat King Kong ihn gemeuchelt, diesen Fernsehhund. Dicht an den Zäunen gehe ich weiter. Es riecht nach Raubtier! Er ist ganz nah. Nein, was da stinkt, ist Madame Piponiots Schaf. Noch zwanzig Meter, dann sehe ich unser Haus. Ich komme auf die Kreuzung vor der Bäckerei. Da steht der Kirschbaum wie ein Leuchtturm für Schiffbrüchige. Zu Hilfe! P'pa, M'am, meine zwölf Geschwister, Onkel Florent, Sergio, Capi, Antoinette und alle anderen. Gleich werden sie in den Hof herauskommen. Ich bin gerettet!

Nichts schlimmer, als wenn man das denkt. Plötzlich spüre ich, wie mich wer unter den Armen packt und hochhebt. Nicht sechzig Meter hoch, aber hoch genug, daß ich weiß, jetzt muß ich sterben. Ich möchte zusammen mit meinen Mokarex-Figuren begraben werden.

»Was treibst du denn hier?«

Es ist groß, es ist schwarz, hat fast eine Boxernase, aber die schönsten Zähne der Welt und ein Lächeln wie einen Sonnenaufgang.

»P'pa!«

An seinem Hals duftet es schwach nach Rasierwasser, und sein Kinn kratzt. Ich bin wirklich gerettet. Hab sogar vergessen »Erstester!« zu rufen.

»Na, was treibst du so spät da draußen allein? Im Fernsehen ist grad *King Kong* gelaufen.«

»Hast du's schon gesehen, P'pa?«

»Ja, mit deiner Mutter, in Nevers. Als der Film vorbei war, haben wir beschlossen, zu heiraten.«

Mein Vater erzählt mir alles. Als wir zu Hause sind, weiß ich, warum *King Kong* die schönste Liebesgeschichte zwischen einem Mann und einer Frau ist. Sogar, wenn der Mann ein Affe ist. Die M'am wartet auf dem Treppchen, ihr Wischtuch in der Hand. Sie sieht den P'pa an.

»Heute abend ist *King Kong* gelaufen.«

»Ach ja!«

Mein Vater zwinkert mir verschwörerisch zu. Und dann geben der P'pa und die M'am sich ihren raschen Kuß, mit etwas mehr Nachdruck als sonst.

Lali ist also mit seinem Stock fertig. Er stapft wie ein Schäfer. Mit seinem groben Wollpullover sieht Lali immer aus, als trüge er ein Schaffell. Wir kommen zur Nationalstraße, in die Nähe vom Schrottplatz. Der gehört Pontet, dem Maquis-Kumpel von meinem Vater, der Serge den Studebaker schenken wollte, wenn er ihn in Gang kriegt. »Irgendwann legen wir ihn aufs Kreuz, dann kriegen wir ihn am Arsch!« Nachdem mein Bruder das so oft gesagt hat, frage ich mich, wann es endlich soweit ist. Es eilt mir.

»Ich habe dir schon oft gesagt, du sollst nicht so reden, sonst nehmen sie dich in Vilgénis nie. Außerdem will ich nicht, daß du dich so weit von zu Hause herumtreibst.«

Normalerweise ist die Nationalstraße die äußerste Grenze meiner Streifzüge. Außer, ich will meine Anti-Tb-Heftchen verkaufen oder im Tabakladen an der Brücke lange Chesterfields mit Filter für Serge holen.

»Solche Chesterfields gibt es nicht.«

Vielleicht hat Serge recht, aber ich finde die Bezeichnung hübsch. Ich hab sie auswendig gelernt, und der Inhaber von dem Lädchen scheint übersetzen zu können, denn er gibt mir genau die richtigen Zigaretten. Außerdem bleibt bei denen immer etwas Kleingeld übrig, das ich behalten darf. Wenn ich unterwegs an dem Päckchen rieche, denke ich, in Amerika sind alle blond und riechen nach Honigkuchen. Man darf den Düften nicht allzusehr trauen, sonst mag man nicht mehr verreisen.

Lali und ich überqueren die Nationalstraße bei der Bushaltestelle »Villemomble Friedhof«. Es wird Abend. Gerade fährt ein Bus los, bis unters Dach beladen. Schöne Grüße vom Getriebe! Ein Mann mit Mütze rennt hinterdrein und wedelt mit seinem Fahrkartenblock. Man löst die Kette, und der Mann springt hinten auf. Ich höre noch das Ratschen von der Kurbel des Schaffners.

Die M'am will nicht, daß ich auf einen fahrenden Bus aufspringe. Da wir als Großfamilie Freifahrscheine haben, müssen wir uns besonders gut benehmen. Unsere Plätze müssen wir Kriegsinvaliden, Schwangeren, Dicken und Rüpeln überlassen. Auf einem Zeitungsstück im Klo hab ich gelesen, daß in Birmingham in Alabama dreizehn Schwarze ins Gefängnis gesteckt worden sind, weil sie sich geweigert haben, da Platz zu nehmen, wo der Fahrer es wollte. Ich steh lieber hinten auf der Plattform, als daß ich alle Naselang wieder aufstehen muß. Freifahrscheine machen stolz.

»Siehst du, das ganze Land hier gehört uns.«

Kaum sind wir auf dem Weg neben dem Friedhof, fängt Lali zu reden an.

»Da, das sind Zuckerrüben! Und dort steht Gerste!«

Er deutet mit seinem geschnitzten Stock darauf, und es sieht aus, als schlüge er unsichtbare Edle zu Rittern, indem er ihre Schultern berührt. Ein König Artus der Felder. Er weiß, wie all das Grünzeug heißt. Für mich ist das Salat und fertig.

»Das da ist Spargel. Das sind grüne Bohnen. Und das dort ist der Friedhof! Früher hat uns das Gelände auch gehört. Aber dann hat die Gemeindeverwaltung uns enteignet.«

»Uns haben sie noch nicht vertrieben.«

»Enteignet zu werden ist nicht schlimm. Bringt sogar was ein. Jetzt gräbt mein Onkel die Löcher, mein großer Bruder baut Särge, mein Schwager ist Steinmetz, und meine große Schwester hat den Blumenladen. Als würde das Land mit den ganzen Toten immer noch uns gehören. Bringt ganz schön was ein. Wie eine Herde.«

Lali verblüfft mich. Er hat eine eigene Totenherde! Ich denke an Edmond und Jim, zwei Kumpel vom P'pa, beide aus Martinique wie er, die auf dem Friedhof von Tarbes in Südfrankreich arbeiten. Edmond baut die Särge, und Jim hebt die Gräber aus. Sie erzählen, nachts, wenn alles schläft, dann »stellen die Toten mächtig was an«.

»Warte am Tor. Ich hol dir den Maler.«

Ich wäre auch ohne Aufforderung stehengeblieben. Auf dem Hof laufen zwei Riesenwachhunde frei herum, die jetzt gerade wahrscheinlich nur so tun, als schliefen sie. Sie haben nicht einmal Lalis Ankunft gefeiert. Wenn ich abends nach Hause komme, schleckt Capi mich jedesmal von oben bis unten ab. Lali kommt zurück, eine Hand hinter dem Rücken.

»Da!«

Er denkt wohl, das wäre nichts, dabei hat er mir eben eine

der schönsten Mokarex-Figuren für meine Sammlung gegeben! Fast genauso dick wie Fouquier-Tinville, aber feiner gearbeitet. In der Tat, ein Maler vor seiner Staffelei. »Glaubst du, er hat einen dicken Pimmel?« Ich muß kichern, als mir einfällt, was Bonbec über den Zeichenlehrer gesagt hat, als der auf dem Podium vor uns stand.

»1796-1875. Lali, du hast recht gehabt mit den Daten.«

»Als Bauer braucht man ein gutes Zahlengedächtnis.«

Ich entziffere auf dem Sockel der Figur: »C. Corot«. Claude? Constantin? Camille! Camille Corot. Hätte ich wissen können. Er ist so schön, daß ich beschließe, Lali hundert Jahre lang alle Schulden zu erlassen.

Ich packe Corot in ein Tuch, als wäre er Jesus, und stecke ihn vorsichtig in meinen Ranzen.

»Hier, hat meine Mutter gemacht!«

Lali gibt mir etwas Rundes, Feuchtes in die Hand. Ein Ziegenkäse aus dem Körbchen! Der Lieblingskäse vom P'pa. Wegen dem Namen.

»Ich weiß, ihr holt euren Käse beim alten La Prairie. Aber wenn ihr den hier probiert habt... Ich kann ihn ganz frisch liefern, noch am selben Abend. Zum Freundschaftspreis! Also, salut. Muß jetzt beim Melken helfen.«

Ich schaue zu, wie Lali in seinen Stiefeln von dannen geht. Er greift sich einen Eimer und verschwindet im Stall. Ob so eine Zitze am Kuheuter sich wohl warm anfühlt?

Während ich am Friedhof entlang zurückgehe, denke ich an Lalis Totenherde. Ob seine »Toten mächtig was anstellen«, wie die Totengräberkumpel vom P'pa sagen? Das kleine Tor zum Weg ist noch offen. Ich gehe hinein, als wäre gar nichts dabei. Die Wege auf dem Friedhof ähneln der Straße, in der ich wohne, mit schönen Häusern und anderen, die mehr so sind wie unseres. Baracken mit einem Kreuz drauf. Ovale Fotos und weiße Steine. François, 1948-1949. Heute wäre er genauso alt wie ich. Bei so einem Toten fällt mir sogar der Konjunktiv leicht.

»Scheiße, verdammte!«

Der Mann im dunkelblauen Unterhemd steht bis an die Schultern in einem Grab und schippt träge. Drei Schaufeln Erde, einen Schluck Roten. Drei Schaufeln Erde, einen Schluck Roten. Neben dem Grab liegen schon zwei Flaschen ohne Etikett, als warteten sie auf ihre Beerdigung.

»Hallo, Kleiner!«

Er schaut mich an, mit schrägem Kopf, wie meine großen Schwestern, wenn sie einen Rock säumen.

»Ah, du hast die richtige Größe für ein Loch. So eins wie für dich hab ich im Handumdrehen gemacht, zweimal eingestochen und fertig. Aber dann hätte ich weniger Zeit zum Trinken. Man kann sagen, Kinder sind gut für meine Gesundheit.«

Um die muß er sich auch wirklich sorgen. Er ist schon überall voller Knochen und Erde.

»Weißt du, Kleiner, dieses Loch hier find ich richtig schnieke. Am besten, ich behalt es gleich für mich. Es ist bequem, in guter Erde und hat genau meine Größe.«

Er deutet auf das Grab, wie eine Pensionswirtin in ein Zimmer zeigt.

»Ist für einen reichen Geldsack, der sich genausogut noch eins leisten könnte. Willst du mir nicht helfen? Bekommst auch ein Trinkgeld, dann kannst du einen auf meine Gesundheit heben. Ich grab noch ein bißchen, bis es wirklich bequem ist. Dann leg ich mich rein, und du schippst die Erde drauf. Nicht zu schnell, damit ich auch was davon habe.«

Der Mann im dunkelblauen Unterhemd hat sich jetzt auf den Boden des Grabes gelegt, die Hände unter dem Kopf gefaltet. Jetzt braucht man ihn nur noch zuzuschaufeln.

»Laß mich erst mal ein bißchen pofen. Kannst noch was spazierengehen. Hier ist es wie in einem Kaufhaus, niemand fragt dich, was du willst.«

Er fängt jetzt aber doch wieder zu trinken und zu schaufeln an. Ich spaziere ein bißchen zwischen den Gräbern umher. Heute abend scheinen die Toten sich ruhig zu verhalten. Ich bin enttäuscht. Wenn ich da an all die Geschichten vom Friedhof in Tarbes denke, die Edmond und Jim erzählt haben! Mein Vater spielt sie mir vor, mit zwei verschiedenen Stimmen, damit es echter wirkt.

»Jo, weißt du noch, als wir damals in der Nacht ein Rad klauen wollten, weil an der Sargkutsche eins kaputt war, und dann ist es die ganze Klosterstraße runtergekullert? Das war ein Getöse!«

»Und du, Jim, als du die Sargkutsche ausgeliehen hast, um deine Süße und ihren Koffer mit allem Krempel drin rumzufahren.«

»Jackie-la-Belle! Tolles Familiengrab!«

»Erzähl mir nix! Und dann ist sie mitsamt der Kutsche und den Pferden verduftet, während der Sarg in der Kirche stand!«

»Aber am besten, Jim, war doch das Ding mit der Waschmaschine, mit der man Zehntausender-Scheine machen kann! Hat er wirklich geglaubt, dieser Idiot!«

»War aber auch wirklich ein Obertrottel, der Kerl!«

»Sag mal, Roger, dein amerikanischer Freund da in Paris, der immer rumgelaufen ist wie so ein Dandy, du weißt schon, der mit dem Käsenamen...«

»Chester?«

»Genau, Chester. Der hätte dir wirklich sein Buch widmen können. Schließlich hat er die Idee für die zwei schwarzen Polypen von dir, weil du ihm immer die Geschichten von Edmond und Jim erzählt hast.«

Mein Vater antwortet nicht. Seelenruhig kippelt er unter dem Kirschbaum auf seinem Stuhl und liest dabei einen Krimi mit gelbschwarzem Einband, *Die Geldmacher von Harlem*, von Chester Himes. Das wäre auch kein schlechter Titel gewesen: *Der Obertrottel von Harlem*.

»Ach weißt du, ich versteh ja deine Mutter wegen Chester. Aber mit Ideen ist das wie mit Kindern, man muß sie nicht nur kriegen, sondern großziehen, das ist die Kunst.«

Allmählich wird es auf dem Friedhof dunkel. Ich muß nach Hause. Vorher gehe ich noch mal bei dem Totengräber vorbei, auf Wiedersehen sagen. Er ist weg. Das Grab ist zugeschüttet, die frische Erde bildet einen kleinen Hügel. Obenauf liegt eine schimmernde Münze. Ich nehme sie, werfe sie hoch und fange sie wieder auf. »Kopf!« Ich behalte sie. Hätte ich bei Zahl auch getan. Aber wenn das Glück mitspielt, ist es noch besser.

Auf dem Nachhauseweg trinke ich in der Bar an der Brücke auf die Gesundheit des Totengräbers ein Glas Grenadine.

Zehntes Kapitel
Das Niemandsfeld

An der Ecke von der Rue Montgolfier bin ich schon so gut wie zu Hause. Von da an darf Blanco allein herumgaloppieren, ich setze den Ranzen ab und pfeife zweimal kurz, genau wie Serge. Jeder Bruder hat seinen eigenen Pfiff, auf vier oder zwei Fingern oder einem einzigen. Ich kann sie alle nachmachen, außer dem großen Michel, der pfeift auf dem Daumen. Man kann sie alle gut auseinanderhalten. Die M'am steht in der Küche, entziffert die Botschaften und kündigt die Ankömmlinge an. Ihre Fischer kehren in den Hafen zurück. »Das ist Michel! Hebt ihm ein bißchen heißen Kaffee auf!« »Roland kommt, er ist am Rondell, dann hat er Christiane wohl verpaßt. Vorsicht, der hat sicher eine Stinkwut!« »Gérard, wie immer zu spät!« »Guy bringt uns Bruchschokolade mit.« Wer pfeift, ist sozusagen schon da.

Wenn ich an der Straßenecke pfeife, schlüpft Capi durch ein Loch im Gartenzaun und rast mir entgegen, was seine kurzen Beine hergeben. Allmählich schleift er wirklich am Boden, er wird alt, hat Arthritis, Rheuma, und eine Menge Pedalhiebe in die Augen hat er auch schon gekriegt. Er ist zwölf mal sieben, also vierundachtzig Jahre alt! Für so ein Alterchen rennt er gar nicht schlecht. Ich hab's gestoppt, sieben Sekunden und ein paar Zerquetschte für vierundfünfzig Schritte. Macht etwa 46,923 km/h. Besser als Rivières Weltrekord. »Eines Tages werden die Frauen genauso schnell radeln!« Wenn ich sehe, wie die M'am auf ihrem Drahtesel vom Einkaufen kommt, dann glaube ich das gern.

Capi habe ich für seinen Rekord mit einer Landwirtschafts-Medaille ausgezeichnet, die ich noch übrig hatte.

Auf das Podium aus Apfelsinenkisten hat er aber nicht klettern wollen. Capi mag keine Kisten. Da ist er mißtrauisch seit jenem sagenhaften Tag, an dem ich ihn ins Weltall schießen wollte wie Laika, die kleine sowjetische Hündin.

Der Sputnik, den ich ihm gebaut hatte, bestand aus einer Orangenkiste auf einem Kinderwagen. Der Start sollte auf dem Niemandsfeld stattfinden, auf dem Moto-Cross-Gelände. Mein Plan war, den Abhang runterzurennen, so schnell es geht, und den Sputnik von einer Erdrampe abzufeuern. Für die Landung hatte ich einen kleinen Fallschirm aus echter Naturseide gebastelt.

»Also ich werd noch verrückt, wo ist bloß meine weiße Bluse geblieben?«

Josette konnte gut und gern ein kleines Opfer bringen, wenn unser Capi ein Held des Weltraums werden sollte. Es war so schon schwierig genug, ihm den Auslösemechanismus des Fallschirms beizubringen. Außerdem wollte er partout nicht den ledernen Radfahrerhelm tragen, dabei sah er mit dem aus wie Laika auf dem Foto in *France-Soir*. Schlimmer noch, Capi wurde auch weltraumkrank. Als ich seinen Sputnik zum Training an den großen Ast vom Kirschbaum gehängt und geschaukelt hab, hat er angefangen zu winseln, wie wenn er will, daß man ihn zu den Kaulquappen mitnimmt, wo er dann den Zügen hinterherjagen kann. Eigentlich hätte ich ihn sogar bei voller Geschwindigkeit in der Waschmaschine mitfahren lassen müssen. Aber wir haben keine. Also hab ich ihn heimlich auf den Rummel mitgenommen, zu einer Fahrt auf der Höllenraupe. Normalerweise darf man nicht mit einem Hund einsteigen. Aber Capi hat es gefallen. Ich hab gebrochen.

Egal, ich werde nicht der erste Astronaut sein und Capi nie ein »Held des Weltraums«. Dafür ist er immer da, wenn ich aus der Schule komme, und schleckt mir das Gesicht ab. Heute abend wird er den Geschmack von der Grenadine mögen, die ich an der Bar an der Brücke getrunken habe, mit dem Geld vom Totengräber.

Ich pfeife, aber Capi taucht nicht auf. Also pfeife ich noch mal. Funkstille. Nicht mal ein kurzes Bellen, das heißen soll: »Schon gut! Schon gut! Bin gleich mit Fressen fertig. Kann man in dem Laden nicht mal mehr in Ruhe futtern?« Wenn er reden könnte, dann hätte er die Stimme des alten Père Quinquina in *Pforten der Nacht*, aber mit ein paar Schimpfwörtern, weil er doch ein Wachhund ist. Ich stehe an der Straßenecke wie festgenagelt. Irgendwann wird er seinen Napf doch leer haben.

Aber dann sehe ich die M'am vor unserem Haus auf die Straße treten. Jetzt galoppiere ich aber, was meine Beine hergeben. Im Bauch hab ich so ein leeres Gefühl. Eine »Vorahnung«, wie die M'am immer sagt, wenn sie eine Katastrophe kommen sieht, die nicht eintritt. Manchmal aber doch.

Wie letzten Sommer, als der Pfarrer uns mitten im schönsten Ballspiel mitteilt: »Oliverardi ist gestorben.«

Uns doch egal, den kennen wir nicht. Sicher irgend so ein Kardinal, schließlich hört der Name mit »i« auf, und der Pfarrer sieht wirklich betrübt aus. Also setzen wir auch traurige Gesichter auf, ihm zu Gefallen.

»Wo wir gerade noch heute früh einen Film mit ihm gesehen haben.«

Plötzlich wird uns klar, daß er Oliver Hardy meint. Der Dick von Dick und Doof! Stimmt, heute früh haben wir *Die Gebirgler kommen* gesehen. Darin winkt Hardy zum Abschied mit dem Ende seiner Krawatte und schaut ganz traurig. In dem Augenblick hatte ich eine »Vorahnung«, das Gefühl, Hardy würde sterben. Ich wollte, daß wir den Film anhalten und zurückspulen. Aber der Herr Pfarrer lachte gerade dermaßen. Sowieso lacht er immer am lautesten von allen. Ich glaube sogar, er spielt uns Dick-und-Doof-Filme vor, weil es eine Art Sünde ist, sie allein zu sehen und dabei so zu lachen.

Die M'am wartet vor unserem Haus, wie wenn sie auf die Geldboten mit dem Kindergeld wartet. Ich laufe wie im Flug und schaue ihr ins Gesicht. Natürlich ist mein Vater tot, in einem Flugzeugtank erstickt, Rolands Prüfung ist schiefgegangen, und Gérard haben die Gendarmen geschnappt.

»Es ist wegen Capi. Wir haben ihn zum Tierarzt bringen müssen, wegen seinem Auge.«

Capi beim Tierarzt! Komisch, und das in einem Haus, das der Arzt höchstens im Winter betritt, um uns zu bitten, seinen Wagen anzuschieben.

»Du brauchst dir keine Sorgen zu machen. Es ist nichts Schlimmes.«

Die M'am hätte sagen müssen: »Keine Sorge. Nichts Schlimmes.« Wenn sie so umständlich redet und ihre Stimme so einen Dämpfer drauf hat, bedeutet das schlechte Nachrichten. Ich wische mir mit dem Ärmel den Grenadine-Geschmack vom Mund. Ob Capis Zunge jetzt überhaupt noch rosig ist?

»Willst du was essen? Hast du Hausaufgaben zu machen?«

Ich nehme mir ein Stück hartes Brot und etwas Camembert. Was die Hausaufgaben angeht, habe ich ja die besten Absichten, aber nichts zu machen, wegen meiner kleinen Schwestern. Mit ihren Heften, Büchern, Federhaltern und Schreibtafeln haben Maryse und Martine den ganzen Tisch im großen Zimmer mit Beschlag belegt. Wie bei der Landung der Alliierten.

»Geh weg mit deinem Camembert!«

»Der stinkt nach Käsefüßen.«

Komisch, so eine Mädchennase. Hält Toilettenwasser aus, von dem man ohnmächtig werden könnte, aber den Duft vom Vier-Uhr-Imbiß erträgt sie nicht. Ich bleibe im großen Zimmer, nur um zu sehen, wie sie sich die Nase zuhalten. Dann drehe ich ein wenig an den Radioknöpfen herum und wandere über die Senderskala… Simferopol, Kairo, Monte Ceneri, Palermo, Riga, Sundsvall… Wo Hilversum wohl liegt? Klingt sehr fern, verschneit und geheimnisvoll. Ich reise. Was mich aber am weitesten fortträgt, ist die Stimme von Geneviève Tabouis. »König Hussein von Jordanien hat die Regierung unter Sulayman al-Nabulsi aufgelöst, der eine enge Zusammenarbeit von Ägypten und der Sowjetunion anstrebte...«

»Ihr lacht, weil es eine Frau ist. Aber wenn ein Mann so etwas sagen würde...«

An Geneviève Tabouis glaubt die M'am fast genausosehr wie an unsere leuchtende Heilige Jungfrau.

»Du darfst das Radio aber nicht anschalten, wenn wir Hausaufgaben machen.«

»Ja, das hat die M'am gesagt.«

»Glaubst du, Capi muß sterben?«

»Wir haben gesagt, daß wir dann nie, nie wieder einen anderen Hund haben wollen.«

Wie riechen die nur immer mit ihren kleinen Näschen alles so gut? Sagenhaft, diese kleinen Schwestern. Blau, sauber, hübsch, sind sie immer am Schnattern, machen ihre Hausaufgaben, erhalten echte Ehrenpreise, spielen Himmel und Hölle, ohne die Haarspangen zu verlieren, gehen mit zu den Kaulquappen, springen als erste vom Garagendach, und außerdem... wissen sie, daß Capi sterben wird. Wie machen sie das bloß? Sicher haben sie das von der M'am, die neun Leben hat.

Ich laß die kleinen Schwestern mit ihren Hausaufgaben allein und klettere in den Kirschbaum. Die Äste dort oben bilden eine Art Hängematte. Ich verstaue meinen Metall-Locher und die Korkenpistole in dem Säckchen mit meinen anderen Schätzen. Muß Capi vielleicht an einem Schlag mit dem Pedal sterben, weil ich den gelben Hund umgebracht habe?

Jeden Abend, wenn ich von der Schule heimkomme, inspiziere ich meine Mokarex-Figuren. Wenn ich die braune Schachtel aufmache, liegen sie bunt durcheinander. Ich schaue, wer neben wem liegt, und denke mir zum Spaß ihren Tagesablauf aus. Ganz unten in der Schachtel schmort die Pompadour unter Haussmanns Cape, Rouget de Lisle sieht aus, als wäre er am Ertrinken, Condorcet hingegen, als wäre er noch in der Kanzlei, und Madame du Barry scheint zusammen mit Buffon »Kunst und Zauber des Kochens« vorzuführen statt wie üblich Catherine Langeais und Raymond Olivier. Doch heute abend kann ich die Parade nicht vollständig abnehmen. Ich muß ihnen die neue Figur vorstellen, die achtundvierzigste.

Erst schaffe ich in der braunen Schachtel etwas Ordnung. Früher hab ich die Figuren nach Jahrhunderten geordnet, aber da hat es Ärger gegeben. Sie hatten einander zu Lebzeiten genug gesehen, das war deutlich zu spüren. So muß es im Paradies sein: Menschen aus allen Epochen leben miteinander in der Zeit, die ihnen am liebsten ist. Ich möchte achtzehn sein, um im Colombes-Stadion mit Serge, Pelé, Kopa, Fontaine und dem P'pa beim Endspiel der Fußballweltmeisterschaft mitzuspielen.

Aber ich glaube nicht ans Paradies, sonst müßte man auch an die Hölle glauben. Die zwei gibt's nur im Doppelpack. Und wenn es die Hölle gibt, dann zische ich da auf direktem Weg rein. Ich habe eine Todsünde auf mich geladen, indem ich mal nachmittags Hostien mit Erdbeermarmelade gegessen hab.

Das süße Blut Christi mochte mir auf die Hände tropfen, keiner wollte an das Wunder glauben. Eine Minute nach vier haben sie mich aus Reli rausgeschmissen. Adieu die Kommunion, mit allem, was dazugehört: der weiße Chorumhang, das Kreuz von Lisieux, die Kommunionstorte mit dem Bild des Gefeierten obendrauf, der Rosenkranz von der M'am, das Meßbuch mit den goldenen Lettern, die weiße Kommunionsschleife am Ärmel des Anzugs und die Heiligenbildchen, die man verkaufen darf. Bei denen hätte ich den Gemeinderekord gebrochen. Vor allem aber, adieu die Lip-Armbanduhr in achtzehnkarätigem Gold mit Lederarmband.

Die Uhrzeit! Ich komme noch zu spät zum Fußballspiel auf dem Niemandsfeld! Sicher sind die Mannschaften schon aufgestellt. Jetzt komme ich nach hinten oder sogar ins Tor, wie ein kleiner Dicker. Peinlich!

Trotzdem, bevor ich aufbreche, muß ich die neue Figur den anderen vorstellen. So will es die Tradition. Ich hole das Lexikon.

»Meine Damen, meine Herren, ich bitte Sie, in Ihren Reihen willkommen zu heißen Monsieur Corot, Camille Jean-Baptiste, den berühmten französischen Landschaftsmaler, geboren 1796 in Paris, gestorben ebendort 1875.«

Ich mache eine kleine Pause für den Applaus.

»Er zeichnet sich aus durch die Heiterkeit seiner Himmel und die Idealisierung der Natur.«

Vier Zeilen über ihn, das ist nicht viel. Aber nicht das Lexikon zählt, sondern die Größe der Figur. Hier ist Fouquier-Tinville dreimal soviel wert wie Napoleon. Ich mache die braune Schachtel wieder zu und lasse sie allein miteinander. Schon sehe ich all die koketten Dämchen vor mir, wie sie an seiner Staffelei vorbeiflanieren, damit er ihre »Natur idealisiert«.

Ich verstecke die Schachtel an ihrem Platz und springe vom Kirschbaum direkt auf Blanco, wie in den Wild-West-Filmen.

»Eines Tages wirst du dir den Ziesemann quetschen.«

»Keine Gefahr, M'am, du hast doch dafür gesorgt, daß ich aus Gummi bin!«

Sie zuckt mit den Schultern, wie wenn ich ihr die Einkaufstasche tragen will. Ich mag das, wenn sie »Ziesemann« sagt. Das ist fast, wie wenn sie mir mit dem Finger einen Scheitel zieht.

»Nimmst du deine Fußballsachen nicht mit?«

»Die heb ich für das Spiel am Sonntag auf.«

Meine Mutter muß schon genug an der Waschtrommel kurbeln. Und es wirkt so angeberisch, wenn man im Club-Trikot aufkreuzt. Ich gehöre zu den Küken im Stadion von

Est Pavillonnais. Rotes Trikot mit gelben Manschetten, blaue Hose und rote Socken mit gelbem Umschlag. Mein Vater hat mir ein Paar echte Fußballschuhe aus Leder mit Korkstollen gekauft. Ich muß sie selber bürsten und cremen und die Nähte mit Talg einschmieren. Bei den Sportsachen kennt mein Vater keinen Spaß.

»Wenn die dreckig herumliegen, gehst du barfuß spielen.«

Das hab ich schon mal versucht, wie die Brasilianer am Strand von Copacabana. Aber es tut zu weh. Vor allem, weil mein Vater mir einen echten Lederball geschenkt hat, einfach so, ganz ohne Anlaß. Nicht mal ein Geburtstag, ein Namenstag oder eine mikroskopisch winzige Verbesserung meiner Noten, nicht mal eine Beförderung in eine bessere Lohngruppe, und auch kein »Geisterpferd«.

»Geisterpferd«, so hat die M'am das dritte Pferd bei der Dreierwette getauft, das nie ins Ziel kommt. Dabei müßte genau dieses uns in die Ferien ans Meer bringen und einen Kühlschrank kaufen oder das Garagentor auswechseln, das »uns eines Tages noch ein Kind erschlägt«. Dummerweise scheint das »Geisterpferd« im Stall zu bleiben, und unser Vater macht weiter seine Überstunden. Das ist sicherer.

Ein Rätsel, wie der P'pa mit seinen Überraschungsgeschenken immer genau zum richtigen Zeitpunkt kommt. Wahrscheinlich sieht er, wie die Bella-Puppe oder die Caravelle zum Aufziehen in unseren Augen hängenbleiben wie rosa Zuckerwatte und in unserem Herzen lautlos größer und immer größer werden. Der P'pa sagt nichts. Und auf einmal läßt er an einem ganz gewöhnlichen Abend ein Päckchen auf den Tisch im großen Zimmer fallen. »Da, hab ich gefunden!« Und da drin ist dann ganz genau die Zukkerwatte, von der wir geträumt haben.

Endlich bin ich fertig und kann aufs Niemandsfeld zum abendlichen Fußballspiel. Ich schaue kurz bei meiner Mutter in der Küche vorbei.

»M'am, darf ich...«

Fast hätte ich mir ihr Fahrrad ausleihen wollen! Ich kann es gerade noch hinunterschlucken und peitsche mir das Bein. Hü, Blanco, jetzt bloß nicht den Alptraum von heute nacht wieder hochkommen lassen. Ich galoppiere durch die Rue des Limites, direkt zum Niemandsfeld.

Das Niemandsfeld liegt da, wo unser Viertel zu Ende ist. Ein weites unbebautes Gelände zwischen der Rue des Limites, der Rue Montgolfier und einer Straße, deren Namen ich gar nicht weiß. Drei Seiten und vor allem drei Arten, es zu betreten. Entweder im Familienverband, Sonntag nachmittags zu einem Picknick auf Decken. Oder mit dem Juvaquatre, an einem Baum entlangschrammend, wie die M'am bei ihrer ersten und letzten Fahrstunde. Oder still und heimlich, wie die Jungs aus unserem Viertel, abends, wenn sie aus der Schule, der Lehrwerkstatt oder der Fabrik kommen.

Das Niemandsfeld liegt ein wenig tiefer als die Straße. Wer hinunterkommen will, muß den Durchschlupf zwischen Bromberranken und wilden Haselsträuchern kennen. Ich gebe gut acht, daß die Zweige und Ranken hinter mir wieder an Ort und Stelle zurückschlagen, damit der Eingang geheim bleibt. Dieser Einschlupf ist wie der bunte Korkenvorhang im *Cochon pendu*: Er ist magisch.

Wenn sonntags gutes Wetter ist, fährt unser Vater mit uns im Citroën ins *Cochon pendu,* »Zum aufgehängten Schwein«, ein Ausflugslokal an der Marne. Der Wirt wiegt hundertzwanzig Kilo. »Wie mein Schwein«, pflegt er zu sagen. Unverrückbar steht er hinter einem dicken Faß, das als Tresen dient. Von dort aus kommandiert er eine Kellnerin, die Weltmeisterin in Schimpfwörtern aller Klassen sein könnte, und einen Akkordeonspieler, der *Kristallperlen* besser spielt als André Verchuren. Wenn er seine Befehle schreit, läßt er den Ochsenziemer an sein Bein klatschen. Drunter ist er sicher genauso violett wie im Gesicht.

Das Schönste im *Cochon pendu* ist der Garten, der bis zur Marne mit ihren grünen und roten Ruderbooten hinunterreicht. Und mittendrin, ganz ohne Grund, hängt an einem hölzernen Gestell ein Vorhang aus bunten Korken! Mein Onkel hat sich in den Vorhang verliebt, noch mehr als in Jacqueline Joubert. Er hat auch einen basteln wollen, aus 1254 Plastikdeckeln von Gévéor-Weinflaschen, die aussehen wie kleine Cowboyhüte. Das Muster war schon beschlossen: ein Strand auf Martinique, weißer Sand, grüne Palme vor blauem Himmel, gelbe Sonne oben rechts und rote Umrandung.

Ergebnis: Während der Zeit des Sammelns haben die Männer dem Tischwein ein bißchen allzu gründlich zugesprochen. Vor allem mein Onkel, der sich bei seinen Berechnungen vertan hatte. Jetzt sieht sein Martinique-Strand aus wie ein abstraktes Bild à la Picasso. Außerdem hat er sich bei den Abmessungen seines Vorhangs verrechnet. Das Ding ist zu breit und zum Ausgleich nicht lang genug für die Küchentür. Also ist es in den Schuppen gewandert. Onkel Florent war ganz beleidigt und hat beschlossen, statt dessen einen Vorhang aus den Deckeln der Joghurtbecher zu machen.

Ich hab vorgeschlagen, wir könnten das mißratene Ding doch neben dem Kohlenhaufen anbringen, um den Marsmenschen angst zu machen. Aber da sieht man es offenbar von der Straße aus. Und man hat Angst, daß es im Viertel für einen schlechten Ruf sorgt. Außerdem brauche man an dieser Stelle keinen Vorhang, da sei »nichts abzutrennen«.

Auch im Garten vom *Cochon pendu* gibt es »nichts abzutrennen«. Trotzdem, wenn man durch den Vorhang geht, ist man sofort ganz woanders. Ich hab eine Menge Reisen durch diesen Vorhang hindurch gemacht. Er hat magische Kräfte. Du brauchst ihn nur mit einer Armbewegung wie ein Brustschwimmer beiseite zu schieben, und plötzlich bist du in Oxbridge an der Marne. Zwei lange Achter gleiten vorbei, schmal wie Wasserspinnen, und jedermann fühlt sich, als würde er einen neuen Strohhut tragen, so einen flachen wie die Ruderer früher. Du brauchst dir nur die Korken über das Gesicht streifen zu lassen, schon kannst du die bunten Stoffe sehen, die am Gangesufer in Benares zum Trocknen ausliegen. Übrigens sieht Onkel Florent ohne seine Zähne aus wie Gandhi.

Ich gehe also zum Niemandsfeld runter und lasse den Vorhang aus Ranken hinter mir zurückschlagen wie den aus den bunten Korken. Und blitzschnell bin ich ins Maracanã-Stadion von Rio versetzt. Hundertzwanzigtausend Zuschauer in den Haselsträuchern, dazu Blüten als Sambaorchester, die dafür sorgen, daß die Beine nur so über den Löwenzahn flitzen. Auf dem großen Platz ist das Fußballspiel schon im Gange. Wie traurig, ich hab meinen Lieblingsaugenblick verpaßt, wenn die Mannschaften zusammengestellt werden. »Mein kleiner Bruder kommt zu mir!« Ob Serge nun als erster anfängt, seine Mannschaft aufzustellen, oder ob er warten muß, immer wählt er mich zuerst. Eher verzichtet er auf einen älteren, größeren, stärkeren Jungen. Ich bin jedesmal so stolz. Das ist noch besser als ein Preis mit Auszeichnung in der Schule oder die fünfzehnte Kerbe beim Hochsprung. Beim Fußball renne, dribble und schieße ich Tore, nur damit er sagt: »Gut gemacht, Brüderchen!« Aber heute abend stehe ich am Rand des Spielfelds. Da muß ich eben Sportreporter spielen, wie für meine Freunde in der Kantine... *Kaelbel übernimmt, Lerond läuft im Mittelfeld, er gibt ab an Penverne, Penverne an Piantoni, der sich freigespielt hat und jetzt über den Flügel Nilton Santos überholt, Kopa übernimmt, dribbelt an ein, zwei Gegnern vorbei und flankt zur Mitte zu Fontaine, der im Torraum ist, direkt vorm Tor, und mitten im Lauf schießt, Gilmar wirft sich auf den Ball, doch der schlüpft durch. Tor! Das Publikum springt auf*... Ich steige auf die Bank, der Lehrer, der in der Kantine Aufsicht führt, schnappt mich bei den Schläfenhaaren. Zwei Stunden Nachsitzen. Ende der Direktübertragung.

Später, wenn ich Fußballweltmeister gewesen bin, werde ich Radiosprecher. Im Fernsehen ist es nicht so spannend, da wiederholt man nur, was sowieso auf dem Bildschirm zu sehen ist.

Aber heute abend ist mir nicht danach zumute, den Sprecher zu spielen. Ich spüre, wie mir alle Kräfte des harten Brots mit Camembert in die Beine schießen. Vor allem, weil in der Mannschaft meines Bruders auf dem rechten Flügel an meiner Stelle dieser Lahmarsch von Guillaume spielt, langsam wie ein Güterzug, und Schuhe hat der, die rutschen wie Seifenstücke von der Blindenhilfe. Kann sich nicht mal am Kopf des großen Tatave orientieren, der dasteht und auf die Bälle von den Mittelstürmern wartet, ganz allein vorm Tor wie der Tower von Orly an einem Streiktag. Die Füße wollen mir schier aus den Sandalen hüpfen.

Serge sieht mich am Rand stehen.

»Ich nehm den Kleinen in meine Mannschaft!«

Mein Herz rumpelt an den Torbalken.

»Geht nicht, wir sind vollzählig.«

Dédé aus Bondy muß ja immer seinen Senf dazugeben. Der kann meinen Bruder nicht riechen, weil der die Mannschaft zusammenstellen darf. Einmal sind sie an einem Abend aufeinander losgegangen, und am Ende haben sie sich gegenseitig angerotzt.

»Wie du wieder sprichst! Wenn du so etwas auf dem Niemandsfeld lernst, dann muß ich das wohl deinem Vater sagen, er muß da mal einschreiten.«

Ich meine doch, Frau Mutter, daß sie bezüglich der einzusetzenden Taktik ein klein wenig uneins waren. Wie soll ich der M'am nur erklären, daß wir auf dem Niemandsfeld eine andere Sprache sprechen als zu Hause.

»Picoul', dein Junior kann nicht mitmachen, wir sind schon elf gegen elf.«

Serge hat den für unsere Familie einzig möglichen Spitznamen geerbt. Will heißen: ich habe keinen. Nur wenn meine Haare zu lang sind, dann nennt meine Mutter mich ihren kleinen Strubbelkopf. Aber das ist ein Geheimnis.

Die Hände in die Seiten gestemmt, kommt Serge zu mir herüber. Er schwitzt. Wir schwitzen viel in unserer Familie. Das haben wir vom P'pa. Er zwinkert mir zu.

»Keine Angst, Brüderchen, den legen wir aufs Kreuz.«

»Wie Pontet?«

»Genau.«

In jener Nacht schlafe ich schlecht, wegen dem Alptraum mit der Königin von England und den Falschmünzern: ein Zeichen für hohes Fieber. »Pontet aufs Kreuz legen! Pontet aufs Kreuz legen!« Der Satz geht in meinem Kopf auf und ab wie eine Notenpresse. Gestern abend, als ich ins Bett ging, hat Serge wieder mal gesagt: »Den Schrotthändler, den legen wir aufs Kreuz!« Das kenne ich schon. Aber dann hat er noch gesagt: »Heute nacht!« Davon hab ich wahrscheinlich das Fieber gekriegt.

Weil soviel darüber geredet wurde, hab ich schon befürchtet, das mit Pontet wird so wie mit dem »Geisterpferd«: etwas, das nie passiert. So ungefähr wie die Wohnung mit Badewanne oder wie der Job als Vorarbeiter für den P'pa oder der Kühlschrank, der Eiswürfel machen kann. Unser Haus ist voller Geisterpferde.

Als Serge mich schüttelt, liege ich mit meinen kleinen Schwestern verfilzt im Bett. Die eine hält mich für ein Kissen, die andere für ein Deckbett. »Psst!« Endlich kann ich aus dem Bett krabbeln und folge Serge im Dunkeln in die Küche. Unser Vater sitzt am Tisch, vollständig angezogen, und bastelt an einem kleinen schwarzen Kästchen mit Stromdrähten.

»Ich zeig es dir noch einmal.«

Serge hört ihm zu, mit zugekniffenen Augen, wie wenn er auf dem Reißbrett hinter der Küchentür ein technisches Schaubild zeichnet.

»Du gehst unter das Armaturenbrett, links neben der Lenksäule. Den schwarzen Draht an den Pluspol, den roten an den Minuspol. Nicht verwechseln, sonst fackelst du die Kiste ab!«

Ich höre genau zu und schlüpfe dabei in meine Sachen, so gut es geht. So muß es im Maquis gewesen sein, wenn man den Mercedes 300 des *Hauptsturmbannerführers* von Nevers in die Luft sprengen wollte – wenn ich die Dienstbezeichnung richtig verstanden habe, so ein langes deutsches Wort.

»Bist du ruhig! Dein Vater hat mit der Sache nichts zu tun gehabt.«

Nur daß in der Holzkiste auf dem Speicher ein halbverschmorter Mercedesstern liegt. Mein Vater fährt mit seiner Erklärung fort.

»Das Dingens hier soll nur seine Wegfahrsperre lahmlegen. Mit dem Anlassen hinterher kennst du dich aus?«

»Erst links unten der verchromte Schalter, danach den Zugschalter vom Anlasser ganz runter, den Perlmuttknopf reindrücken, und dann eine Viertelumdrehung mit dem Schlüssel, nicht loslassen... Und der Studebaker gehört uns!«

»Als er gesagt hat, du sollst es mal versuchen, da konnte es gar nicht klappen. Der Pontet ist so ein Neunmalkluger. Aber mir ist eingefallen, daß wir im Maquis ein System entwickelt hatten, um zu verhindern, daß ein vermintes Auto beim Anlassen hochging. Und genau das hat er in den Wagen von seiner Frau eingebaut.«

»Mistkerl!«

Unser Vater ist kein Freund von Schimpfwörtern, er ist ein Mann der Tat. Also klettern wir alle drei vorn in den Citroën und fahren zur Jagd auf Pontet. Stolz sitze ich zwischen den P'pa und Serge geklemmt, obwohl ich nicht viel von der Straße mitbekomme und auch nicht so ganz begriffen habe, was wir jetzt vorhaben.

»Wir fahren an der Kirche lang, der Park stößt von hinten an den Schrottplatz. Bist du sicher, daß ich's nicht lieber selber machen soll?«

»Nein, P'pa. Er hat mich vor allen Leuten als Idioten hingestellt. Das ist jetzt meine Sache.«

Der P'pa stellt den Wagen im Hohlweg neben den Bahngleisen ab, nahe bei der Kirche Notre-Dame-d'Espérance.

»Ich gehe bis zum Zaun mit. Dann fahre ich zum Haupteingang und warte da mit laufendem Motor. Ihr müßt euch tummeln!«

Er hätte noch sagen müssen »Uhrenvergleich!«, wie in den Kriegsfilmen. Wegen der Kommunion hab ich keine Uhr, aber ich hätte so getan als ob.

»Wartet hier!«

Unser Vater geht in die Kirche. Ich folge ihm, obwohl er gesagt hat, wir sollen draußen warten. Der Geruch erinnert mich daran, wenn wir in Reli die Blumen für den Altar gerichtet haben. Der P'pa steht regungslos vor einer großen brennenden Kerze. Die Hände vor der Brust gefaltet, blickt er hinauf zu einer goldenen Ikone. Ich kenne sie gut. Eine dunkelhäutige Heilige Jungfrau. Im Arm trägt sie ein Jesuskind von meiner Farbe. Wegen dieser Ikone wäre ich fast zum erstenmal aus Reli geflogen, weil ich gesagt hab: »Gott muß ein Schwarzer sein, denn sein Sohn ist wie Milch-kaffee ...«

»Du sagst deiner Mutter nichts davon, daß ich eine Kerze geopfert hab!«

Ich weiß gar nicht, warum ich davon der M'am was sagen sollte.

»Sonst muß ich mit ihr in die Kirche und kann Sonntag früh nicht mehr mit dir ins Stadion gehen.«

Jetzt weiß ich's schon eher.

»Hast du Münzen?«

Zufällig hab ich noch Wechselgeld in der Tasche. Mein

Vater steckt alles in den Schlitz. Da verschwinden nun sechs Karamelstangen, zwei Lakritzkugeln und fünf dicke Milchkaramelbonbons. »Pling-plang-plong« machen sie in dem Opferstock. Jetzt habe ich Kredit bei Unsrer Lieben Frau der Hoffnung. Da kann ich vor Fußballspielen und Diktaten herkommen und für umsonst Kerzen abbrennen.

Unser Vater begleitet uns bis zum Gitterzaun des Schrottplatzes. Serge und ich schlüpfen drunter durch. Ganz schön gruselig so im Dunkeln, die ganzen aufgestapelten Autowracks. Aber sogar jetzt kann man sich leicht zurechtfinden. Wir haben oft hier gespielt, Serge hat sogar auf dem Platz gearbeitet, um bißchen was zu verdienen. Der Studebaker steht ordentlich an seinem Platz. Die Hunde scheinen zu schlafen. Offensichtlich wirkt die Kerze vom P'pa. Da tut es mir schon weniger leid um mein Geld. Schon hat Serge den Wagen mit einer Nagelfeile geknackt. »Alles verschwindet in dieser Bude! Wer war an meinem Nagel-Necessaire?« Versprochen, Lilyne, wenn das hier klappt, kannst du als erste mal mitfahren.

Ich halte die Taschenlampe, Serge baut das Dingens unter dem Armaturenbrett ein.

»Schau gut zu, was ich dir gleich zeige. Du mußt dich morgen auf jeden Fall daran erinnern. Ausprobieren können wir es auf keinen Fall, sonst wecken wir alle Leute auf.«

Ich merke mir sämtliche Bewegungen von Serge genau.

»Damit, Brüderchen, legen wir ihn morgen aufs Kreuz, und zwar gründlich, bis er quiekt!«

Jetzt hat Serge die Formel noch komplizierter gemacht, aber das Wesentliche habe ich begriffen: Morgen ist der Studebaker fällig.

Unser Vater wartet am Tor, wir fahren nach Hause wie nach einem Angelausflug. Die M'am wartet auf der Eingangstreppe.

»Paulette, morgen gibt's einen Hauptgewinn, da kann die Pferdewette nicht mit!«

Am nächsten Tag findet die »Garden-Party« bei den Pontets statt. So nennt die Madame das. Eine endlose, hufeisenförmige Tafel mit weißen Tischdecken steht mitten in einem Cañon ausgemusterter Blechkisten von überallher. Der Chef markiert den großen Herrn, die Chefin wirft sich in die Brust, die Gäste stopfen sich voll. Das ganze Essen über blicken der P'pa, Serge und ich einander über unsere Gabeln hinweg an. Als der Kaffee kommt, wird die Sonne schon schwächer. Hoffentlich kriege ich einen Rückfall mit der Dämmerungsblindheit, dann sehe ich alles, was gleich kommt, durch einen violetten Schleier. Ich fühle mich wie ein Mohikaner auf dem Kriegspfad.

»Liebe Freunde! Liebe Freunde!«

Pontet klimpert mit dem Messer an sein Glas. Die Festversammlung wischt sich den Mund ab. Serges Blick hat meinen gekreuzt. Sicher haben wir eben denselben Gedanken gehabt: »Gleich kriegen wir dich! Gleich kriegen wir dich!«

»Ihr wißt, es gibt eine Tradition, an der mir viel liegt...«

Gemurmel tischauf, tischab. Jeder weiß, worauf er zu sprechen kommen will. Serge und ich denken immer fester: »Gleich kriegen wir dich! Gleich kriegen wir dich!«

»... nämlich einem Sohn meines Freundes Roger, der mir aus großen Schwierigkeiten geholfen hat, eine Chance zu geben.«

Man wendet sich zum P'pa um, der bescheiden abwehrt.

»Ich habe mir gedacht, dieses Jahr ist die Reihe, sein Glück zu versuchen, an... nun, an seinem jüngsten Sohn.«

Der Schrotthändler weiß meinen Namen nicht mehr. Wir aber haben nichts vergessen. »Gleich kriegen wir dich! Gleich kriegen wir dich!« Serge und ich blicken uns tief in die Augen, um uns daran zu erinnern, wie wir einmal fast den Briefträger ums Leben gebracht hätten.

Damals hat uns die M'am mitten in der Nacht geweckt. »Es schneit!« Sie weiß das immer als erste. Alle zusammen sind wir auf die Straße hinausgegangen, der Stille lauschen und

Weihnachtspostkarte spielen. »Schön! Ist das schön!« Ich mag keinen Schnee, da werden alle Adjektive idiotisch. Wie jedesmal endete es mit einer allgemeinen Schneeballschlacht und einem Riesenschneemann mitten auf der Kreuzung. In dieser Nacht haben wir geschlafen wie kleine Eskimos.

Am nächsten Morgen sitzen Serge und ich zu der Zeit, wo immer die Post kommt, hinter den Fliederbüschen auf der Lauer. Wir warten auf den Briefträger. Eben biegt der Pedalmörder auf seinem Fahrrad in unsere Straße ein. Am Abend zuvor hat er Capi einen Schlag versetzt, daß der ausgestreckt auf dem kalten Asphalt liegengeblieben ist. Aber bevor wir ins Bett gegangen sind, hatte Serge warmes Wasser vor dem Haus ausgegossen. Morgens war die lange Glatteisbahn mit frisch gefallenem Schnee bedeckt. »Gleich kriegen wir dich! Gleich kriegen wir dich!« Ganz langsam kommt der Hundekiller näher. Und plötzlich vollführt der mörderische Briefträger samt Tasche und Fahrrad eine vollständige Riesenwelle, einmal rundherum mit großem Getöse, daß die Post nur so in den Pulverschnee fliegt. Der Briefträger flucht, daß man ein ganzes Heft mit seinen Ausdrücken füllen könnte, und humpelt davon, das Fahrrad geschultert.

Wir hasten zur Unfallstelle. Bei dem Sturz hat das eine Pedal ein tiefes Loch in das Eis gebohrt.

»Scheiße, das Arschloch hat unsere Schlitterbahn versaut!«

»Du sollst doch nicht so reden!«

Pontet mit seiner Zigarre sucht noch nach einem Ende für seine kleine Rede.

»Also ist jetzt... Rogers jüngster Sohn an der Reihe und darf versuchen, den Studebaker anzulassen. Viel Glück!«

Die ganze Tafelgesellschaft klatscht seiner Großzügigkeit Beifall. Gönnerhaft wie ein Fürst hebt der Schrotthändler mich hoch und setzt mich hinters Steuer. Ich mache

»Rrrumm! Rrrumm!«, damit er denkt, ich bin noch ein Kind, kein Fachmann, und damit ich schnell noch mal einen Blick über die Knöpfe auf dem Armaturenbrett werfen kann.

»Du hast verstanden, Kleiner. Ein einziger Versuch, und wenn's klappt, kannst du morgen damit zur Schule fahren. Also, mach schön töff-töff mit dem Autochen!«

Offensichtlich sind der Schrotthändler und ich verschiedener Ansicht, was das Geräusch eines Motors und meine geistige Entwicklung angeht. Ich versuche, mir den Trick ins Gedächtnis zu rufen. Mist, die Gedanken rutschen mir einfach weg. Ich weiß nichts mehr. Den verchromten Schalter unten oder oben? Und der Zugschalter vom Anlasser, wird der mit zwei l geschrieben oder mit einem? Jedesmal, wenn ich mich nicht zwischen zwei Schreibweisen entscheiden kann, wähle ich die falsche. Gleich muß ich mich übergeben. Wird ja hübsch aussehen auf den roten Ledersitzen.

»Kannst du nicht töff-töff machen? Dann kannst du's nächstes Jahr wieder versuchen!«

Nächstes Jahr? Das bedeutet 365 Tage warten und 365mal hören müssen, wie Serge sagt: »Den legen wir aufs Kreuz!« Eine Herde von 365 Geisterpferden, die 365 Nächte lang durch meine Alpträume galoppieren. Kommt ja überhaupt nicht in Frage! Serge schaut mich an. Ich will ihn nicht enttäuschen, sonst nimmt er mich nie wieder in seine Mannschaft. Ich versuch's, egal wie.

Verchromter Schalter: unten links! Zugschalter vom Anlasser: ganz rein! Perlmuttknopf: gedrückt! Ich fasse an den Zündschlüssel. Mein Herz schlägt mit vier Ventilen pro Kolben. Ich drehe den Schlüssel, ohne dabei den Perlmuttknopf loszulassen …

Scheibenkleister! Es macht weder rrrumm-rrrumm noch töff-töff! Sondern ein nettes gemütliches Blubber-blubber, daß dem Schrotthändler seine Havanna zwischen den Beißerchen rausfällt. Seine Frau rutscht unter den Tisch, samt

Tischdecke und Silberbesteck, als wollte sie wenigstens ihre Aussteuer retten. Die Menge applaudiert. Ich werde vom Sitz gehoben, und die Familie trägt mich im Triumphzug herum. »Den haben wir aufs Kreuz gelegt!« Ich genieße die Freuden der Konjugation. »Den werden wir aufs Kreuz legen!«: Futur, erste Person Plural. »Jetzt haben wir ihn aufs Kreuz gelegt!«: Perfekt, mit richtig gebildetem Partizip.

Das gibt einen Einzug abends in der Avenue Meissonnier! Der Studebaker fährt langsam im ersten Gang mit heruntergelassenem Verdeck, der P'pa am Steuer wie Aga Khan, die M'am als Begum neben ihm winkt mit den Händen, Maryse, Martine und ich sitzen dahinter als Erben, und Serge spielt Leibwache hinten auf dem Kofferraum. Dauerhupe, Brüder und Schwestern als Geleitzug und die Nachbarn an den Fenstern. Wie bei der Krönung von Queen Elizabeth II. im Fernsehen, nur daß wir es jetzt in echt und in Farbe haben.

Schon am nächsten Morgen ist durch den Studebaker alles anders. In der Schule bin ich eine halbe Stunde zu früh. Ergebnis: Niemand hat mich kommen sehen, und ich werde als Lügner beschimpft. Wir machen alles mit dem Wagen, Brot holen, Pfandflaschen zurückbringen, die Mülltonnen des Viertels durchsuchen oder beim Friseur warten. Seit wir den Studebaker haben, eilen die Geier herbei: der Hausbesitzer, der bereit ist, zu verkaufen, aber teurer als zuvor, Syracuse mit seiner Bett- und Tischwäschegarnitur aus »echtem Damast«, der Gemischtwarenhändler, der uns anschreiben läßt, was immer auf seine Tafel paßt, Teppichhändler, Seifenhändler, Staubsaugervertreter, Kartoffelpressenvertreter, Freunde, die wir seit hundert Jahren nicht mehr, und solche, die wir überhaupt noch nie gesehen haben.

Sogar die Sozialhelferin kreuzt auf, um sich zu vergewissern, daß wir den Unterhalt des Wagens nicht etwa vom Kindergeld bestreiten. Es ist schlimmer als auf einem Karussell. Wir bekommen schon den Drehwurm.

Dann kriegen wir Streit darum, wer spazierenfahren darf, wer mit dem Wagen zum Tanzen oder ins Kino fährt. Abends nach dem Fernsehen spielen wir nicht mehr alle miteinander Rommé oder Malefiz, Mensch-ärgere-dich-nicht oder Casino. Zum Kartenspielen fehlt immer der vierte Mann. Schlimmer als das Gespensterpferd bei der Dreierwette. Außerdem müssen die großen Brüder nachts Wache schieben, weil wir Angst haben, daß man uns den Studebaker klaut. Sogar ich muß nachts raus. Morgens schlafe ich auf Blancos Rücken bis zur Schule.

So konnte das nicht weitergehen. Eines Abends nach dem Essen klappt unser Vater klatschend den Krimi zu, den er gerade liest. Zeichen für einen Entschluß.

»Schluß jetzt mit dem Studebaker. Ich habe beschlossen, daß wir ihn zurückgeben.«

Das hatten wir erwartet, wenn auch nicht so bald.

»Ich hab Pontet getroffen. Er hat dreißig Kilo abgenommen, raucht Gitanes mit Maispapier, und seiner Frau ist der Kühler geplatzt. Jetzt fährt sie mit einem kleinen Tretauto über den Schrottplatz. Er hat genug bezahlt, und wir auch.«

Er liest die Liste der Ausgaben vor, die der Studebaker in weniger als vier Wochen verursacht hat. Das Wort »verursacht« betont er besonders. Selbst mit seiner hübschen Schrift wirkt die Summe gepfeffert. Dann zählt er alles auf, was wir abschaffen müßten, um den Wagen zu halten, selbst wenn wir nur samstags und sonntags fahren würden. Ganz klar, uns bleibt der Studebaker, der Studebaker, und nochmals der Studebaker, sonst nichts. Punkt. Wer für die Rückgabe ist, hebe die Hand.

»Einverstanden, aber vorher fahrt ihr zwei für ein Wochenende ans Meer.«

Die M'am hat immer davon geträumt, etwas in der Art mit dem P'pa zu unternehmen, zum Beispiel zum Karneval nach Nizza zu fahren. Die Familie erklärt Évelynes Vorschlag einstimmig als angenommen.

»Unter einer Bedingung, liebe Eltern. Ihr fahrt als Liebespaar, und es ist absolut verboten, uns hinterher was zu erzählen.«

Es sollte ihr Geheimnis bleiben. Erst sträubten sie sich noch ein bißchen gegen diese Auflage. Und dann hängte die M'am dutzendfach »Zettelchen« voller Mahnungen und Ratschläge im ganzen Haus mit Nadeln auf. Und dann war es wie in einem Märchen. Sie fuhren fort und erzählten uns nie etwas.

»Obwohl, wenn du gesehen hättest, wie…«

»Nein, M'am! Verboten.«

Nach der Rückkehr aus Deauville fährt unser Vater zu Pontet, um ihm den Studebaker zurückzubringen. Keiner von uns bringt es fertig, ihn zu begleiten. Zurück kommt er mit einem gewaltigen, völlig abgewrackten Talbot 1938, so lang wie ein Häuserblock. Es verspricht ein paar hundert Stunden zu dauern, bis man »das da« wieder ein Auto wird nennen können. Wenn wir uns den Talbot so ansehen, fragen wir uns, ob nicht diesmal Pontet uns aufs Kreuz gelegt hat.

»Keine Angst, Brüderchen, den legen wir aufs Kreuz, wie Pontet.«

Auf einmal bin ich wieder bei meinem Bruder Serge, der mich an der Schulter faßt. Ich habe das seltsame Gefühl, als hätte ich eine lange Reise im Studebaker gemacht und käme unvermittelt im Niemandsfeld zu mir, auf dem Fußballplatz. Dabei hab ich sicher nur eine Viertelsekunde lang geträumt, aber das Aufwachen ist erbarmungslos. Die anderen wollen nicht, daß mein Bruder mich in seine Mannschaft nimmt.

»Picoul', dein Junior kann nicht mitmachen, wir sind schon elf gegen elf.«

»Schon gut, ich hab's kapiert!«

Sogar mein Bruder läßt mich im Stich und gibt Dédé nach, dabei ist der gar nicht stärker als er. Stimmt schon, die Mannschaften sind vollzählig, aber unter Brüdern zählt das doch nicht. Ich werde mich von einer anderen Familie adoptieren lassen. Serge zwinkert mir zu.

»In Ordnung... Klar, wir können den Kleinen nicht mit reinnehmen. Ganz klar. Also gehe ich raus. Ich tausche mit ihm.«

Serge schiebt mich aufs Spielfeld und geht, die Hände in die Seite gestemmt. Allgemeine Panik. Die ganze Mannschaft kreist ihn ein. »Das kannst du nicht machen! Die ziehen uns voll ab!« »Mir tut aber das Knie weh!« Beratung, Palaver. »He! Wir spielen weiter, oder ihr müßt aufgeben!« Also wird die Sache gütlich geregelt. Bébert, der schlechteste Rechtsaußen unter der Sonne, wird vom Platz verwiesen. Er mosert herum, spuckt überall aus und schießt voll Wut mit Erdklumpen.

Ich nehme seinen Platz ein und mustere den Verteidiger, der auf mich angesetzt ist. Ein stämmiger Tolpatsch mit breitem Hintern. Sobald ich den Ball kriege, zeig ich dem ein paar von meinen Finten und Manövern. Die Liste in meinem Hausaufgabenheft ist vier Seiten lang. Ballkontrolle, Annehmen mit Stoppen, kontrolliertes Weiterspiel, Links-rechts-Spiel, Abgrätschen, Dribbling, Tunneln, links antäuschen, rechts vorbeigehen, Jonglieren... Hopp! In die Luft!... Kurzpaß, Diagonalpaß, Flügelwechsel, direkte Ballannahme, Fallrückzieher, Flanke von links, Schußbein wechseln, Volleyschuß und Tor! Den fummle ich aus, bis er Gras frißt! Ich rase an der Seitenlinie lang, daß er nur noch meine Sohlen sieht. Salut bis unter der Dusche! Dann dribbele ich um ihn herum, daß er nicht mehr weiß, wo vorn und hinten ist, daß ihm die Stollen abfliegen und er im Matsch rutscht, dem verpaß ich so viele Pässe, daß er schielt und denkt, er ist auf dem Einwohnermeldeamt...

»Hör auf! Sie spielen schon weiter!«

»Danke, M'am!«

Ich bin freigespielt, Serge sieht zu mir herüber. Langer Querpaß. Der Ball kommt geflogen wie eine Sonne. Ich beschließe, zur Abwechslung die »Somme-Strategie« an meinem Verteidiger auszuprobieren.

Die hat die M'am von ihrem Vater. Noch von 1916, von

der Somme-Schlacht im Ersten Weltkrieg. Ein wahres Gemetzel. Zwanzigtausend Tote an einem Tag. Zum Klang der Dudelsäcke bewegen sich die Schotten auf die deutschen Linien zu. Ohne zu rennen, treiben sie einen Fußball vor sich her, um zu wissen, welcher Zug des Regiments als erster die feindlichen Linien erreicht.

Die »Somme-Strategie« besteht darin, den Gegner durch Langsamkeit zu überraschen. Marschieren, wenn er denkt, man würde rennen. Serges Ball kommt gerade auf mich zu. Ich sehe die Nähte, genoppt wie eine Mandarine. Das wird der Stoppball des Jahrzehnts und der Schuß des Jahrhunderts. Schnell nehme ich die Technik im Kopf noch mal durch: 1. Spielfuß zum Ball heben. 2. Spielfuß nimmt Ball an wie ein Korb. 3. Spielbein leitet Ball zum Boden. 4. Es macht »schrubb!« Der Ball streift mein Schienbein, rutscht unter meinen Schuh und kullert in die Dornenranken. »Wir holen ihn!«

Ich hab meinen ersten Ball verhauen!

Scham und Schande über mich bis ins fünfte Glied! Ich breche zusammen und umklammere meinen Knöchel. »Angabe! Ich hab ihn nicht berührt!« Grimassierend wälze ich mich am Boden. Serge schubst meinen Verteidiger beiseite. Die Jungs aus dessen Mannschaft tanzen an. Es wird brenzlig. Aber sie beruhigen sich wieder. Ich stelle mir die Diagnose: doppelter Bruch von Schienbein und Wadenbein, mit Außenknöchelriß, Kreuzbandabriß, Zerrung der Adduktoren und obligatorischer Entfernung des Meniskus. Lieber gehe ich ein paar Minuten vom Spielfeld. Schnurstracks nimmt Bébert meinen Platz ein und zeigt mir einen Stinkefinger. Humpelnd gehe ich raus. Serge klopft mir auf die Schulter.

»Nicht übel, dieser Trick. Muß ich mal ausprobieren.«

Das Spiel geht ohne mich weiter. Ich schäme mich derart, daß ich mich Richtung Untergeschoß davonmache. Das Untergeschoß vom Niemandsfeld ist den Großen und ihren Mädchen vorbehalten; es liegt zwischen einem langgestreckten Erdwall und den Häusern, die das Gelände säumen. Eine ganze Woche lang hat eine gemischte Gruppe aus Großen und Kleinen ein System von Schützengräben ausgehoben wie Frontsoldaten in Verdun. Dann haben sie das Ganze mit Brettern, Zeitungen, Linoleum und einer Schicht Erde abgedeckt. Damit keiner erstickt, haben sie zur Belüftung ein paar krumme Rohre eingebaut. Drinnen gibt es jetzt Gänge, Zimmer und einen runden Gemeinschaftsraum, in dem man fast aufrecht stehen kann. Das Untergeschoß wird mit Kerzen beleuchtet, so weiß man, wenn sie ausgehen, daß man schleunigst ins Freie muß, um nicht zu ersticken.

Das Untergeschoß hat zwei Eingänge: einen für die Kleinen, einen für die Großen. Auf der einen Seite bringt man Honigkuchen, Schokolade und Limo mit, auf der anderen Zigaretten, Illustrierte mit nackten Mädchen und echte Mädchen, die »sich ein bißchen was trauen«. Ich weiß nicht so genau, was damit gemeint ist, aber ich kann mir denken, in welche Richtung das geht.

Unmöglich, die beiden Eingänge zu finden, wenn man nicht weiß, wo sie liegen. Das Gras auf dem Dach ist gewachsen, die Türen haben wir mit Ästen getarnt. Und falls man trotzdem einmal zufällig oder weil jemand nicht dicht gehalten hat darauf stößt, hängt ein Schild da: »Reserviert für Mitglieder.« Unter »-glieder« hat jemand einen dicken Kuba-Kuckuck gemalt. Das scheint also noch ein Name für den Piephahn zu sein, den Liebesknochen, den Paradiesschlüssel und was nicht noch alles. Daß es so viele Namen gibt für so was Kleines!

Jeannot ist der Türsteher der Großen. Er ist in Indochina gewesen, und Gérard sagt, er zieht sich an wie ein Lude. Heute abend hat Jeannot das blaue Wachstuch runtergelassen, das als Vorhang dient. Das bedeutet, er hat »Bekannte« eingeladen. Einer wartet schon, im Gras sitzend. Er hat den Kragen seiner Lammfelljacke hochgeschlagen, damit niemand ihn erkennt.

»Kleiner Kartentrick, Stöpsel?«

Jeannot zeigt ihn mir. Er kriegt immer eine Dame, aber ich begreife einfach nicht, wie er es anstellt. Er muß darüber lachen. Jeannot kann mich gut leiden. Er hat für eine meiner großen Schwestern was übrig gehabt, und nicht zuwenig, ich weiß nur nicht mehr, für welche. »Mit dem bist du schneller in Tanger als an der Marne!« sagen sie immer. Komisch, diese Mädchengeographie.

»Du hast gesagt, das war der letzte!«

Ein wasserstoffblonder Mädchenkopf schaut durch den blauen Vorhang. Sicher eine »Bekannte« von Jeannot.

»Genau! Es *war* der letzte ... Aber er *ist* es nicht mehr.«

Wie ich das höre, bin ich immer mehr von Sinn und Nutzen der Konjugation überzeugt. Überdrüssig prustet die Wasserstoffblonde mit geblähten Wangen. Wie ein rosa Engelchen vor einem Wachstuch-Himmel. Ein Kerl in Latzhose kommt aus dem Untergeschoß, der mit der Lammfelljacke schlüpft hinein.

»Und dein Alter schafft immer noch bei der Air France?«

Ich erzähle von den Schichten, den Reisen, den Überstunden und dem Lohn.

»Hunderttausend Piepen pro Monat? Das ist ja die blanke Armut. Wenn die Mädels an einem Tag nicht mehr ranschaffen, mach ich ihnen die Hölle heiß. Warum nicht gleich Hilfsarbeiterlohn? Hundertfünfzig die Stunde! Macht mich wirklich fertig, das mit anzusehen.«

Im Kopf überschlage ich Jeannots monatliche Einkünfte: drei Millionen einhundert in den guten Monaten, nur im Februar zwei Millionen achthundert. Mit Beziehungen, wie Jeannot sie hat, hätten wir den Studebaker behalten können.

»Dein Vater hätte ein richtig großes Tier werden können, weißt du das? Ganz großer Häuptling! Hat mein Alter mir erzählt.«

»Du hast gesagt, der war der letzte!«

Die Lammfelljacke kommt raus, ein karierter Kittel geht rein.

»Stimmt, hab ich gesagt ... siebenmal.«

Der Engel gibt klein bei. Wenn man auch noch mit Worten spielen soll! Jeannot fährt mit seiner Erklärung fort.

»Dein Alter hat die beste bewaffnete Truppe des Maquis angeführt. Der brauchte die Lothringer Kreuze nur von den Citroëns runterzuholen. Aber er war eben von Grund auf anständig. Pech, mit seiner Tunneltechnik hättet ihr heute ordentlich was zu futtern!«

Das war also im Krieg seine Methode gewesen, mit der er Lokomotiven sabotiert und Kupfer besorgt hat!

»Ich erzähl dir das alles, du Knirps, weil ich morgen verdufte, aber mit einem Sack voll Knete. Und zwar dank deinem Alten. Hut ab vor dem! Dabei ist er der einzige, der mir den Arsch versohlt hat und noch auf seinen zwei Beinen gehen kann. Hatte aber recht, dein Alter, ich wäre sowieso kein vorzeigbarer Schwiegersohn geworden.«

Ich kann ihn mir gut vorstellen, wie er zu Hause mit am Tisch sitzt. Vielleicht hätte ich dann auch irgendwann seine Kartentricks gelernt.

»Schau mal morgen in die Zeitung, Kleiner. Wenn da was von einem Tunnel hier in der Ecke drinsteht, denk an mich und danke deinem Vater. Hier, nimm das, als Erinnerung an Jeannot.«

Er dekoriert mich mit seiner Krawattennadel, auf der ein Diamant sitzt.

»Tausch das Ding bloß nicht gegen Bonbons oder so. Das ist mehr wert als ein Lohnzettel von deinem Alten.«

Ich schaue den Brillanten an. Wie soll ein ganzer Monat Arbeit von meinem Vater in so einem kleinen Schweißtropfen Platz haben?

»Wenn du mal Mäuse brauchst, geh zu Lulu, dem Juwelier in der Grand-Rue. Dem gibst du meine Visitenkarte und sagst, ich schicke dich. Dann behumst er dich nicht. So, Kleiner, jetzt verzieh dich. So Gemüse wie du, das macht die Kunden verlegen.«

Im Weggehen lese ich die Visitenkarte: Monsieur Jeannot, Geschäftsmann. Mit Kugelschreiber hat er hinzugefügt: »Geht in Ordnung. Er ist ein Kumpel.« Ich stecke mir die Krawattennadel innen an meinen Pullover und gehe zu einer anderen merkwürdigen Stelle auf dem Niemandsfeld: dem Crossgelände.

Das ist die Ecke der Muskelmänner, der Athleten, der Maulhelden, Kraftprotze und Aufschneider: ein richtiger Zirkus. Da hole ich mir jedesmal neue Ausdrücke für den Aufsatz.

Als ersten treffe ich Bourel. Der zieht immer an einer Hundeleine einen Amboß hinter sich her. Seit der mal auf seinen Schädel gekracht ist, als er mit ihm jonglierte, hat er so einen komischen starren Blick. Dann und wann schlägt er sich an die Stirn, als wäre ihm plötzlich irgendwas eingefallen. Aber er hat alles vergessen. Eine Erinnerung mehr oder weniger, was tut das dann schon. »Komm, Lumpi, wir gehen nach Hause...«

Wahrscheinlich läuft so ein Kopf aus wie ein leckes Aquarium. Eines Tages zappelt auf dem Grund des Gefäßes nur noch ein kleiner erstickender Goldfisch auf buntem Kies. Vielleicht ist das das Alter.

Und dann gibt es da Ursule, der hat bei der Geburt vergessen, die Füße mit rauszuholen. Er geht, ißt, unterhält sich und schimpft auf den Händen. Er schimpft schwer, dieser Ursule, und selbst die Stärksten verstummen, wenn sie seine eichenhaft stämmigen Arme sehen. Eines Tages schlägt Ursule sicher mit den Fingern Wurzeln, und dann können ihm endlich Füße wachsen wie Blüten. Als Glanznummer macht er das Manneken-Pis auf einer Hand nach. Ich hab versucht, es ihm gleichzutun, und hab mich wie ein geschlachtetes Schwein an den großen Ast vom Kirschbaum gehängt. Dabei habe ich mir von oben bis unten eine Dusche verpaßt, und die M'am hätte mich um ein Haar ins Krankenhaus zurückgebracht. »Das kann nicht wahr sein, den haben sie nach der Geburt vertauscht!«

Außerdem schaue ich gern den Kamikaze-Kämpfern beim Training zu. Das sind zwei Zwillinge, Catcher im Westentaschenformat, maskiert und angezogen wie die Gebrüder Jacques. Sie haben mit Bollet und Delaporte gekämpft und zeigen uns alle Griffe: Doppelnelson, Überstürzer, eingedrückte Brücke, Runterreißer, Gesichtssitz, Vierteilen… und alle anderen Tricks, die dazugehören.

Catch ist aber nur Mache, sonst nichts! Als ich das zu Onkel Florent gesagt hab – der ist früher Catcher gewesen –, ist er so rot geworden wie der Küchenherd. Er hat mich geschnappt, in das Zimmer in der Garage geschleift und mich dort in die Luft geworfen wie einen Teddybär. »Und das, ist das etwa auch Mache? Und das, was hältst du davon?« Nach einer halben Stunde hab ich mich gefühlt wie Blätterteig.

»Und, was sagst du jetzt?«

»Egal, Catch ist trotzdem Mache!«

Ich dachte, jetzt macht Florent mich mit einem Geheimgriff zu Mus. Aber er hat nur sein Baby-Schmollgesicht aufgesetzt, wie wenn man was Häßliches über Marie-José sagt, seine Lieblingssängerin.

»Gut, stimmt, es ist Mache. Aber verrat das den anderen nicht.«

Die seltsamsten Figuren auf dem Niemandsfeld aber sind vielleicht die Pieds Nickelés. Sie haben ihren Spitznamen von Comicfiguren: Filoche, Riboule und Croque, und haben nur eins im Sinn: Sie wollen eine Rettungsmedaille ergattern. Jeden Montagabend kriegen wir die Schilderung zu hören, wie sie den ganzen Sonntag lang an der Marne auf die Gelegenheit gewartet haben, einen Ertrinkenden zu retten. Aber es kommt ihnen immer jemand anders zuvor. Ganz klar, daß es um die Laune der Pieds Nickelés ganz mies bestellt ist. Wie abgerissene Bettelbrüder schlendern sie über das Niemandsfeld.

»Hör mal, Junge, willst du vielleicht am Sonntag ein bißchen ertrinken? Wir holen dich dann raus.«

Klar, ich will gern den Freiwilligen spielen, aber mir brennt noch die Tracht auf den Pobacken, die mein Vater mir verpaßt hat, nachdem Maryse mich gerettet hat, ganz ohne Medaille.

Am Ende aber haben die Pieds Nickelés ihre Medaille gekriegt. Filoche hat Riboule aus einem Strudel gezogen, Riboule hat Croque gerettet, der im Schilfrohr festsaß, und Croque hat Riboule aus einem Wasserloch geholfen. Seitdem heißen sie nur noch die Gebrüder Ripolin der Rettungsschwimmer, nach der Werbung für Ripolin-Farben, wo einer dem anderen den Rücken anstreicht.

Heute abend hab ich genügend Notizen im Kopf, Bemerkungen über Liebe, Geld, Alter, Verrücktheit, Wahrheit und Mut. Aber wer weiß, morgen beim Aufsatz stellt uns der Lehrer vielleicht ein ganz anderes Thema, etwa ein spannendes Erlebnis mit Freunden oder eine Mahlzeit im Familienkreis.

»Kommst du?«

Serge wartet schon auf seinem Rad. Schweißüberströmt.

»Beeil dich. Wir kommen zu spät zur Suppe.«

Ich gehe zu ihm hin, leicht humpelnd, damit er mich bedauert. Ich setze mich auf den Rahmen, wie immer.

»Und?«

»Brüderchen, wir haben ihnen 3 zu 0 verpaßt! Wie geht's deinem Knöchel?«

»Ich glaub, für den Fußball bin ich verloren.«

Elftes Kapitel

Einkauf bei Syracuse

Abends mit Serge vom Niemandsfeld nach Hause fahren, das bedeutet, seinen Atem am Hals zu spüren. Er nimmt mich auf seinem Fahrrad mit, ich sitze seitlings auf der Stange. Die Straße zischt unter mir dahin. Ich komme mir vor wie die Galionsfigur einer Piratenbrigg von 280 Tonnen, die ehemalige Sklaven aus Martinique befördert. Sie setzt sie frei an der »dem Abend zugewandten« Seite Afrikas, wie unser Lehrer es mal genannt hat. Mit kraftvollen Tritten in die Pedale treibt Serge uns auf die Insel Gorée zu. Die kenne ich auswendig, weil ich sie immer an der Wandkarte studiere, wenn ich in der Ecke stehe. Ums Haar berührt sie die Küste von Senegal, ein winzigkleiner Punkt im Hellblau des Ozeans, halb verdeckt durch das erste a von »Dakar«. Fast könnte man sie für einen Tintenklecks halten.

Einmal, als die Klasse gerade in die Pause geht, hält der Lehrer mich am Ärmel meines Schulkittels zurück. Das riecht nach Eckestehen. Sicher hab ich irgendwas angestellt.

»Schau mal! Deine Ur-ur-ur-Großeltern stammen daher.«

Er zeigt auf diesen kleinen schwarzen Punkt: Gorée. Was mich verwirrt, ist dieses »Ur-ur-ur«. Da muß ich an die beinahe völlig vergilbten Zettel denken, die ganz hinten in den tiefen Schubladen von der Städtischen Bibliothek liegen. Josette hat mich einmal mitgenommen, um ein Buch über die Eskimos auszuleihen, *Anuk*. Den Film hab ich im Jugendheim gesehen. Wenn ich kein Mohikaner wäre, wäre ich ein Eskimo. Die haben auch solche Kanus.

Ich denke nicht gern daran, daß man meine Ur-ur-ur-Großeltern auf diesem winzigen Fleck mitten im Ozean eingepfercht hat. Das sollte ein Familiengeheimnis bleiben. Also mache ich's so: Wenn ich in der Ecke stehen muß, nehme ich einen Bleistift mit und vergrößere den Fleck heimlich. Jedesmal wächst er ein bißchen. Bald ist Gorée fast so groß wie Madagaskar. Mittlerweile sollte unser Lehrer der Meinung sein, daß auf der Insel genug Platz ist, um alle meine Vorfahren in die Heimat zurückzubringen. Er läßt mich nicht mehr in der Ecke stehen und hat zudem die Afrikakarte in den Kartenständer geräumt. Aber er hat nie verlangt, daß ich an meiner Insel herumradiere. Trotzdem, ich erinnere mich daran, daß sie aussieht wie ein Wirbel.

Morgens beim Angeln hab ich mal mit dem P'pa über Gorée und unsere Ur-ur-ur-Großeltern geredet. Erst sagt er nichts, bis er eine mickrige Plötze an Land zieht.

»Gorée! Auf dem Weg nach Martinique...«

Der Gedanke an diese Insel scheint dem P'pa eine seiner »himmlischen Ideen« einzugeben, die die M'am so fürchtet: im Schlauchboot nach Martinique zu reisen. Er will die Fahrt unter denselben Bedingungen erleben wie seinerzeit die Sklaven, ohne Essen und Trinken. Für die M'am eine Aussicht, bei der sie graue Haare kriegen könnte.

Ich habe Hunger, und wir kommen sicher zu spät zum Essen. Serge setzt das Großsegel und legt einen Sprint vor. Im Licht der Fahrradlampe ist die Gischt zu sehen. Mein Bruder rast über Bordsteinkanten, und ich höre, wie der Dynamo bei jeder Welle aufheult. Mein Steißbein würde auch heulen, wenn es könnte. In der Hand halte ich fest die Krawattennadel mit dem Brillanten, die Jeannot mir geschenkt hat, und komme mir vor, als hielte ich den Geist aus Aladins Wunderlampe.

Wir scheppern Richtung Heimat. Das Wort »scheppern« mag ich richtig gern, aber es ist gar nicht so leicht, es in einem Aufsatz unterzubringen.

Serge ist still. Er denkt wohl an sein Oldtimer-Modellflugzeug, das er heute am späten Abend in der Garage fertigbauen wird. Die beste Zeit, um den Lack aufzutragen. Übermorgen lassen wir es fliegen. Nichts vergessen: Kaltleim, Japanpapier, eine Nadel, eine Metallperle und Nähgarn, für den Fall, daß es eine Bruchlandung gibt. »Wir nehmen nichts mit, das bringt Unglück!« Komisch ist das mit dem Unglück, man darf sich nicht dagegen schützen, sonst kommt's. Genau umgekehrt wie bei der Pferdewette.

Aber jetzt müssen wir erst mal nach Hause kommen, bevor die anderen mit dem Essen fertig sind. Der Platz am Tisch läßt sich nicht so leicht vergrößern wie die Insel Gorée. Sicher muß ich jetzt wieder an den Katzentisch zwischen meine beiden kleinen Schwestern. Was die wieder lästern werden!

»Wer nicht kommt zur rechten Zeit, muß essen, was noch übrigbleibt!«

»Wer zu spät kommt, findet leere Schüsseln!«

Schwesterlein – Lästerschwein!

Während ich vor mich hin träume, radelt Serge emsig wie ein Hamster im Laufrad. Ich rieche seinen Lange-Chesterfield-mit-Filter-Atem und spüre sein Kinn an meiner Wange. Das piekst ja! Ich bewege meinen Kopf ein bißchen, um mich zu vergewissern. Ja, es piekst wirklich! Nicht wie beim P'pa oder den großen Brüdern, aber es piekst. Das erste Mal, daß ich das bei ihm spüre. Gesehen hab ich ihn schon einmal, wie er morgens die Klinge von unserem Vater ausgeliehen und sich ohne Seife rasiert hat.

»Meinst du nicht, für deine drei Haare reicht ein Radiergummi?«

Roland kichert. Sein Kinn ist schon blauer als das unseres Vaters. Ich will später lieber nicht so ein Kinn haben. Ganz einfach, ich brauche bloß nicht mit dem Rasieren anzufangen. Das hat mir Gérard verraten.

»Mit dem Bart geht's wie mit dem Rasen: Je mehr du mähst, desto besser wächst es nach.«

Kommt ja gar nicht in Frage, daß ich aussehe wie das

Schaf von Madame Piponiot oder der Rasen auf dem Fußballfeld im Stade de l'Est.

»Dann kriegst du keine Frau! Frauen mögen keine Männer ohne Bart und Haare. Das sieht so nach Würstchen aus!«

Gut, wenn Évelyne sagt, es geht nicht ohne, dann laß ich den Bart sprießen. Aber Josette ist anderer Meinung, und auch Monique findet das nicht. Die M'am schweigt stille, nur die kleinen Schwestern müssen ihren Senf dazugeben. Wie soll man sich da auskennen? Immerhin begreife ich jetzt, warum in der blauen Drogerie falsche Bärte verkauft werden: weil die Mädchen sich nicht entscheiden können. Wird nicht leicht werden, wenn man eines Tages mal groß ist!

Wir kommen zu Hause an. Wie jedesmal springt Serge während der Fahrt ab und läßt das Rad sausen. Ich genieße diese Sekunden, während deren ich allein und ohne mich festzuhalten am Flieder entlangzische. Trotzdem hab ich Angst, daß er eines Tages mal das Fahrrad die Straße runtersausen lassen wird wie einen führerlosen Zug. Hab ich auf der Müllkippe mal gesehen, auf einer Titelseite der Zeitschrift *Détective*. Die Leute drängten sich schreiend an den Fenstern, in ihren Gesichtern sah man nur Angst, Augen und Zähne.

Aber nach einem kurzen Stückchen Freilauf fängt Serge mich immer wieder ein. »Und hopp!« wie bei *La piste aux étoiles*, der Zirkussendung im Fernsehen. Er verbeugt sich. Niemand klatscht. Dabei sind Leute im Hof. Zu viele für die Tageszeit. Ein schlechtes Zeichen.

Das ist noch so eine Eigentümlichkeit an unserem Haus: Nicht nur, daß die Quadratmeter morgens kleiner sind als abends, sondern zwischen diese vier Wände passen auch sehr viel mehr Freuden als Leiden. Das bedeutet sicher, daß schon ein kleiner Schmerz mehr Platz braucht als eine große Freude.

»Auf die Menge kommt es an, Madame!«

Das sagen Cageot und Cagette zu meiner Mutter, wenn

sie Anmachholz liefern. Der dicke Cageot und seine Frau Cagette, das sind zwei richtige Gauner. Sie laden ein Gebirge von Kisten im Hof ab, und wir müssen daraus dann Kleinholz machen, zum Anzünden von Herd und Ofen. Ein wahrer Alptraum! Das federt, das schrammt, das klemmt und ratscht. Einmal hab ich sogar mit der Axt Serges Fuß getroffen. Ich hab gedacht, jetzt hab ich ihm die Zehen abgeschlagen, und er haut mir gleich den Schädel ein, als wäre der eine Soissons-Vase. Er hat nicht mal mit der Wimper gezuckt und mich nur angeschaut, als wollte er sagen: »Bis aus dir mal ein richtiger Mohikaner wird...« Was habe ich mich da klein gefühlt!

»Auf die Menge kommt es an, Madame!«

Die Gauner schwatzen listig auf unsere Mutter ein. Diese Filous! Sie wissen genau, daß sie am Ende bezahlen wird. Sicher hat sie auf dem Feuer mindestens eine Wäsche, die jeden Moment überkocht, ein Gulasch, das ansetzt, einen Kirschauflauf, der verbrennt, und das Bügeleisen, das gleich das Bügeltuch versengt.

»Aber heut haben Sie mir nur Apfelsinenkisten gebracht. Die brennen doch wie Zunder weg, wie soll ich da mein Feuer richtig in Gang kriegen?«

»Feuer hin oder her, die Menge stimmt!«

»Na gut, ich will nicht so sein. Aber nächstes Mal muß auch besseres Holz dabeisein, sonst lasse ich mir's von woanders kommen!«

Das wird sie aber vergessen. Und das wissen die beiden Schlingel. Dafür schütte ich ein bißchen Puderzucker in den Tankstutzen an ihrem Lieferwagen – nur so viel, daß die Menge stimmt.

Aber daß jetzt so viele Leute auf dem Hof sind, läßt mich um Capi fürchten, wegen seiner vierundachtzig Jahre, den Pedalhieben ins Auge und dem Gang zum Tierarzt. Serge hat denselben Gedanken. Sobald er mich von der Fahrradstange gepflückt hat, »Hopp!«, geht er schnurstracks in die

Garage und schaut nach. Capi liegt immer noch nicht auf seiner Decke.

»Der P'pa ist noch nicht vom Tierarzt zurück. Du darfst nicht vergessen, er war sehr alt. Und sein Auge hat schlimm ausgesehen ...«

Évelyne tröstet Serge, der stocksteif dasteht, mit hängendem Kopf, als hätte er im Endspiel der Frankreichmeisterschaft einen Strafstoß vermasselt. Évelyne spielt die große Schwester. Ihre ein Meter neunundvierzigeinhalb bieten Platz für den größten Kummer der Welt. Wenn ich sie sehe, fallen mir die Riesenozeandampfer ein, die die schlimmsten Stürme überstehen und ihre Körpermasse dann an einem Kai im Hafen ausruhen. Meine Schwester Évelyne ist ein hübscher kleiner Holzsteg, von dem aus man weit in die Welt fahren kann.

»Hör mal, Lilyne, bis wie weit kann man zählen?«

Évelyne hat mich in der Schule abgeholt. Ich bin wohl noch klein, denn ich falle ständig hin, habe Schotter im Knie und in den Handballen. Das brennt. Wir gehen die Rue Montgolfier hinunter, genau da lang, wo ich heute früh auf dem Schulweg den Renault Frégate gesehen hab. Sie läßt mich die Zahlen aufsagen, die ich schon kenne.

»Also, bis wie weit?«

»Immer weiter! Man kann immer noch eine Zahl dazuzählen.«

Mehr hat sie nicht gesagt. »Immer noch eine Zahl dazu.« Ein winzigkleiner Satz, aber ich habe mich gefühlt, als würde er mich in den Weltraum schießen wie einen Sputnik. Heute weiß ich, daß man erst gar nicht zu versuchen braucht, an einem Sommerabend die Sterne am Himmel zu zählen oder die Luftblasen im Vichy-Wasser von der M'am. Weil man immer noch eine Zahl dazuzählen kann. Das ist der unwiderlegbare Beweis, daß es die Marsmenschen wirklich gibt.

Serge entspannt sich. Lilyne streichelt ihm ein wenig über die Wange. Fast lächelt er wieder; er nimmt sein Fahrrad und radelt rauchend ein bißchen durch die Nacht. Heute abend nimmt er mich nicht mehr auf der Stange mit. Er ist traurig. Wenn man traurig ist, raucht man eine helle Zigarette, dann wird es schnell besser.

Die Familie wirkt ein bißchen verwirrt. Unser Vater ist noch immer nicht vom Tierarzt zurück. Vielleicht hat er einen kleinen Umweg übers Café des Limites gemacht? Und wo steckt die M'am? Ich hab jetzt keine Zeit, Jeannots Krawattennadel in meiner Schatzkiste zu verstauen. Im Flur riecht es gar nicht nach Suppe. Der Tisch ist nicht gedeckt. Niemand ist im großen Zimmer, nur Onkel Florent, der mit verschränkten Armen vor dem ausgeschalteten Fernseher sitzt. So kann er ein bißchen schnarchen. Wahrscheinlich ist das so, wenn jemand gestorben ist: Niemand sieht fern, und der Onkel schnarcht allein vor sich hin.

Die Küchentür ist zu. Ich spüre, daß die M'am mit den Mädchen da drin ist, aber diesmal nicht, um mit dem Dekkel vom Dampfkochtopf Auto fahren zu lernen oder um in einer Schüssel kochendem Wasser ein Engelchen zu machen. Und meine kleinen Schwestern? Die werden doch nicht etwa bei den Großen dabeisein dürfen, wenn etwas Schlimmes passiert! »Mädchen sind früher erwachsen als Jungen!« Kann ja sein, aber das ist kein Grund.

Ich versuche, an der Tür zu lauschen. Stimmen, vielleicht Schluchzer? Leise, von einem Taschentuch oder einer Hand gedämpft. Ich schäme mich. Man darf nicht heimlich lauschen, wenn jemand weint.

Also gehe ich wieder in den Hof. Vor dem Haus radelt Serge langsam hin und her. Ein seltsamer Abend. Die Männer stehen miteinander hinter dem Haus. Ich spiele den Mohikaner, um zu hören, was Gérard, Guy, Roland, Michel und Jacques so erzählen. Sie reden über Syracuse.

»Was soll das Hin und Her. Wir nehmen den Wagen und machen dem Arschloch einen kleinen Besuch!«

»Ich hab seine Visitenkarte gesehen. Der wohnt in Les Mureaux. Mit Hin- und Rückfahrt dauert das zwei Stunden.«

»Wir bringen ihm seinen Plunder zurück.«

»Wieviel hat das noch mal gekostet?«

»Mehr als hundert Riesen!«

»Viel mehr! Hundertachtundzwanzigtausendfünfhundert Franc! Ich hab die Rechnung gesehen.«

»Roger wird ganz schön jaulen!«

»Was bloß in die M'am gefahren ist?«

»Na was schon, der Typ hat sie eingewickelt. Dieser Pomadenheini mit seinem Vittorio-de-Sica-Schnurrbart und seinen Weiberhänden.«

»Egal wie, morgen müssen wir blechen, oder der schickt uns den Kuckuck.«

»Das ist doch aber Nötigung. Wir können ihn anzeigen!«

»Red kein Blech, das ist völlig legal. Du weißt doch, was Mutter Gelmic passiert ist.«

Madame Gelmic ist die Schneiderin, die in unserer Straße wohnt. Die meinen marineblauen Dufflecoat gemacht hat, mit dem obersten Knopf, auf dem ich nicht pfeifen kann. Sie hat Zwillinge in meinem Alter, die sich aber überhaupt nicht ähnlich sehen. Falsche Zwillinge und falsche Fuffziger: zwei richtige Ekel mit Bürstenschnitt, die mit dem Blasrohr auf Vögel schießen.

Eines Tages ist die Waschküche hinten in Madame Gelmics Garten in die Luft geflogen. Die Leute sagen, sie hätte Tabletten genommen und den Kopf in den Ofen gesteckt, weil sie sterben wollte. Sie hatte Laken, Vorhänge, Seide und Spitze gekauft – bei Syracuse. Dann hatte sie kein Geld, um zu bezahlen, und der Gerichtsvollzieher sollte kommen und den Polizeikommissar gleich mitbringen. Dann hätten sie ihre Möbel auf den Bürgersteig herausgeschafft und unter den Leuten aus dem Viertel versteigert.

Aber Madame Gelmic ist bei der Explosion ihres Ofens nicht umgekommen. Man sieht sie nur einfach nicht mehr einkaufen gehen, das ist alles. Es heißt, ihr Gesicht ist entstellt, schrecklich anzusehen, und deswegen geht sie nur im Dunkeln vor die Tür.

Als ich einmal abends draußen herumlaufe, begegne ich ihr unverhofft, direkt vor dem Samenhändler. Ich bleibe stocksteif stehen, wie bei *King Kong*. Sie hat einen großen Schal um den Kopf gewickelt und trägt schwarze Handschuhe. Ich zittere und versuche, ein Stück von ihrem Gesicht zu erspähen, aber sie wendet den Kopf ab wie die Frauen, die vor dem Beichtstuhl in der Kirche warten.

»Kann man auf dem Knopf von deinem Dufflecoat immer noch nicht pfeifen? Du mußt ihn mal vorbeibringen, dann bringe ich das in Ordnung.«

Ihre Stimme war immer noch genauso sanft, und als sie sprach, sah ich ihr Gesicht von früher vor mir. Aber ich bin trotzdem nicht hingegangen. Der Dufflecoat wird mir sowieso langsam zu klein.

Nach Madame Gelmics Unfall hat sich Syracuse' klappriger VW eine ganze Zeit lang nicht in unserem Viertel blicken lassen. Erst nach Monaten hat er die Nase wieder in unsere Straße gesteckt. Ich belausche immer noch die Verschwörung meiner Brüder.

»Wißt ihr was, wir sollten hingehen und ihm seine Kiste abfackeln, diesem Ekel!«

»Der hat noch viel mehr Leute reingerissen als nur Mutter Gelmic.«

»Eine Hyäne ist das. Schleicht in die Häuser, wenn die Männer auf Arbeit sind. Fertigmachen müßte man den!«

»Aber das bringt der M'am nicht die hundertachtundzwanzigtausendfünfhundert für morgen.«

Hundertachtundzwanzigtausendfünfhundert alte Franc!

Das ist teurer als unser Fernsehapparat. Und der war das Teuerste, was wir im Haus haben!

»Wenn sie uns nur schon früher was gesagt hätte, hättest du bei Foulon einen Vorschuß bekommen können!«

»Na ja, weißt du, Jeanine ist vielleicht schwanger, und sie will das Kind behalten… Aber ihr sagt der M'am erst mal noch nichts davon!«

Mein Bruder kriegt ein Kind! Ich werde Onkel, wie Florent. Hoffentlich fallen mir da nicht die Zähne aus wie ihm.

»Wenn ich jetzt bei der Air France wäre, könnte ich einen Kredit aufnehmen. Aber ich hab die Probe heute früh verbaut. Keine Ahnung, wie ich das vermasselt hab!«

»Bei mir ist ja alles in Ordnung, ich krieg meinen Rekrutensold.«

Meine Brüder umkreisen die Frage so, wie man sich bei der Messe in der Kirche die Hosentaschen umkrempelt, als Zeichen, daß der liebe Gott noch ein bißchen warten muß. In dem Augenblick hätte ich ja nun auftauchen und Jeannots Krawattennadel vorzeigen können, die in der Nacht gefunkelt hätte wie der Polarstern: »Hier, ich hab die hundertachtundzwanzigtausendfünfhundert!« Da hätten meine Brüder ihre Guckerchen aufgesperrt, so groß wie fliegende Untertassen, und dann hätten wir eine Prozession in die Küche veranstaltet und der M'am die Nadel in die Schürze gelegt. Da hätte sie geschaut wie beim Anblick einer neuen Inox-Platte vom P'pa. Schön wär's, aber ich hab's nicht gekonnt: was, wenn Jeannots Nadel nun Talmi wäre?

Meine Brüder reden sich die Köpfe heiß, denn sie wollen Syracuse eine unvergeßliche Vierstelstunde bereiten. Erst mal brauchen sie ein Auto. Kommt gar nicht in Frage, den Citroën vom Vater zu nehmen oder gar den Familientalbot. Der steht sowieso gerade auf der Hebebühne in der Garage. Zutritt verboten. Jeden Samstag und Sonntag bosselt unser Vater daran herum. Noch so eine »himmlische Idee«, ein revolutionäres Projekt: der Prototyp eines Familienautos mit integrierter Fahrgastzelle und Kofferraum. So nennt man das. Eines Abends hat er uns auf dem Tisch vom großen Zimmer die Pläne gezeigt. »Sieht doch eher aus wie ein Zäpfchen! Braucht jetzt nur noch Flügel, dann kann das Ding fliegen!« Die Mädchen begreifen nichts von der »Übertragung aeronautischer Technik auf ein neues automobiles Konzept«. So spricht unser Vater, wenn er von seinem Projekt redet, das er »Famili 13« getauft hat.

»Weißt du, man kann so einer Sache nicht irgendeinen Feld-, Wald- und Wiesennamen geben, wenn man sie den hohen Tieren bei Renault, Citroën oder Panhard vortragen will!«

Der P'pa sagt, ins Ausland würde er seine Idee für so einen Kombiwagen niemals verkaufen.

»Zu den Bonzen kannst du nicht frei von der Leber weg sagen: ›Ist doch prima, das Gepäck unter dem Boden, und Sitze, die in alle Richtungen drehbar sind, da kann man, wenn man in die Ferien fährt, schmökern, stricken, miteinander schwatzen, Picknick machen und die Gören ruhighalten, alles während der Fahrt.‹«

Unsere Mutter und die Schwestern sehen nicht ein, warum man das nicht sagen soll.

»Ja, in Ordnung, aber für die Häuptlinge muß man ein hübsches Dossier vorbereiten, ohne Rechtschreibfehler. Dann zieht man seinen Sonntagsanzug an und sagt: ›Meine Herren! Reden wir von nun an nicht mehr von vorderer und hinterer Sitzbank, von einem Vier-, Fünf- oder Sechssitzer oder von Kofferraum. Das ist alles überholt! Reden wir heute von ... Lebensraum!‹ Und zack! erklärst du ihnen deinen Plan. ›Messieurs, ich präsentiere Ihnen den Famili 13!‹«

»Ist doch dasselbe, nur daß du ein bißchen Theater machst. Typisch Mann mal wieder!«

Mutter und Schwestern schmollen. Vor allem, weil sie finden, die Uridee zum »Famili 13« stamme von ihnen. Und es stimmt, unser Vater hatte den Einfall, als er sah, wie sie alle zusammen in der Küche wirtschafteten. Wie die Mädchen den Raum zwischen Spülstein und Tür abwechselnd als Wohnzimmer, Bad, Boudoir, Friseursalon, Nähstube, Klinik, Büro, Krippe oder Fahrschule zu nutzen verstehen, genzt an Zauberei. Und all das schlicht, indem sie die Stühle umstellen.

Außerdem haben unsere katastrophalen Aufbrüche in den Urlaub unseren Vater zum »Famili 13« inspiriert. Die M'am nennt das den Exodus oder die wilde Flucht, je nachdem. Für die Nachbarn ist es Barnum's Zirkus frei Haus vorm Fenster. Wie will man in einen Talbot, und sei es auch ein besonders großer, all das reinbekommen: einen Armvoll Erwachsener, eine Horde Kinder, eine Gepäcklawine, Campingausrüstung, Zelte, Heringe, Feldbetten, Luftmatratzen, Klapptisch, Kocher, Wasserkanister, Angelutensilien, Ruten, Fangnetz, Setzkescher, Maden und Regenwürmer aus dem Garten?

Wenn dann alles verstaut, verzurrt, verschnürt und unter der Plane befestigt ist, vom hinteren Gepäckträger bis oben aufs Dach, dann kann man Vaters Segel-Schlauchboot herbeitragen: 4,65 Meter und neun Plätze, wenn man zusammenrückt. Das ist der Höhepunkt des Spektakels. Trommelwirbel. Die ganze Straße hält den Atem an.

»O nein, du erzählst jetzt nicht die Geschichte vom Boot deines Vaters! Sonst dauert das hier bis heute abend!«

»Du hast recht, M'am.«

Vor allem müssen erst noch sämtliche lebenden Passagiere im Talbot Platz finden. Vier Große sitzen vorn, einen Kleinen zu ihren Füßen. Der Kleinste von allen wird ins Gepäcknetz gehängt wie bei der Eisenbahn, und zwei kommen Kopf über Fuß auf die Hutablage. Der Rest dann auf Rückbank und Klappsitze. Die Katze nehmen wir auf den Arm.

»Niemand auf die Trittbretter, das ist verboten. Und duckt euch, wenn Polizei in Sicht kommt.«

Noch die letzten Anweisungen vom P'pa, und dann können wir endlich aufbrechen, unter dem Beifall des ganzen Viertels. Ziel: die Schlucht von Padirac, Arcy-sur-Cure, La

Chaise-Dieu, der See von Vassivière oder La Bourboule. Regelmäßig bemerken wir schon am Rondell, daß wir Capi vergessen haben, der mit hängender Zunge hinterdreinrennt.

Heute abend aber vergißt keiner von uns Capi. Jetzt gerade liegt er wahrscheinlich auf dem Behandlungstisch, alle viere in der Luft, und stellt sich tot wie Rintintin im Fernsehen, der Hund in seiner Lieblingsserie. »Huhu, Capi!«, »Faß, Rex!« Und wenn er nicht mehr so rennen kann, fahren wir ihn eben in einer alten Schubkarre herum, wie einen Rentner, mit einer Decke auf dem Bauch. Capi! Der erste Hund mit Rente von der Post. Das ist ihm die französische Postgesellschaft aber auch schuldig, bei all den brutalen Briefträgern.

Meine Brüder haben mittlerweile auch den Wagen aufgetrieben, mit dem sie Syracuse einen Besuch abstatten können. Den R 4 von Sergio nämlich, Josettes Verlobtem.

»Damals waren sie schon verheiratet!«

»Kann sein, M'am, aber ich mag das Wort ›Verlobter‹ lieber. Außerdem hab ich noch nicht mal erzählt, wie sie sich kennengelernt haben.«

»Deine Schuld! Deine Geschichte geht ja auch holterdipolter durcheinander. Wie die Sachen in deinem Schulranzen. Glaub ja nicht, ich räume das für dich auf.«

»Dann laß mich erzählen, wie ich es will, M'am! Siehst du, jetzt hab ich Évelyne verpaßt, die gerade in die Küche gegangen ist. Ich hab sie fragen wollen, wie man herausfindet, ob ein Brillant echt ist oder nicht.«

»Frag doch mich, ich weiß es.«

»Und wie?«

»Du ziehst ihn über eine Fensterscheibe: Wenn der Stein das Glas ritzt, ist er echt. Wenn nicht, hast du dich übers Ohr hauen lassen. Warum willst du das wissen? Hast du schon wieder was eingetauscht?«

»Wirst schon sehen, M'am. Eine Überraschung.«

Nein, der Diamant von Jeannot, dem König der Luden, ist kein Talmi! Ich hab das Fenster in der Garage mit einem Ratsch zerschnitten. Das Knirschen des Diamanten, der ins Glas beißt, hat mich an das Geräusch neuer Geldscheine erinnert, solche, wie der Kindergeldbote sie auf den Tisch im großen Zimmer zählt, jeden Vierten des Monats. »Siebentausend, achttausend und fünfhundert, bitte sehr, hundertachtundzwanzigtausendfünfhundert!« Heute abend ist alles Wertvolle für mich hundertachtundzwanzigtausendfünfhundert alte Franc wert. Der Fernseher, die Bestellung von der M'am bei Syracuse und das Kindergeld.

»Man hat ja seine Sorgen mit den Kindern, aber sie bringen was ein!«

So lautet der ewige Spruch des Geldboten, wenn er nach einem letzten Glas Rotem wieder bei uns aufbricht.

»Wir haben nur zwei, ich und meine Frau. Viel ist das nicht jeden Monat. Ich hätte ja gern so viele gehabt wie Sie. Aber meine bessere Hälfte... Sie kann nicht. Ihr Becken ist zu klein.«

Ich finde, der Geldbote spricht von seiner Frau, als wäre sie das Schwimmbad in Le Raincy: »kleines Becken«, »großes Becken«, und man sieht die Köpfe einer Handvoll planschender Gören. Er steht mit seiner Umhängetasche auf dem Sprungbrett und zählt immer wieder die Häupter seiner Lieben. »Das bringt noch nicht genug ein, meine Liebe. Noch mal untertauchen!«

Komisch, am Vierten beneiden uns alle, daß wir eine kinderreiche Familie sind. Aber nur am Vierten.

»Bist du sicher, daß es kein Talmi ist?«

»Ich hab's ausprobiert, am Schlafzimmerfenster.«

»Na klasse, da können wir heute nacht erfrieren!«

Meine Brüder schauen skeptisch auf Jeannots Krawattennadel. Besser, sie rufen die Schwestern für deren fachmännischen Rat.

»Mehr als hunderttausend, soviel ist sicher!«

»Vielleicht sogar hundertfünfzig.«

»Die nehm ich gern als Abschiedsgeschenk!«

Unsere Schwestern lachen sich eins. Am Ende lachen sie immer, über alles. Muß an ihren blauen Augen liegen. Bei den Brüdern ist es nicht dieselbe Farbe.

»Wir können aber doch kein Geld von Jeannot annehmen, diesem Luden!«

»Lude, Lude! Was weißt du schon von Jeannot!«

So weist eine der großen Schwestern Gérard zurecht, mit hinreichend geröteten Wangen, um mich sicher sein zu lassen, daß sie es war, für die Jeannot »was übrig gehabt hat, und nicht zuwenig«. Ihretwegen hat sich also unser Vater hinbemüht und Jeannot »den Arsch versohlt«, wie er mir vorhin erzählt hat.

»Wer war es denn? Dein Vater hat es mir nie sagen wollen.«

»Nein, M'am! Das ist mein Geheimnis.«

»Vor deiner Mutter hast du jetzt Geheimnisse?«

»Nur solche, die Papierhäuser dreckig machen.«

»Ich versteh nicht, was du da redest.«

Ich meine diese Papierhäuser, wo man die Fensterläden auf- und zumachen kann, und dann sieht man das hübsche Gesicht von der M'am, mit Buntstiften gezeichnet. Aber auf einmal, wenn man das Haus auseinanderfaltet, entdeckt man darunter einen dicken behaarten Kuba-Kuckuck. So eins hat Vinteuil einmal gebastelt. Ich hab ihm die Augen mit dem Federhalter ausstechen wollen. Vier Stunden Nachsitzen und ein Eintrag im Elternheft. Den, der als nächster was Dreckiges mit meinem Haus macht, bring ich um. Aber diesmal besteht das Geheimnis, das ich entdeckt hab, in den hübsch geröteten Wangen von meiner großen Schwester.

»Also, welche war es?«

»Ich hab doch gesagt, das ist mein Geheimnis, M'am.«

»Schau dir an, was es gebracht hat: Deine Geschwister streiten sich.«

Die Diskussion über Jeannot ist hitzig geworden, die Wörter fliegen wie Teller. »Lude«, »Nagelgeld«, »Gigolo«, »Nutte«, »Strich«, »Guillotine«...

»Eifersüchtig!«

Das Wort klingt wie eine Tasse aus Limoges-Porzellan in einem Service aus billigem Pyrex-Glas. Wie »Suchen Sie den Fehler« auf der Spieleseite im *Parisien*. »Eifersüchtig« – da setzen meine Brüder zum Sturzflug an, und die Lautstärke sinkt rapide. Man beschließt, die Situation etwas ruhiger zu betrachten und seine Worte besser abzuwägen. Recht bedacht, sieht »Lude« neben »Gerichtsvollzieher« ziemlich harmlos aus.

»Wir müssen das Geld annehmen, sonst steht morgen unser Zeug auf der Straße.«

»Siehst du, was du von deiner berühmten Gerechtigkeit hast. Da gehen die Möbel auf die Straße, nicht die Mädchen. Findest du das besser?«

Évelyne gießt Öl ins Feuer, aber wie üblich sorgt Guy für Ruhe. Auch was Streit angeht, ist unsere Familie gut eingespielt.

»Noch haben wir die Mäuse nicht. Wer garantiert, daß Lulu, dieser Freund von Jeannot, wirklich was ausspuckt?«

Zu spät. Sergio kommt mit Roland in seinem R 4. Keine Zeit mehr für Diskussionen. Wir steigen ein und fahren los. Ich sitze hinten, zwischen Michel und Gérard eingeklemmt. Serge wartet vor dem Haus auf seinem Fahrrad, daß unser Vater kommt, und zieht langsam seine Kreise, immer noch mit hängenden Schultern.

»Schieb die Visitenkarte unter der Tür durch.«

Wir stehen auf dem Treppenabsatz in der obersten Etage eines heruntergekommenen Hauses in der Grand-Rue, in der Nähe des Bürgermeisteramts. In dieser Straße haben wir auch mal gewohnt, in der Nummer dreißig, bis Roland gezündelt hat, damit er nicht zur Berufsschule muß.

»Ich hab dir so oft gesagt, du sollst das nicht erzählen, wegen dem Herrn von der Versicherung. Ein Kurzschluß war das! Schreib dir's hinter die Ohren: ein Kurzschluß!«

»Ja, stimmt, M'am, du hast es gesagt.«

Die Tür öffnet sich einen Spaltbreit. Es riecht gammelig, man sieht einen kleinen Alten, passend zum Geruch.

»Nur einer! Der Junge!«

Meine Brüder werfen sich ein wenig in die Brust, aber der Alte sagt, entweder so oder gar nicht. Da geben sie nach. Ich gehe rein, mir ist ziemlich mulmig. Ein rascher Rundblick zur Orientierung. In der Wohnung sind nicht mal genug Möbel für hundertachtundzwanzigtausendfünfhundert. Das war's dann wohl mit der Bestellung von der M'am.

»Zeig her!«

Ich gebe ihm Jeannots Brillantnadel, die sich tief in meine Handfläche eingegraben hat, so fest habe ich sie gehalten. Er sieht sie sich mit einer Art Lupe an.

»Wieviel willst du dafür?«

Fast hätte ich geantwortet: »Geben Sie mir, soviel Sie können, Monsieur!«, wie wenn ich in einem Haus wie unserem die Anti-Tb-Heftchen verkaufe. In Häusern aus echten Mauersteinen sage ich: »Geben Sie, soviel Sie wollen, Madame!« und bei den Reichen mit Kieswegen: »Nach oben ist keine Grenze gesetzt, Madame!«

»Also, wieviel?«

»Hundertachtundzwanzigtausendfünfhundert Franc!«

Ich komme mir vor, als hätte ich ein ganz schlimmes Schimpfwort gesagt und versucht, einem armen Alterchen, das auf seinen Sanatoriumsplatz wartet, das Geld aus der Tasche zu ziehen.

»Na, du weißt wenigstens, was du willst! Warte hier.«

Er verschwindet in einen Raum, der noch dunkler ist als der Rest der Wohnung. Jetzt ruft er ganz sicher die Polizei oder holt ein Metzgermesser, um mir den Hals durchzuschneiden. Ich sehe mich um, ob ich nicht etwas mitgehen lassen kann, damit die Fahrt sich wenigstens gelohnt hat. Ich denke an die M'am, ihren Kummer, den Gerichtsvollzieher, an unseren Vater, der jetzt sicher vom Tierarzt zurück ist. Ich versuche, nicht an meine Brüder im Treppenhaus zu denken, die mir eine Abreibung zum Nachttarif verpassen werden, weil ich sie zu dieser blödsinnigen Sache angestiftet hab.

»Da!«

Das ist alles? Ja genau, hundertachtundzwanzigtausendfünfhundert Franc! Ein brauner Umschlag, nicht besonders sauber, nicht besonders dick. Als ich von meinem Vater tausendachthundertfünfzig Franc gewonnen hab, in einer Wette, wie weit Frankreich es bei der Weltmeisterschaft bringt, da war das Bündel dicker. Für das Geld hab ich mir den schönsten Malkasten gekauft, den ich in der blauen Drogerie finden konnte, aus lackiertem Holz, mit einem Schloß zum Zumachen, Pinseln, Bürsten, achtundzwanzig Gouache-Tuben, einem Wasserbecher, den man außen dranhängen kann, Pastellkreiden, Kohlestiften und einer echten Holzpalette, wo man den Daumen durchstecken kann.

Ich stecke mir den Umschlag unter meinen Pulli in die Hose.

»Sag mal, Junge, wie geht's denn Jeannot so?«

»Er hat gesagt, ich soll Ihnen sagen, Sie sollen morgen in *France-Soir* nach einer Sache mit einem Tunnel schauen.«

Lulu nimmt die Brille ab, als wollte er seinem Lächeln Platz machen, damit es bis in die Augen steigen kann. Wenn man so miteinander redet, gewöhnt man sich schnell an den gammeligen Geruch. Jetzt rieche ich nur noch den Kampfer an den verkrümmten Händen des Alten. Meine Mutter kriegt nie solche Hände. Sie cremt sich jeden Tag mit Nivea ein, das schützt vor allem. Der Alte zeigt mir die Visitenkarte, die ich ihm gegeben habe.

»Paß auf, ich bring dir was bei. Wenn Jeannot geschrieben hätte ›Er ist ein Freund‹ statt ›Er ist ein Kumpel‹, dann hättest du keinen Pfennig von mir bekommen, und ich hätte dich verbimst. Vergiß das nicht, Junge: Wörter sind manchmal nur die Verpackung, was drinsteckt, mußt du selber wissen.«

Ich merke mir die Lektion. Seltsam, daß außerhalb der Schule noch mehr Lehrer rumlaufen als in der Schule selber.

Draußen stehen meine Brüder und warten rauchend wie auf einem Klinikflur. Nicht wenig stolz zeige ich ihnen meinen Bauch und den frühgeborenen Umschlag. Sie wollen es nicht glauben. Anfassen wollen sie die Scheine. Wenn sie noch lange so rubbeln, sind nachher die Nummern ab.

Da fällt mir Théo ein, ein Klassenkamerad aus der Rue Montgolfier, der war ein bißchen wunderlich. Wir saßen in seinem Garten und aßen Mostäpfel, da sagt er: Komm mal mit! Er nimmt eine Metallschachtel aus einem Schrank und fängt an, die Geldscheine zu verbrennen, die darin sind, bündelweise, auf dem Gasherd. Die Ersparnisse von seiner Großmutter. Sie hat ihm kein Balsaholz-Flugzeug kaufen wollen als Ersatz für seins, das im Garten der Nachbarn im Baum hängengeblieben ist. Ich hab die Reste von ein, zwei Fünfhundert-Franc-Scheinen eingesteckt. »Die Nummern sind noch drauf, da muß die Bank sie zurücknehmen.« Das hat mein Vater gesagt.

»Genau, M'am, was ist eigentlich aus meinen verbrannten Geldscheinen geworden?«

»An diese Geschichte kann ich mich nicht mehr erinnern.«

Théo ist jedenfalls danach in der Schule nie wieder aufgetaucht.

Fast auf Händen haben meine Brüder mich zu Sergios R 4 getragen. Aber nur fast.

»Und wenn wir jetzt erst mal einen hübschen kleinen Kanister Benzin kaufen?«

Gérard hat einen Schein aus dem Umschlag gezogen und hält ihn zwischen Daumen und Zeigefinger. Wie wenn er im Café beim Bürgermeisteramt Poker spielt.

»Ich hab dir doch gesagt, du sollst es mir erzählen, wenn dein Bruder wieder pokert.«

»Ich erfinde doch nur, M'am. Ist einfach interessanter, wenn ein Bruder so ein bißchen ein Gangster ist.«

Gérard wedelt mit dem Geldschein, sein hübsches Filou-Grinsen auf dem Gesicht.

»Ich hab immer davon geträumt, mal einen Käfer flackern zu sehen. Soll angeblich Glück bringen. Was meint ihr?«

Allgemeiner Applaus im R 4. Roland fängt an zu singen. *Syracuse sehen, das wäre wunderbar...* Er macht Jean Sablon nach, wie der an seinem Mikro lutscht. Die großen Brüder stimmen im Chor ein. Wie der Chor des Sportclubs Villemomble nach einem Sieg. Sergio am Steuer bleibt still. Er fährt wie der Chauffeur eines Geldtransporters von der Banque de France.

»Wäre dumm, sich jetzt von den Bullen filzen zu lassen! Wie sollen wir erklären, wo wir die Knete herhaben?«

»Haben wir in der Staatslotterie gewonnen!«

»Ein Zehntellos bei der Ziehung der Matschbirnen!«

»Und Syracuse hat das Große Los gezogen!«

»Mitten in die Fresse!«

Meine Brüder lachen und reichen einander den Umschlag mit dem Geld wie eine Feldflasche voller kühlem Rosé. Wird man schnell von beschwipst, Geld aus der Flasche.

»Wir holen was bei Shell unten in der Straße. Ich hab einen Fünf-Liter-Kanister hinten drin. Roland, du nimmst den und gehst hin, als wärst du irgendwo liegengeblieben. Dann kriegen sie die Mühle hier nicht zu sehen.«

Roland ist der Pummeligste und wirkt am harmlosesten. Sergio leitet das Manöver. Ich komme mir vor wie das Mitglied einer Gangsterbande im R 4. Das wird der erste Einbruch, wo wir die Beute schon vorher kassiert haben! Ich bin stolz, aber ich hab auch Bammel. Die ganze Zeit muß die M'am in der Küche auf dem Stuhl sitzen und warten. Und wenn sie auf die Idee kommt, den Kopf in den Herd zu legen wie Madame Gelmic? Nein, unmöglich, wir haben kein Gas, sondern Kohlen, da bräuchte es einen Unfall mit Kohlengas. Aber es gibt andere Mittel, sich um Kopf und Kragen zu bringen.

Marinette kennt sie alle. Marinette, die Catherine frisiert hat, ist eine Freundin meiner großen Schwestern, die immer ihrem »Leben ein Ende setzen« will, wie sie sagt. Sie hat's schon versucht, indem sie einfach zu atmen aufgehört oder den Gürtel an ihrem Mantel bis aufs letzte Loch zugezogen hat oder indem sie das Gesicht in eine Schüssel Wasser gesteckt hat. »Ich hab kein Glück, es klappt einfach nicht mit meinem Tod!« Es kann aber klappen, zum Beispiel mit den blauen Pillen von meinem Vater, wegen denen ich sechsundneunzig Stunden lang geschlafen habe.

»Achtundvierzig! Du übertreibst! Das ist auch schon nicht schlecht.«

»Stimmt, M'am.«

Marinette, die Catherine frisiert hat, kommt immer wieder auf neue Ideen. Ich höre ihr gern zu, wenn sie erzählt, wie sie ihren Tod mal wieder verpatzt hat.

»Ich muß es mal mit Aufhängen versuchen, aber ich bin sicher, ich bin zu leicht und steige wieder hoch.«

Die M'am hat ein Auge auf sie, weil es bei uns im Haus alles gibt, um es zu versuchen. Dutzende Meter Seidenschnur vom Segel-Schlauchboot unseres Vaters.

»Sag mal, Kleiner, das muß ja wunderbar sanft sein, sich damit aufzuhängen, mit so schönen weißen Seilen.«

Sonntagnachmittag, es ist heiß, dennoch trägt der Mann,

den ich nicht kenne, einen weiten dunklen Mantel mit hochgeschlagenem Kragen. Ich versuche gerade die Erstbesteigung der Westwand meines Kirschbaums und habe bereits auf dem dicken Knubbelast mein Basislager aufgeschlagen.

»Willst du mir nicht eins davon schenken?«

»Damit Sie sich in echt aufhängen?«

»Nein, nur wie du, ich will die Welt mal von oben sehen.«

Stimmt, ich sehe den ganzen Garten von Madame Larget und bis dahinten zu den Kaninchenställen von Madame Piponiot in der Rue des Limites.

»Ich kann nicht, die gehören zum Boot von meinem Vater.«

Wirklich wahr ist das nicht. Der P'pa fährt nicht mehr mit seinem Boot, seitdem er mal Schiffbruch gemacht hat.

»Das war kein Schiffbruch! Das muß man genau erzählen. Die Seenotrettung hat ihn rausgeholt, aber er war nicht gekentert. Nur abgetrieben. Das ist nicht dasselbe.«

»Du hast selber gesagt, M'am, ich soll die Geschichte nicht erzählen!«

»Stimmt, aber wenn du sie erzählst, dann richtig!«

Dieser Schiffbruch, der keiner war, gehört auch zu den »himmlischen Ideen« unseres Vaters. So eine Idee entsteht oft abends nach dem Essen über einem Plan oder einer Karte, die auf dem Tisch im großen Zimmer liegen. »Überlebensprojekt«. Diesmal ist es eine Seekarte mit einem langen roten Strich quer drüber. Er beginnt in Algier, geht über Tanger, die Kanarischen Inseln, die Kapverden und Gorée, und dann quer über den Atlantik bis nach Martinique.

»Aber, M'am, woher hat der P'pa diese Idee gehabt?«

»Sein Freund Frantz, der Arzt in Blida, hat ihm den Floh ins Ohr gesetzt, Algerien und Martinique mit dem Segelboot zu verbinden. Sollte symbolisch gemeint sein, glaube ich.«

»Der P'pa kannte sich doch gar nicht mit Navigation und so aus.«

»Du weißt doch, wie er ist. Er hat statt dessen Bücher gelesen. Hättest mal sehen sollen, wie er mit seinem Sextanten aufs Dach geklettert ist, um die Sterne zu vermessen, oder wie er im Hof Bootsmanöver geübt hat. Die Nachbarn haben schon geglaubt, er ist verrückt geworden.«

Ich erinnere mich an das riesige Schlauchboot, das man mit einer Tretpumpe aufblasen muß. Die Luft trötet in den Schläuchen, und es sieht aus, als ob ein gigantisch großer See-Elefant aufwachen würde, langsam und stoßweise. Er füllt fast den ganzen Hof, und das trapezförmige Segel ist so hoch wie der Kirschbaum.

An manchen Sonntagen machen wir eine »Seefahrt«. Der Vater lädt sämtliche Kinder in das Boot, und dann geht's los. Die M'am steht auf dem Eingangstreppchen und winkt uns mit ihrem Wischtuch hinterher, während wir zu einer Kreuzfahrt voller Seegang, Schaukeln und Lachen aufbrechen, bei der wir allerdings nicht vom Fleck kommen. Wenn wir es aus dem Hafen geschafft haben, überläßt unser Vater uns das Ruder und geht wieder zurück in seine Garage, wo er unter ein Auto kriecht und weiterbastelt. Das Geräusch des Hammers auf dem Blech grollt uns wie Donner in den Ohren, und der Schweißbrenner läßt blaue Blitze über den Hof zucken. Sturm und Gewitter im Schutz der Fliederbüsche.

Ich weiß noch die einzige seemännische Anweisung, die der P'pa uns gegeben hat: nie das Wort »Häschen« aussprechen. Das bringt Unglück und sorgt für garantierten Schiffbruch. Also spielen wir mit Synonymen.

Um vier Uhr versorgt die M'am uns mit frischem Wasser und Menier-Schokolade. Bei Einbruch der Dunkelheit übernimmt unser Vater wieder das Ruder und lotst uns durch den Kanal zwischen den Lichtern aus dem Schlafzimmerfenster und aus der Küche hindurch. Aufrecht am Bug stehend, kehren Maryse, Martine und ich heim wie die Kap-Horniers, zu unserer heißen Suppe mit eingebrocktem hartem Brot.

»Mir wäre es lieber gewesen, dein Vater wäre mit dem Boot auf unserem Hof geblieben. Da hätte ich ihn wenigsten im Auge behalten können. Aber er hatte sich in den Kopf gesetzt, partout die ›Sklavenroute‹ nachzufahren, wie er das nannte. Ohne Wasser oder Proviant! Deswegen hat er auch zusammen mit Frantz diese Überlebenstechniken trainiert.«

»Dann hat er also wirklich Salzwasser getrunken?«

»Wenn's nur das gewesen wäre. Ja, das hat er. Sechs Tage Salzwasser, drei Tage Süßwasser und immer so weiter. Salzwasser in kleinen Schlucken und nicht mehr als einen Liter täglich. War praktisch bei Tisch.«

»Und woher hast du das Salzwasser bekommen?«

»Na der Fischhändler hat mir welches besorgt. Konnte er auch wirklich machen, soviel Makrelen, Heringe, Sardinen, Thunfisch und Krabben, wie ich bei ihm gekauft hab. Dein Vater hat ja nur noch so was gegessen. Ich hab schon gedacht, bald wachsen ihm Schuppen. Einmal hab ich zu ihm gesagt: ›Du hättest eine Meerjungfrau heiraten sollen, nicht mich!‹ Da hat er lachen müssen. Was sollte ich da tun?«

Stimmt, wenn mein Vater lächelt...

»Das schlimmste war, daß er zur Übung Fischsaft trinken mußte. Er hat einen Schnitt in den Rücken gemacht und dann geschlürft wie beim Austernessen. Brr, hab ich da eine Gänsehaut am Hals gekriegt! Ach ja, was ist eigentlich aus dem Kerl im Mantel geworden, der ein Seil von dir haben wollte?«

Ich hab ihm ein Stück geschenkt.

»Man darf nie ein Seil verschenken. Das bringt Unglück.«

Wirkt »Seil« also wie »Häschen«? Und kann man sich vielleicht auch mit einem Synonym aufhängen?

»M'am, und wie ist das dann passiert, der Schiffbruch vom P'pa? Ich meine, als er... abgetrieben worden ist und die Seenotrettung ihn rausgefischt hat.«

»Tja, diese Geschichte ist nicht so ganz klar. Einmal an einem Abend, als er schon alles fertig hatte, Boot, Angelruten und den ganzen Krimskrams, haben ihn ein paar hohe Tiere von der Air France abgeholt. Er hatte mir gesagt, sein Experiment interessiert die, weil sie ein Rettungsfloß bauen wollten für Flugunfälle auf dem Meer. Aber er durfte nicht darüber reden. Noch so was Geheimes. Diese Jungs hatten gern Geheimnisse. Konnten sie sich wichtig fühlen. Ich weiß, daß dein Vater nach Dakar flog. Fast zwei Monate lang hab ich von ihm selbst nichts gehört. Man hat mir gesagt, es geht ihm gut. Diesmal hat er auch keine Souvenirs von da unten mitgebracht, außer Rum und einer Kokosnuß, die er im Garten einpflanzen wollte. Die Flasche hat er ungeöffnet weggeräumt. ›Erinnerungen trinkt man nicht‹, hat er gemeint.«

»Und die Kokosnuß?«

»Ist nie angewachsen.«

Ich hab die Rumflasche auf dem Speicher gefunden. Sie liegt immer noch in ihrer Holzkiste. *Clément-Rum, hausgemacht auf Martinique seit 1765. Brennerei Les Mornes.* Im Stroh war auch ein Brief, adressiert an den P'pa und aufgegeben in Monaco...

Monsieur,

Ihre Beobachtungen, die Sie mir freundlicherweise geschildert haben, stimmen in jedem Punkt mit den Ergebnissen meiner eigenen Untersuchungen überein. Ich bin Ihnen sehr dankbar für die Unterstützung, die Sie auf diese Weise meinem Projekt zuteil werden lassen. Daher werde ich gern Ihrer Bitte nachkommen und als Dank für Ihren wertvollen Beitrag versuchen, mein Vorhaben nicht in hundert, sondern in hundertdreizehn Tagen zu realisieren, da die 13, wie Sie mir sagten, Ihre Familienzahl ist.

Sehr herzlich, A. B.

Am 22. Dezember 1952 legte Alain Bombard mit seinem

Schlauchboot *L'Hérétique* in Barbados an, nahe Martinique, nach einer Reise von einhundertdreizehn Tagen, gerechnet ab seinem Aufbruch in Monaco. Er hatte sich als freiwillig Schiffbrüchiger mit seinem Boot treiben lassen.

»M'am, und was ist das für eine Geschichte mit dem Seenotrettungsdienst?«

»Damals hat dein Vater mit seinem Schlauchboot eine Tour auf dem See von Vassivière gemacht. Er wurde abgetrieben, es wurde dunkel, und der Rettungsdienst hat ihn einsammeln müssen. Am nächsten Tag schrieb die Zeitung da unten: ›*Ein kleiner Bombard hält den See von Vassivière für den Atlantik!*‹ Überflüssig zu sagen, daß dein Vater das nicht verwunden hat. Er sagte zu mir: ›Wie soll ich danach noch meine Geschichte erzählen? Niemand würde mir glauben.‹ «

Mir wird auch niemand glauben, wenn ich jetzt von meiner Expedition zu Syracuse mit Sergio, Roland, Gérard und Michel erzähle. Seit wir Les Mureaux erreicht haben, singt der R 4 nicht mehr. Wir haben sogar die richtige Straße gefunden, ohne uns durchfragen zu müssen.

»Scheint's ja üppig zu haben, unser Syracuse. Nicht gerade Bruchbuden hier.«

Sergio hat recht. Das Viertel strahlt Gediegenheit aus. Das Wort »gediegen« mag ich gern, es wirkt selber so gediegen. Der alte vergammelte graue Käfer von Syracuse steht zusammengesunken vor der Nummer siebenundzwanzig. Wir fahren langsam vorbei, ein erster Erkundungsgang.

»Schau dir mal die Hütte an! Was das Ekel sich da hingestellt hat, und alles vom Geld von der M'am und den anderen!«

Sergio fährt um die Ecke und parkt. Gérard steigt mit dem Fünf-Liter-Kanister aus. Michel nimmt auf der Straßenseite gegenüber Aufstellung und behält die ganze Straße im Auge. Roland dreht einen Lappen zu einer Lunte und tränkt ihn mit Benzin. Er ist ganz still. Wahrscheinlich denkt er an seine vermasselte Aufnahmeprüfung bei der Air France.

»Wie hast du das damals angestellt, als du die Grand-Rue abgefackelt hast, mein Alter?«

»Das war ein Kurzschluß. Frag die M'am.«

»Jaaa... ein Kurzschluß mit Terpentin!«

Die Brüder lachen. Gérard probiert, ob sein Benzinfeuerzeug funktioniert. Lächelnd betrachtet er die Flamme. Ich mache mir Notizen im Kopf. Ich hab mir vorgenommen, eines Tages einen Krimi für meinen Vater zu schreiben, den er dann bei Tisch lesen kann, wie er es manchmal macht. Wenn man das darf, beim Essen einen Krimi lesen, dann ist man erwachsen.

»Gérard, ich blinke mit der Lichthupe, wenn wer aufkreuzt. Paß auf die Köter auf! Toi toi toi!«

»Toi toi toi« ist das Zauberwort von der M'am. Es hilft bei Schulaufsätzen, Fußballspielen, Rendezvous oder sonstwas, das schwierig werden könnte. Es wirkt noch besser, als wenn man die Heilige Jungfrau um Schutz anruft, den heiligen Christophorus, den heiligen Antonius oder die heilige Zita. Los, M'am, wünsch mir »toi toi toi«! Sie sagt's, und man fühlt sich beschützt wie durch eine Rüstung aus rostfreiem Stahl.

Gérard schleicht an den Zäunen entlang, den Kanister in der Hand, als gehörte er zu einem Fallschirmspringerkommando. Sergio parkt noch schnell den R 4 um. Jetzt können wir Gérards Schatten durch die Windschutzscheibe verfolgen. Der Käfer wartet am Bürgersteig wie ein Billard-Ball an der Bande. Gérard verschwindet. Jetzt hockt er wohl hinter dem Wagen und führt gerade die Lunte in den Tankstutzen ein. Das dauert... Ein Hund fängt an zu bellen, dann noch einer.

»Was treibt der denn? Gleich fallen wir auf!«

Sergio haut auf das Lenkrad. Roland zupft an seinem Schnurrbart.

»Ich geh nachsehen!«

Er steigt aus. Michel auf dem Bürgersteig gegenüber gibt ihm ein Zeichen. Er deutet auf Gérard, der herbeieilt, immer noch in der Hocke, als müßte er vor Schüssen in Dekkung gehen. Der gammelige Käfer steht immer noch da und grinst wie ein Maulwurf. Verpatzt! Roland, Michel und Gérard kriechen in den R 4. Ich werde fast zerquetscht.

»Was hast du bloß gemacht?«

»Ich hab eine Verzögerungslunte gebastelt, damit ich das Feuerwerk mit euch zusammen ansehen kann!«

So lange verzögert die Lunte gar nicht. Kaum sind bei uns die Wagentüren zugefallen, da ist durch die Windschutzscheibe eine große, gierige, orange Flamme zu sehen. Das Geräusch höre ich nicht mal, so sehr bin ich geblendet.

Der Anblick ist schön, aber irgendwas stimmt nicht ganz bei der Sache. Die Riesenflamme zischt wirklich gen Himmel, aber Syracuse' Käfer steht unversehrt auf dem Bürgersteig und scheint sich ins Fäustchen zu lachen.

»He, Gérard, verdammte Scheiße, was soll das?«

»Fahr los, Sergio! Bericht erstatte ich nachher.«

Die Nachbarn kommen schon an die Fenster. Der R 4 verschwindet im Schrittempo, um nicht aufzufallen. Die Insassen sind enttäuscht. Allein Gérard wirkt äußerst zufrieden, hüllt sich aber immer noch in Schweigen.

»Jetzt erzähl schon!«

»Stellt euch das vor. Also ich will den Käfer ankokeln, da werf ich erst noch einen Blick auf die Hütte, um mal genauer zu sehen, was der Wäschehandel so einbringt. Eins kann ich euch sagen, wahrscheinlich ist es falsch, wenn wir uns in unseren Berufen weiter die Hände dreckig machen.«

»Ach, das ist vielleicht keine Drecksarbeit, die Weiber einwickeln, während die Kerle in der Fabrik sind? Na, da lobe ich mir meine Mülltonnen, das ist sauberer!«

»Klar, Sergio, aber wenn du schwofen gehst, ist es doch doof mit dem Schmieröl unter den Nägeln, das schreckt welche ab, nicht?«

»Ja ja, und die Mädels, die am meisten Geschrei wegen

ein bißchen Schmieröl an den Fingern machen, rufen als erste um Hilfe, wenn ihr Auto mal liegenbleibt. Also denen sage ich: Entscheid dich, Süße, mußt schon wissen, was du willst, soll ich nun mit den Fingern ran oder nicht!«

»Hast du das mit unserer Schwester auch so gemacht?«

Sergio bremst scharf. Sobald die Rede auf Josette kommt, funkelt es schwarz in seinen Italiener-Augen. Da gibt es nichts mehr zu lachen.

»Momentchen! Als ich Josette gesehen hab, hab ich gleich gewußt, jetzt ist Schluß mit der Rumtreiberei. Dabei hab ich ganz schön rumgewalzt, linksrum und rechtsrum, beim Tanzen oder sonstwo. Aber als ich sie aufgefordert hab und sie hat ja gesagt, da hab ich mir gesagt, Sergio, die da läßt du nicht mehr los. Und ich hab sie den ganzen Abend lang nicht mehr losgelassen. Wir haben das Parkett gebohnert. Klingt blöd, aber ich hab mich gefühlt, als würd ich in der Kirche tanzen.«

Ich sehe Josettes Kommunionsfoto vom Buffet vor mir. Woher ihr Strahlen kam, hab ich mich immer gefragt. Jetzt weiß ich's.

»Gérard, hör jetzt auf mit unserer Schwester! Was hast du mit der Mühle von Syracuse angestellt?«

»Eben, das ist gar nicht seine Mühle, der Schrott-VW, der ist nur sein Holzbein, damit er sich nachmittags schön bedauern lassen kann. Auf der anderen Seite des Torgitters hab ich seinen richtigen Wagen gesehen. Ein blauer Chambord, brandneu, V-8-Zylinder-Motor …«

Gérard hebt die Finger zum V-Zeichen.

»… mit mehr Chrom dran als sämtliche Schüsseln und Platten von unserer Mutter zusammen.«

»Und dann?«

»Das Ding habt ihr in die Luft gehen sehen, meine Herren!«

Alle schreien los und beglückwünschen sich wie bei Fontaines Tor gegen Brasilien. Und ich habe blitzartig die Bedeutung eines Wortes begriffen: brandneu.

An der Ecke von der Rue Montgolfier frage ich mich immer noch, ob Gérard da einen Chambord luxe oder einen Chambord royale mit Vinyl-Verdeck in die Luft gejagt hat. Eine Million dreihunderttausendundzwanzig Franc, ohne Extras. Für einen Umsatz von hundertachtundzwanzigtausendfünfhundert ist Syracuse jetzt zehnfach zur Ader gelassen.

Den ganzen Weg über singen meine Brüder und Sergio *Syracuse*, aber mit neuem Text.

»*Syracuse sehen, das wäre wunderbar! Als seine Scheißhauskarre nur noch Plunder war! Er hat den ganzen Preis noch nicht zusammen... Da war sie schon ein schwarzer Raub der Flammen!*«

Vers um Vers haben sie gedichtet, mit Reimen, die sich paaren, und anderen Sauereien, die ich besser ganz schnell vergesse.

»Das will ich auch hoffen! Sag mal, reden deine Brüder immer so, wenn ich nicht dabei bin?«

»Aber nein, M'am! Ich schmücke nur ein bißchen aus.«

»Schmücken nennst du das? Na danke.«

Ich mag das, wenn meine Brüder singen, eine bekannte Melodie, aber mit neuem Text. Wie das »Salzfaß«, die Fernsehsendung mit Jacques Grélot und Robert Rocca. Ich bin immer ganz baff, wie sie die Wörter aufmarschieren lassen können wie kleine Soldätchen bei der Parade. Ich versuche, sie mit meinen Mokarex-Figuren und Operettenmelodien nachzumachen: »*Geh zu Bette, La Fayette!...*« oder »*Einmal hier, einmal da, rundherum, Monsieur Marat!*« oder auch »*Das ist der feurige, feurige Axel de Fersen!...*« Aber dann bleibe ich immer stecken.

»He Jungs, paßt mal auf, was ihr sagt, der Kleine ist auch noch dabei!«

»Von wegen Kleiner! Der gehört jetzt zu uns. Heut abend hat er sich benommen wie ein Boß. Brauchen ihn nur noch zu den Mädchen mitzunehmen.«

Immer mit der Ruhe. Was Mädchen angeht, hab ich's nicht eilig. Vor allem weil man, wenn man mit Mädchen anfängt, mit Fußball aufhören muß. Ich hab ein Foto gesehen mit meinen Brüdern drauf, alle tragen das blaue Trikot mit dem weißen V von Villemomble Sport. »Aufnäher« heißt so was. Jacques, Guy, Michel, Gérard, Roland und Serge: eine Mannschaft, die jedes Gefecht für sich entschied, in der ganzen Gegend. Na ja, fast. Sie gewannen bloß um des Vergnügens willen, der M'am den Pokal heimzubringen und zu sehen, wie sie ihn dann in den Armen hält.

Seltsam, sie, die nie etwas fallen läßt, weder ein zappelndes Kind noch eine heiße Schüssel, sie weiß nie, wie sie ein Geschenk halten soll. Muttertag ist bei uns Scherbentag, so ist das.

»So, Brüder, Schluß jetzt mit dem Geblöke, wir kommen nach Hause.«

»Gut, Bruder Michael.«

»Ach Jungs, das Beste wißt ihr ja noch gar nicht! Schaut mal!«

Gérard hält ein Stück Kreide hoch.

»Ich habe signiert.«

»Bist du verrückt geworden?«

»Ich hab dick und fett auf sein Tor geschrieben: ASO. Da denken die Bullen, es ist was Politisches. Dabei heißt es ›Anti-Syracuse-Organisation‹.«

»ASO, so was gibt's doch gar nicht!«

»Ab heute schon!«

Vor dem Haus fährt Serge immer noch auf und ab. Also ist unser Vater noch nicht vom Tierarzt zurück. Der R 4 steht kaum, da ist er schon von den Schwestern umringt, als hätten wir die Rallye von Monte Carlo gewonnen.

»Also?«

Bis sie im Hof sind, tun meine Brüder geheimnisvoll. Sergio kann sogar Josette widerstehen.

»Also!«

Als der Kreis sich geschlossen hat, zieht Gérard plötzlich das aufgefächerte Bündel Geldscheine aus seiner Jacke.

»Bitte sehr, ganze Arbeit!«

Es ist so schön anzusehen wie eine Blume aus Kreppapier. Es gibt »Ohs« und »Ahs«, Geschrei, Applaus, Umarmungen. Ich bekomme mehr als meinen Teil an Küßchen. Als hätten alle Schwestern kußfesten Lippenstift aufgelegt. Plötzlich haben wir 14. Juli, Silvester und sämtliche Geburtstage auf einmal.

»Was sollen wir der M'am sagen, wo das Geld her ist?«

»Die Wahrheit!«

»Daß es das Strichgeld von Jeannot, dem Luden, ist?«

Eine der großen Schwestern spöttelt.

»Ich kann ja sagen, ich hab's beim Poker gewonnen.«

»Dann schickt sie dich sofort weg, daß du es zurückgibst! Wir müssen uns was anderes einfallen lassen.«

Jeder kommt mit seinem Vorschlag. Ein Geschenk... was Geerbtes, Gespartes... Das ist doch der Gipfel: Wir haben diese einhundertachtundzwanzigtausendfünfhundert Franc, aber keiner kann erklären, woher sie kommen. »So ist das im Leben, Geld haben ist wie Fahrradfahren, einmal gelernt, nie wieder vergessen.« Madame Piponiot mag ja recht haben, aber das hilft uns im Moment nicht weiter.

»Und warum sollen wir's nicht bei der Pferdewette gewonnen haben?«

Sergio hat recht. Endlich wird das Geisterpferd vom P'pa mal zu was nütze sein. Natürlich zanken sich die Geschwister, wie die Gewinnerkombination aussehen könnte: 2-3-5, die Nummern der ersten drei Mädchen in der Familie, oder 1-4-6, die der Jungen.

»Wir brauchen das Ergebnis nur in der Zeitung nachzuschlagen.«

Das »Ei des Kolumbus«, wie man so sagt, ich weiß auch nicht, warum. 17-14-21, Petit Écureuil, Royal Bay und Prince des Pins, bringt 476.834,50 Franc Gewinn. Zuviel.

Was sollen wir mit dem Rest gemacht haben? Gérard denkt sich schnell eine Geschichte aus, wie es gewesen sein könnte: »Michel hat diese Woche mit ein paar Kumpels aus der Werkstatt gespielt. Sie haben zu viert gewettet und den Treffer gelandet. Warum er gestern nichts gesagt hat? Na, er hatte den Wettschein nicht und wußte die Nummern nicht mehr so genau. Er hat es erst heute früh in der Fabrik erfahren, und jetzt haben wir seinen Anteil bei einem Kollegen in Les Mureaux abgeholt.«

»Der ist nämlich ein großer Spieler. Der brennt richtig aufs Spielen. Wie eine Fackel brennt's bei dem!«

»Jetzt aber schnell rein und alles der Mutter erzählen. Die versucht, sich nichts anmerken zu lassen, aber sie hat einen Mordsbammel, was der P'pa sagt, wenn er heimkommt. Hat schon mindestens zehn Kirschaufläufe verbrennen lassen, die Ärmste. Ich bin ihr nicht von der Seite gewichen, solche Sorgen mache ich mir um sie.«

Daß Évelyne der M'am so ähnlich sieht, liegt sicher an diesem Tag.

»Da ist er!«

Serge hat gepfiffen, um den P'pa anzukündigen. Als würde er damit rechnen, daß Capi gleich aus der Garage hervorgeflitzt kommt. Roland wird kreidebleich. Unser Vater bringt das Ergebnis mit, wie Rolands Aufnahmeprüfung bei der Air France ausgegangen ist. Durchgerasselt. Ganz sicher. Er zündet sich eine Zigarette an und schleicht hinters Haus, um allein zu sein. Die großen Brüder und Schwestern drängeln sich im Eingang. Guy nimmt mich bei den Schultern.

»Du mußt unseren Vater ein wenig aufhalten. Bißchen schmusen oder so. Nicht zu kurz!«

Josette hat Maryse und Martine von dem Lehrerehepaar abgeholt. Sie riechen streng nach Schokolade.

»Wir haben jede eine dicke Henne gekriegt!«

»Ja, und Liköreier!«

Stimmt, sie haben eine Fahne. In ihrem Alter! Ich gebe

ihnen zu verstehen, daß ich, während sie sich heimlich vollgefressen haben, die Familie gerettet habe.

»Stimmt ja gar nicht.«

»Hast du dir nur wieder ausgedacht!«

Ich beschließe, unter dem Kirschbaum zu schmollen, als Geißelung für ihren Undank. Sagt man so? Der Pfarrer hat uns beigebracht, Geißelungen sind eine Art Schläge mit Kratzern auf der Haut, wegen denen man ein Heiliger im Kalender wird.

Maryse und Martine überrumpeln mich beim Schmollen mit ihrem Start. Als ich unseren Vater durch ein Loch in der Fliederhecke sehe, ist es schon zu spät. Ich stehe kaum in den Startlöchern, da hängen sie ihm schon am Hals.

»Erstester!«

»Zweitester!«

Ich tröste mich: »Die Ersten werden die Letzten sein!« An manchen Abenden finde ich es richtig schade, daß ich mit Reli nicht weitergemacht hab. Dann hätte ich jetzt für jeden Kummer den passenden Satz.

Zwölftes Kapitel

Geheimagent F5

Heute abend ist unser Vater eine große sorgenvolle Kokospalme. Maryse, Martine und ich sind auf seine Schultern geklettert oder hängen an seinem Hals wie kleine Klammeräffchen. Er schaukelt uns, läßt eine große Elefantenstimme ertönen und schenkt uns sein schönstes Elfenbeinlächeln. Trotzdem, die drei tiefen Falten auf seiner Stirn entgehen mir nicht. Sie bedeuten schweren Kummer. Wenn sie da sind, schließt er sich abends manchmal in der Küche ein, allein mit der M'am, oder er sitzt nachdenklich, den Reibekäse in der Hand, vor der erkaltenden Suppe. Alle bei uns kennen diese drei Falten sehr genau. »Meine Negerzauberer-Abzeichen!« nennt er sie und tut so, als würde er sich mit dem Daumennagel die Stirn ritzen. Wenn sie auftauchen, wissen alle, jetzt heißt es still sein, unser Vater will in Ruhe gelassen werden, sich einen Moment hinsetzen, die Ellbogen auf dem Tisch, den Kopf in die Hände gestützt. So findet er wirklich Ruhe. Oft hab ich mich gefragt, was in diesen wenigen Augenblicken geschieht, wo er bei uns ist, aber zugleich so weit zu reisen scheint, wie abwesend.

Seine drei Klammeräffchen auf dem Rücken, bleibt der P'pa vor dem Hoftor stehen. Er betrachtet Serge, der mit untergeschlagenen Beinen auf dem Gehsteig gegenüber sitzt, vor seinem umgedrehten Fahrrad. Mein Bruder starrt auf die Speichen des kreisenden Hinterrades. Als wollte er sich hypnotisieren lassen und dann im Schein der Straßenlaterne schlafen. Unser Vater pflückt sich die drei Klammeräffchen vom Rücken. Das erste Mal, daß er uns nicht bis zur Eingangstür trägt.

»Ich muß mit Serge reden. Hier, bringt meine Tasche zu eurer Mutter.«

Ich kann sie an mich reißen. Maryse und Martine schreien, weil sie das ungerecht finden. Unser Vater gibt ihnen seinen Schal und das Portemonnaie, damit sie auch etwas zu tragen haben. Da sind sie wieder ganz stolz. Aber die Tasche ist das Wertvollste.

»Sagt eurer Mutter, daß ich große Neuigkeiten habe. Aber – psst! Das ist ein Geheimnis.«

»Papa hat große Neuigkeiten!«

»Papa hat große Neuigkeiten!«

Ich kann nicht Schritt halten, weil die Tasche so schwer ist. So bleibe ich auf der Schwelle stehen, neben dem Holzrosenstrauch. Ich sehe dem Vater nach, wie er über die Straße geht. Zu Serge, der immer noch auf das kreisende Rad starrt wie jemand, der wieder mal beim Lotto verloren hat. Der P'pa hockt sich neben Serge hin und legt ihm den Arm um die Schultern. So bleiben sie dort sitzen, die Rükken zum Haus gewandt, unter der Laterne. Wie kleine Tonfiguren vor einem Jesuskind.

Der P'pa und Serge erinnern mich an die Krippe aus Zeitungspapier, die unser Vater immer zu Weihnachten baut.

»Man kann doch nicht einen glatten Ochsen neben einen Samtesel stellen!«

Es ist der 24. Dezember. Der Duft des gebratenen Truthahns erfüllt schon das ganze Haus. Der Tisch ist gedeckt, die geöffneten Austern stehen unter einem weißen Leintuch am Fenster kühl. Plötzlich fällt unserem Vater auf, daß in der Krippe der Ochse fehlt.

»Wo steckt mein Ochse?«

Die Frage schwirrt durchs ganze Haus und kehrt zu ihrem Ausgangspunkt zurück. Ich darf auf gar keinen Fall beichten. Der P'pa ist so was von stolz auf Ochs und Esel, die er beide mit einer Art Samt bezogen hat, als Fell. Ich hab nie in einer anderen Krippe etwas Vergleichbares gesehen.

Ein Freund, der Pilot ist, hat ihm den Stoff aus Amerika mitgebracht. Und ich hab den Ochsen bei Lali gegen zwei frische Ziegenkäse aus dem Körbchen getauscht. Lali ist wirklich komisch. Er wohnt auf einem echten Bauernhof und bastelt sich im Stall noch einen im Miniaturformat. Als würde ich mir in der Garage eine Familie in klein machen, mit winzigkleinen Schwestern, die man dann gegen Mokarex-Figuren eintauschen kann.

»Paßt mal alle auf: ohne Ochse keine Krippe. Und ohne Krippe kein Weihnachtsfest. Und ohne Fest... keine Geschenke!«

Das würde der P'pa sicher nie tun. Die M'am will ihm gut zureden.

»Nimm den Ersatzochsen.«

»Man kann doch nicht einen glatten Ochsen neben einen Samtesel stellen!«

»Na gut, dann gibt es dieses Jahr eben keinen Ochsen. So teuer, wie die Steaks zur Zeit sind...«

Kann der P'pa nicht drüber lachen. Er zieht sich seine Lammfelljacke über, steigt in den Citroën, schlägt die Tür zu und fährt los, einen Samtochsen suchen.

Dieses Weihnachten hätte fast nicht stattgefunden. Unser Vater kam erst kurz vor Mitternacht zurück. Fünf Minuten später, und unser kleiner Jesus wäre nicht aus seiner Schachtel gekommen. Der P'pa hat sicher bis nach Paris reinfahren müssen, um genau so einen Samtochsen aufzutreiben. In der Krippe einer Bäckerei hat er ihn entdeckt. Die Bäckerin hat ihm das Tier nur verkaufen wollen, wenn er ihr gleichzeitig den letzten Buttercreme-Baumstamm abnimmt. Auf diese Weise ist der Ochse teurer gekommen als Maria, Joseph und die Heiligen Drei Könige zusammen. Den Samtesel kriegt Lali nicht, obwohl ich ihm das versprochen hab. Ich hab schließlich keine Lust, nächstes Weihnachten schon wieder einen Baumstamm mit Pistaziencreme essen zu müssen. Das Wort »Pistazie« mag ich nicht.

Ich beobachte den P'pa dort auf der anderen Straßenseite. Er hockt immer noch ganz dicht bei Serge, hat ihm den Arm um die Schultern gelegt. Der P'pa flüstert ihm ins Ohr. Die Stimmung zwischen ihnen ist so sanft wie Wollfilz. Trotzdem, das Licht der Laterne sagt mir, daß Capi tot ist. Irgendwann werde ich auch einen Hund haben. Dann stirbt der eines Abends, und mein Vater legt mir den Arm um die Schultern.

Ich gehe ins Haus, die Umhängetasche meines Vaters über der Schulter. Sie ist schwer. In der Küche herrscht eine kriegerische Stimmung. Unsere Mutter hat gerötete Augen. Allerdings nicht schlimmer als wegen der Zwiebeln, die sie für »Kuheuter à la Soubise« hacken muß, eines ihrer tausend Rezepte für dieses Fleisch, das ich so liebe. Man braucht es noch weniger zu kauen als gekochten Schinken, und ich denke an Milch und grünes Gras, wenn ich es esse.

Meine Brüder haben die Zeit genutzt und der M'am die »wunderbare, unglaubliche und doch wahre Geschichte der einhundertachtundzwanzigtausendfünfhundert Franc« erzählt. 17-14-21, in dieser Reihenfolge: Petit Écureuil, Royal Bay und Prince des Pins. Diese drei Zauberpferde sind bereits die Helden der Familie. Glücklicherweise steht für die nächste Zeit keine Geburt ins Haus, sonst wäre das arme Neugeborene von entstellenden Namen bedroht.

»Petit Écureuil, Eichhörnchen, das kann doch ein hübscher Jungenname sein.«

»Michel, red doch mal mit Jeanine darüber.«

»Worüber soll euer Bruder mit Jeanine reden?«

»Nichts, M'am. Évelyne und Josette träumen von dicken Eichhornschwänzen.«

»Michel! Sag nicht so was über deine Schwestern!«

Gut so, die Wortwechsel schnurren nur so hin und her. Ich mag es, wenn das ganze Haus langsam anfängt, dem großen, gußeisernen Küchenherd zu ähneln. Wir knistern gemeinsam und halten das Feuer am Brennen. Die Wörter sind wie hübsche Glutbrocken. »Da muß mal wer einen Eimer Eierkohle holen.« Das höre ich schon weniger gern und verdrücke mich still. Um die Zeit liegen die Marsmenschen neben dem Kohlenhaufen auf der Lauer.

»Ist das denn die Möglichkeit, was soll ich jetzt bloß eurem Vater zu essen geben?«

Als tauchte sie aus einem Alptraum auf, entdeckt unsere Mutter auf einmal den Reigen an Kirschaufläufen, die sie wie schlafwandelnd fabriziert hat. Die ganze Farbskala: von kaum gebräunt bis zu komplett verkohlt. Ein Farbspiel wie unsere Familie.

Ich erinnere mich an das Buch *Hundert und eine Art, die Welt zu erschaffen,* aus dem Évelyne mir mal vorgelesen hat. Meine Lieblingsgeschichte ist die über einen Gott, der sich wie ein ungeschickter Koch vergeblich bemüht, sein Lehmmännchen richtig zu brennen. Es kommen lauter verschiedene Exemplare heraus, weiße, schwarze, rote und gelbe. Die Sache mit Adams Rippe, aus der Eva entstanden sein soll, finde ich daneben richtig eklig. Ich hab mir in der Kantine mal einen Kotelett-Knochen genauer angesehen. Sieht keiner von meinen Schwestern ähnlich. Vielleicht hat die M'am, als sie ihre Kirschaufläufe gemacht hat, versucht, die Welt neu zu erschaffen, in einer etwas flacheren Ausgabe.

»Was soll ich jetzt bloß eurem Vater zu essen geben?«

»M'am, wenn nichts auf den Tellern ist, muß man eine hübsche Tischdecke darunterlegen. Genau der richtige Moment für das schönste Stück aus deinem Einkauf bei Syracuse.«

Josettes Vorschlag wird einstimmig angenommen. Generalprobe der letzten Fassung vom »Zaubergeld«, bevor der Vater kommt. Immer noch hat die Geschichte mit der Pferdewette zu tun, aber jetzt geht sie so, daß alle Kinder zusammen vor zwei Monaten einen Wettschein gelöst haben, um der M'am genau so eine Garnitur Tisch- und Bettwäsche zu schenken, damit sie sich nicht zu schämen braucht, wenn sie das Bettzeug ins Fenster legt. Bequemlichkeitshalber haben wir 17-14-21, Petit Écureuil, Royal Bay und Prince des Pins beibehalten. Nicht kleinzukriegen, diese drei Pferde. So bekommen Vater und Mutter jeder eine andere falsche Version der Geschichte serviert. Dabei muß doch am Ende etwas Wahres herauskommen.

Sobald dies beschlossen ist, schließen die großen Schwestern sich im Elternschlafzimmer ein, um die Sachen aus dem Wäschekauf wieder zusammenzutragen. Unsere Mutter hat sie hier und da verstaut, damit der Vater nichts merkt. Im Kamin, unter dem Bett, hinter dem Schrank, unter den Bodendielen, im Schränkchen unter dem Waschbecken – überall liegt was. Schlimmer als Ostereier suchen.

»Davon weiß ich immer noch nicht, was wir essen sollen!«

»Milchkaffee mit Butterbroten, M'am!«

Milchkaffee ist unser Abendbrot für die Abende ohne Abendbrot.

»Warum erzählst du das weiter? Da müssen wir uns doch schämen!«

»Es riecht aber so gut, M'am.«

Das ist, als würde man sich abends direkt vor dem Schlafengehen noch ein kleines Morgengefühl außer der Reihe gönnen, und wenn man dann mit warmem Bauch im Bett liegt, ist es, als hätte man sich nach dem Frühstück für einen Faulenzervormittag noch einmal hingelegt. Milchkaffee am Abend, das ist wie eine seltsame Mischung von Tag und Nacht in einer großen Kaffeeschale. In einem Aufsatz würde ich das nie schreiben. Aber in der Wirklichkeit liebe ich diesen Augenblick, denn dann komme ich mir vor, als würde ich einen kleinen braunen Teddybär in meinem Bauch füttern. Hinterher höre ich zu, wie er in mir drin vor Vergnügen brummt, und dann schlafe ich ein.

»Was geht in dieser Bude vor?«

Mein Vater platzt gern wie ein menschenfressender Riese herein, mit Worten, die krachen wie berstende

Apfelsinenkisten. Und er fügt hinzu: »Hier geht es ja zu wie auf dem Hühnerhof! Oder hat etwa eine Bombe eingeschlagen?« Aber an seinem Lächeln können wir sehen, daß es nicht böse gemeint ist. Unsre Mutter wischt sich die Hände an ihrem Lappen ab und gibt ihm einen flüchtigen Kuß, vielleicht etwas weniger flüchtig als sonst. Als würde sie dem P'pa für etwas danken, das nur sie selber weiß.

Einmal abends hat eine meiner Schwestern mich so geküßt, als sie vom Tanzen kam. Ich werd nicht sagen, welche, aber in ihren Augen schillerte ein Geheimnis.

Der P'pa hat sich noch nicht einmal die Jacke ausziehen können, da fragt sie: »Und Capi?«

Er erklärt der Mutter, daß der Tierarzt ihm eine Spritze hat geben müssen, wegen seinem Alter und dem Auge. Capi hat nicht leiden müssen. Serge hat es verstanden. Alle haben es erwartet. Die kleinen Schwestern weinen trotzdem und klammern sich an ihre Babypuppen. Jeder ist auf seine Weise traurig. Wir werden das Foto rahmen und aufhängen, das wir vor dem Haus von den Gnobels von Capi gemacht haben. Unser Vater will nicht, daß unser Haus aussieht »wie ein Museum«. Aber diesmal ist er doch einverstanden. Ich finde, ich habe Glück: Blanco muß nie sterben. Praktisch, wenn was so im Kopf lebt.

»Und was ist mit Roland, hast du das Ergebnis?«

»Hast du nicht in meiner Tasche nachgesehen?«

»Ich hab noch keine Zeit zum Auspacken gehabt. War ein bißchen viel los heute abend.«

»Ich verstehe.«

Amüsiert blickt der Vater auf die Lawine von Kirschaufläufen überall in der Küche.

»Ist das für das Schulfest?«

»Ich hab von Madame Kétié Kirschen bekommen, da hab ich gedacht, besser, es kommt nichts um.«

»Und was ist das da?«

Er deutet auf das Laken über einer Art seltsamer großer

Kiste, über die ich mich auch schon wundere, seit ich nach Hause gekommen bin.

»Psst! Das ist eine Überraschung. Du weißt, wir haben schon so lang darauf gewartet.«

»Mach nicht so ein Geheimnis draus, sag es mir lieber.«

»Ich kann nicht... die Kleinen...«

Sie deutet auf uns, die wir dasitzen und den Schnabel nach den Eltern aufsperren, die jetzt eine Pantomime aufführen. Sie versucht, ihm das Wort, das sich da unter dem Laken versteckt, begreiflich zu machen, indem sie stumm so artikuliert wie eine Fernsehansagerin. Mir ist »Der geheimnisvolle Gegenstand« im Radio lieber als das hier.

Unser Vater kann das Wort, das die Mutter ihm da vorspielt, nicht verstehen. Zwei Silben, die eine spitz, die andere läßt den Mund weit aufklappen. Wir, die Kleinen, wissen, was es sein könnte. Wir sagen es uns ins Ohr. Ja, alle einer Meinung. Wäre das schön! Ich schätze die Form unter dem Laken ab. Hätte ich mir eigentlich höher vorgestellt. Maryse und Martine sind schon ganz zappelig.

»Wir wissen's aber!«

»Wir wissen's aber!«

Die M'am blickt gen Himmel. Sogar die Kleinen haben es herausgefunden! Schließlich verrät sie es hinter ihrem Tuch dem Vater. Seinem Blick nach zu urteilen, ist es wirklich das, was wir denken. Meine Schwestern und ich sehen uns an. Wir verstehen einander.

Verstehen ohne Worte ist eines der Lieblingsspiele in unserer Familie. Man weiß nur nicht genau, wann man es spielt. So ist das im Leben, man dürfte eigentlich nur reden, um Spaß zu haben. Wenn es ernst wird, wird man traurig, und wenn man immer traurig ist, stirbt man irgendwann. Na, Madame Piponiot übertreibt wohl.

Die M'am sieht dem P'pa in die Augen.

»Du mußt Roland wegen der Air France Bescheid sagen. Der arme Junge ist schon ganz hibbelig, seit er von der Prüfung nach Hause gekommen ist. Er hat gesagt, er hat das

Werkstück verpatzt. Ist ganz fertig. Egal, hab ich gesagt, das ist doch kein Drama. Der Weinlieferant hat mir erzählt, in der Werkstatt in Bondy ist eine Stelle frei.«

Unser Vater grummelt ein bißchen und schaut zu Boden.

»Also, hast du meine Tasche nicht ausgeräumt?«

Normalerweise macht sich unsere Mutter darüber her, als könnte das Ding eine Riesenüberraschung bergen. Aber heute abend hat sie ihre Ration an Überraschungen offenbar schon gehabt. Die Tasche steht noch genau dort, wo ich sie abgestellt habe, auf dem Tisch, zwischen zwei Kirschaufläufen. Die M'am greift danach, wie man einer Ente den Hals umdreht. Sie löst den Knoten und faßt in die Tasche. Verwundert fördert sie einen zerkratzten Stahlwürfel auf einem Kantstab zutage. Deswegen war die Tasche also vorhin so schwer.

»Ist das Rolands Werkstück? Dann ist es wirklich verpatzt!«

Unser Vater tut immer noch ganz geheimnisvoll und schaut woandershin.

»Hast du sein Stück vertauscht?«

»Wie denn bitte? Mein Chef hat aufgepaßt.«

»Hör mal, du willst mich wohl zum Narren halten?«

Lange kann unser Vater dem Blick von der M'am nie standhalten. Er wird ganz klein. Wahrscheinlich so, wie als sie sich das erstemal gesehen haben, als er noch mit Murmeln spielte.

»Mein Chef findet sich schlau, aber der ist einer Täuschung erlegen.«

Eigentlich heißt es doch »der hatte Tomaten auf den Augen«? Der M'am ist das völlig egal, sie umarmt den P'pa stürmisch und küßt ihn überall, überall. Das heißt, sie berührt seinen Handrücken mit den Fingerspitzen.

»Willst du damit sagen, er hat's geschafft?«

»Wer hält hier wen zum Narren? Los, ihr Kleinen, holt Roland mal schnell her. Sagt ihm, sein Vater hat mit ihm zu reden.«

Maryse und Martine starten heute abend einfach schneller als ich. Ich lasse sie laufen und bleibe unbemerkt im Schneidersitz unter dem Stromzähler hocken. »Du wirst dir eines Tages noch den Schlag holen!« Ich wüßte nur zu gern, wie meine Eltern es anstellen, daß sie das Rad des Zählers blockieren. Mit einem Geldstück, behauptet die M'am. Ich glaub da ja eher an einen Draht, den wer durch ein millimetergroßes Loch gleich unter dem Sicherungsschalter gebohrt hat, mit einem Tungsten-Bohrer. Eines Tages hat der Stromableser gemeint: »Madame, Ihre Familie hat wirklich einen erstaunlich niedrigen Verbrauch.« Und dann hat er ein bißchen herumgeschnüffelt. Die M'am hat ihm ein Glas eingeschenkt. Aber ich glaube, wir müssen darauf achten, daß wir in der nächsten Zeit ein bißchen mehr verbrauchen.

»Du bringt uns noch ins Gefängnis, wenn du solche Sachen erzählst.«

»Aber M'am, du hast mir selber gesagt, daß alle im Viertel das tun. Sogar die Reichen!«

Unsere Mutter wendet Rolands nur leicht angekratzten Stahlwürfel in der Hand hin und her.

»Dabei hat er so viel geübt. Bis nachts um zwei in der Garage, beim Schein der Handlampe. Er wird einfach so leicht nervös. Wahrscheinlich hat er an seine Christiane gedacht. Wenn er durchgerasselt ist, gibt sie ihm sicher wieder mal den Verlobungsring zurück. Besser, er hätte ihn gleich an einen Gummi gebunden.«

»Such noch ein bißchen in meiner Tasche.«

Die M'am holt das Eßgeschirr heraus und eine karierte Serviette. »Weiter! Weiter!« *France-Soir,* aufgeschlagen, die Seite mit den Rennergebnissen obenauf, und so ein kleines Büchlein, das auf den ersten Blick blau wirkt, aber der Umschlag besteht aus lauter Schwarzweißfotos. Die M'am blättert es durch, scheint nicht recht zu begreifen. Sie liest, was auf der ersten Seite steht.

»Air France, die staatliche Luftfahrtgesellschaft... Ihr Unternehmen...«

Auf einmal hören wir hinter uns etwas krachen: »Bums!« Roland hat sich den Kopf an der Küchentür gestoßen, als er hinter den kleinen Schwestern hergerannt ist. Einen richtigen »Bums!« hat es nicht gemacht, es war weicher, eher wie »Blomm!« Roland schaut auf das wie-blauaussehende Büchlein in den Händen von der M'am, die wiederum den Vater ansieht und sich fragt, ob das denn wahr sein kann, während der P'pa seinerseits Roland anschaut, der nicht zu begreifen wagt.

Schwierig zu schildern, so ein Dreieck aus Blicken. Überdies starren meine kleinen Schwestern mich an, aber ich tu so, als würde ich es nicht bemerken. Ist so schon kompliziert genug.

»Willkommen bei der Air France!«

Der Vater streckt Roland die Hand hin. Nicht irgendeine schlichte Hand, sondern eine richtige Flugzeugschlosser-Pranke.

»Wie denn das? Ich hab das erste Stück vermasselt.«

»Vielleicht haben sie's ja nie gesehen.«

Der P'pa deutet auf den angekratzten Stahlwürfel, den die M'am wieder genommen hat. Da schlägt Roland in die Hand vom P'pa ein und schüttelt sie, als bediente er den Schwengel einer Benzinpumpe an der Tankstelle. Er stammelt etwas Unverständliches in Eskimosprache oder Esperanto. Seine Gesichtsfarbe schlägt von bleich zu scharlachrot um. Unsere Mutter rettet ihn vor der Explosion, indem sie ihn fest in die Arme schließt.

»Sie haben mich genommen? Sie haben mich genommen, M'am!«

Maryse und Martine springen los, um die Neuigkeit im Haus und in der ganzen Nachbarschaft auszuposaunen.

»Roland geht zur Air France!«

»Roland geht zur Air France!«

Ich bin stolz auf meinen Bruder. Dann können wir noch

öfter in Orly Flugzeuge anschauen, und wir bekommen noch mehr riesige bunte Weltkarten. Ich gehe später auch zur Air France, und dann schüttelt mir der P'pa die Hand.

»So, und das hier wirst du so ungefähr verdienen.«

Der P'pa hat einen Lohnzettel auf dem Küchentisch entfaltet. Die M'am räumt die Kirschaufläufe weg. Unser Vater erklärt und fährt mit dem Finger über das Papier.

»Ein Kumpel von der Gewerkschaft hat mir seinen Lohnzettel geliehen. Er ist seit vier Jahren dabei. Siehst du, hier steht ›Funktion‹, er ist Elektriker, Gruppe P2. Du wirst Mechaniker. Er ist in Gehaltsgruppe 6, Stufe 3. Du fängst in Gruppe 5, Stufe 2 an. Siehst du, hier steht ›Überstunden‹. M25, M50, das sind die Zuschläge. Keine Sorge, Überstunden kannst du machen, so viele du willst.«

Sein Finger wandert nach unten auf dem Zettel.

»Gehalt (brutto): 62.799!«

Roland pfeift bewundernd. Ob er wohl gerade an den Wäscheeinkauf von der M'am denkt?

»Aufgepaßt, mein Großer, das wichtigste ist diese Zahl hier: ›Gehalt (netto)‹: 59.171.«

»Die ziehen mir sechshundertneunundzwanzig Franc für ›Sozialausgaben‹ und dreitausend für die Rentenversicherung ab?«

»Na ja, das sieht nach viel aus, aber als dein Vater ins Sanatorium mußte für seine Operation, wenn wir das hätten zahlen müssen...«

Eine Tigerpranke ist aber umsonst.

»P'pa, was bedeuten die viertausendzweihundert unter ›Zulagen‹?«

»Wenn du was nicht verstehst, frag einfach deine Mutter. Sie kennt sich damit besser aus als ich.«

»Wer ist dieser Claude Mesplède, der dir seinen Lohnzettel geliehen hat?«

Es gibt also trotzdem noch Sachen, die auch unsere Mutter nicht weiß.

»Ein junger Kollege, den die Gewerkschaft uns geschickt

hat, damit er ein bißchen Ordnung schafft unter den Blechschlossern. Er spricht mit rollendem R. Ich glaub, er ist aus Toulouse.«

»Kannst du jetzt keine Inox-Platten mehr rausschmuggeln?«

»Keine Sorge, wir haben ihn eingeweiht. Als erstes haben wir ihn in die große Halle geführt und ihm unser Pastis-Versteck gezeigt. Das suchen die Vorarbeiter seit zehn Jahren. Er hat gesehen, daß wir was von Organisation verstehen. Ich glaub, der hält dicht.«

Roland ist sich bewußt, daß das kleine Büchlein nicht mehr ist als der Anfang; die Arbeit liegt ja noch vor ihm. Trotzdem blättert er darin herum, als wäre es der Spielzeugkatalog eines großen Kaufhauses. Vor den Augen von meinen Schwestern und mir zieht alles vorüber, was ein Erwachsener so bestellen kann, wenn er bei der Air France arbeitet. Das ist besser als ein Meccano-Baukasten oder ein Puppenservice aus Porzellan.

Das Kapitel »Air France – Geschichte, Organisationsstruktur, Niederlassungen, Belegschaft« hat Roland schnell überblättert. Auch das Studium des Abschnitts »Ihre Stelle, Ihre Zukunft« hat er auf später verschoben und ist sofort auf Seite 26 gesprungen: »Reisemöglichkeiten auf unseren Strecken«.

»Habe ich auch ein Anrecht auf das GP 2, P'pa?«

Das GP 2 von der Air France ist ein Zaubersystem, das für das Personal reserviert ist. Dadurch wird das Flugzeug für die Familie das billigste Verkehrsmittel, abgesehen vom Autobus, denn da haben wir ja den Freifahrschein für kinderreiche Familien. Aber der Bus ist nicht so praktisch, wenn man nach Algier will.

»Christiane kann sich freuen, wo sie doch so davon träumt, mit der Caravelle nach Ajaccio zu fliegen.«

»Aber es gilt nur für Ehepaare. Wenn sie nach Korsika will, wird sie dich heiraten müssen.«

Roland denkt nach. Die Vorstellung gefällt ihm. Der kürzeste Weg von einem Punkt zum anderen, das wird ihm klar, führt übers Standesamt. Also, ich weiß immer weniger, was ich von der Geometrie halten soll.

»Eine Stellung bei der Air France, so was will begossen werden!«

Die M'am zieht eine Flasche aus der Tasche vom P'pa, als hätte sie ein goldenes Kaninchen bei den Ohren gepackt. Mir wird immer klarer, warum meine Schwestern schneller waren als ich, bei dem Ballast!

»Echter Champagner!«

»Den hat ein Kumpel vom Putzkommando unter einem Sitz in der ersten Klasse gefunden, in einer Super-Constellation.«

Ich wundere mich, was man alles in einem Flugzeug finden kann, vor allem, wenn es aus New York kommt: Feuerzeuge, Uhren, Gliederarmbänder, Ohrringe, Dollars, Schallplatten mit Jazz und Rock 'n' Roll. Wahre Schätze. Manchmal muß man ein silbernes Etui verkaufen, um sich die Zigaretten leisten zu können, die da reingehören. Sogar Damenunterzeug finden sie in den Vögeln, Marke »Italienischer Chic«. Das muß natürlich erst mal in die Kochwäsche, aber dann findet sich immer jemand, dem es paßt. Später werde ich weder Pilot noch Steward, sondern gehe zum »Putzkommando« für die erste Klasse auf der Linie Paris–New York.

Der Vater hält die Champagnerflasche hoch.

»Eigentlich müßte man die ja kalt stellen!«

»Ja, aber wir haben kein Eis im Haus.«

»Ach, hätten wir doch einen Kühlschrank!«

»Ach, hätten wir doch einen Kühlschrank!«

Unsere Eltern sitzen vor dem in das weiße Laken gehüllten Ding und spielen uns eine Operettennummer vor, als wären wir im Théâtre du Châtelet. Er immer noch in seiner Schmugglerjacke aus Lammfell, sie mit dem Marketenderinnen-Lappen. Die ganze Familie hat sich in der Küche versammelt, um Roland zu feiern. Die letzten treten in dem Augenblick ein, da die M'am, in der einen Hand die Champagnerflasche, die andere an einem Zipfel des Lakens, sich anschickt, das Ding zu enthüllen. Wie bei einer Schiffstaufe im Krieg; gleich wird die M'am ein Mini-U-Boot vom Stapel lassen. Ein kurzer Ruck am Laken. Schwankende Kirschauflauf-Türme. Die Familie hält erschrocken die Luft an. »Oh!« Das weiße Ding erscheint: Madame Jacquets Kühlschrank! Wir hatten schon nicht mehr daran geglaubt. Er ist genau so, wie wir ihn uns vorgestellt hatten. Vielleicht ein bißchen kleiner und runder, und eher elfenbeinfarben als weiß. Außerdem hat Madame Jacquet wohl etwas übertrieben, denn es ist nicht wirklich ein Gerät der Marke »Frigidaire«, sondern ein »Frigéavia«.

Aber das ist uns allen vollkommen egal, wir wollen lieber sehen, ob das Ding wirklich Eiswürfel machen kann. Unsere Mutter holt eine Art rechteckige Vorspeisenschale mit kleinen Abteilen heraus, voller Eis und mit Reif überzogen. Alle machen Augen, als hätte es draußen zu schneien begonnen.

»Man muß sie unter lauwarmes Wasser halten, damit die Würfel rausgehen. Am besten sofort, sonst dauert es bis morgen, bevor es Nachschub gibt.«

Der P'pa untersucht das Behältnis wie eine verbeulte Tragfläche. Sofort zieht er den Gummi von seinem Heft, schlägt es auf und macht eine Skizze. Er zeigt sie der M'am.

»Ich mach dir ein Eiswürfelgefäß mit mechanischem Auswurf, ich denke da an ein Hebelsystem.«

»In Inox-Stahl?«

»Mal sehen.«

Eine Meute umlagert den Kühlschrank. Als wollte die Familie den Weltrekord brechen, wie viele Menschen in so ein Ding reinpassen. Im Fernsehen haben wir solche Wettbewerbe gesehen, aus Amerika, mit Telefonkabinen oder VWs. Mir fällt Syracuse ein, dieser Gauner von einem Wäschehändler. Der muß jetzt seine ganze Familie im Käfer verstauen. Und nicht, um einen Rekord zu brechen.

»Schau mal, da kann man Eier reintun.«

»Und da stellt man die Butter hin.«

Meine Schwestern erkunden alle Besonderheiten, und die Brüder diskutieren, wie das wohl geht, aus Wärme Kälte zu erzeugen. »Fühl mal den Motor!« Roland sitzt in der Ecke und reist in seinem Büchlein. Er ist auf Seite 40, »Wohnungsbeihilfen«.

»›*... Überdies hält die Air France in der Hauptstadt eine Reihe von Wohnungen für ihre Angestellten bereit...*‹ Glaubst du, Christiane und ich kriegen eine Wohnung? Hier ist das ja...«

Klar, unser Haus ist zu klein. Nicht mal mehr genug Platz, um die Sätze zu beenden. Das macht die M'am traurig. Oft träumt sie laut.

»Zwei Zimmer mehr, und wir hätten Platz für alle. Wenn wir hinten ein bißchen ausbauen, da, wo der Schuppen steht? Wir könnten auch den Dachboden aufstocken und ausbauen. Aber der Vermieter will nicht unter eine Million gehen, wenn er verkauft. Und du weißt, was für ein Dickkopf dein Vater sein kann! Neunhundertfünfzigtausend! Und keinen Centime mehr. Prinzipiell nicht. Davon will er einfach nicht abgehen.«

Wegen fünfzigtausend werden wir also nie Hausbesitzer. Weniger als die Hälfte einer Krawattennadel.

»Roland, ich glaube, du mußt mit Christiane noch ein bißchen warten. Immerhin, ein Paar hat man leichter untergebracht als eine Großfamilie. Denk an deinen Bruder Guy.«

Guy hat eine Sozialwohnung in Villemomble ergattert, in der Nähe von Pontet, dem Schrottplatzbesitzer, dank einem Kumpel aus dem Handballverein, der einen guten Draht ins Bürgermeisteramt hat. Kommt daher vielleicht das Wort »Drahtzieher«? Als ob der Handball-Kumpel dagesessen und an dem Draht gezogen hätte, bis Guy seine Wohnung hatte. Komisch.

Guy und Monique haben eine Dreizimmerwohnung gekriegt, mit Badezimmer und einer Badewanne, in der man sich der Länge nach ausstrecken kann, mit einem Balkon, Heizkörpern, einem Gasboiler und vor dem Haus einem Rasen mit Blumenrabatten und einem Parkplatz, der nur für meinen Bruder reserviert ist. Monique hat gesagt, wir können bei ihr baden, wenn wir wollen. Es ist nicht weit, möglich wäre es schon. »So was macht man nicht«, hat die M'am gesagt. Ich bin aber trotzdem hin, heimlich, um meinen Kuba-Kuckuck im warmen blauen Wasser treiben zu lassen und mit einem kleinen aufziehbaren Motorboot zu spielen. Aber bevor ich nach Hause zurückging, hab ich mich ordentlich am Boden gewälzt, damit ich wieder schmutzig wurde. Für Sauberkeit hat die M'am einen Riecher.

In unserer Küche geht es zu wie auf der Haushaltswarenmesse. Nach dem Klo ist sie der kleinste Raum im ganzen Haus. Trotzdem versammelt sich die Familie den ganzen Tag lang ausgerechnet hier. Nicht nur wegen der Wärme und der Düfte, wegen der Kaffeekanne mit Leopardenmuster, die den ganzen Tag warm steht, oder weil man immer ein Stück hartes Brot ergattert, sondern weil man sicher sein kann, hier die M'am zu finden.

Ich stehle mich aus der Küche, bevor mir jemand aufträgt, bei den Marsmenschen Kohlen zu holen. Im Flur laufe ich meinen Schwestern über den Weg, die gerade in das große Zimmer gehen, um »alles fertigzumachen«. Mehr verraten sie nicht und lassen nur Onkel Florent rein, der den Fernseher anschnauzt, während der was von der französischen Verfassung erzählt. »Warum nicht gleich wieder ein König, wo sie schon dabei sind!« Gleich kommen die Nachrichten, und trotzdem wundert sich niemand, daß wir noch nicht gegessen haben. Eigenartig, heute abend wirkt das Haus wie eine Pausenmusik.

Ich gleite in den Schatten des Hofes und lasse hinter dem Kirschbaum meine Mohikaneraugen schweifen. Meine Eltern haben das Küchenfenster geöffnet und lehnen nun mit aufgestützten Ellbogen auf dem Fensterbrett, um ein wenig unter sich zu sein. Worüber sie wohl reden? Serge hat sich in eine Ecke der Garage zurückgezogen und sitzt dort allein unter der Handlampe. Unter dem Lampenschirm aus Blech wirkt sein Gesicht wie eine Kerze. Mit langsamen Strichen lackiert er den Flügel seines Flugzeugs. Ein Modell des Segelflugzeugs von Penaud mit Gummiantrieb. Man könnte denken, daß Capi zu seinen Füßen liegt und sich unter der Gühbirne wärmt. Aber dann wäre Serges Gesicht nicht so traurig wächsern. »Wecksern«. Hab ich mal im Diktat geschrieben.

Jenseits der Fliederbüsche, auf dem Bürgersteig, lehnen Michel und Gérard am R 4, rauchen und unterhalten sich. Im Inneren des Wagens bastelt Josettes Sergio mit einer Taschenlampe unter dem Armaturenbrett herum.

»Na, Michel, wann kommt Jeanine vorbei?«

»Sobald sie das Ergebnis von dem Test hat wegen dem Kind.«

»Und was wirst du mit der Armee machen?«

»Na ja, Elvis Presley haben sie schließlich auch nach Deutschland geschickt. Also sind mir meine siebenundzwanzig Monate Wüste sicher. Ich kann ja eine Platte mit einem Kamel aufnehmen.«

Michel lacht bloß über alles, aber für die M'am bedeutet es, daß sie wieder täglich bang auf den Briefträger warten muß. Ohne Capi, der den Hosenboden des Zustellers attakkiert. Ich schleiche mich zu einem Loch im Fliedergesträuch. Um diese Zeit beobachten Évelyne und Josette gewöhnlich, wie die Gnobels zu Bett gehen, das Metzgerehepaar im Haus gegenüber. Manchmal stellen sie Monsieur und Madame nach, die in Nachthemd und Nachtmütze aufrecht vor dem Bett stehen und sich dann wie auf Kommando beide nach hinten fallen lassen.

»Wie die Fallschirmspringer!«

»Oder zwei Riesenbabys mit Lätzchen!«

»Sie scheint ja ganz schön kitzlig zu sein da unten!«

»Und er sieht aus, als würde er Wiederbelebungsversuche machen!«

Sie lachen aus vollem Halse und malen sich alle möglichen Details der Liebesnächte dieser beiden Warmluftballons aus. »Aus vollem Halse lachen«, der Ausdruck paßt wirklich gut zu meinen großen Schwestern.

Als geübter Mohikaner gelange ich unbemerkt unter das Küchenfenster und kann das Gespräch der Eltern über meinem Kopf mit anhören.

»Und mit der Wohnung ist jetzt alles sicher?«

»Ich hab den Schein.«

»Den hatten wir für den Wachtelhügel auch schon und für den Roten Hügel genauso, aber dann ist jedesmal im letzten Moment irgend so ein Chef dazwischengekommen und hat uns die Wohnung vor der Nase weggeschnappt.«

Sieht ganz so aus, als wollten sie uns unbedingt auf einem Hügel unterbringen, damit man besser im Auge behalten kann, was diese Familie so treibt. Doch dann kommt eines schönen Tages irgendein Chef an und sagt: »Hübsch hier, schöne Aussicht! Zu gut für die! Hopp, raus!« Und wir werden vertrieben, schon bevor wir eingezogen sind. Später werd ich auch ein Chef und wohne in einer Windmühle auf einem unvertreibbaren Hügel.

»Ist es die, die wir zusammen besichtigt haben?«

»Die hat dir ja nicht gefallen.«

»Ach, häßlich war sie nicht, aber verglichen mit den beiden anderen, vor allem dem Wachtelhügel. Da hat Leben geherrscht, da gab es alle Geschäfte… Paris eben!«

Nach Paris reinziehen, das ist, als würde man reicher, ohne was dafür zu tun.

»Aber stimmt schon, diese Wohnung jetzt liegt für dich viel näher zur Arbeit. Dann brauchst du nicht mehr um Viertel vor fünf aufzustehen. Und außerdem ist die Schule für die Kleinen gleich daneben. Der Pausenhof direkt unter dem Fenster…«

Wie bitte? Eine Wohnung, von der aus meine Mutter zusehen kann, wie ich mich am Boden wälze und Räuber und Gendarm spiele, wie ich auf die Mädchenmauer klettere oder wenn ich zwischen den Bäumen in der Ecke stehen muß? Dann noch lieber ins Internat oder meinetwegen ins Waisenhaus! Hoffentlich, hoffentlich kommt wieder ein Chef und schnappt sie uns weg, obwohl sie gar nicht auf einem Hügel liegt.

»Trotzdem, sie hat auch Vorteile. Vor allem ist sie groß, und wenn man die Beihilfen rechnet, ist sie gar nicht mal teuer. Siebzehntausendvierhundert ist ganz vernünftig. Der Kleine hat gleich gesagt, ich soll nach einem Fußballplatz schauen, aber ich hab keinen gesehen.«

Eine Stadt ohne Fußballplatz! Unmöglich. Die M'am hat nicht richtig hingesehen. Sogar in Pontault-Combault gibt es einen! Und im Camp von Scott am Südpol auch. Hab ich im Fernsehen gesehen. Da unten muß man das Feld mit Ruß markieren, und bei Eckbällen friert das Leder in der Luft ein.

»Du darfst Papa und Mama nicht belauschen!«

»Das macht man nicht!«

Maryse und Martine haben mich im Dunkeln unter dem Küchenfenster entdeckt. Ich muß wohl noch ein bißchen üben, bevor ich ein richtiger Mohikaner werde.

»Du mußt uns noch unsere Geschichte erzählen.«

»Ja, das hast du uns heute morgen versprochen!«

»Sonst husten wir.«

»Und dann wissen Papa und Mama, daß du gelauscht hast.«

Kann man eigentlich Schwestern mit an den Südpol nehmen, und die Pinguine fressen sie dann auf? Ich stecke in der Zwickmühle. Na gut, serviere ich ihnen eben eine Geschichte, die hinkt, ohne Hand und Fuß, dann bin ich sie los. Also sage ich ihnen, sie sollen mir folgen, aber unsichtbar, bis zur Mauer von Madame Larget. Dann klettere ich von hinten her in den Kirschbaum und hole die Schachtel mit den Mokarex-Figuren.

»So, sucht euch drei aus, und dann die Zeit und das Land, wo die Geschichte spielen soll.«

»Wir wollen keine neue Geschichte.«

»Wir wollen die von heute morgen.«

Sie schummeln. Das ist bei unseren Blitzgeschichten aber nicht vorgesehen. Ich erinnere sie an die Regeln.

»Wissen wir, aber wir wollen keine neue Geschichte.«

»Die von heute morgen.«

»Die ist so schön...«

»So, so schön!«

Wenn ich es mir genau überlege, würde ich meine kleinen Schwestern mit ihren blauen Augen und weißen Söckchen doch nicht den Südpol-Pinguinen zum Fraß vorwerfen. Abgesehen davon, daß es am Südpol gar keine Pinguine gibt.

Das Dumme ist nur, daß ich mich an meine Morgengeschichte absolut nicht erinnere.

»Such in deinem Kopf nach!«

»Da muß sie doch noch drin sein!«

Wie oft muß ich denen noch sagen, daß in meinem Kopf nicht genug Platz ist. Was ich in der Schule lernen muß, nimmt fast allen Raum ein, und da bleibt für die Geschichten nicht viel übrig. Ich muß einfach welche vergessen, sonst platzt mir der Schädel.

»Schreib sie doch auf.«

»Dann kannst du sie uns so oft vorlesen, wie du willst.«

Aufschreiben! Ein typischer Mädcheneinfall ist das. Und was soll aus meinen Mokarex-Figuren werden, wenn ich die Geschichten nicht mehr mit ihnen spiele?

»Also, Kinder, kommt jetzt rein! Es ist spät!«

Die M'am klatscht in die Hände. Wir drängeln uns im Gänsemarsch in den Flur. Vor dem großen Zimmer macht Monique den Einlaß, ganz als wären wir in der feinen Gesellschaft.

»Papa und Mama als erste.«

Ich schlängele mich durch. Josette öffnet die Tür. Es ist dunkel. Doch als wir drin sind, meint man, es sei Versailles, die Schatzinsel und die Höhlen von Lascaux zugleich, auf zwanzig Quadratmetern! Der Tisch steht in Längsrichtung wie an Silvester, unter einer großen, bestickten Tischdecke aus feinstem Baumwolldrell. Serges zwei schmiedeeiserne Kerzenleuchter aus Andalusien strahlen wie beim Bankett der tausend Fackeln des Sonnenkönigs. Wahrscheinlich haben meine Schwestern auch die Notrationen an Kerzen geplündert. Das sind die, die man nie findet, wenn die Sicherungen durchschmoren. »Dabei ist es ganz leicht, man braucht sie nur dort zu lassen, wo sie hingehören!«

Die verschieden geformten Kaffeeschalen bilden einen Kranz rings um den Tisch. In der Mitte steht die große blaue Vase aus China-Porzellan vom Muttertag mit einem Fliederstrauß. Wir nennen sie die »Waise«, denn die zweite ist beim Überreichen kaputtgegangen. Mir wird das Herz schwer, wenn ich daran denke. Die Waise steht auf einer Art langem Set, das über die ganze Länge des Tisches reicht.

»Das ist kein Set, das ist ein Tischläufer! Und vorhin hast du von ›Drell‹ geredet, das ist eigentlich ein Matratzenstoff.«

»Schade, M'am, ich dachte, das klingt hübsch. Woraus ist die Tischdecke denn?«

»Batist.«

Auch ein schöner Name für einen Stoff. Und ein Vorname. Oder schreibt man den »Baptiste«? Manchmal schleicht sich ja ein heimtückischer stummer Buchstabe in ein Wort ein. So stumm wie die Tischdecke.

Ich klammere mich an Évelynes Rock fest, damit sie mir sagt, wie die Dinge wirklich heißen und ich sie im Aufsatz gut beschreiben kann. »Schildert eine besondere Mahlzeit.« Bei so einem Thema habe ich prima Chancen für eine gute Note. Aber ich muß die Namen der Dinge kennen. Sonst sehe ich nur die Kerzen, die alles beleuchten, und der Rest des großen Zimmers ist finster wie eine Felsenhöhle. Der Kerzenschein läßt die Hände zart und warm wirken und wandert wie ein schüchterner Schleier über die staunenden Gesichter. Als läge mitten auf dem Tisch ein Jesuskind auf einer Platte aus rostfreiem Stahl. Dabei sind es nur die trockenen Brotreste der ganzen Woche.

Sofort beim Eintreten ist unser Vater mächtig beeindruckt. Alle sind auf seine Reaktion gespannt. Und schnell, bevor er noch Zeit hat zu fragen, woher all das kommt und wie wir es bezahlen sollen, gehen pünktlich und in der gewünschten Reihenfolge Petit Écureuil, Royal Bay und Prince des Pins ins Ziel. Im Halbdunkel ist es schwierig zu erkennen, ob unser Vater überrascht, ungläubig oder einfach beleidigt ist.

»Drei Pferde! Da bleibt mir glatt die Spucke weg!«

Wieso das so heißt, hab ich nie verstanden, aber mein Vater scheint wirklich einen ganz trockenen Mund zu haben. Seine Augenbrauen bleiben gerunzelt, sogar angesichts des Umschlags mit dem Geld.

»Na ja, das war die Wette letzte Woche! Mehr als fünfhunderttausend sind dabei rausgekommen!«

Michel, Gérard und Roland improvisieren, daß es wahrer wirkt als wahr, und sie umkreisen den P'pa wie ein Trio von Taschendieben. Aber der läßt sich nicht anschmieren, so daß er nachher als der Gelackmeierte dasteht.

»Wie du von deinem Vater sprichst!«

»War doch nur ein Bild, M'am.«

»Aber ein anderes als die Heiligenbildchen, die du aus der Schule mitbringst!«

»Siehst du, M'am, ich mache es nur genauso wie du.«

Langsam wird's brenzlig. Unser Vater hat sein Donnerwettergesicht aufgesetzt. Alle sind darauf gefaßt, daß gleich was losbricht. »Also wirklich! Ihr haltet mich wohl für einen...«

Zum Glück gibt es diese drei Punkte am Ende eines Satzes, sonst würden wir ganz schön was zu hören bekommen.

Aber was Schönes zu sehen kriegen wir. Als gerade die drei tiefen Falten auf der Stirn unseres Vaters heraufziehen, sehe ich überraschend die M'am, wie sie ihm mit dem Finger über den Handrücken streicht.

Ich hab's gesehen!

Sie schauen sich an, er einen halben Kopf größer, was sonst nur auffällt, wenn sie am Ende der Hochzeitsfeiern miteinander Walzer tanzen. Das Kerzenlicht reicht nicht bis dort oben, so daß ich nicht erkenne, was sie sich mit den Augen sagen da im Dunkeln. Aber als sich unser Vater wieder umdreht, steht ihm sein Sonnenaufgangslächeln im Gesicht. Und steigt. Und steigt.

»Ich glaube, das ist jetzt der passende Augenblick, um den Champagner aufzumachen!«

Der versammelte Erleichterungsseufzer hätte fast die Kerzen ausgeblasen wie am Geburtstag. Die Pyrex-Gläser springen aus dem Buffet, dazu ein Paket Katzenzungen, das noch in einer Metallschachtel vergraben war. »Durch das Fenster!« So will es die Tradition. Den Champagnerkorken lassen wir immer durch das Fenster vom großen Zimmer fliegen. Er soll so weit wie nur möglich im Garten der Nachbarn landen. Während seines Fluges halten wir die Luft an, um das Geräusch zu hören, wenn er in der Nacht draußen aufschlägt... Tschock! Ein leises Geräusch. Es erzählt, daß wir dort irgendwo alle zusammen leben.

»Eines Tages wird vor dem Fenster ein Champagnerbaum wachsen, und wenn er blüht, erinnert er uns an alle unsere Freuden.«

Wer hat das gesagt? Irgend jemand in der Runde. Und jetzt gießen wir ein, prosten uns zu, wir tauchen einen Finger in den Schaum und bestreichen uns damit die Lippen. Der bittere Kuß des Engels. Moët et Chandon brut impérial. Ich mag ja Sekt lieber. Unsere Mutter bekreuzigt sich. Alle beglückwünschen Roland. Das Haus singt laut und falsch, um unsere verstohlenen Tränen zu verbergen. Die ersten Eiswürfel werden aus der Form gelöst.

»Setzt euch hin. Euer Vater hat euch etwas zu sagen.«

Irgendwie haben alle am Tisch Platz gefunden, jeder hinter einer Kaffeeschale.

»Ich will auch eine. Warum soll ausgerechnet ich...«

Der P'pa hat als einziger ein Gedeck vor sich stehen. Inmitten der Kirschauflauf-Katastrophe ist es der M'am ganz sicher gelungen, ein bißchen grünen Spargel für ihn auf die Seite zu stellen, einen frischen weißen Käse und ein Schälchen gezuckerte Erdbeeren. Unser Vater steht immer derart früh auf, daß wir ihn heute zum erstenmal hinter seiner Kaffeeschale aus Pyrex-Glas sehen, ohne daß Sonntag ist. Er schlägt mit dem Messer daran, als wollte er eine Rede halten. Jetzt kommt die sagenhafte Neuigkeit.

»Wir ziehen um.«

Diesmal ist es also sicher. Wir klatschen, aber eine wahre Überraschung ist es nicht. Dieses Haus kann nicht dichthalten, man erfährt alles, ohne daß es laut gesagt wird. Unser Vater berichtet das, was ich schon unter dem Küchenfenster gehört hab. Und ich erfahre jetzt auch, in welche Stadt es geht: nach Orly!

Michel holt eine Michelin-Karte. So weit ist es gar nicht mal zu Freunden, Freundinnen und der Arbeit in Villemomble. »Mit dem Auto eine halbe Stunde, wenn überhaupt.« Alle rechnen, kombinieren, über die Karte gebeugt. Josette denkt an Sergio, Roland an Christiane, Michel an Jeanine, Maryse und Martine an ihre Lehrerinnen und Serge an die Lehrwerkstätte. Und was mich angeht, das Wichtigste ist geklärt: Orly hat einen Fußballclub, den FCO, der in rot-weißem Trikot auf einem Schlackenplatz spielt, im Park neben dem Bürgermeisteramt. Eine Sorge weniger, ich kann doch noch Fußballweltmeister werden.

Dabei hab ich eines Abends, auch hier am Tisch, schwer an meiner Berufung gezweifelt. Meine großen Brüder und unser Vater sitzen zusammen, um das große Gewinnspiel von *L'Équipe* zu machen: »Stellen Sie die Ideal-Elf für die Weltmeisterschaft 1958 auf.« Ich darf mit bei den Männern sitzen, weil es ein Wettbewerb für die ganze Familie ist. Kinderspiel. Ich wette immer auf Frankreich. Niemand glaubt dran, aber wir gewinnen. »Die dümmsten Bauern ernten die dicksten Kartoffeln.« An den Spruch hab ich gedacht, als ich den Einsatz eingesackt hab: tausendachthundertfünfzig Franc in Münzen. Zwei Hände voll dicke Kartoffeln.

An jenem Abend also stellen wir die Ideal-Elf auf. Bei den Feldspielern sind wir uns schnell einig: Kopa als Mittelstürmer, Pelé Halbrechts. Obwohl Fontaine dreizehn Tore geschossen hat. »Eins für jedes Kind von der M'am.« Ich bin das elfte, das gegen Deutschland in der sechsunddreißigsten Minute.

Beim Torwart müssen wir diskutieren. Dabei finde ich die Sache sonnenklar: Gilmar aus Brasilien. Alle reden durcheinander. Ich hebe den Finger und schreie: »Garrincha!« Blitzartig rutschen mir die Beine weg. Das muß galoppierende Kinderlähmung sein. Wie hab ich nur »Garrincha« statt »Gilmar« sagen können? Ich schäme mich. Zufällig kreuzt mein Blick den von Guy, der mich ansieht, als wäre ich nicht mehr sein kleiner Bruder. Ich fliehe auf den Hof. Serge wird mich sicher nie mehr in seine Mannschaft nehmen. Ich werde Trikot, Shorts, Schuhe und Socken verbrennen und meinen Ball aus echtem Leder zerstechen. Erst mal verkrieche ich mich oben in meinem Kirschbaum und nehme mir vor, erst zur Fußballweltmeisterschaft in Frankreich, 1966, wieder runterzukommen. Dann bin ich achtzehn.

Zur Wiedergutmachung beschließe ich, mit meinen Mokarex-Figuren die »Elf aller Zeiten« aufzustellen. Pressekonferenz, ich verkünde die Namen der Spieler. Fouquier-Tinville im Tor, Condé und Vauban als Verteidiger, Mazarin als rechter, Richelieu als linker Läufer, Turenne als Mittelläufer, Linksaußen Robespierre, Rechtsaußen Danton, Desmoulins Halblinks, Rouget de Lisle Halbrechts und als Mittelstürmer Napoleon. Ersatzmann: Lavoisier. Trotz des Drucks, der auf mich ausgeübt wird, stelle ich Colbert nicht auf, denn der hat den Sklavenhandel auf dem Gewissen.

Dann organisiere ich mein Abschiedsspiel im Stadion von Wembley. Schiedsrichter ist Saint-Just. Die »Elf aller Zeiten« schlägt eine Auswahlmannschaft von »Künstlern und Schriftstellern aller Zeiten«, darunter Corot, Voltaire, Madame de Sévigné, Lamartine und andere, mit 13 zu 0! Obwohl Musset auf seiner Mauer im Tor sitzt. Elende Schlappe.

Während die sechzigtausend Zuschauer mir zujubeln und ich vor Rührung weine, kommt mein Vater unter den Kirschbaum.

»Am Ende haben wir deine Idee gar nicht so dumm gefunden, deine Brüder und ich. Wir haben Gilmar ins Tor gestellt.«

So ist ein wahrer Vater: Er hört immer nur das, was man hat sagen wollen. Immerhin, so bin ich der erste zehnjährige Spieler auf der Welt, der schon seinen Auftritt in Wembley hinter sich hat.

Jetzt, am Milchkaffee-Abend rund um den Tisch, kommt es mir vor, als wären wir nie zuvor so gemischt gewesen wie heute. Vielleicht liegt das ja an der weißen Tischdecke und dem Kerzenschimmer. Die Kerzen erinnern mich an eine der Geschichten, die André erzählt, wenn er auf eine Suppe zu uns kommt. Die Geschichte von Kapernaum, einer Stadt in Galiläa, die offensichtlich viel mit unserem Haus gemein hat. Man findet dort alles mögliche zu jeder möglichen Zeit. Kapernaum hat unserem Vater eine seiner »himmlischen Ideen« beschert. Er findet, es müßte einen Ort geben, »Geschäft« kann man dazu nicht mehr sagen, wo man zu jeder Tageszeit alles kaufen kann, was man will: Zeitungen, Getränke, Zigaretten, Arzneimittel. Dort gäbe es auch Restaurants, Kinos, Boutiquen wie im Flughafen von Orly. Wie immer entwirft unser Vater einen Plan, und wie immer, wenn es um eine von seinen »himmlischen Ideen« geht, zieht er einen Freund ins Vertrauen. Diesmal ist es Marcel, der in der

Werbung arbeitet und im Krieg einen Bomber geflogen hat. Aber geworden ist aus dem Plan nichts, also hat der P'pa sein Kapernaum auf dem Dachboden verstaut.

Eines Abends sieht die ganze Familie eine Nachrichtensendung im Fernsehen. »Am 12. April 1958 wurde in Anwesenheit zahlreicher bekannter Persönlichkeiten der erste Drugstore auf den Champs-Élysées eröffnet. Neben Monsieur Bleustein-Blanchet, dem stolzen Inhaber, sehen Sie Juliette Gréco, Jean Marais ...«

Alle sind einer Meinung: »Drugstore« klingt viel besser als »Kapernaum«. Wirklich, unser Vater hat kein glückliches Händchen bei den Namen für seine »himmlischen Ideen«.

An einem Abend, als es nichts zu essen gab, ist André bei uns geblieben, um den Milchkaffee mit uns zu teilen und das harte Brot einzutunken. Als die Westminster-Uhr zehn schlug, fing er an, uns die Parabel von den Arbeitern der elften Stunde zu erzählen. Ziemlich kompliziert. Meine Geschwister finden sie nicht unbedingt in Ordnung. Allmählich wird das Gespräch zum Stierkampf, wie der P'pa zu sagen pflegt. Gérard ist am hartnäckigsten, wie immer.

»Findest du das in Ordnung, daß einer, der nur eine Stunde lang was macht, genauso bezahlt wird wie einer, der den ganzen Tag gebuckelt hat? Erzähl das mal auf der Baustelle. Da wirst du dich umsehen!«

Aber Andrés Stimme und auch sein Gesicht sind ernster als sonst. Also beruhigen sich alle und hören weiter zu. Als die Uhr Mitternacht schlägt, steht er auf, stocksteif und traurig, und segnet uns. Das erste Mal, daß er bei uns auf Pfarrer macht. Er schlägt ein großes Kreuz über uns.

André umarmt die M'am, sie weint, und er drückt dem P'pa lange die Hand. Der wendet sich ab, damit keiner sieht, daß auch er Tränen in den Augen hat. André besteigt sein Fahrrad und fährt davon. Wir haben ihn nie wiedergesehen.

Wie's scheint, haben seine Chefs ihn gezwungen, die Fabrik zu verlassen und wieder in seine Diözese zurückzukehren. Auch in der Kirche gibt es Chefs.

Am nächsten Sonntag kommt die M'am aus der Kirche, nimmt den Hut ab, zieht die Handschuhe aus und sagt ganz schlicht: »Da war ich heute zum letztenmal.«

Mein Vater seinerseits hat einen Brief an den Papst geschrieben. Ja, wirklich. »Monsieur Pius XII., Vatikan, Rom«, mit einer Fünfundzwanzig-Centimes-Marke, damit der Papst Strafporto zahlen muß. Die M'am hat ihm die ewige Verdammnis prophezeit. Er hat nur mit den Schultern gezuckt.

Josette hat Sergio kennengelernt und ist nicht Nonne geworden. André sagte, er sei ein »Sämann der Worte«. Also sammle ich, seit er weg ist, nach jedem Essen ein paar Krümel von der Tischdecke und esse sie mit geschlossenen Augen. Das ist dann meine eigene Parabel.

Eine Antwort auf seinen Brief an den Papst hat unser Vater nie gekriegt.

André ist in einem kleinen Dorf im Lozère an den Folgen einer Lungenentzündung gestorben. »Kein fairer Spieler, der liebe Gott«, hat unser Vater gesagt. An diesem Tag habe ich die wahre Bedeutung des Wortes »Nachruf« begriffen. Das Wort, das uns hinterhergerufen wird.

Die ganze Familie beugt sich über den Grundriß der Wohnung in Orly, den der Vater mit dem Lineal auf ein großes Blatt Papier gezeichnet hat. Sie wirkt unendlich groß. »Da drin verirren wir uns ja!« Verirrt sind wir noch nicht, aber ganz schön verwirrt... Nein, das da ist kein Schlafzimmer, das Zimmer heißt »living«. Schon wieder ein neues Wort zum Aufschreiben. Im Bad steht eine Sitzbadewanne, wie die von Marat. Und auf dem Boden ist kein Parkett. Schluß mit Stahlwolle und Bohnerwachs. Als Bodenbelag haben wir Kunststoff-Fliesen, mit »Marmordruck«. Beifälliges Pfeifen. »Donnerwetter!« Jeder sucht seinen Platz auf dem Plan. Eine Garage gibt es nicht, und der Vater erklärt, sein Projekt mit dem »Famili 13« wird er aufgeben müssen. Und auch keinen Balkon für die Rosen von der M'am. »Dann hänge ich eben Geranientöpfe auf und stelle eine grüne Pflanze hin.« Aber einen Keller kriegen wir.

»Du wirst sehen, so ein Keller ist fast wie ein Kirschbaum.«

Sagt die M'am zu mir mit einem kleinen traurigen Lächeln und schiefgelegtem Kopf. Das verstehe ich zwar nicht, aber ich glaube ihr.

Um aus dem Grundriß noch schlauer zu werden, schneidet Serge aus Löschpapier Modelle von unseren Möbeln aus, im richtigen Maßstab.

»Bist du sicher, daß das Bett so groß ist?«

»Ich hab's nachgemessen, Lilyne.«

»Und dieser Tisch? Da passen ja ganze Hochzeitsgesellschaften dran!«

»Ich hab doch gesagt, ich hab's nachgemessen!«

»Dann ist es gar nicht so groß, wie es aussieht!«

Die M'am klatscht in die Hände, als wollte sie böse Geister verscheuchen. »Schluß damit, jetzt wird erst mal gegessen!« Unser Vater faltet unsere zukünftige Wohnung zusammen, bis sie in seine Tasche paßt. Évelyne und Josette tragen Krüge voll kochendheißer Milch und die große emaillierte Kaffeekanne mit dem Leopardenmuster auf. Jeder entrollt seine weiße Serviette und streicht sie sorgfältig glatt. Es dauert nicht lange, und schon bald machen wir uns fröhlich über das harte Brot und die gefährlich heiße Getränkemischung her. Die Tischdecke bekommt die ersten Flecken ihrer Laufbahn. Michel schneidet den Kirschauflauf, wie immer sind die Stücke ungleich groß. »Kein Glück in der Liebe, ich hab schon wieder das größte Stück!« »Großes Stück, kleiner Piepel!« »Also wirklich, Michel, du ißt für zwei! Laß Jeanine auch noch was übrig.« Serge hebt ein Stück für Capi auf. Wir lachen, spielen, necken einander. Es ist, als würden Gelächter und Essen sich nach und nach auf dem Tisch häufen.

Die weiße Decke ist uns bald schon ganz selbstverständlich. Es ist, als wären wir in Batist gewickelt zur Welt gekommen. Da sehe ich, wie die M'am hinausgeht. Ihr Wischtuch hat sie auf dem Stuhl liegengelassen. Unser Vater bleibt hinter seiner Schale mit schwarzem Kaffee sitzen. Ich will ihr nach, aber ich bin zwischen meinen kleinen Schwestern am Katzentisch eingeklemmt.

»Weißt du, wie du unsere Geschichte aufschreiben mußt?«

»Am Anfang muß sie angst machen.«

»Aber sie muß gut ausgehen.«

»Aber man muß trotzdem ein bißchen weinen.«

Wenn's mehr nicht ist! Und ich muß sie aufschreiben, das kommt noch dazu! Wenn man redet, sieht man die Rechtschreibfehler nicht, aber wenn man schreibt... Am schwierigsten wird auf jeden Fall der erste Satz. Und nur mit Wörtern, die ich garantiert schreiben kann.

»Für den Ofen heute nacht braucht es noch...«

»Eine Fuhre Eierkohle, Briketts und – keinen Staub! Ich weiß schon, Lilyne.«

Zum erstenmal gehe ich so freudig Kohlen holen. Ich schlängele mich unter dem Tisch durch. Im Vorübergehen schnappe ich mir heimlich das Tuch von der M'am und stecke es mir unter den Pullover. In der Küche ist sie nicht. Also gehe ich auf den Hof. Es ist völlig dunkel. Die Straße ist menschenleer. Da sehe ich die M'am von hinten, sie steht am Holzrosenstrauch. Als würde sie nach dem Briefträger Ausschau halten. Ich gehe hin und versuche gar nicht, wie ein Mohikaner zu schleichen. Die M'am zuckt zusammen wie ein Reh, das einen Ast knacken hört. *Wenn im Herbst das Blatt vom Baume fällt, dann riecht es der Bär, sieht es der Adler und hört es das Reh...* Das steht in einem Buch aus der Bibliothek. Die M'am dreht sich um.

Sie weint.

Die M'am weint immer nur mit den Augen, nie mit mehr. Keine Träne kullert. Aber sie weint. Die M'am hat die letzte Rose vom Holzrosenstrauch geschnitten.

»Da, M'am, du hast dein Wischtuch liegenlassen.«
Sie schaut mich an mit ihrem hüllenlosen Lächeln.

»Sollen wir tauschen? Die ist für dich... mein Eichhörnchen, mein Royal Bay und mein Pinienprinz.«

Woher kann sie das wissen?

»Mütter wissen alles.« Sagt sie und streichelt mir dabei die Nasenspitze mit der letzten Rose vom Holzrosenstrauch. Dann gibt die M'am mir die Blume. Die Blütenblätter sind schon ein klein wenig gerunzelt. Der Duft ist fast genauso traurig wie Fliederduft. Mich erinnert er an Wein, mit Wasser gemischt. Aber die letzte Rose pikt noch. Ich blute ein bißchen. Die M'am beugt sich zu mir herunter.

»Vergiß nicht, ein gewisser kleiner Junge hat seine Mama nie weinen gesehen. Das gibt es nicht.«

Sie küßt meinen Finger, gibt mir einen Rubbelkuß auf die Wange, und ihre blauen Augen schauen in meine braunen.

»Und morgen fängt der Herbst an...«

Mehr sagt sie nicht und geht ins Haus zurück, das karierte Tuch fest in der Hand. Ich darf nicht weinen. Hat die M'am gesagt! Ich hab nichts gesehen. Ich gehe zum Kohlenhaufen und schreie zum Mond hinauf.

»Ihr könnt kommen, Marsmenschen! Ich hab keine Angst mehr! Ich hab die Rose von meiner Mutter!«

Ich recke die Blume wie ein Krieger seine Lanze und weiche nicht von der Stelle. Ich bin der einzige, der bleiben will. Meine Beine und mein Herz zum Beispiel würden am liebsten ganz schnell wegrennen. Die Marsmenschen kommen nicht. Ich warte eine Ewigkeit lang, mindestens zwei Sekunden. »Elende Feiglinge!« Ich fülle meinen Eimer mit Eierkohle und Briketts und schüttele sorgsam den Staub ab. Dann trage ich ihn in die Küche. Heute abend ist er leichter als sonst. Ich fülle Wasser in ein Glas für meine Rose und klettere in den Kirschbaum. Ich habe wichtige Dinge zu erledigen.

Die M'am hat ganz sicher recht, nachts ist der Kirschbaum wie ein Keller. Aber ich merke schon, es wird noch lange dauern, bis ich verstehe, was sie damit meint. Ich stelle die Rose ins Wasser und klemme das Glas zwischen zwei Zweigen ein. Eine Rose im Kirschbaum. Ich nehme mein Wörtersammelheft und den schwarzen Kugelschreiber, den wir in der Schule nicht benutzen dürfen. Dann lege ich beide in die Schachtel mit meinen Mokarex-Figuren, mache sie zu, klemme sie mir unter den Arm und steige vom Baum hinunter.

Niemand darf mich sehen. Ich gehe auf die Straße und gebe Blanco die Sporen, bis wir an der Ecke sind. Aber da, als ich an der Kreuzung bei der Bäckerei stehe, kommt eine dicke schwarze Limousine heran und bleibt mit ausgeschalteten Scheinwerfern vor unserem Haus stehen. Ich stehe ein paar Minuten Schmiere. »Ruhig, Blanco!« Mein Vater kommt heraus, gefolgt von der M'am. Er hat seine Lammfelljacke an, aber die Tasche hat er nicht dabei. Wie ein Schattenspiel küssen sie sich vor den Fliederbüschen. Sicher ihr typischer schneller Kuß. Dann steigt mein Vater in die dicke schwarze Limousine, die sofort anfährt und verschwindet.

Jeanine wartet ganz klein unter der Laterne. Die M'am geht über die Straße, faßt sie um die Schultern und geht mit ihr ins Haus. Ich glaube, ich werde bald Onkel.

Wie ich der schwarzen Limousine nachsehe, wird mir klar, daß sich hinter dieser Wohnung in Orly ohne Garage, ohne Hof, ohne Fliederbüsche, ohne Balkon und ohne Kirschbaum eine neue Mission von Picouman verbirgt. F5! Das ist sein Name als Geheimagent. Unser Vater zieht näher an seine Zentrale. Da bin ich mir sicher. Warum sollte die M'am sonst weinen?

Blanco galoppiert schnell wie noch nie bis zum Niemandsfeld. Ich schlängele mich durch das Haselgesträuch und suche einen großen flachen Stein und einen abgestorbenen Ast. Dann gehe ich geradewegs zur Mitte des Fußballfeldes. Dahin, wo der Anstoß ausgeführt wird. Der Mond hat beschlossen, voll zu sein und herumzustromern.

Mit dem flachen Stein steche ich ein rechteckiges Stück Gras aus und grabe ein Loch wie ein Totengräber, sauber und glatt. Dann öffne ich die Schachtel und stelle meine Mokarex-Figuren eine nach der anderen am Grund des Loches auf. Ohne sie anzusehen, ohne sie zu küssen, sogar ohne sie in der Hand zu wiegen. Als ich meine Mutter weinen sah…

»Ich habe dir gesagt, Mütter weinen nie.«

»In Ordnung, M'am.«

Also, als die M'am mir die letzte Rose vom Strauch gegeben hat, hab ich beschlossen, zu tun, was ich tun muß, ohne nachzudenken, ohne zu weinen. Ohne zu wissen, wo ich bin. Wie wenn ich mitten in der Nacht aus einem Alptraum hochschrecke. Aber mein Herz will nicht mitspielen. Gleich zerreißt es mir die Brust, rupft mir den Magen raus und springt mir durch Mund und Augen. Ich schniefe laut. Ich nehme Sand in meine Hände und lasse ihn sacht über meine Mokarex-Figuren rieseln. Als würde ein Ehrenregen sie begraben. Eine versunkene Armee. Als der Sand ihnen bis zu den Schultern geht, kommt es mir vor, als würden sie auf einmal schreien und mich anflehen.

»Ich kann euch aber nicht mitnehmen!«

Ich denke an André und an seine Geschichte aus der Bibel vom »Schatz und der Perle«.

»Erzählst du sie mir jetzt?«

»Wenn du willst, M'am«

Die Mokarex-Figuren und alle ihre Geschichten sind mein Schatz, ich hab sie im Korn gefunden und berge sie jetzt wieder in der Erde. Auf diese Weise werde ich eines Tages gezwungen sein, zurückzukommen und das Niemandsfeld zu kaufen. Heute nacht wirkt es noch größer als sonst, unter diesem flanierenden Mond. Und auch, wenn ich es nicht kaufen kann, kann ich in meiner Erinnerung hierher zurückkommen. Die Erinnerung ist das Niemandsfeld. Die kann mir niemand nehmen.

Ich schütte weiter Sand über die Figuren. Jetzt schaut nur

noch der Kopf einer Frau heraus. Sie weiß nicht, wem sie gehört. Sie lächelt. Dabei spürt sie, wie der Sand ihr in den Mund dringt. Ich denke, daß das ein wenig so ist, wie wenn man vor einem Rosenstrauch weint.

Auf einmal höre ich ein Geräusch hinter mir! Ein Pedalkranz beginnt in meinem Kopf zu kreisen. Ich werde verrückt, mit knapp zehn Jahren, wegen einem Rad, das verlorengegangen ist. Geht ja schnell zu Ende, das Leben in diesem Jahr.

»Da, Kleiner, zum Glück hab ich es beiseite geschafft.«

Der große Jeannot, er hält das Rad von der M'am am Lenker. Das echte Rad von der M'am: veilchenblau, lederne Satteltaschen wie ein Briefträger und die Plakette aus rostfreiem Stahl, in die der P'pa »Paulette« graviert hat. So geht's, Liebesworte bleiben an ihrem Orte.

Statt für Bonbec Reime zu schmieden, sollte ich mich besser beim großen Jeannot bedanken. Aber der ist schon in der Nacht verschwunden, seine Tasche auf dem Rücken. Ich stelle mir die Überschrift in *France-Soir* morgen vor: »Letzter Schrei bei den Einbrechern von Villemomble: Die Gangster benutzen einen Tunnel.«

Ich lege das Fahrrad von der M'am vorsichtig ins Gras. Das bringt mir tausend Küsse ein, mindestens.

Dann wende ich mich wieder dem Loch zu. Der Mund der verschütteten Frau scheint lautlos zu rufen. Noch kann ich sie retten und alle meine Figuren aus dem Sand holen, aber ich schütte eine letzte Handvoll hinterher. Alles ist weg. Ich schließe das Loch mit dem ausgestochenen Gras und stampfe alles gründlich mit dem Absatz fest. Nichts mehr zu sehen. Jetzt kann ich alle dicken heißen Tränen loslassen, die da noch warten, Rotz und Wasser. Ach, wäre es doch nur so ein netter Aufsatz-Kummer mit einem großen Silbermond, der mich tröstet. Nein, Scheiße, es tut richtig weh!

Die M'am hat das Schimpfwort gar nicht bemerkt. Von jetzt an muß ich wohl allein zurechtkommen. Ich setze mich im Schneidersitz hin, die Holzkiste auf dem Schoß wie ein Schreibpult, und denke über die Geschichte für meine kleinen Schwestern nach. Die, bei der man erst Angst haben soll und die dann doch gut ausgeht, aber ein bißchen weinen soll man trotzdem müssen. Vielleicht eine Geschichte mit einem Fahrrad, das jemand auf dem Niemandsfeld vergessen hat?

Ich schlage mein Heft auf der ersten, leeren Seite auf. Ich streiche sie mit der Hand glatt. Ich atme tief ein. Ein langer Atemzug bis tief in den Bauch. Und ich sehe, wie meine Hand zu schreiben beginnt...

Dreizehntes Kapitel

Und morgen fängt der Herbst an…

Inhalt

Heinrich Böll im dtv

»Man kann eine Grenze nur erkennen, wenn man sie zu überschreiten versucht.«
Heinrich Böll

Irisches Tagebuch
dtv 1

Zum Tee bei Dr. Borsig
Hörspiele
dtv 200

Ansichten eines Clowns
Roman · dtv 400

Wanderer, kommst du nach Spa...
Erzählungen · dtv 437

Ende einer Dienstfahrt
Erzählung · dtv 566

Der Zug war pünktlich
Erzählung · dtv 818

Wo warst du, Adam?
Roman · dtv 856

Billard um halb zehn
Roman · dtv 991

Die verlorene Ehre der Katharina Blum oder: Wie Gewalt entstehen und wohin sie führen kann
Erzählung
dtv 1150

Das Brot der frühen Jahre
Erzählung · dtv 1374

Ein Tag wie sonst
Hörspiele · dtv 1536

Haus ohne Hüter
Roman · dtv 1631

Du fährst zu oft nach Heidelberg und andere Erzählungen
dtv 1725

Fürsorgliche Belagerung
Roman · dtv 10001

Das Heinrich Böll Lesebuch
dtv 10031

Was soll aus dem Jungen bloß werden? Oder: Irgendwas mit Büchern
dtv 10169

Das Vermächtnis
Erzählung · dtv 10326

Die Verwundung und andere frühe Erzählungen
dtv 10472

Michael Ondaatje im dtv

»Das kann Ondaatje wie nur wenige andere:
den Dingen ihre Melodie entlocken.«
Michael Althen in der
›Süddeutschen Zeitung‹

In der Haut eines Löwen
Roman · dtv 11742
Kanada in den zwanziger und dreißiger Jahren. Ein Land im Aufbruch, wo mutige Männer und Frauen gefragt sind, die zupacken können und ihre Seele in die Haut eines Löwen gehüllt haben. »Ebenso spannend wie kompliziert, wunderbar leicht und höchst erotisch.« (Wolfgang Höbel in der ›Süddeutschen Zeitung‹)

Es liegt in der Familie
dtv 11943
Die Roaring Twenties auf Ceylon. Erinnerungen an das exzentrische Leben, dem sich die Mitglieder der Großfamilie Ondaatje hingaben, eine trinkfreudige, lebenslustige Gesellschaft...

Der englische Patient
Roman · dtv 12131
1945, in den letzten Tagen des Krieges. Vier Menschen finden in einer toskanischen Villa Zuflucht. Im Zentrum steht der geheimnisvolle »englische Patient«, ein Flieger, der in Nordafrika abgeschossen wurde... »Ein exotischer, unerhört inspirierter Roman der Leidenschaft. Ich kenne kein Buch von ähnlicher Eleganz.« (Richard Ford)

Buddy Boldens Blues
Roman · dtv 12333
Er war der beste, lauteste und meistgeliebte Jazzmusiker seiner Zeit: der Kornettist Buddy Bolden, der Mann, von dem es heißt, er habe den Jazz erfunden.

Antonio Tabucchi im dtv

»Tabucchi läßt Reales und Imaginäres ineinanderfließen und webt ein Gespinst von ›suspense‹, in dem man sich beim Lesen gerne verfängt.«
Barbara von Becker in ›Die Zeit‹

Der kleine Gatsby
Erzählungen
dtv 11051
Ein labyrinthischer Garten voll faszinierender Menschheitsrätsel. So zum Beispiel die Portugiesin Maria, die hinter dem Rücken ihres Mannes Familien exilierter Literaten hilft; ein von Selbstzweifeln geplagter Schriftsteller, der zum Ergötzen mancher Abendgesellschaft auswendig Fitzgeralds Romananfänge deklamiert; oder Ettore, der als Nachtclubsängerin Josephine rauschende Erfolge feiert.

Indisches Nachtstück
dtv 11952
Auf der Suche nach einem Mann, der auf geheimnisvolle Weise in Indien verschollen ist. Forscht der Autor nach seinem eigenen Ich oder nach einer wirklichen Person? Oder ist der Sinn des Suchens das Unterwegssein, die Reise?

Der Rand des Horizonts
Roman
dtv 12302
In der Leichenhalle wird ein junger Mann eingeliefert, der bei einer Hausdurchsuchung erschossen wurde. Spino macht sich auf die Suche nach der Identität des Fremden ...

Erklärt Pereira
Eine Zeugenaussage
dtv 12424
Portugal unter Salazar. Pereira, ein in die Jahre gekommener, politisch uninteressierter Lokalreporter, hatte mit seinem Leben fast schon abgeschlossen. Doch dann gerät er unversehens auf die Seite des Widerstandes ...

Kleine Mißverständnisse ohne Bedeutung
Erzählungen
dtv 12502
Von der Lust, Irrtümer, Unsicherheiten und unsinnige Sehnsüchte aufzuspüren und zu benennen.